Plötzlich Diktator

Teil I

1.1 Die Prüfung

»Scheiße, ich werde König von Bayern.« Nachdem die Schrecksekunde vorbei war, sah ich mich vorsichtig um und hoffte, ich hatte das gerade nicht laut gesagt. Doch, hatte ich.
Jedenfalls sah mich Professor Milke tadelnd an und rümpfte dabei leicht die Nase, eine Angewohnheit, die nicht nur mich an ein Walross erinnerte und ihm den Spitznamen Antje eingebracht hatte, weiß der Geier, warum gerade Antje.
»Scheiße, Vater ist tot«, war erst mein zweiter Gedanke. Das lag wohl daran, dass unsere Beziehung in den letzten Jahren nicht sehr intensiv gewesen war. Und das wiederum lag daran, dass wir uns lange nicht mehr gesehen hatten. Nicht nur, weil ich in Berlin studierte und Vater als König von Bayern natürlich in Bayern war, sondern auch, weil es ihm nicht mehr so gut gegangen war. Eigentlich schon, seit meine Mutter vor zwölf Jahren bei einem Verkehrsunfall gestorben war.
Aber das war Vergangenheit. Ich wurde König.
Dabei hatte der Tag wirklich verdammt schlecht angefangen.

Ich traf meine Freunde am Morgen kurz vor Zehn in der Lobby der Uni.
»Du hast dein T-Shirt falsch rum an«, sagte Maschine, den alle seine Freunde, also Eins und ich, so nannten, weil er jeden Tag ins Fitnessstudio lief. Nicht wegen der Muskeln, die sah man immer noch nicht, obwohl er das schon seit ein paar Jahren machte. Sondern als kleine Motivation.
Ich zeigte auf das bunte Shooter-Logo auf meiner Brust. »Nein, vorne ist vorne.«
»Ja«, sagte nun Eins, den all seine Freunde, also ich und Maschine, Eins nannten, weil er einfach saugut in allem war, über das man Klausuren schreiben konnte, und uns mehr als einmal den Arsch gerettet hatte.
»Aber die Nähte sind außen.«

Ich schaute genauer hin. Das Logo war merkwürdig blass. Mist. Es war auch verdammt früh. Immerhin hatte ich die Jogginghose richtig rum an.
»Wie lange hast du noch gezockt? Bis Sonnenaufgang?«, fragte Maschine.
Ich sagte nichts, weil ich mich nicht genau erinnern konnte. War jedenfalls spät gewesen. Selbst für mich. Shooter III war gestern Nachmittag mit der Post direkt aus L.A. gekommen, einen Monat vor dem offiziellen Release in Deutschland. Zur rechten Zeit um mich über den Abschied von Delphine hinwegzutrösten. Es war der Wahnsinn. Best Graphics ever. Eins war natürlich schon vor Mitternacht nach Hause, Maschine dann so gegen zwei. Und ich hatte noch das nächste Level fertig gemacht.
»Du erinnerst dich aber schon, dass heute Geschichte ist?«, sagte Eins. »Und dass du die Punkte brauchst? Und dass du nicht nochmal durchfallen solltest?«
»Danke. Das hätte ich selbst dann nicht vergessen können, wenn ich die Nacht durchgemacht hätte.« Wobei, so sehr viel anders fühlte ich mich nicht.
»Gut, dass die erste Vorlesung heute die bei Rath ist.«
Ich nickte benommen.
Rath las sein Script vor. So sollten das alle Profs machen. Irgendwann musste ich schließlich auch mal schlafen.
»Du bist trotzdem spät, war deine Prüfung nicht für zehn angesetzt?«, fragte Eins mit seiner leicht quäkigen Stimme. Er würde bestimmt mal beim Radio arbeiten. In einer Morning-Show.
Ich schaute auf die Uhr. Fünf vor.
»Passt«, sagte ich, zog mir mein Shirt über den Kopf, krempelte es um und zog es wieder an. »Fertig.«
Maschine bot mir die Hand zum High Five. »Rock sie, Alter.«
Ich schlug erst ihn ab, dann Eins, der seine Hand wie immer schlaff und linkisch hochhielt.
»Danke, Jungs. Geht ja um Bayern. Da komm ich her, da kenn ich mich aus.«
Wär ich auch nie drauf gekommen, dass ich die beiden nie wiedersehen würde.

Ich öffnete die Tür zum Prüfungsraum. Die drei Männer beendeten ihr Gespräch und wandten sich zu mir.
»Herr Huber, schön, dass Sie sich die Ehre geben«, begrüßte mich Antje ironisch.
Ich schaute auf meine Uhr, fünf nach, was für ein Spinner. Brauner Anzug, Einstecktuch. Antje trug normalerweise sogar noch Hut, allerdings nicht jetzt, wir waren ja drinnen. Und einen albernen Schnurrbart, der seine Robbenartigkeit noch verstärkte. Neben seinem dicken Bauch natürlich. Die beiden anderen Prüfer, die ich noch nie zuvor gesehen hatte, blickten

ebenfalls streng. Der Kleidung nach gingen die drei älteren Männer öfter mal zusammen shoppen.
»Guten Tag, die Herren«, antwortete ich höflich. Ich brauchte die Punkte, keine Zeit für Stress.
»Stellen Sie sich bitte hier hin, Herr Huber«, er machte eine umständliche Geste, » damit wir Sie gut hören und sehen können. Wir wollen nicht noch mehr Zeit verlieren.« Milke rümpfte gleich zweimal mit der Nase, nicht gerade ein Zeichen guter Laune.
Die Herren setzten sich auf drei Rohrstühle. Der Beisitzer mit den kurzen grauen Haaren schaute grimmig, das lag an den buschigen Augenbrauen, die er zusammengezogen hatte.
Der andere, Glatze, verzog keine Miene. Wahrscheinlich auf Drogen oder so.
Antje beugte sich dem Zettel auf seinem Klemmbrett entgegen und schob die Brille hoch.
»Sie kommen ja sogar aus Bayern, Herr Huber, das wird ja ein Leichtes für Sie.«
Er vertiefte sich wieder in seinen Zettel und mein Puls kam langsam auf Touren. Scheiß-Prüfungen, die machten mich fertig. Ich versuchte an etwas Schönes zu denken, um mich zu beruhigen. Für einen Moment sah ich Delphines Gesicht vor mir. Zu blöd, dass ich sie erst gestern kennengelernt hatte, an ihrem letzten Tag in Berlin. Wir hatten uns zum Abschied leidenschaftlich geküsst, so wie ich noch kein Mädchen geküsste hatte. Und dann war sie in den Zug nach Paris gestiegen.
»Huber, sind Sie bei uns? Wenn ich mir das so ansehe, haben Sie die Punkte bitter nötig.« Buschige Augenbrauen nickte ernst, Glatze stellte sich weiterhin tot. Ich nickte ihnen souverän zu und stellte mir zur Entspannung vor, sie wären Opfer auf Shooter Level drei und ich würde sie mit einem leichten Maschinengewehr über den Haufen schießen. Ein beruhigender Gedanke. Normalerweise. An diesem Tag leider nicht.
»Das Thema der heutigen Prüfung«, Milke zog das e in Thema grotesk in die Länge, »ist, wie es dazu kam, dass Bayern nach dem Zweiten Weltkrieg nicht Teil von Deutschland blieb, sondern zur Monarchie zurückkehrte.« Er dehnte weitere Vokale. Sollte er nur. Je mehr er redete, umso weniger musste ich sagen. Wir hatten nicht ewig Zeit für diese Prüfung. Mir ging es wieder besser. Die Bayerische Monarchie, ein Traumthema, mein Vater, der König. Ich nickte also wissend.
»Fangen wir doch mal bei Kronprinz Rupprecht an, dem letzten Wittelsbacher.«
Was erzählte er denn da? Die Wittelsbacher waren Volksverräter, das wusste doch jedes Kind. »Der erste legitime Nachkriegskönig von Bayern war König Ludwig der IV.«
Antje machte den Mund auf, hielt ihn in dem Zustand einige Sekunden, schloss ihn wieder. »Das ist eine etwas eigenwillige These. Sie wissen nichts zu Rupprecht zu berichten?« Er

schüttelte den Kopf. »Nicht, dass er während des Krieges im italienischen Exil war und sich unermüdlich bei den Amerikanern für eine Bayerische Republik mit repräsentativer Monarchie eingesetzt hat?«
Repräsentative Monarchie. Was für ein Quatsch. Entweder man ist König oder man ist es nicht.
»Doch, doch, natürlich«, sagte ich. War schon klar, was Antje vorhatte, er wollte mich verwirren.
»Rupprecht hatte mit seinem Werben«, wieder so ein langes E, »Erfolg. Die Amerikaner folgten seinem Argument, dass Monarchisten ein Bollwerk gegen nationalsozialistische Umtriebe waren. Die Königspartei wurde neu gegründet und am 23.1.1946 wieder zugelassen.«
Ich nickte eifrig. Klar, die Königspartei. Die einzige Partei, die es in Bayern gab.
»Und wie ging es dann weiter?«, fragte Milke.
Verdammte offene Fragen.
»Bayern wurde Monarchie«, versuchte ich mich im Abstrakten. Ich wusste nichts über die Zeit vor meinem Großvater. Jedes Kind lernt in Bayern Geschichte, aber die beginnt mit der Machtergreifung meiner Familie, den Hubers.
»Der SPD-Politiker Wilhelm Högner wurde beauftragt, eine Verfassung zu erarbeiten. Sieben Politiker waren daran beteiligt, aus SPD, KPD, CSU und aus der Königspartei.«
Högner. So so. Nie gehört. Ich saß in der Scheiße. Und zwar mehr als knietief.
»Sagt Ihnen der Name Nawiasky etwas?« Milkes Unterton gefiel mir nicht. Er klang so aggressiv. So, als hätte ich nicht gelernt.
»Doch klar, kenne ich, Nabasky.«
»Hans Nawiasky war Österreicher, ein ausgewiesener Spezialist für Verwaltungsrecht. Seine Frau und seine Tochter«, mit sehr gedehntem Und-U, »waren von den Nazis verfolgt worden. Darum gefiel auch ihm die Idee, einen König als Schutz gegen Nazi-Umtriebe zu installieren.«
Ich nickte eifrig.
Milke schaute mich seltsam an. Warum fragte er zur Abwechslung nicht mal was, was ich wusste?
»Am 8. Dezember 1946 akzeptierte das bayerische Volk die neue Verfassung, die Bayern zu einer parlamentarischen Monarchie machte. Aber Bayern betrachtete sich immer noch als Teil Deutschlands. Mensch, wissen Sie denn wenigstens, wie es zur Abspaltung kam?«
Das hatte mit unserem Bruderstaat Russland zu tun. Das wusste ich. »Rußland hat Bayern befreit«, sagte ich erleichtert.
»Kreativer Ansatz, Herr Huber. Zunächst einmal konstituierte sich der Bayerische Landtag und Ludwig Huber, der Vorsitzende der Königspartei, wurde erster Ministerpräsident nach dem Krieg.«
Da war er also endlich, mein Großvater, nur hatte ich gedacht,

der wäre schon immer König gewesen. Man lernte ja doch was an der Uni.
»Der Bayerische Nationalismus erstarkte, 1948 lehnte der Bayerische Landtag das Grundgesetz ab und erklärte die Unabhängigkeit. Die Sowjetunion erkannte die neue Republik innerhalb von drei Tagen an. Die Amerikaner versuchten zu retten, was zu retten war, wollten aber so kurz nach dem zweiten Weltkrieg keine militärische Auseinandersetzung. Man einigte sich schließlich auf einen Tausch. Thüringen wurde den Amerikanern zugeschlagen und wurde 1949 Teil der neu gegründeten Bundesrepublik Deutschland. Immerhin gelang es den Vereinigten Staaten, dass Bayern nicht Teil der Ostzone und somit später der DDR wurde. Bayern blieb eigenständig, sogar blockfrei, so wie Österreich.«
In meinem Kopf ging es heftig zu, so als wäre ein Sniper einmal durch meine Gehirnwindungen gegangen und hätte auf alles geschossen, was sich bewegte. Ich wollte nur noch, dass es bald zu Ende war. Diese Prüfung war ein epischer Fehlschlag.
»Bayern ist also Monarchie, unabhängig, aber noch immer eine Republik«, fing Milke schon wieder an.
Sollte ich mich ergeben und um Gnade flehen? Oder einfach rausgehen? Milke zog das knallhart durch. Der merkte doch, dass er aus mir nichts mehr herausbekommen würde.
»Mensch, Huber, wissen Sie denn wenigstens, was dann passiert ist?«
»Klar«, sagte ich, weil mir sonst nichts einfiel. Und mehr sagte ich auch nicht.
Antje sah mich aus großen Augen erwartungsvoll an. Augenbraue schaute noch grimmiger, mir schien, die Brauen berührten sich jetzt. Nur Glatze war noch immer tot. Antje gab auf.
»König Rupprecht glaubte an ein Bayern als Teil von Deutschland. Er übernahm die Macht. Doch als er Bayern der Bundesrepublik anschließen wollte, fühlte sich die Königspartei verraten. Ludwig Huber putschte. Inzwischen ist bewiesen, dass ihm das mit Hilfe sowjetischer Waffen und Ausbilder gelang. Auch der Mord an Rupprecht geht wohl auf das Konto russischer Agenten.«
»Hab ich doch gesagt, Russland hat Bayern befreit«, versuchte ich zu retten, was nicht mehr zu retten war.
»Seit wann nennen wir Königsmord eine Befreiung? Der letzte Wittelsbacher, eines der ältesten europäischen Adelsgeschlechter: ausgelöscht, als Hochverräter hingerichtet, aus der Bayerischen Geschichte getilgt. Eine Schande.« Milke hatte sich in Rage geredet.
Ich war jetzt irgendwie stolz auf meinen Opa, hatte ja gar nicht gewusst, was der alles für Bayern getan hatte. Immerhin war mir jetzt klar, warum ich diesen Rupprecht nicht kannte. In Bayern kannte ihn niemand und an der Uni hatte ich wohl die

Vorlesung verpasst.
»Und jetzt, erst jetzt, ließ sich Huber zu König Ludwig dem IV. krönen und stattete sich dank der Zweidrittelmehrheit der Königspartei mit totalitären Rechten aus.«
»Das stolze Bayern, die letzte Monarchie in Europa«, sagte ich. Den Satz hatte ich zu Hause so oft gehört, hatte jeder in Bayern so oft gehört.
Und ein wenig drehte sich die Stimmung. Milke hörte auf, mich mit seinem bösen Blick zu durchbohren, seine Augen bekamen einen wehmütigen Glanz, er schaute in die unbestimmte Ferne.
»Ja, das ist wahr. Eine echte Monarchie. Die letzte.« Er war also ein verkappter Monarchist. Wie lustig.
»Aber«, er richtete seinen Blick wieder auf mich, »kommen wir zum Ende. Und diese Sache hier nimmt kein gutes.« Seine beiden Kollegen zeigten nicht den Hauch eines Lächelns. Meine Hinrichtung stand unmittelbar bevor. Diese Prüfung auch noch in den Sand gesetzt und ich musste mein Studium abbrechen. Und das würde mein Onkel gar nicht lustig finden. Das würde mal so richtig Ärger geben. Meine Welt würde zusammenbrechen. Hier und jetzt. Und dann geschah das Wunder.

Es klopfte.
»Herr im Himmel«, schrie Milke, »bleiben Sie bloß draußen, wenn niemand gestorben ist. Wir haben hier Prüfung.«
Die Klinke senkte sich und eine junge Frau betrat den Raum. Hatte ich, glaube ich schon mal gesehen. Die Sekretärin des Dekans, wenn ich nicht völlig falsch lag. Mutig ging sie zu Milke, der sich erhoben hatte und sie anschaute, als überlegte er noch, ob er sie roh oder gekocht fressen sollte.
»Es ist jemand gestorben«, sagte sie entschuldigend, drückte Milke einen Zettel in die Hand und verschwand wieder.
Milke schaute ihr kurz hinterher, dann entfaltete er das Blatt zu seiner vollen DIN A 4 Größe und las es kurz durch.
»Donnerwetter«, sagte er, blickte mich an, dann wieder »Donnerwetter.« Er reichte das Blatt an Augenbraue. »Meine Herren, vor Ihnen steht der neue König von Bayern. Ludwig der V. wurde soeben auf offener Straße erschossen.« Glatze starrte erst Milke an, dann mich. Er lebte also doch.
»Herzlichen Glückwunsch, Eure Hoheit«, sagte Milke strahlend. »Allerdings müssen Sie ja erst noch gekrönt werden. Und natürlich mein herzliches Beileid zu diesem schmerzlichen Verlust.«
»Scheiße, ich werde König von Bayern«, sagte ich und Antje rümpfte die Nase. Doch sein tadelnder Blick währte nicht lange.
»Wir können natürlich den zukünftigen König von Bayern nicht durch eine Prüfung über die bayerische Monarchie fallen lassen, nicht wahr meine Herren?«
Augenbraue nickte ergriffen. Glatze war wieder erstarrt, Milke nahm diese Starre als Zustimmung.

»Gratuliere, Herr Huber, zur bestandenen Prüfung. Ich gebe Ihnen aber nicht die volle Punktzahl, einen ziehe ich ab für ein paar Lücken, die hier und da durchschimmerten.« Er grinste verschwörerisch.

Eigentlich hätte mir jetzt ein Stein vom Herzen fallen müssen. Studium gerettet. War aber sowieso egal, denn das Studium war in dem Moment zu Ende, als schon wieder jemand die Tür öffnete. Albert, der Fahrer, den die Botschaft mir zugeteilt hatte.
»Kommen Sie«, sagte er ungewohnt förmlich, »Ihr Zug fährt in einer Stunde am Hauptbahnhof ab, wir müssen noch packen.«
»Zug?«, fragte ich.
»Ihr Onkel hat angerufen. Er will Sie so schnell wie möglich zum König krönen lassen.«

Erst als ich im Auto saß, begann ich langsam wirklich zu begreifen. Mein Vater war tot. Ich konnte mich kaum an ihn erinnern. Schon nach Abschluss der Grundschule hatte er mich nach Berlin aufs Gymnasium geschickt. Erst hieß es, das bayrische Abitur könne mit dem Berlins nicht mithalten. Dann war die Privatuniversität die Beste der Welt. Mir war es recht, ich lebte in der bayrischen Botschaft und genoss den Wohlstand. Entfernte Verwandte kümmerten sich um mich und gaben sich der Schule gegenüber als meine Eltern aus. Nur im Urlaub, im Sommer, war ich nach Bayern gefahren und hatte meinen Bruder gesehen. Aber er war drei Jahre älter als ich, wir hatten nichts gemeinsam. Und meine Schwester Kristien. Sie war eine Leseratte, die ständig irgendwelche schlauen Diskussionen anzettelte. Auch nicht mein Ding. Mein Vater war schon seit vielen Jahren nicht mehr dabei. Wir genossen die Ferien in einem unserer Schlösser, auf Herrenchiemsee oder in den Bergen, er hauste in seiner Burg am Starnberger See. Das ging so, seit meine Mutter gestorben war. Autounfall. Ein amerikanischer Botschaftsmitarbeiter war in die Sache verwickelt gewesen. Natürlich. Die Amerikaner waren schuld. Das war 1989 gewesen. Das Jahr, in dem der Ostblock zusammenbrach und die Anarchisten auch auf dem Marienplatz demonstrierten. Aber mein Großvater war damals nicht so ein Weichei gewesen. Als eine Montagsdemonstration in der Woche nach der Maueröffnung aus dem Ruder zu laufen drohte, ließ er die Demonstranten einfach niederschießen. Und plötzlich war wieder Ruhe. So leicht ging das. Ich wette, die Loser aus der Regierung der DDR haben sich ganz schön die Augen gerieben. Mein Vater hatte zugesehen. Mein Opa hat uns Kindern oft davon erzählt, ich war damals fünf. Wie er meinen Vater auf seine Regentschaft vorbereitet hat. Dass ein guter König auch ein harter König sein muss, zum Wohle des Landes. Und dass das auch uns eine Lehre sein sollte. Im gleichen Jahr starb meine Mutter. Vater wurde zwar kurz darauf König, zog sich

aber weitgehend aus der Öffentlichkeit zurück und überließ die Regierungsgeschäfte dem Mann seiner Schwester, Onkel Hans. Und Onkel Hans kümmerte sich auch während der Ferien um uns.
Wo wohl Kristien jetzt steckte? Schon in den letzten Sommerferien war sie nicht dabei gewesen. Sie hatte schon immer ihren eigenen Kopf gehabt. Bei der Krönung würde ich sie sehen. So sehr sie nerven konnte, ich freute mich auf sie. Und Wigerl? Eigentlich hätte er König werden müssen, er, der Erstgeborene. Aber das hätte Onkel Hans niemals zugelassen. Er war der einzige, der den Laden zusammenhielt. Dass der kleine Ludwig nicht zum König taugte, hatte er schnell begriffen. Wahrscheinlich war er wieder in Monte Carlo und verspielte unsere letzten Devisen. Mein Bruder, eine Schande für unser Land. Würde er zu meiner Krönung kommen? Klar, er musste, er würde tun, was mein Onkel verlangte, solange der ihm seine Freiheiten ließ. Blöderweise würde auch Jérôme dort sein. Sohn von Onkel Hans, mein Cousin und die größte Nervensäge von allen. Schade, dass man sich als König nicht auch einen neuen Cousin aussuchen konnte.

1.2 Die Ankunft

»Wo steckst du, Alter?«
Ich starrte auf die Textnachricht von Maschine. Ja, wo steckte ich eigentlich? In einem Erste-Klasse-Abteil der Deutschen Bahn auf der Fahrt von Berlin nach München. Auf der Fahrt in meine Zukunft als König.
»Spontanurlaub in Bayern«, schickte ich an unsere Gruppe. Eins hatte sie »die drei Musketiere« nennen wollen. Was für ein Nerd. Gott sei Dank hat Maschine sie eingerichtet und er hat sie Gonzo genannt. Das ist wohl so ein hässlicher Zwerg aus der Muppet-Show. Fand er irgendwie cool. Jedenfalls schickte ich diese Lüge an unsere Gruppe. Nicht einmal meine besten Freunde wussten, wer ich wirklich war. Ob mich die Deutschen wirklich in den Knast gesteckt hätten, wenn sie das gewusst hätten? Das hatte mein Onkel jedenfalls immer gesagt. Also hielt ich die Fresse. Immer noch. Aber bald würden sie es sowieso erfahren. Aus dem Fernsehen. Aber ob sie mich erkennen würden? Meine Ersatzeltern hatten mich in einen Loden-Anzug gesteckt, sogar mit Krawatte. Ich sah unglaublich dumm aus, aber was tat man nicht alles, um König zu werden. Scheiß drauf.
»Ich werde nämlich König«, schrieb ich an Gonzo.
»Sicher«, schrieb Eins.
»Fuck you«, schrieb Maschine.
Sie glaubten mir nicht. Klar, warum sollten sie auch.

Die Fahrt dauerte ewig. Ich schaute aus dem Fenster. Draußen zogen Felder vorbei, Traktoren drehten ihre Runden. Die Sonne schien, der Himmel war wolkenlos. Es war Juni. Was die da wohl machten? Düngen? Ich hatte keine Ahnung von Landwirtschaft. Interessierte mich auch nicht.
Bis zur bayrischen Grenze kamen wir flott voran, doch sobald wir die Todeszone mit dem rostigen Stacheldrahtzaun erreichten, blieb die Zeit stehen. Genauer gesagt, der Zug. Eine halbe Stunde standen wir im Grenzbahnhof, bis die Kontrollen vorbei waren. Ich stellte meine Uhr eine halbe Stunde zurück. Wir hatten nämlich auch unsere eigene Zeitzone in Bayern. Und dann gings im Bummeltempo weiter. Angeblich »marodes Gleisbett«. Typisch deutsche Propaganda. Kein Tag, an dem sie Bayern nicht schlecht machten.

Ich glitt ab in Tagträume. König. Ich konnte mir alle Wünsche erfüllen. Ich meine nicht den kleinen Luxus, den ich schon immer hatte, die neuesten Videospiele oder Logenkarten, wenn Borussia spielte. Ich meine, echte Wünsche. Sowas wie das teuerste Auto der Welt. Mein Handy beepte.
»Alter, dann kannst du ja Madonna für dich spielen lassen«,

schrieb Maschine, der auf meinen Scherz mit dem König-werden offenbar einging, indem er sich über meine Musik lustig machte. Es war ein bisschen peinlich, aber ich war echt immer noch großer Madonna-Fan. Und Abba, aber das hatte ich den beiden nicht verraten.
»Die hol ich mir zur Krönung«, antwortete ich ihm. »Und endlich einen Ferrari.«
»Nur Borussia live kannst du dann nicht mehr sehen.« Eins war auch online.
Stimmt, Königsein hatte nicht nur Vorteile. Offiziell durften Mitglieder der königlichen Familie die EU nicht bereisen. Wiggerl machte das zwar bereits seit Jahren, wir hatten die besten Ausweisfälscher des Planeten, aber für den amtierenden König war das ein No Go.
»Hab meinen eigenen Verein. Die Königlichen. Die Sechzger«, schrieb ich.
»LOL«, schrieb Maschine.
Schon klar. Die wurden zwar jedes Jahr Meister der Bayerischen Operettenliga, scheiterten aber genauso zuverlässig an der Champions League-Qualifikation.
»Und für die kauf ich erstmal ein paar Weltstars. Das wird richtig geil, wenn wir die Champions League aufmischen.« Ich war auf Voice Messages umgestiegen, die Sätze wurden zu lang. Leider wurde der Empfang immer schlechter. Ich schaute auf das Display. Telekom Bayern. Das hieß sehr, sehr langsam, sehr, sehr teuer, sehr, sehr unzuverlässig. Noch eine Sache, die ich unbedingt ändern musste. Meinem Onkel war das immer egal gewesen, der hielt das Internet wahrscheinlich für Bahnschienen. Aber hier war ich, the next generation.
»Und essen, was und soviel ich will. Und trinken. Und rauchen.« Das war meine letzte Message, die durchging.
»Viel Spaß, gibt ja nicht mal MacDoof in Bayern.« Das war die letzte Message, die ankam. Und verdammt, Eins hatte recht. Es wurde Zeit, dass ich mir eine To-Do-Liste anlegte, es gab viel zu tun. Verdammt viel.

Der Münchner Hauptbahnhof wirkte genauso trist wie beim letzten Mal, als ich hier angekommen war, um die Ferien zu beginnen. Alles grau. Erstaunlich wenig los. Der Bahnsteig fast menschenleer. Erst als wir hielten, wurde mir klar, woran das lag. Der Abschnitt, in dem ich ausstieg, war von bewaffneten Polizisten abgesperrt worden. Die wenigen Mitreisenden aus meinem Waggon wurden eilig fortgewunken. Zwei Männer und eine Frau kamen auf mich zu. Klar, Onkel Hans. Ich erkannte ihn schon von weitem an seinem extrem aufrechten Gang, ganz Soldat. Allerdings trug er heute keine Uniform, sondern den gleichen Lodenanzug wie ich. Der Mann neben ihm ging mit der Dynamik der Jugend und war fast einen Kopf größer. Ich fürchtete, das war Jérôme, mein Cousin. Die dritte Person hatte

schulterlange, schwarze Haare, in Bayern konnte das nur eine Frau sein. Ich kannte sie nicht. Jetzt wurde es also ernst. Ich freute mich drauf.
»Franz«, begrüßte mich mein Onkel. Kein Mensch außerhalb Bayern nannte mich so, In Berlin nannten mich alle Janni, die Abkürzung meines zweiten Vornamen Yannik. Aber klar, das klang nicht gut. König Yannik der Erste von Bayern.
Ich gab ihm männlich die Hand, ich wusste, wie sehr er das schätzte. Er war nicht besonders groß, reichte mir bis zu den Schultern. Sein Haar war stoppelkurz abrasiert, sein Gesicht für einen über Sechzigjährigen erstaunlich faltenfrei. Mein Vater ist ungefähr genauso alt, schoss es mir durch den Kopf. *War*.
Auch Jérôme gab mir die Hand. Zwar trug auch er den traditionellen Lodenanzug, aber mit einem blau-weiß kariertem Halstuch, das ihm etwas Dandyhaftes gab und meine Antipathie verstärkte. Jérôme war mir schon immer auf den Zeiger gegangen. Er war mir zu ehrgeizig. Wollte immer Papas Liebling sein. Unvergessen der Tag, an dem Kristien und ich obwohl man uns das Baden verboten hatte trotz des stürmischen Wetters im Starnberger See schwimmen wollten und Jérôme uns verpfiff. Die drei Tage Stubenarrest würde ich ihm bis ans Ende seiner Tage nicht verzeihen.
»Wie war die Fahrt?«, fragte mein Onkel.
»Lang und quälend wie immer«, nölte ich. »Warum hast du dem neuen bayerischen König kein Flugzeug geschickt?«
Er drückte sein Kreuz, wenn das überhaupt möglich war, noch etwas mehr durch. »Das weißt du doch, wegen der Geheimhaltung.«
»Und weil die alten Russen-Bomber wieder mal alle in Reparatur sind. Genaugenommen haben wir schon seit einem Jahr kein flugfähiges Exemplar«, sagte mein Cousin frech.
Er war jünger als ich, aber langsam wurde er erwachsen. So einen Spruch hätte er sich letztes Jahr noch nicht getraut. Ich würde verdammt aufpassen müssen. Jérôme traute ich es zu, dass er selbst König werden wollte. Er wäre ja nicht der erste, der deswegen einen Verwandten meuchelte. Ich schüttelte mich innerlich. Mit solchen Gedanken hatte ich bis gestern nichts zu tun gehabt.
Die Frau hatte sich bisher zurückgehalten, sie stand etwas abseits, denn sie gehörte nicht zur königlichen Familie.
»Das ist Frau Kaminsky«, stellte mein Onkel sie mir vor. Wir reichten uns die Hände. Sie war älter als ich, wie alt genau, wagte ich nicht zu schätzen. Irgendwie zeitlos. Ihr Gesicht war ebenmäßig, ja schön. Das lag vor allem an ihren großen blauen Augen, weniger an dem verkniffenen Gesichtsausdruck. Sie trug ein schlichtes, aber modisches schwarzes Kostüm.
»Ab morgen: König Franz«, sagte ich und berauschte mich am Klang meines neuen Titels. Aber ich konnte mich ja schlecht als Franz vorstellen. Und Herr Huber klang mir dann doch zu

einfach.
»Angenehm«, sagte sie mit betörend tiefer, rauchiger Stimme.
»Sie arbeitet im Ministerium für Öffentlichkeitsarbeit. Sie ist die Beste. Deswegen werden wir sie zur «Ministerin für Berichte über unseren großartigen König« ernennen. Du wirst also eng mit ihr zusammenarbeiten.«
Ich war angemessen beeindruckt.
»Das Handy«, sagte sie.
»Meins?«, fragte ich irritiert. Sollte ich schon wieder ein neues bekommen? Meins war gerade erst ein paar Monate alt und ich hatte nichts von einem neuen Launch mitbekommen. Gab es etwa eine geheime Exklusivserie für Könige?
»Genau.« Sie streckte ihre Hand aus, ich reichte es ihr, sie nahm eine Sicherheitsnadel aus ihrer Tasche, öffnete das SIM-Fach, tauschte die SIM und schloss das Fach wieder.
»Feind hört mit«, feixte Jérôme.
Ich versuchte mich zu beherrschen. Wenn das eine SIM der Bayerischen Telekom war, war damit das Band mit Gonzo zerschnitten. Messaging-Dienste wurden in Bayern geblockt. Und ich war sicher, Jérôme hatte Auslandsnetz. Wobei das hier in München sowieso nicht funktionierte. Aber an der Grenze zu Österreich. Egal, was hatte ich auch mit meinem bisherigen Freunden zu besprechen. Ein neues Leben lag vor mir. Ein Leben ohne sie.
»Auf gute Zusammenarbeit, Frau Kambinski«, sagte ich, um ihr zu zeigen, dass ich die Sache mit der SIM voll und ganz verstand.
»Kaminsky«, sagte sie und lächelte nicht.
»Komm«, sagte mein Onkel.
Wir gingen voraus, vor uns Polizisten, die ich bei näherem Hinsehen als Mitglieder der GeStaSi, der Geheimen Staatssicherheit, erkannte, hinter uns Jérôme und die Frau und dahinter noch mehr Polizisten.
Ich war froh, dass ich meinen Onkel hatte. Er würde mir zeigen, was ich als König zu tun hatte. Ich erinnerte mich an meinen fünften Geburtstag. Er war schrecklich gewesen, kurz nach Mamas Tod. Vater hatte mir Bücher geschenkt. Heute war mir klar, dass er sie vor lauter Trauer kaum selbst ausgesucht haben konnte. Aber von Onkel Hans hatte ich einen Generalsmantel bekommen. Er passte wie maßgeschneidert und war mein ganzer Stolz. Aber das beste war, dass ich ihn auch bei der Jahresparade tragen durfte und echte Generäle vor mir salutierten. Alle, außer meinem Onkel natürlich. Vor allem erinnere ich mich an Wiggerls Blick. Da war nicht nur Neid, da war auch etwas Anderes. Vielleicht Hass auf mich? Wut auf meinen Onkel? Ich denke, damals wusste er schon, dass er niemals König werden würde.
»Was ist mit Vater?«, fragte ich.
Mein Onkel sprach nur, wenn er musste.

»Wir suchen überall nach dem Attentäter. Da stecken bestimmt die Amis dahinter. Oder die Deutschen.«
»Schweinerei«, sagte ich ohne innere Überzeugung. «Warum war er überhaupt in der Stadt?«
»Er hat mich besucht und er wollte sich in der Residenz umschauen, Erinnerungen. Und weil er schon so lange nicht mehr in München gewesen war, wollte er einen Spaziergang machen. Marienplatz, die Kaufinger rauf, zum Stachus und zurück. Er kam nur bis zum Marienplatz. Immerhin war er sofort tot.«
»Erschossen?«
»Ja, ein Scharfschütze, aus einem Fenster eines der Geschäftshäuser. Wir kriegen den, wir haben mehrere Spuren«, mischte Jérôme sich ein.
Wenn ich mich recht erinnerte, war er stellvertretender Leiter der Geheimen Staatssicherheit. Damit fielen die Ermittlungen wohl irgendwie in sein Ressort.
»Gut«, sagte ich, weil ein König so etwas sagen würde.
Endlich erreichten wir den S-Klasse Wagen. Da drin fühlte ich mich wieder wie zu Hause. Wie zu Hause in Berlin.

»Ich wünschte, Bayern könnte solche Autos bauen«, sagte ich, um etwas zu sagen, denn es war merkwürdig still im Auto.
»Könnten wir, wenn unsere Feinde uns nicht mit Wirtschaftssanktionen belegen würden«, sagte Jérôme besserwisserisch. Gut zu wissen, dass er ganz der alte geblieben war. Wirtschaftssanktionen. Alles nur Ausreden. Tatsache war, dass die Autos der Bayerischen Automobilwerke den Namen nicht verdienten. Sicherlich gute, solide Fahrzeuge für den durchschnittlichen Bayern, aber nie schneller als hundert? Ernsthaft? Wieder ein Punkt für meine Liste. Wollten wir doch mal sehen, ob die BAW nicht auch in der Lage waren, einen rassigen Sportwagen zu bauen. Oder wenigstens ein brauchbares SUV. So schwer konnte das doch nicht sein.

Auf dem kurzen Weg vom Hauptbahnhof zum Opernplatz kamen wir an zahlreichen überdimensionierten Plakaten vorbei, die meinen Vater zeigten. An jedem Plakat war ein Trauerflor angebracht. Auf dem Stachus stand sogar eine lebensgroße Statue. Das war mir früher gar nicht aufgefallen. Ich war aber auch schon lange nicht mehr in München gewesen.
Frau Kambinsky entgingen meine Blicke nicht.
»Wundervoll, nicht wahr? Aber keine Sorgen, von Ihnen machen wir auch noch schöne Plakate, morgen ist Fototermin.«
Ich schluckte. Komischer Gedanke, neben einem Toten zu hängen. Auch und gerade, wenn es der eigene Vater war.
Endlich sahen wir sie, Oper und Residenz. Der Platz war gut gefüllt mit Menschen, die kleine weiß-blaue Fähnchen schwenkten. Viele von ihnen waren sehr jung, wahrscheinlich

Schulkinder, die man mit einem Tag schulfrei hierher motiviert hatte. Drei Jugendliche stachen heraus aus der Menge. Statt der Bayern-Fähnchen schwenkten sie rote Fahnen, in die weiß blauen Bayern-Rauten kreisförmig eingelassen waren. Der Schriftzug war zu klein, als dass ich ihn gut hätte lesen können, irgendwas mit FC und München. Fußballfans also. Endlich mal wahre Freude, von einem Fußballfan zum anderen, nicht diese bestellten Jubelkameraden. Begeistert winkte ich zurück und nickte ihnen aufmunternd zu. Die drei wurden immer ausgelassener, ich war mir allerdings über den Grund dafür nicht mehr so sicher, als sie uns ihre Mittelfinger entgegenstreckten und etwas grölten, das ich nicht verstand. Bevor wir nah genug herankamen, um es zu verstehen, waren sie von Beamten abgeführt worden. Als einer der drei sich wehrte, wurde er unbarmherzig mit einem Gummiknüppel nieder-geprügelt.
»Was ist da los?«, fragte ich.
»Sie geben einfach nicht auf«, sagte Kambinski.
»Kleiner Verein? Zweite Liga?«, fragte ich.
»Terroristen. Sie nennen sich fantasielos ›Der Widerstand‹. Wenn du einen erschießt, treten zwei neue ein. Es sind nicht viele, sie bewegen nichts, sind aber auch nicht mit Stumpf und Stiel auszurotten«, erklärte Jérôme weltmännisch. Arroganter Sack.
»Aber stand da nicht FC? FC wie Fußballclub?«
»Das war tatsächlich das Logo von so einem intellektuellen Fußballverein. Den hat aber schon dein Großvater nach dem Krieg verboten. Deswegen benutzen die Terroristen sein Logo als ihr Erkennungszeichen. Sagte ich schon, dass sie bemitleidenswert fantasielos sind?«, sagte Kambitzki. Oder so. Wenn die Frau sich wirklich um meine PR kümmern sollte, musste ich sie bei Gelegenheit noch mal nach ihrem Namen fragen.

1.3 Der Onkel

Gott sei Dank hatte wenigstens der König in Bayern das richtige Abonnement, um Bundesliga zu schauen. Als erste Amtshandlung, noch bevor ich gekrönt wurde, sorgte ich dafür, dass einer der vielen Räume in der Residenz zum Fernsehzimmer umgebaut wurde. Der größte Fernseher, den man auf die Schnelle besorgen konnte, füllte eine halbe Wand aus und aus den Surround-Boxen dröhnte der Sound, als säße man mitten im Stadion. Das Problem war nur: Ich saß nicht im Park und würde da auch in absehbarer Zeit nicht wieder sitzen. Das Spiel war zäh, trotzdem führte die Borussia zur Halbzeit schon 3:0. Viele sagten, es sei langweilig, wenn immer die gleiche Mannschaft Meister wurde. Fand ich nicht, so lange es die richtige war.
Es klopfte, die Tür ging auf und irgendein Lakaie in einer Fantasieuniform, in der die hier alle herumliefen, kam herein und meldete, dass die Pink Kitties jetzt da seien.
»Das Spiel ist in zwanzig Minuten zu Ende«, sagte ich sehr geduldig und auch nur, weil der Ball gerade im Aus war. »Sobald der Schiedsrichter abgepfiffen hat, komme ich ins Audienzzimmer.«
»Es ist nur«, wagte der Mann zu widersprechen, »immerhin sind sie die populärste Musikgruppe in Bayern.«
Ich schaute ihn grimmig an. Zu seiner Entschuldigung muss man sagen, er war jenseits der vierzig, ich meine, wegen Musikgruppe. Er verstand die zarte Andeutung sofort, schlug die Augen nieder, nuschelte etwas von Entschuldigung und verschwand durch die Tür.
Das 5:0 bereitete mir keine rechte Freude. Ich überlegte, wie ich den Raum stilgerecht dekorieren würde. Hier war alles voller Stuck und Blattgold, furchtbar, das musste raus, da würde eine riesen Raute an die Wand kommen. Vielleicht noch ein paar bequeme Sessel? Für Gäste? Mir wollte niemand einfallen, der mit mir Fußball schauen würde.

Die Pink Kitties waren eine Girl-Band, die Platz eins der Charts abonniert hatten. Ich fand, sie klangen wie Abba, also ziemlich Retro. Und sie sahen echt heiß aus. Tiger war die Rothaarige mit den Locken am Schlagzeug, Lion hatte schwarze Haare und spielte die E-Gitarre. Der Star aber war Kitty. Sie war ein Traum: langes blondes Haar, super Figur und einen Blick, der mich sogar im ruckeligen Video über das Bayerische Netz verrückt gemacht hatte. Madonna hatte leider auf meine Anfrage nicht geantwortet. Aber ein Privatkonzert von Pink Kitty, die übrigens immer in schwarz auftraten, der Name war pure Ironie, war ja auch nicht schlecht. Das würde eine geile Party.

Ich hatte einen Cocktailmixer engagiert, ein kleines Buffet vorbereitet, erst gabs Musik, dann Spaß. So stellte ich es mir vor, König zu sein.

Die Residenz war riesig. Obwohl die Hälfte der Anlage noch immer eine Ruine war, – die Renovierung sei teuer und langwierig, hatte Onkel Hans erwähnt, vor allem teuer, hatte Jérôme ergänzt – waren mehr als genug Zimmer für mich und meinen Hofstaat vorhanden. Denn ich war der einzige Bewohner, Onkel Hans und Jérôme bewohnten Villen im Hirschgarten. War mir nur recht, auch ein König braucht ein wenig Privatsphäre. Ich ging durch eine Halle in den nächsten Flügel, ein Diener öffnete mir die Flügeltür und ich freute mich schon auf die ehrerbietige Begrüßung durch die Mädels. Es kam allerdings anders.
»Na endlich kommt mal einer«, sagte Tiger, die auf dem Boden lag und sich irgendwie verrenkte, wahrscheinlich eine Yoga-Übung.
»Alter, weißt du, wann dieser König sich endlich mal blicken lässt? Ich wollte heute noch zum Frisör«, redete mich Lion etwas weniger respektvoll an, als ich erwartet hatte. OK, ich trug wie immer zu Hause Jogginghose und wegen des Spiels mein Trikot mit der Unterschrift von Rahan Sha, dem Superstar der Borussia, dem ich dieses Jahr mindestens 40 Buden zutraute.
»Ta ta«, sagte ich, »good news, girls, euer König ist da«, überraschte ich sie.
»Hä?«, sagte Lion.
Tiger stand auf, schaute mich geringschätzig an und knuffte dann Kitty, die auf dem Sofa lag und offenbar Musik hörte, denn jetzt zog sie sich zwei Stöpsel aus den Ohren und hörte auf, Kaugummi zu kauen.
»Der sagt, er ist der König«, klärte Lion sie auf.
Kitty rollte sich vom Sofa und stellte sich hin.
»Wow. Hatte mir dich irgendwie«, sie suchte offenbar nach dem richtigen Wort, »königlicher vorgestellt.« Sie musterte mich. »Nicht so untersetzt, nicht so ein rundes Gesicht, nicht so straßenköterblond und natürlich ohne Brille.«
Ich unterdrückte meine aufsteigende Wut und zählte unhörbar bis zehn.
»Na ja, auch gut. Was liegt an?«
Tiger ließ sich wieder auf den Boden herab und begann die nächste Übung.
Ich erklärte den jungen Damen meinen Plan für den Rest des Tages, immerhin schien Kitty mir zuzuhören, während Lion teilnahmslos aus dem Fenster starrte.
»Echt? Wir sollen was spielen? Hast du denn Equipment da?«
Ich zeigte auf die E-Gitarre, das Schlagzeug, das Mikrophon und den Mixer, die ich hatte aufbauen lassen und schaute sie irritiert an.

»Ja ne, wir spielen ja immer nur Feedback«, sagte Lion.
»Playback«, sagte Kitty und lächelte kieksig. Ihre Stimme klang insgesamt unangenehm hoch und blechern, wie das Meckern einer Ziege. Nur blecherner. Und noch etwas höher.
»Euer Publikum würde euch heute kleine Fehler verzeihen«, sagte ich und versuchte, nicht genervt zu klingen.
»Du verstehst nicht, Hoheit.« Das zumindest hatte man ihnen wohl eingebläut, wie man einen König vernünftig anspricht. »Wir spielen keine Instrumente. Null. Und ich singe auch nicht. Also jedenfalls nicht so, wie du das kennst. Das kommt aus dem Computer.«
»Wir können uns ja zusammen ein paar Songs von euch reinziehen«, gab ich nach.
»Echt jetzt? Die sind doch scheiße«, sagte Tiger vom Boden aus. »Haste
nicht was Cooles da? Rap oder so?«
Klar. Hatte ich. Fand ich aber nicht cool. Und immerhin war ich der König. Scheiß Party, das waren also die heißesten Stars des Landes.
Ich gab Kitty ein Pad. »Such dir was aus, ist alles drauf«, sagte ich.
»Cool, du hast Musify?«
Hatte ich natürlich nicht, sowas gab unser wunderbares bayerisches Netz nicht her. Außerdem mussten wir unsere Jugend vor der westlichen Abfallmusik durch Filter schützen. Im Keller der Residenz stand ein Server, auf dem alles drauf war. Aber das hätten die Chicks wohl eh nicht verstanden.
Sie wählte irgendein Asi-Ghetto-Pseudo-Gangsterrap-Drecksstück aus dem Wedding aus. Meine Laune war irgendwo in der Nähe des absoluten Nullpunkts.
»Was trinken?« Wahrscheinlich war das ganze nur noch zu retten, wenn wir die Sache mit den Cocktails starteten. Vielleicht war mehr mit ihnen anzufangen, wenn sie abgefüllt waren.
»Wir trinken nicht«, sagte Kitty. »Wegen dem Management. Macht hässlich. Steht sogar im Vertrag. Hast du Wasser?«
»Oder einen Saft?«, fragte Lion.
»Oder Koks?«, fragte Tiger.
Ich hatte gerade nach den Getränken klatschen wollen, aber das war nun doch eine kleine Überraschung.
»Das dürft ihr?«, fragte ich schlagfertig.
»Darüber steht jedenfalls nichts im Vertrag«, sagte Kitty.
»Ich hätte etwas Gras da«, sagte ich, denn eigentlich hatte ich es nicht so mit Drogen, jedenfalls nicht mit dem harten Zeugs.
Kitty seufzte und Tiger sagte: »Ich wusste, es wird scheiße.«
Und dann ging die Tür auf und es war nicht der Typ mit den Getränken und dem Dope, es war Onkel Hans.

Er blieb in der Tür stehen und schaute streng. Im ersten Moment war mir die Szene unglaublich peinlich. Ich fühlte mich

ertappt, als hätte ich etwas Verbotenes getan. Aber verdammt, ich war doch kein Kind mehr, ich war der König, jedenfalls bald. Ich konnte machen, was ich wollte. Und mit wem ich wollte. Es blieb trotzdem unangenehm, vor allem, weil es so ein Reinfall gewesen war.
»Die Damen dürfen jetzt gehen«, sagte er in einem Ton, der keinen Zweifel daran ließ, dass sie nicht nur gehen durften, sondern auch mussten, wenn sie nicht mit mehrjähriger Kerkerhaft rechnen wollten. Ich war beeindruckt, wie schnell Bewegung in die lethargischen Dumpfnasen kam. Lion nuschelte noch so etwas wie, »Super, dann schaff ich meinen Friseurtermin noch« und schon waren sie weg.
Onkel Hans ging mit keinem Wort auf die Sache mit der Girl Band ein. Vielleicht wusste er auch gar nicht, dass die Mädchen berühmt waren.
Ich schaute genauer hin. Ganz so asketisch wie am Bahnhof kam er mir nun nicht mehr vor. Unter seinem braunen Hemd, er trug Uniform, wölbte sich ein gut erkennbarer Bauchansatz und sein Gesicht durchzogen rote Äderchen. Verglichen mit meinem Vater war er allerdings immer noch ein Modellathlet. Der hatte sich in den letzten Jahren gehen lassen, war richtig dick geworden. Leider neigte meine Familie zu Übergewicht. Jedenfalls väterlicherseits. Auf den Bildern, die ich von meiner Mutter hatte, war sie die schönste Frau der Welt.
»Junge«, sagte mein Onkel.
In dem Moment kam ein Diener und brachte auf einem Tablett einen Schale voller Eis, in der Bier und Wasserdosen steckten, sowie einen Beutel Dope, von dem ich hoffte, dass Onkel Hans nicht wusste, was es war und nicht fragen würde. Ich hätte jetzt gern eine Dose aufgemacht, beschloss aber, erst mal abzuwarten, was er von mir wollte.
»Setz dich, wir müssen reden.«
Ich gehorchte, setzte mich auf das Sofa, in dem eben noch die immerhin optisch bezaubernde Kitty rumgelümmelt hatte.
Mein Onkel setzte sich in einen bequemen Sessel mir gegenüber.
»Morgen ist die Trauerfeier für deinen Vater, übermorgen bereits die Krönung. Das mag dir etwas kurzfristig vorkommen, aber wir müssen dem Volk Sicherheit geben. Und vor allem auch unseren Freunden im Norden und im Westen.«
Er sprach das Wort Freunde aus, als wollte er es ausspucken.
»Bevor du König wirst, musst du verstehen, was diese Monarchie für Bayern bedeutet.«
»Ich ...«
»Du warst lange fort. Du kennst Bayern nicht.«
Ich hielt ihm eine Bierdose hin, die er erfreulicherweise nahm und öffnete und auch ich machte mir eine auf. Wir stießen an.
»Gott hat Bayern die Huber-Dynastie geschenkt, um das Land vor dem Verrat der Wittelsbacher, die Bayern Deutschland

anschließen wollten, zu retten. Das wird das Volk euch nie vergessen. Und weil ihr von Gott gesandt wurdet, verfügt ihr über außergewöhnliche Fähigkeiten.«
Ich schaute ihn mit großen Augen an. Wollte er mich verarschen?
»Mach mal langsam. Ich kann nicht fliegen oder so.«
»Mach dich darüber nicht lustig. Frau Kaminsky wird dich im Detail unterrichten.«
Ich nickte.
»Die Könige garantieren die Eigenständigkeit und damit die Freiheit Bayerns. Und damit verdienen sie sich die bedingungslose Liebe und Aufopferung der Bürger. Franz, du bist Bayern, du bist das Volk. Morgen werdet ihr eine Einheit. Du bist ihr Schicksal und das des Landes. Verstehst du, welche Verantwortung du trägst?«
Ich nickte, noch bevor ich darüber nachgedacht hatte.
Scheiße, das hieß, es gab kein Zurück mehr. Wenn die Krone erst auf meinem Kopf saß, würde ich sie erst am Tag meines Todes wieder loswerden. Mir dämmerte, dass Königsein mehr sein würde, als Spaß zu haben. Verdammt, und ich wusste wirklich viel zu wenig über dieses Bayern, ich kannte es nur aus dem Urlaub, ich kannte nur Schlösser und Berge und Seen. Ich hatte keine Ahnung, wie dieses verkiffte Land funktionierte und ich hatte keine Ahnung, was es hieß, König zu sein.
Ich musste wohl etwas blass geworden sein, denn plötzlich lächelte mein Onkel, was er praktisch nie tat.
»Mach dir keine Sorgen, ich helfe dir ja. Als König ist es deine wichtigste Aufgabe, zu repräsentieren. Die Bürger müssen dich sehen. Sie müssen dir vertrauen, an dich glauben.«
»Und dann muss ich sie auch noch regieren«, gab ich zu bedenken. Mich auf einen Balkon stellen und winken, würde ich schon noch hinkriegen, aber ich dachte an meine To-Do Liste. Sie abzuarbeiten, würde harte Arbeit werden.
»Regieren?« Mein Onkel schaute mich überrascht an. »Ach Junge, du musst noch viel lernen. So viel lernen«, sagte er und stand auf.
»Wir sehen uns morgen bei der Trauerfeier. Und vergiss die kugelsichere Weste nicht. Niemals.«
Ich sah ihm mit gemischten Gefühlen hinterher und machte mir eine zweite Dose Bier auf. Auf das Gras hatte ich plötzlich keine Lust mehr. Egal, was er sagte, egal, wer in Bayern jetzt die Entscheidungen traf. Dass unsere Autos Schrott waren, unser Internet nicht funktionierte und der König nicht fliegen konnte, auch das war jetzt alles ich. Für das alles trug nun ich die Verantwortung. Ich erinnerte mich an das Buch über griechische Sagen, aus dem mir mein Vater manchmal vorgelesen hatte. Ich fühlte mich wie Atlas, der die Welt tragen musste, nur ich war bei weitem nicht so stark wie er.

1.4 Die Krönung

Den Tag der Krönung begann ich mit einem Kater. Daher konnte ich das bayerische Kaiserwetter, strahlend blauer Himmel mit kleinen weißen Wolken, nicht gebührend würdigen.
Warum hatte ich nach zwei Dosen nicht aufhören können? Ich warf eine Tablette ein, trank einen halben Liter Wasser und redete mir ein, dass ich mich nun besser fühlte. Am liebsten hätte ich mich nochmal hingelegt, aber ein Lakaie stand bereits im Zimmer und quäkte irgendwelche Details zum Tagesablauf; mit der Privatsphäre eines Königs ist das so eine Sache.
»Ernsthaft? In den Sachen soll ich mich krönen lassen?« Er hatte mir ein Hemd und eine Chino rausgelegt.
»Natürlich nicht, Hoheit. Die Einkleidung erfolgt um 14:00 Uhr nach dem Zahnarzttermin.«
»Dem was?«
Wenn mir etwas Angst machte, dann waren das Zahnärzte.

Ich setzte mich auf den verhassten Stuhl. Ich schätzte den Mann auf Anfang vierzig, für einen Zahnarzt wirkte er fast sympathisch. Zumindest lächelte er und kam mir nicht ganz so sadistisch vor wie die anderen, mit denen ich bereits das Vergnügen gehabt hatte. Er stellte sich als Dr. Borchert vor.
»Ich habe keine Schmerzen«, sagte ich.
»Das ist gut«, sagte er und hörte auf zu lächeln. »Lassen Sie mich mal schauen.«
Er nahm ein Instrument und gab den Zahnstatus durch, den eine kleine Sprechstundenhilfe artig auf einer Karteikarte vermerkte.
»Wunderbar, Sie haben ja schon zwei Kronen.«
Machte er sich darüber lustig, dass meine Zähne schon in meinem Alter nicht besonders gut waren? Oder war das für Bayern tatsächlich ein Zeichen überraschend gesunder Zähne?
»Die eine davon scheint schon etwas älter, die können wir nutzen.«
»Für was?«, stieß ich angsterfüllt aus.
»Man hat es Ihnen nicht gesagt?«, fragte er ernst.
Ich schüttelte den Kopf.
»Ich soll Ihnen den Giftzahn einsetzen.«
»Den was?«
»Sie wissen besser als ich, welche Bedeutung der König für Bayern hat. Stellen Sie sich vor, ausländische Mächte würden Sie entführen. Das ganze Land wäre erpressbar. Und gar nicht auszudenken, mit welchen Methoden die Sie foltern würden. Kurzum, jeder unserer Könige bekommt vor seiner Krönung eine Krone eingesetzt, in der eine tödliche Dosis Gift eingeschlossen ist. Auf der Rückseite ist ein kleines Schloss. Einfach öffnen und

in weniger als einer Minute sind Sie tot. Eine Art Todesversicherung.«
Ich musste ihn angestarrt haben wie den Teufel, jedenfalls wich er einen Schritt zurück.
»Ich will das nicht. Kann das aus Versehen ausgelöst werden?«
»Natürlich nicht«, sagte er ärgerlich, als hätte ich ihn in seiner Ehre als Zahnarzt beleidigt. »Lassen Sie mich meinen Job machen. Sie werden mir eines Tages noch dankbar sein.«
»Nein!« Ich schrie das Wort fast. »Ich will das nicht. Ich habe nicht vor, zu sterben. Und auch nicht, mich entführen zu lassen.«
»Ich habe den klaren Auftrag, Ihnen die Krone einzusetzen.«
»Und ich gebe Ihnen den klaren Auftrag, das nicht zu tun. Sie wissen schon, heute Abend bin ich Ihr König.«
»Selbstverständlich, Hoheit, wie Sie wünschen.« Er deutete eine Verbeugung an.
»Sie entschuldigen mich. Wir sehen uns, falls ich Zahnschmerzen bekommen sollte.«
»Vergessen Sie die Prophylaxe nicht«, rief er mir noch hinterher.
Ich verließ seine Praxis, so schnell ich konnte.

Der Lakai brachte mich zurück in die Residenz. Obwohl es zu Fuß nur ein paar Meter gewesen wären, nahmen wir die S-Klasse. Wegen der Sicherheit. Ich machte mir eine Notiz, dass ich mir endlich den Sportwagen bestellen wollte. Das mit dem Ferrari hatte leider nicht geklappt. Die hielten sich an das Embargo. Musste es eben ein deutscher Wagen sein, da ging was.
Im Ankleidezimmer erwartete mich Frau Kamwinski. Und noch diverse andere Menschen, die ich nicht kannte, und die mit dem Auspacken und Vorbereiten verschiedener Kleidungsstücke beschäftigt waren.
»Hoheit«, begrüßte sie mich geschäftsmäßig. »Wir werden Ihnen nun die Königsuniform anlegen.«
Ich sah mich genauer um, mein Blick fiel auf Orden, eine Schärpe, eine Schleppe, Hermelin, Samt.
»Nicht Ihr Ernst? Das Zeug sieht aus wie aus dem Museum. So laufe ich nicht rum.«
»Das ist keine Geschmacksfrage. Wir müssen dem Volk geben, was es haben will. Und für die meisten Ihrer Bürger trägt ein echter König eine Uniform wie aus einem Sissi-Film und dazu noch jede Menge Pomp. Sonst ist es kein echter König.«
»Was fürn Film?«, fragte ich sie verwirrt.
»Bayern ist in einer schwierigen Situation. Die Wirtschaft läuft nicht, die Armee ist nicht gut ausgerüstet. An den Grenzen stehen die Amerikaner und die Deutschen und wer weiß wer sonst noch alles und würden am liebsten Morgen einmarschieren. Das einzige, was dieses Land noch zusammenhält, ist die Monarchie. Und meine Aufgabe ist es, die

Monarchie, und das sind Sie, der König, ins rechte Licht zu rücken.«
»Ich bin kein Hampelmann«, sagte ich und verschränkte die Arme.
»Warum machen Sie mir das Leben so schwer? Ich mach hier nur meinen Job.« Sie zog eine Zigarettenschachtel aus ihrer Handtasche, bot mir eine an, die ich dankend annahm und gab uns beiden Feuer. Das Zeug war stark, ich musste husten.
»Einheimisch?«
»Brauner Hirsch. Kennen Sie nicht? Die gibts nur in Bayern. Das Zeug ist so stark, das ist in der EU gar nicht zugelassen. Bayern hat auch seine Vorzüge.« Zum ersten Mal an dem Tag schien sie zu lächeln.
»Es geht nicht gegen Sie, aber ich will hier keine Rolle spielen. Ich glaube, ich verstehe langsam, welche Verantwortung ich trage, und ich will Bayern in die Zukunft führen.«
»Das finde ich schön.« Sie nahm einen tiefen Zug, die Zigarette glimmte hell. »Das Volk liebte seinen König, Ihren Vater. Er war selten zu sehen, das machte ihn noch größer, überlebensgroß. Je ähnlicher Sie Ihrem Vater werden, umso erfolgreicher werden Sie sein.«
»Ich sehe ihm doch durchaus ähnlich«, merkte ich an und hielt mir den leider leicht vorstehenden Bauch. Es war als kleiner Scherz gemeint, aber Frau Kamdingens lächelte nicht.
»Das hilft. Aber lassen Sie sich die Haare schneiden wie er. Halten Sie den Oberkörper leicht nach vorne gebeugt wie er. Gehen Sie langsam, mit kleinen Schritten wie er.«
»Entschuldigung, er war ein alter Mann.«
»Papperlapapp. Er war der König.«
Sie schnippte Asche auf den Teppichboden, ich schaute mich nach einem Aschenbecher um, fand keinen und machte es wie sie.
»Den König umgibt ein Mythos. Es werden viele Geschichten über ihn erzählt. Kennen Sie einige?«
»Nö.« In Berlin erzählte man sich die nicht.
»Zum Beispiel standen bei seiner Geburt zwei Regenbögen über Schloss Leutstetten. Bei Ihrer Geburt übrigens auch.«
»Echt?«
»Wohl kaum. Ich spreche von einem Mythos. Und bei Ihnen beiden flog nach der Geburt eine weiße Taube in das Kinderzimmer und setzte sich auf das Kopfende des Bettes, als Zeichen, dass der König den Frieden bringt und bewahrt.«
»Sie denken sich diesen Schwachsinn aus?«, fragte ich halb angeekelt, halb belustigt.
»So ist es. Das Volk liebt ›diesen Schwachsinn‹. Am besten ist es, wenn sich die Geschichten rumerzählen und auch noch ausgeschmückt werden. So hält sich hartnäckig das Gerücht, der König müsste nie für das große Geschäft zur Toilette. Eine fantastische Idee, wir haben sie sofort aufgegriffen und dafür

gesorgt, dass jeder diese Geschichte kennt. Er konnte übrigens auch das Wetter beeinflussen. War er guter Laune, schien die Sonne. Auf sowas muss man erstmal kommen.«
»Dass mein Großvater unsterblich ist, das ist auch von Ihnen?« Auf einmal wurden mir ein paar Sachen klar.
»Ursprünglich war das nur so ein Satz meiner Vorgängerin, aber«, sie lächelte stolz, »ich habe die Sache perfektioniert. Die offizielle Geschichte ist nun, dass nur sein Körper ruht, der große Geist von Ludwig IV. aber unsterblich ist und er deswegen weiterhin der Kaiser ist, darum sind Sie nur der König.«
»Der Kaiser, so so«, nuschelte ich. Dass es kein Kaiserreich gab, schien dabei nicht sonderlich zu stören.
»Die Krönung findet übrigens in der Frauenkirche statt.«
»Ist das die traditionelle Krönungskirche?«
»Die Wittelsbacher wurden nicht gekrönt, denen wurde die Krone hinterhergetragen.«
»Hör mir mit der Bande auf, ich meine uns. Mein Vater, mein Großvater, wo wurden die gekrönt?«
»In der Frauenkirche. Sie ist die größte, die wir haben. Mir geht es vor allem um Größe. Wir werden live ins ganze Land übertragen. In allen großen Städten wird es Public Viewing geben. Das wird der Event des Jahres. Ach was, des Jahrzehnts.«
Ich sah in ihr ausdrucksloses Gesicht, sah, wie sich ihre Finger nervös an der Zigarette festhielten, ihr Blick unstet umher schweifte und die Vorbereitung der Kleidungsstücke überwachte. Diese Frau war einfach eine gute Managerin. Ob sie einen König ›verkaufte‹ oder PR für einen Chemieriesen machte, der Pestizide herstellte, spielte dabei keine Rolle.
»So, wir sind nicht zum Plaudern hier. Wir werden Ihre Kleidung bestimmt noch hier oder da anpassen müssen und zum Friseur müssen Sie auch noch. Beginnen wir mit den Stiefeln.«

Der Wagen fuhr fast bis zum Portal. Mein Onkel war bei mir. Rein rechtlich gesehen, hielt er den Thron für mich frei, bis ich gekrönt worden war. Deshalb würde er mir die Krone aufs Haupt setzen, zusammen mit dem Kardinal. Auf diese Art würde die Macht meines Vaters auf mich übergehen, legitimiert durch Gott. Mein Onkel und ich gingen nebeneinander. Er trug die Uniform des Armeechefs, ich sah aus wie ein König aus einem Disneyfilm, die Robe war so schwer, dass ich kaum vorwärts kam.
Die Kirche war bis auf den letzten Platz besetzt. Die Orgel spielte irgendetwas überaus Getragenes. Blitzlichter flackerten durch die Säulenhalle. Jérôme und ein paar hohe Minister gingen direkt hinter uns. Irgendwie hatte ich die ganze Zeit das Gefühl, Jérôme würde mir noch vor der Krönung ein Messer in den Rücken stoßen. Ich mochte ihn einfach nicht. Gelegentlich neigte mein Onkel sich etwas zu mir rüber und zischte mir Namen ins

Ohr.
»Da stehen die Botschafter. Brecht aus Deutschland und der große mit dem Schnurrbart ist Morris aus den USA.«
Ich hielt den Kopf gerade, so wie es Kamdingens gesagt hatte, aber schielte in die Richtung. Morris war bestimmt zwei Meter groß und so bullig, dass ich ihm nur ungern nachts begegnet wäre.
»Vor der musst du auf der Hut sein.«
Ich sah nur ein unscheinbares Mädchen mit Nickelbrille. Jünger als ich. Kinnlange glatte, schwarze Haare.
»Das ist Sybille Ganghofer, Vorsitzende der Jungen Murmeltiere, der Jugendorganisation der Königspartei. Sehr ehrgeizig.«
Zu weiteren wichtigen Besuchern der Krönung schwieg mein Onkel und meine Gedanken wanderten zurück zur Trauerfeier für meinen Vater. Genauso langsam wie jetzt war ich hinter dem Sarg her getrottet, in schlichtem Schwarz, noch war ich nicht König, noch überstrahlte mein Vater alles andere.
Die Straßen waren voll, das Volk hat ihn anscheinend geliebt. Wieder wehten viele Fähnchen, in blau und weiß. Aber der Körper in dem gläsernen Sarg, das wächserne Gesicht, das war nicht mein Vater. Ich hätte diesen Körper nicht erkannt, wenn man es mir nicht gesagt hätte, dass er es war. Der Tod hatte einen Fremden aus ihm gemacht. Oder war er mir schon vorher ein Fremder gewesen, so selten wie wir uns in den letzten Jahren gesehen hatten? Und was blieb von ihm? Dieser Körper im Mausoleum auf dem Odeonsplatz? Würde auch ich einmal so enden, in einem Glassarg? Waren wir beide am Ende nur noch dieser alberne Mythos, den Kambambski um uns strickte?
Kristien war nicht zur Trauerfeier erschienen. Wiggerl auch nicht. Auch hier in der Kirche hatte ich sie bisher nicht entdeckt. Das war vielleicht die größte Enttäuschung. Wobei, Wiggerl nervte nur noch. Offenbar hielt er sich selbst nicht aus, zog rastlos durch die Welt, von einer Luxus-Location zur anderen und produzierte außer Kosten absolut nichts. Auf Kristien hatte ich mich insgeheim gefreut. Sie war zwar eine üble Besserwisserin, aber früher hatten wir oft die gleichen Ideen und auch eine sehr ähnliche Sicht der Dinge gehabt. Ich hätte sie jetzt gerne bei ein paar Sachen um Rat gefragt. Aber beiden schien der Tod von Vater total egal zu sein. Und ich wahrscheinlich auch.

Die Königskrone ruhte auf einem roten Samtkissen, an dessen Ecken goldgelbe Troddeln aus den Mäulern von Löwen baumelten und auf dem vorne das Bayerische Wappen prangte. Auf den ersten Blick war die Krone gelb. Und zierlich. Doch das täuschte, sie war richtig schwer. Es war ja auch echtes Gold. Und es waren echte Edelsteine, große blaue, kleine rote. Dort, wo die Bögen zusammen liefen, zierte sie ein besonders eindrucksvoller Edelstein und über allem schwebte das

diamantenbesetzte Kreuz.
»Wieviel die wohl bringen würde?«, fragte ich Onkel Hans so leise wie ich konnte.
»Nicht viel«, flüsterte er. »Das Original haben wir schon vor langer Zeit an einen Schweizer Sammler verkauft, das ist nur eine Nachbildung.«
Nicht einmal die Krone war echt. Und ich fühlte mich immer weniger als echter König und immer mehr als Kasperle in einem unwirklichen Theaterstück. Doch dann dachte ich an die kugelsichere Weste unter meiner Verkleidung und wusste plötzlich, wie wirklich das alles war.

Mit der eigentlichen Krönung war der Tag noch lange nicht zu Ende. In der Kirche hatte ich nur den Kopf hinhalten müssen, aber Kamski hatte auch noch einen Empfang organisiert und da durfte ich mich zumindest auf Small-Talk gefasst machen. Sie hatte mir ausführlich vorgekaut, auf welche Wörter ich als König bei solchen Anlässen besser verzichten sollte. So ein Scheiß. Ich meine, sehr ärgerlich. Das machte es wirklich nicht leichter.
Ich hielt einen Sektkelch in der Hand. Jérôme kam zu mir.
»Na, hat dir Mel etwas leichtere Garderobe erlaubt?«
»Mel?«
»Melanie Kaminsky. Deine Gouvernante. Aber wir nennen sie nur die schwarze Mel. Weil sie immer in Schwarz rumläuft. Noch nicht aufgefallen?«
Mel. Das war wenigstens ein Name, den ich mir merken konnte.
»Doch, klar.«
»Willkommen in der Schlangengrube. Geh mal davon aus, dass niemand in diesem Raum dein Freund ist.«
»Der Raum ist ganz schön groß. Und ganz schön voll«, erwiderte ich.
»Schön, oder?«, grinste mein nerviger Cousin.
»Wo ist eigentlich Onkel Hans?« Ohne ihn fühlte ich mich irgend-wie hilflos.
»Der kümmert sich gerade um die Chinesen und die Russen. Komm, ich stelle dich mal ein paar anderen vor.«
»Frau Brecht«, rief er mit gerade noch akzeptabler Lautstärke der Dame zu, die mir Onkel Hans schon in der Kirche gezeigt hatte. Sie kam zu uns herüber, lächelte höflich und wir trieben ein wenig Smalltalk über Menschenrechte und Wirtschaftsbeziehungen. Ich versprach ihr alles, aber nichts verbindlich. Die dafür notwendigen Phrasen hatte mir Mel innerhalb einer halben Stunde beigebracht. Frau Brecht war echt nett. Aber sie wusste genau wie ich, dass ich nichts von dem, was ich gesagt hatte, auch wirklich meinte.
Jérôme gab mir einen Klaps auf die Schulter. »Gut gemacht fürs erste Mal. Aber die Idee, die Sechzger in der Bundesliga mitspielen zu lassen, das würd ich nächstes Mal weglassen. Die gehen da doch unter. Der Verein des Königs, das geht doch

nicht.«
Na ja, er hatte ja auch keine Ahnung, welche Verpflichtungen ich für die neue Saison plante.
»Eure Hoheit, welch eine Ehre«, sagte Botschafter Morris, der sich zu uns gesellte, ohne dass wir es bemerkt hatten. Wie konnte sich so ein Hüne fast geräuschlos anschleichen? Wahrscheinlich floss Indianerblut in seinen Adern.
»Es freut mich außerordentlich, endlich persönlich Ihre Bekanntschaft zu machen«, heuchelte ich leicht übertrieben.
»Das ist schön. Meine Freude ist leider nicht ganz so groß. Wissen Sie, ich bin seit mehr als zehn Jahren Botschafter in Bayern und ich bete jeden Abend, dass mein Präsident bald stirbt, damit ich hier wegkomme. Solange er lebt, scheint er mich hier nicht entbehren zu können.« Er lachte brummend über seinen Witz, ich sah ihn neugierig an, in Jérômes Augen blitzte der nackte Hass.
»Ich erzähle Ihnen das, damit Sie verstehen, warum ich es Ihnen jetzt einfach so sage, wie es ist. Ich bin diesen ganzen diplomatischen Hokuspokus nämlich leid.«
»Das ist erfrischend«, sagte ich und war neugierig, was er denn so Wichtiges mitzuteilen hatte. Wahrscheinlich den gleichen Sermon wie Brecht, nur eben etwas direkter. Langweilig.
»Dieses Bayern ist ein Schandfleck. Früher oder später werden wir es von dieser unsäglichen Diktatur befreien. Wir könnten Sie einfach umbringen, Eure Hoheit, da wird Sie auch die alberne kugelsichere Weste nicht schützen.«
Spätestens jetzt hatte er meine Aufmerksamkeit.
»Oder wir greifen Sie an, Sie wissen, dass Ihre Armee ein Haufen Bauern ist, die uns nichts entgegensetzen können. Oder wir schmeißen eine der verdammten Atombomben mitten über Ihrem ebenso verdammten München ab und radieren dieses ganze Bayern einfach von der Landkarte. Lassen Sie sich überraschen, aber eine der drei Optionen werden wir sehr bald ziehen, wenn Sie nicht endlich Ihr verdammtes Atomprogramm einstellen, mit dem Sie ganz Europa in Atem halten. Das muss Ihnen doch klar sein, dass bei Ihrer morbiden Armee so eine Bombe jederzeit losgehen kann. Falls Sie die wirklich haben.«
Die Bombe. Ich hatte keine Ahnung, dass wir die Bombe hatten. Hatten wir die wirklich? Er hatte von einem Atomprogramm gesprochen. Vielleicht versuchten wir es auch nur.
»Sie müssen uns leider entschuldigen, so viele Gäste«, sagte Jérôme und zog mich von Morris weg.
»Sorry, der hatte wieder was getrunken.«
»Stimmt das, was er sagt?«, fragte ich.
»Ich fürchte, den Amis müssen wir alles zutrauen.«
Ich nickte und trank mein Glas aus. Ich brauchte eine Leibwache. Einen Bodyguard. Ach was, ein Dutzend Bodyguards. Und zwar gleich morgen.

1.5 Die Leibgarde

»Haben Sie das Manuskript gelesen, Hoheit?«
Mel ging neben mir, mit kurzen, hektischen Schritten auf hohen Schuhen. Sie trug einen schwarzen Hosenanzug. Immer in schwarz, wie Jérôme gesagt hatte. Dass ihr das nicht zu warm war.
»Ja. Langweilig«, sagte ich, auch um sie zu ärgern. Sie hatte immer alles im Griff. Das ging mir auf die Nerven.
»Der Inhalt stammt von Ihrem Onkel. Ich habe es nur sprachlich ein wenig rundgeschliffen.« Sie ließ einfach nichts an sich ran.
Wir erreichten einen Vorraum des Plenarsaals im Maximilianeum. Ich schaute auf die Uhr, noch zehn Minuten. Mel ahnte offenbar, was ich dachte.
»Nein, der König kommt pünktlich, keine Minute zu früh, keine Minute zu spät.«
Sie hielt mir ihre Packung Hirschen hin, nicht ohne Stolz zeigte ich ihr meine. Wir zündeten uns beide eine an.
»Sie sind auf den Geschmack gekommen?«
»Wenn man die einmal geraucht hat, kommen einem alle anderen vor wie Kinderkram. Ist ein bisschen so wie König von Bayern sein.«
Sie lächelte matt, aber immerhin, sie lächelte.

Zur vollen Stunde öffnete man mir die Tür und ich betrat das Parlament. Hier hatte sich seit der Vorkriegszeit nichts verändert, der Boden war abgetreten, die Stühle aus massivem Holz trugen ihre Art von Patina. Immerhin, der Raum hatte seine ganz eigene Atmosphäre. Ich folgte Mels Ratschlag und ging langsam, mit kleinen Schritten, leicht vorgebeugt, lächelte den vielleicht zweihundert Parlamentariern zu, winkte. Ich kam mir vor wie in der Schule, als wir ein Krippenspiel aufgeführt hatten. Sie erhoben sich von ihren Sitzen und spendeten mir lange Beifall. Ich hatte mich, um Bescheidenheit zu demonstrieren, aber auch, um den fast schon privaten Rahmen dieser Rede, die nicht im Fernsehen übertragen wurde, zu unterstreichen, für den einfachen Lodenanzug entschieden. Das Parlament in Bayern wurde alle fünf Jahre in gar nicht so geheimer Wahl bestimmt, bestand ausschließlich aus Vertretern der Königspartei und trat nur gelegentlich zusammen. Vor allem aber: Es hatte nichts zu sagen. Die Macht lag bei mir, dem König. Die Regierungsgeschäfte wurden vom Kronrat gesteuert, ein Club älterer Herren, die das Parlament einen Scheißdreck interessierte und die offenbar auch dem König selten Rechenschaft ablegten. Die würde ich mir schon noch vorknöpfen.
Der Kronrat saß seitlich, die ungefähr zwanzig Männer, die teils

grauhaarig, teils glatzköpfig waren, klatschten weitaus weniger euphorisch Beifall. Zwei waren kurz aufgestanden. Als sie sahen, dass ihre Kronratskollegen sitzen blieben, hatten auch sie sich wieder niedergelassen. Ich merkte mir ihre Gesichter.
Unter all den Männern gab es eine Ausnahme, die mir deswegen um so deutlicher ins Auge stach. In der ersten Reihe stand das Mädchen mit der runden Brille und den schwarzen Haaren und lächelte mir erwartungsfroh zu. Sie war sogar Mitglied des Kronrats. Und vor der hatte mich Jérôme gewarnt.

Mein Onkel, als Armeechef auch Teil des Rates, war der einzige Normalgewichtige. Er klatschte einen Operetten-Applaus und schaute sich um, als wollte er prüfen, ob seine Inszenierung gelungen war. Das Wort Respekt ging mir bitter durch den Kopf.
Endlich hatte ich schlurfend das Rednerpult erreicht. Ich legte Mels Manuskript zur Seite. Das konnte Onkel Hans gerne als Toilettenpapier benutzen, ich war der König, ich würde mich hier nicht zum Elch machen. Die Abgeordneten applaudierten immer noch, während die Fettwänste bereits aufgehört hatten und sich in ihren Sesseln flätzten. Die würde ich wecken, die würden ihr blaues Wunder erleben.
Ich ließ meinen Blick über das Parlament schweifen. Auch hier schien mir der Altersschnitt leicht über dem der Bevölkerung zu liegen und es waren fast alles Männer.
Ich hob beide Arme wie ein Priester. Langsam verebbte der Applaus und das Parlament setzte sich, es herrschte gespannte Stille.
Gut, die Geschichtsprüfung hatte ich sauber in den Sand gesetzt. Das hieß aber nicht, dass ich auf der Uni nichts gelernt hatte. Ich war nicht besonders oft da gewesen, aber wenn doch, bin ich gut mitgekommen. Und eines konnte ich wirklich gut, nämlich reden. Von meinem Vater hatte ich nämlich nicht nur die Neigung zu Fettleibigkeit, sondern auch meine Stimme geerbt.
Ich stellte mich an das Rednerpult und räusperte mich. Vierhundert Augen starrten mich erwartungsvoll an. Aber ich war nicht nervös, ich war der König. Ich legte das Manuskript vor mich, schob es demonstrativ ein paar Zentimeter zur Seite und sah meinen Onkel an, der keine Miene verzog.
Ich begrüßte die Delegierten. Meine tiefe, melodiöse Stimme zog sie in ihren Bann. Ich hatte nichts vorbereitet, keine Notizen gemacht, aber ich hatte meine To-Do Liste im Kopf.
»Ich will, dass Bayern schnellere Autos baut«, sagte ich und träger Applaus brandete auf.
»Ich will, dass unser Internet so schnell wird, dass man Tube-Videos ohne Ruckeln sehen kann.« Brav klatschten sie wieder.
»Ich will Pizza und Burger und nicht nur Schweinsbraten und Knödel.« Wieder Klatschen. Das Parlament nahm meine Rede mit stoischem Gleichmut zur Kenntnis. Ich überlegte kurz, ob ich

sagen sollte, dass ich sie alle erschießen lassen würde, nur um zu testen, ob sie dann immer noch klatschten. Aber mein Onkel schaute bereits ungeduldig. Als einziger schien er meine Rede wirklich zu hören und sie war wohl nicht nach seinem Geschmack.
Wobei, da gab es noch jemanden. Sie hing an meinen Lippen und lächelte. Sie saß in der ersten Reihe. Die JuMu-Vorsitzende schien mich auch zu verstehen. Und wenigstens ihr schien ich aus dem Herzen zu sprechen. Klar, sie war ungefähr in meinem Alter, sie war eine natürliche Verbündete. Jérômes Warnung fiel mir wieder ein. So ein heller Geist konnte mir auch gefährlich werden. Viel gefährlicher als die lethargischen Säcke.
»Ich will Bayern zu alter Größe führen. Wir werden uns von den Drohungen der Deutschen und der Amerikaner und von wem auch immer nicht einschüchtern lassen.« Bei den Worten spürte ich meine kugelsichere Weste und fühlte mich trotzdem nackt. Onkel Hans lächelte wieder. Das hatte so ähnlich auch in seiner Rede gestanden. Ich dachte an Morris. Der würde mich noch kennenlernen. So ein Arsch.
»Und ich will, dass die Sechzger endlich die Champions League-Qualifikation meistern. Dafür werden wir den Kader in der neuen Saison deutlich verstärken. Ein starkes Bayern braucht einen Meister, auf den wir alle stolz sein können.«
Zum ersten Mal schienen einige der Männer aus Überzeugung zu klatschen, ein oder zwei wagten es sogar, mit ihrem Nachbarn zu tuscheln.
Auf der Stirn meines einzigen Fans aber bildete sich eine Falte, womöglich eine des Zorns?
Ich musterte die anderen Mitglieder des Kronrats. Bei zwei der älteren Herren war ich mir sicher, dass sie eingeschlafen waren. Die anderen wirkten auch nicht wirklich aufmerksam. Zu deutlich zeigten sie mir, dass diese Sitzung für sie eine lästige Pflichtaufgabe war. Mein Onkel nickte mir zu, offenbar erleichtert, dass ich nicht weitere Problemfelder aufzählte.
Aber wenn die dachten, sie hätten es mit dieser kurzen Rede bereits überstanden, dann kannten sie ihren neuen König schlecht.
»Meine Herren, meine Dame, heute ist erst der Anfang. Ein neuer Wind wird durch Bayern wehen, der Wind der Veränderung.«
Ich konnte mir ein Grinsen nicht verkneifen, das mit dem Wind war mir so rausgerutscht. Einige Mitglieder des Kronrats hatten das verstanden und schauten angemessen erschrocken. Nur mein Onkel ging darüber hinweg. Er grinste selbstzufrieden.
Ganz im Stile meines Vaters verließ ich das Parlament. Pflichtbewusst standen die Abgeordneten und klatschten mich rhythmisch aus dem Saal. Welch ein Erfolg, der Beginn einer neuen Zeitrechnung, dachte ich selbstzufrieden.

»Eure Hoheit, was war das denn?«, empfing mich Mel. Sie schien außer sich zu sein, denn sie zog noch hektischer als sonst an ihrer Zigarette und wippte von einem Bein aufs andere.
»Warum haben Sie das Manuskript nicht benutzt?«
»Da stand nichts von dem drin, was ich sagen wollte.«
»Sie sind der König.«
»Eben«, sagte ich und machte mich auf den Weg zum Ausgang, ohne auf sie oder meinen Onkel zu warten. Ich hatte mir echte Burger einfliegen lassen, das würde das beste Mittagessen seit Berlin. Und mal schauen, ob es schon eine Mail von der Burgerkette gab, ich hatte ihnen vorgeschlagen, eine Flagship-Filiale mitten in München zu eröffnen. Echt mega.

Für die Interviews mit dem zukünftigen Leiter meiner Leibgarde hatte ich ein Zimmer in der Residenz möglichst offiziös herrichten lassen. Es war eines dieser liebevoll wieder hergerichteten, mit viel Blattgold und Stuck und großen Gemälden über seltsame Dinge aus der Welt der Götter. Ich hatte mich auf einem bequemen, thronartigen Sessel hinter einem prunkvollen Schreibtisch positioniert. Für den Bewerber hatte ich einen kleinen Schemel aufstellen lassen. Drei Kandidaten hatte Onkel Hans für mich ausgesucht, das konnte leicht in Arbeit ausarten, ich wollte es wenigstens bequem haben. Das Bier trank ich ausnahmsweise nicht aus der Dose, sondern aus einem Kelch, der verbarg, dass es Bier war, und ich qualmte schon meinen dritten Hirschen nacheinander, es machte ja keinen Sinn, dem Chef der Leibgarde etwas vorzuspielen, er würde viel Zeit mit mir verbringen, da musste er das bisschen Rauch schon ertragen können.

»Mein Name ist Ernst von Molkewitz.«
»Klingt preußisch.«
»Ist preußisch. Aber schon meine Großeltern sind nach dem Krieg in Bayern gelandet. Ich bin Lieutenant.«
Der Mann war nicht viel älter als ich. Seine Uniform saß faltenfrei, ich konnte Pedanterie riechen. Wir würden keine Freunde werden.
»Was haben Sie denn studiert?« Jemand wie er musste studiert haben, keine Frage.
»Militärgeschichte. Summa Cum Laude.«
Streber. Ich meine, einer meiner besten Freunde war Streber. Aber kein Angeber.
»Mit der Waffe können Sie als Soldat ja sicherlich umgehen.« Ich blies den Rauch so in den Raum, dass er ihn umnebelte, ohne dass es sofort als Absicht erkennbar war. Sein Gesicht spannte sich an, Nichtraucher, aber er blieb hart.
»Jawoll. Mit jeder. Messer, Pfeil und Bogen, Pistole, Maschinengewehr, Handgranate, Flugabwehrgeschütz, aber natürlich auch mit unserer eigenen Waffe, der Hand.« Er gönnte sich zum

ersten Mal, seit er vor mir saß, ein Lächeln. Mein Gott, war der Typ von sich eingenommen.
»Schwarzer Gürtel in Karate?«
»Taekwondo«
»Wie stehen Sie denn zu Bayern und dem Königtum?« Eine völlig überflüssige Frage, immerhin bewarb er sich auf einen Job, in dem es darum ging, beide mit seinem Leben zu verteidigen. Die Antwort hätte also sehr kurz ausfallen können, doch dieser Affe hielt mir ein Referat zu den Werten der Königspartei. Während er so erzählte, wurden mir zwei Dinge klar: Er war der Favorit meines Onkels, wahrscheinlich würde er, wenn es darauf ankam, seine Befehle über meine stellen. Auf dem Papier war er die perfekte Wahl, aber er war nicht nur ein Arschloch, ich durfte ihn auf keinen Fall nehmen. Würde ich auch nicht.
Und zweitens: Er wusste, dass er gut war und war sich sicher, die Stelle zu bekommen.
»Gut. Danke. Ich habe mir ein vollständiges Bild von Ihnen machen können. Sie hören von uns.«
Ich stand auf.
Er stand auf, stand stramm, salutiert, sagte »Jawoll, mein König« und ging in einem albernen Stechschritt zur Tür hinaus.
Erleichtert atmete ich aus.

»Hirsel, Alois«, stellte sich der zweite Bewerber vor, der nicht nur tiefsten niederbayerischen Dialekt sprach, sondern auch noch in Tracht gekommen war.
»Sie haben Erfahrung im Personenschutz?«
Er schaute mich einige Sekunden zu lange an und erklärte dann umständlich, dass er in einem Schützenverein sei und dort zu den Besten gehöre. Dass Gott sei Dank sein linkes Auge fehle, weil er es beim Schießen so nicht zukneifen müsse. Er konnte übrigens lachen wie ein Lachsack. Und dass er beim Oktoberfest seit vielen Jahren als Türsteher arbeitete.
Ich nickte sachverständig, das war sicherlich nicht die schlechteste Qualifikation.
»Seit vielen Jahren? Wie alt sind Sie eigentlich?« In seinem Lebenslauf war sein Alter mit 34 angegeben, aber so sah er nicht aus. Er wirkte aufgequollen, der Bierkonsum hatte seine bekannten Spuren an Bauch und Gesicht hinterlassen. Er druckste ein wenig herum, konnte dann aber doch nicht lügen.
»Im Herbst werde ich fünfzig, aber ich fühl mit wie 34.«
Er zwinkerte mir tatsächlich vertraulich zu. Onkel Hans hatte sich offenbar einen Spaß draus gemacht, mir den kompletten Gegenentwurf zu Herrn von Molkewitz zu senden. Offenbar wollte er seinen Favoriten um jeden Preis durchboxen, was meinen Argwohn noch verstärkte.
»Danke, dass Sie heute bei mir waren. Wir melden uns dann«, wollte ich ihn abfertigen, doch er blieb auf seinem Schemel

sitzen.
»Es ist mir eine Ehre, man hat ja nicht jeden Tag die Chance, den Herrn König persönlich kennenzulernen. Ich hätte da aber schon noch eine Frage.«
»Dann schießen Sie mal los.«
»Sie arbeiten ja wahrscheinlich viel, also zum Beispiel auch mal am Wochenende, oder nach fünf?«
Ich nickte. Ich hatte Königsein nicht als Arbeit eingestuft, machte mir aber nicht die Illusion, dass mein Feierabend um fünf beginnen würde. Ich stellte mir das eher so vor, dass ich ständig Feierabend hatte und nur für meine To-Do-Liste gelegentlich den Fettklöpsen auf die Füße treten wollte. Und wenn Onkel Hans darauf bestand, dass ich mich irgendwo zeigte. Und das konnte natürlich jederzeit sein.
»Sagen wir mal so. Wenn Sie jetzt zum Beispiel einen Termin hätten, um halb Sechs. Weil Sie vielleicht in Passau eine Straße eröffnen müssten. Dann hätte ich ja schon Feierabend. Und Passau ist ja auch weit weg. Würde dann ein Kollege von dort übernehmen? Oder wie wäre das dann genau?«
Ich sah ihn eine Weile an. Einfach nur so. Bis er schließlich von alleine aufstand, sich verbeugte und rückwärts zur Tür hinausging. Ich hatte ihm scheinbar Angst gemacht. Gut so. Wollte ich auch.

Der dritte und letzte Kandidat erinnerte mich von seinem Gang her an Maschine. Das machte ihn mir gleich sympathisch. Und ich mochte ihn, weil ich ihn mögen musste. Denn wenn ich ihn nicht einstellte, würde es der kleine Preuße werden. Und das war natürlich keine Option.
»Setzen Sie sich«, bot ich ihm den Schemel an.
Er grinste frech zurück und hockte sich hin. »Schön haben Sie's hier«, sagte er nicht ohne Ironie.
Jetzt musste auch ich lächeln.
»Was hat Sie denn bewogen, sich auf diese Stelle zu bewerben?«
»Sie ist gut dotiert. Ich würde mein Gehalt verdoppeln.«
»Nur wegen des Geldes? Nicht wegen Bayern, nicht für Ihren König?«, fragte ich schon, bevor ich nachgedacht hatte. Wenn er jetzt das Falsche sagte, konnte ich ihn unmöglich nehmen.
»Doch, doch, vor allem deswegen natürlich.« Er war ein Dauergrinser. Minuspunkte.
»Irgendwelche Erfahrungen?«
»Klar, in allem. War in der Armee, kann mit Waffen umgehen. Hab für ne Menge Leute gearbeitet, die noch mehr Feinde haben als Sie.«
»Ich habe Feinde?«, fragte ich sicherheitshalber nach.
»Jeder, der Macht hat, hat Feinde.«
Muskulös war er jedenfalls. Er trug nur T-Shirt und Jeans, und sowohl sein Gesicht als auch seine Arme waren von Narben

übersät.
Er bemerkte meinen Blick.
»Ich sagte ja, hab für ne Menge Leute gearbeitet. Denke, dass ich noch lebe, ist das beste Bewerbungsschreiben, das ich Ihnen geben kann.«
»Wichtiger wär es mir, dass die Leute, für die Sie gearbeitet haben, noch leben.«
»Leider hatten es nicht alle verdient.«
Ich ging nochmal seinen Lebenslauf durch. Ein bunter Hund, dieser Gerd Hagen. Aus Sicht von Onkel Hans vermutlich ebenfalls völlig ungeeignet.
»Ich nehme Sie.«
»Das ging mir jetzt aber etwas zu schnell«, sagte er. »Eine Frage hätte ich noch.«
»Dann aber flott, wir sind ja nicht zum Spaß hier.« Wenn er mir jetzt absagte, hatte ich ein Problem. Eine blöde Situation für einen König. Absolut unwürdig.
»Sie haben doch die Königsloge bei den Sechzgern?«
Ich nickte.
»Und nutzen Sie die auch? Ich meine, als Ihr Leibwächter, würde ich da alle zwei Wochen die Spiele aus der Loge heraus sehen?«
»So ist das«, sagte ich und lobte den Herrn, dass er mir endlich jemanden geschickt hatte, mit dem ich meine Liebe zum Fußball teilen konnte. »Und manchmal fahren wir vielleicht auch zu den Auswärtsspielen.«
Jetzt strahlte er wie die Mittagssonne.
»Ich bin Ihr Mann, Eure Hoheit.«

1.6 Maria

Ich war verliebt. Auf den ersten Blick.
Einige Wochen waren ins Land gegangen. Die erste Aufregung hatte sich gelegt. Langsam hatte ich mich eingelebt und mich daran gewöhnt, König zu sein.
Ich hatte abends gelangweilt durch die drei Programme des bayerischen Fernsehens gezappt. Natürlich konnte ich, der König, über Satellit auch das Fernsehen des Feindes sehen, aber gelegentlich wollte ich wissen, was im Land los war. Das Erste zeigte eine derbe Komödie. Im Zweiten lief eine Dokumentation über die Schlagkraft unserer Armee, die allerdings auf Fakten verzichtete und stattdessen begeisterte Rekruten im Schlamm zeigte. Welche Drogen sie denen wohl gegeben hatten?
Und dann schaltete ich aufs Dritte und mir stockte der Atem: Da sprang eine junge Frau über die Bühne, die nicht nur genauso blond war, wie ich mir die Frau meines Lebens immer erträumt hatte, sondern auch noch eine Ausstrahlung hatte, mit der sie mich sogar durch den Fernseher flashte. Sie sang auf Deutsch, ziemlich abstruses Zeug, aber die Zuschauer rasten vor Begeisterung. Es war eine Live-Übertragung aus Passau. Obwohl ich die Musik nicht mochte, schaute ich das Konzert bis zum Schluss, nur wegen ihr. Und am Ende fand ich ihre Songs gar nicht mehr so schlecht. Ich war ein Maria-Fischer-Fan geworden. Ach was, ich war ihr verfallen.
Eigentlich hatte ich mir nach dem Pink-Kitty-Desaster geschworen, auf weitere Privatauftritte angeblicher Stars zu verzichten, aber für die Frau meines Lebens machte ich eine Ausnahme. Millionen von Bayern kauerten voller Sehnsucht vor ihren Geräten, für sie war diese perfekte Frau unerreichbar, für mich nicht, ich war der König.

»Gerd, ist die Fischer eigentlich verheiratet?«
Er hatte erst nach dem zehnten Klingeln abgenommen.
»Mein König«, er gähnte, »es ist drei Uhr nachts.«
»Das weiß ich. Sag mir etwas, das ich nicht weiß. Zum Beispiel, ob die Fischer verheiratet ist.«
»Gehört das zu meinen Aufgaben als Bodyguard?«
»Weißt du's oder weißt du's nicht?«
Gerd und ich zockten fast jeden Tag Fußball auf der Konsole. Er war ein begnadeter Spieler, ein würdiger Gegner für mich, wir waren Kumpels geworden. Endlich jemand, mit dem ich über die wichtigen Dinge im Leben reden konnte. Fußball. Frauen. Und so.
»Klar. Ging doch vor einem Monat durch die Presse. Hat sich gerade von ihrem Freund getrennt. Irgend so ein Fernsehfuzzi.

Und hat jetzt einen neuen, irgendeinen anderen Fernsehfuzzi.«
»Also nicht verheiratet.«
»Wolltest du ihr ein Heiratsgesuch übermitteln?«, frotzelte er. Immerhin war er jetzt anscheinend endlich wach.
»Nicht direkt.« Ich erzählte ihm von meinem Plan.
»Ich sag nur Pink Kitty.«
»Trotzdem. Schau mal, dass du sie in die Residenz bringst.«
»Das ist Maria Fischer. Die ist für den Rest ihres Lebens ausgebucht.«
»Deswegen sollst du das ja für mich regeln. Meinst du, du schaffst morgen Abend?«
»Kann ich jetzt weiterschlafen?«
»Klar. Ich verlass mich auf dich.«

»Frau Fischer wartet im blauen Salon«, ließ mich ein Diener wissen. Sie hatte tatsächlich Zeit für mich, weil ein lang geplantes Benefizkonzert für die Veteranen des stolzen Bayerischen Heeres leider kurzfristig ausfallen musste. Die feuerpolizeiliche Prüfung hatte ergeben, dass die Fluchtwege für den zu erwartenden Besucheransturm nicht ausreichten. Gerd, der alte Fuchs.
Mein Herz klopfte. Ich würde sie gleich live sehen. Die Frau, die ich heiraten würde. Und die noch nichts davon wusste. Wie aufregend.
Ich öffnete die Tür und da saß sie. Ihr langes Haar hatte sie zu einem Zopf zusammengebunden. Sie war, soweit ich das einschätzen konnte, ungeschminkt, trug eine Bluse und eine Chino und sah noch bezaubernder aus als bei ihrem Konzert. Und sie las. Ein Buch.
»Was lesen Sie da?«
Sie schaute zu mir auf, ohne eine Spur von Nervosität. »Oh, der Herr König.«
»Ich freue mich, dass Sie meiner kleinen Einladung folgen konnten.«
»Das Buch heißt 1984 und handelt von einem totalitären Überwachungsstaat. Kennen Sie es?«
»Klar. Aber Science-Fiction ist nicht so mein Ding.«
»Ihr Ding ist es eher, Menschen gegen ihren Willen irgendwohin zu bestellen?«
»Sie freuen sich nicht, Ihren König zu sehen?«, sagte ich so charmant wie ich konnte.
»Doch, doch. Ich wollte schon immer mal den Mann kennenlernen, der für die Zustände in diesem Land verantwortlich ist.«
Das Gespräch entwickelte sich nicht so, wie ich mir das vorgestellt hatte. Ich setzte mich zu ihr.
»Dazu haben Sie ja nun Gelegenheit. Darf ich Ihnen etwas zu trinken anbieten?«
»Ein stilles Wasser«, sagte sie.

Nun ja, das würde das Eis kaum brechen. Ich klatschte in die Hände, ein Lakai kam herein, ich orderte das Wasser und ein Bier für mich.
»Vielleicht noch eine Kleinigkeit zu naschen? Ein Petit Fours? Eiscreme? Erdbeertorte?«
Sie schüttelte den Kopf und ich konnte ihren Gesichtsausdruck nicht recht deuten. War es Verachtung? Ärger?
»Sie leben hier wie im Paradies, oder?« Ihre einmalige Stimme, auch in die hatte ich mich verliebt, klang nun metallisch und hart.
»Ich bin der König«, stellte ich fest.
Die Getränke kamen, wir stießen an, tranken. Ich überlegte krampfhaft, wie ich das Gespräch wieder in Gang bekam und in eine andere Richtung lenken könnte.
»Rauchen Sie?«
»Ich bin Sängerin.«
Ich betete still um eine Eingebung. Ich war drauf und dran die wichtigste Begegnung meines Lebens in den Sand zu setzen.
»Ich liebe Ihr Lied von den roten Rosen.«
»Tatsächlich? Wissen Sie denn, wovon es handelt?«
»Von zwei Menschen, die sich lieben. Er verspricht ihr, dass sie eines Tages in einem Haus voller roter Rosen leben werde, wenn sie ihn nur heiratet.«
»Schnulzig, oder?«
Natürlich war es schnulzig. Sehr sogar. Aber ich hatte bei diesem Lied immer uns zwei vor Augen. Das konnte ich ihr natürlich nicht sagen.
»Würden Sie es für mich singen?«
»Ernsthaft? Ein Privatkonzert?«
»Nur dieses eine Lied. Jetzt.«
Sie war bezaubernd, gerade weil sie ihren eigenen Kopf hatte. Ich hätte sie am liebsten auf der Stelle geküsst. Sie hätte mich ohne jeden Zweifel dafür mindestens geohrfeigt.
Und in diesem Moment klingelte mein Handy. So ein Scheiß, fluchte ich innerlich. Ich zog es aus meiner Tasche, warf einen Blick darauf, Gott sein Dank nicht Onkel Hans, sondern nur Mel. Sie hatte bestimmt wieder Arbeit für mich, irgendeinen langweiligen Termin. Das hatte Zeit. Ich drückte sie einfach weg. Das Netz in Bayern war so schlecht, dass man ihm alles in die Schuhe schieben konnte. Ich hatte mit dem zuständigen Kronrat gesprochen. Verfahrene Sache. Er hatte mir die Rechnungen der Chinesen gezeigt, die wir nicht bezahlt hatten. Die würden uns so schnell keine neuen Geräte liefern.
»Dann zahlen wir eben«, hatte ich gesagt.
»Wovon denn?«, hatte er gefragt und ich hatte meine To-Do Liste um den Punkt ergänzt, mir die bayerischen Finanzen mal genauer anzusehen. Was war denn noch wichtiger als ein vernünftiges Mobilfunknetz?
»Entschuldigen Sie. Würden Sie für mich singen?«, fragte ich

erneut.
»Sie lassen mich sonst nicht gehen, oder? Droht mir Gefängnis?«
»Könige sind es nicht gewohnt, dass ihre Wünsche nicht erfüllt werden.«
Sie trank das Wasser aus und begann leise zu singen. Es war ganz anders als im Fernsehen oder auf ihren Alben. Aus der Nähe hatte ihre Stimme einen zusätzlichen Zauber, die Töne schwebten in der Luft als wären sie aus Goldstaub. Es war eine einfache Melodie, ein kitschiger Text, aber sie verzauberte mich. Ich schloss die Augen. Auf einmal war ich wieder Student in Berlin, ohne ernsthafte Zwänge, die über eine gute Ausrede für das Schwänzen einer Vorlesung hinausgingen. Ich fühlte mich leicht und frei und voller positiver Energie. Doch leider währte das Gefühl nur für die Dauer des Gesangs.
»Das war schön«, sagte ich nach einer Weile.
»Ich weiß«, sagte sie, doch immerhin schaute sie jetzt nicht mehr so verkniffen. »Kann ich jetzt gehen?«
»Einen letzten Wunsch habe ich noch. Ich habe zu Ihren Ehren einen kleinen Imbiss vorbereiten lassen. Es wäre mir eine Freude, wenn Sie mir Gesellschaft leisten würden.«
Ich machte mir nichts vor, sie mochte mich nicht. Ich hatte das Eis nicht brechen können, es würde kein zweites Date geben. Aber dieses Dinner wollte ich noch genießen. Und wer weiß, ich hatte noch ein paar Trümpfe im Ärmel, vielleicht gelang mir doch noch der Lucky Punch.
»Na gut, dann erkaufe ich mir eben so meine Freiheit.«
»Kommen Sie.« Ich hatte im Antiquar eindecken lassen, die langgezogene Halle voller antiker Schätze. Der Raum, der mich in der Residenz am meisten beeindruckte. Wo schon vor langer Zeit die Könige vor ihrem Hofstaat tafelten.
»Der Raum ist zu groß für zwei«, sagte sie, als wir die Halle betraten. »Und zu viele Blumen.« Dabei hatte ich nur einige rote Rosen aufstellen lassen. An ihrem Lächeln sah ich, dass sie den Zusammenhang zwischen den Blumen und diesem Lied verstanden hatte.
»Ich mag diesen Pomp nicht. Kennt man ja aus Filmen, Männer die Frauen durch ein Blumenmeer rumkriegen wollen. Oder indem sie ganze Orchester aufspielen lassen.«
Verdammt, da ging er dahin, mein schöner Plan.
Die Tafel war festlich gedeckt, es war edles Geschirr, das vor langer Zeit aus einer preußischen Porzellanmanufaktur in die Residenz gelangt war. Ich sah diese wunderschöne, bescheidene Frau und merkte, dass ich alles falsch gemacht hatte.
»Einen Moment, bitte.«
Ich eilte hinaus und gab Anweisung, die restlichen Blumen nicht hereinzubringen und stoppte das Orchester, das sich gerade für den Auftritt bereit machte.
»Nur eine rote Rose«, flüsterte ich, »und den Violinisten.«

Ich brachte ihr die Blume, sie bedankte sich. Ein Lächeln huschte über ihr Gesicht. Eine rote Rose ließ kein Frau kalt. Ich setzte mich wieder zu ihr, die Diener begannen, die Suppe aufzutragen. Kaum hatten wir mit dem Essen begonnen, kam der Geiger und spielte ein Potpourri ihrer Hits.
»Wie geschmackvoll.« Es blieb offen, ob sie die Suppe oder die Musik meinte. Und auch, ob es einfach nur Ironie war. »Wie viele Gänge sind denn bei Hofe üblich?«
Ich zählte all die Köstlichkeiten auf, die sich mein Leibkoch überlegt hatte. Sie verdrehte die Augen.
»Sieben Gänge?« Sie musste nichts weiter sagen, ihr Ton sprach Bände. »Ich hätte gern einen Burger, sonst nichts. Aber einen guten, einen mit allem.«
Mein Herz hüpfte. Sie sprach mir so aus dem Herzen. Das wäre auch meine Wahl gewesen.
»Einen Moment.«
Eine Viertelstunde später kauten wir beide genüsslich je ein Exemplar von meinen Direktimporten.
»Köstlich. Aber solche Burger gibt es doch in Bayern gar nicht?«, sagte sie kauend.
Ich erzählte von meiner Zeit in Berlin und von meinen Plänen in Sachen Burger. Sie erzählte mir von sich, es begann, doch noch ein schöner Abend zu werden. Sie ließ sich sogar zu einem Glas Weißwein überreden. Immerhin.
»Das war ein wunderbares Dinner. Aber ich muss los, meine Mutter macht sich bestimmt Sorgen.«
»Sie wohnen noch zu Hause?« Mir war es nicht gelungen, dass wir aufs Du geschwenkt wären. Sie ging zu früh.
»Wohnraum ist knapp in München. Gerade für ältere Leute.«
»Gerd«, rief ich, »kannst du unseren Gast bitte nach Hause bringen?«
Er kam rein und lächelte. Er war kein Fischer-Fan, aber ich freute mich schon darauf ihm zu erzählen, dass er die zukünftige Königin von Bayern gefahren hatte. Er würde es als erster erfahren. Noch vor der Königin.
Nur die Sache mit ihrem neuen Freund, die musste ich noch regeln.

1.7 Im Eisbach

Ich musste sie wiedersehen. Auch am nächsten Tag hatte sie keine Termine, Gerd hatte gründlich recherchiert. Ich zog mir unauffällige Klamotten an, graue Hose, schlichtes dunkelblaues Hemd, und schlich mich in die Stadt. Nicht mal Gerd sagte ich Bescheid. Mein Onkel hätte einen Herzinfarkt bekommen, wenn er das gewusst hätte. Sie hatte eine Wohnung in Schwabing, ich schätzte ungefähr zwanzig Minuten von der Residenz entfernt. Es war schön, allein durch die leeren Straßen Münchens zu bummeln. Auf dem Siegestor stand nun neben der Statue meines Vaters auch meine. Gott sei Dank war sie mir nicht so ähnlich, dass ich auf der Straße erkannt worden wäre. Auch auf den zahlreichen Großmosaiken sah ich meinem Vater ähnlicher als mir. Insgeheim war ich Mel dafür dankbar. In einem Blumenladen kaufte ich eine rote Rose. Das Wetter war wie die Stadt, grau, zu kalt für den oberbayerischen Frühsommer.

Das Haus sah nach Gründerzeitvilla aus, eine der wenigen, die den Krieg überlebt hatten. Die Haustür stand offen. Ich erinnerte mich an Gerds Briefing. Dritter Stock. Nicht gerade perfekt für ihre alte Mutter, mit der sie angeblich zusammen wohnte.

Ich sprang die Treppe hinauf, nahm immer zwei Stufen auf einmal und wurde mit jedem Satz aufgeregter. Ob sie auf spontane Treffen abfuhr? Ob sie mich überhaupt sehen wollte? Ich konnte sie ja nicht jedesmal in die Residenz vorladen, wenn ich sie sehen wollte. Scheiße, warum war ich so extrem aufgeregt?

Ich drückte den runden Messingknopf, die Klingel schrillte. Schritte. Die Tür öffnete sich einen Spaltbreit und hinter der Sicherheitskette sah ich ihr bezauberndes Gesicht.

»Ja?«, sagte sie nur. Bestimmt hatte sie mich nicht erkannt.

»Ich bin's«, sagte ich und hielt ihr die Rose hin.

Ich sah ein Lächeln über ihr Gesicht huschen.

»Danke. Das ist nett. Du bist extra gekommen, um mir eine Rose zu bringen?«

»Ich dachte, du könntest dich vielleicht für gestern revanchieren«, sagte ich etwas unverschämter, als ich eigentlich vorgehabt hatte.

»Nein, leider, das geht nicht. Warte mal.«

Sie verschwand in der Wohnung, zog die Tür hinter sich zu. Die Geräusche konnte ich nicht deuten. Sie ließ mich zehn Minuten warten. Als ich mich gerade entschieden hatte, zu gehen und sie aus dem Land zu werfen, kam sie endlich wieder.

»Sorry, meiner Mutter gehts nicht gut, ich konnte dich nicht reinlassen. Aber wenn du Lust hast, können wir in den Englischen Garten gehen.«

»Deal«, sagte ich und nahm meinen Gedanken mit der Ausweisung wieder zurück.

Wir gingen langsam, der Park war seltsam menschenleer. Dabei war es warm, wenn auch nicht gerade sonnig.
»Ich habe mir den König ganz anders vorgestellt«, sagte sie.
»Enttäuscht?«
»Weniger als bevor ich dich kennenlernte. Weißt du eigentlich, was für eine Verantwortung du trägst?«
»Ich denke schon. Schlechtes Internet, schlechte Autos, keine Burger-Restaurants.« Ich erzählte ihr von meiner To-Do Liste. Sie sagte nichts. Ich hatte etwas mehr Begeisterung erwartet.
»Dass die BAW kein Auto bauen können, das schneller als 100 fährt, ist nicht das größte Problem der Menschen in Bayern«, sagte sie schließlich.
»Ja, ich weiß, die meisten wären zufrieden, wenn sie zu Lebzeiten überhaupt ein Auto bekommen würden.«
»Franz«, sagte sie sehr entschieden,
»Nenn mich bitte Yanni.«
»Janni? So heisst doch kein König.«
»Ich weiss. Steht für Yannik. Mein zweiter Vorname.«
»Es geht den Bayern auch nicht darum, ein Auto zu bekommen. Es geht ihnen darum, satt zu werden. Und frei ihre Meinung sagen zu dürfen.«
»Nun mach mal einen Punkt«, sagte ich ärgerlich. »Das Essen schmeckt zwar nicht besonders, aber hier muss doch keiner hungern.«
Sie starrte mich an, als hätte ich behauptet, der Froschkönig lebt und zwar bei mir im Bad. »Du weißt es wirklich nicht, oder?«
»Was weiß ich nicht?«
»Wie es deinem Volk geht. Wie es jeden Tag leidet.«
»Ich lerne es gerade kennen«, sagte ich und warf ihr einen schmachtenden Blick zu.
Sie blieb stehen und sah mich ernst an. Notgedrungen blieb auch ich stehen.
»Ich habe gestern das Lied von den roten Rosen für dich gesungen. Du dachtest, es sei ein Liebeslied.«
Ich nickte versonnen.
»Es ist ein Lied über Bayern. Das junge Mädchen steht für unser Land. Der Mann bringt ihm die Freiheit, er bringt ihm rote Rosen als Zeichen, dass er sie heiraten wird und ihr dadurch eine bessere Zukunft schenkt. Eine Zukunft der Liebe. Was meinst du, warum meine Fans ausgerechnet diese Schnulze so lieben?«
Wir gingen schweigend ein paar Schritte.
»Yanni, bist du wirklich der Mann mit den roten Rosen? Der Befreier Bayerns? Der, der alles verändern wird?«
Ich hätte sie jetzt gerne geküsst, aber das Thema war zu ernst.
»Wenn nicht der König, wer sonst könnte das schaffen?«, sagte

ich. Und dachte, dass sie schamlos übertrieb. Hunger in Bayern. Und wer hätte je gesagt, es gäbe keine Freiheit? Wir hatten Zeitungen, Fernsehen, sogar ein Parlament, das das Volk alle fünf Jahre mit überwältigender Mehrheit wählte. Und einen König, der sein Land liebte. Was genau war denn diese Freiheit und wer genau wollte sie? Das war doch Rebellenmystik. Wem sie da wohl aufgesessen war?
»Es sind manchmal nur Kleinigkeiten, nimm zum Beispiel die nächtliche Ausgangssperre...«
»Psst, duck dich, da ist was«, sagte ich. Nur gut, dass wir neben dichtem Gebüsch gingen. Ich zog sie zu mir, hinter die Sträucher. Wir kauerten am Boden, rochen die Blätter.

Zuerst hörten wir das Hecheln der Hunde. Die Dämmerung hatte begonnen, es waren zwei Männer und eine Frau in der grünen Uniform der Geheimen Staatssicherheit.
»Warum müssen wir uns verstecken?«, fragte Maria.
»Hatte ich ganz vergessen, aber heute ist seit fünf Uhr Ausgangssperre«, flüsterte ich ihr zu. Sie warf mir einen »Na siehst du«-Blick zu und ich zuckte entschuldigend die Schultern. »Das Parlament hat ein Event am Chinesischen Turm. Es ist nur wegen der Sicherheit.«
Sie kamen genau in unsere Richtung. Ich nahm Maria bei der Hand und zog sie weiter ins Dickicht und damit weg von der GeStaSi. Aber sie folgten uns.
»Du kannst die Hunde so nicht abschütteln. Gib dich doch einfach als König zu erkennen«, zischte Maria ängstlich.
»Die schießen, bevor sie zuhören«, wiederholte ich einen Satz, den mir Jérôme erst vor ein paar Tagen gesagt hatte, für genau solche Fälle. Gottseidank hatte ich in dem Moment einen Geistesblitz.
»Komm«, sagte ich, nahm ihre Hand fester und wir liefen im Schatten der Büsche in die Richtung, die ich vorgab. Die Entfernung zwischen uns und unseren Verfolgern wuchs so weit an, dass wir es endlich wagen konnten, den Schutz der Büsche zu verlassen.
»Der Eisbach«, flüsterte Maria aufgeregt.
»Genau.« Hand in Hand liefen wir darauf zu. Sie hatte sofort verstanden. Wir wateten durch die starke Strömung. Bis zur Hüfte komplett nass stiegen wir ans andere Ufer und liefen zur nächsten Deckung. Ein Schuss fiel. Aber sie waren zu weit entfernt, um genau zielen zu können.
»Sie schießen tatsächlich. Sie rufen nicht einmal.«
»Lass uns versuchen, ein Taxi zu finden.« Wir waren auf der falschen Seite des Englischen Gartens, noch einmal zurück wagten wir uns nicht.
Ein alter, aber gut gepflegter Volvo hielt bereits nach wenigen Minuten für uns an.
»Sie sind ja ganz nass, warten Sie, ich hab eine Plastikplane im

Kofferraum, die leg ich Ihnen drunter.«
Der Mann sprach kein Bayerisch, war aber überaus freundlich und mitteilsam. Wir gaben ihm Marias Adresse, wir konnten uns ja schlecht per Taxi zur Residenz fahren lassen, ohne erkannt zu werden.
»Das ist ja eine kurze Fahrt«, sagte er enttäuscht. »Reicht aber für eine kurze Geschichte. Kennen Sie die von den Münchner Taxis?«
»Ne«, sagte Maria.
»Haben Sie sich denn nie gewundert, dass hier so viele alte Volvos fahren?«
Wieder sagte sie »Ne.«
»Das kam so. Damals zu Zeiten des seligen Königs Ludwig des 3. ging es uns ja wirtschaftlich gut. Und die Schweden wollten auch mitspielen und haben an Bayern 1974 eintausend Volvos verkauft. Dieses Taxi ist eines davon. Leider haben wir die nie bezahlt. Seitdem schickt Schweden uns jedes Jahr eine Mahnung. Angeblich summiert sich der Rechnungsbetrag mit Zins und Zinseszins inzwischen auf 300 Millionen Euro. Unglaublich, oder?«
»Unglaublich, allerdings«, sagte ich und nahm mir vor, die Sache zu überprüfen. Wieder ein Eintrag in meiner To-Do-Liste. Soviel verstand selbst ich von Wirtschaft: Niemand machte gerne Geschäfte mit einem Land, das seine Rechnungen nicht bezahlte.
»So, da sind wir, dann gehen Sie mal am besten flott heiß duschen.«
»Machen wir«, sagte Maria und drückte ihm einen Zehn Bayerische Mark Schein in die Hand.

Sie schloss die Wohnung auf.
»Und deine Mutter?«, flüsterte ich.
»Schläft schon«, sagte sie leise. Sie schaute auf die Uhr. »Wir haben Glück, es gibt gerade warmes Wasser.«
»Wie meinst du das? Ist eure Heizung kaputt?«
»Das weißt du auch nicht? Strom gibt es nur zwei Stunden am Tag. Und mein heißes Wasser wird mit einer Therme erzeugt. Heute haben wir noch eine halbe Stunde, wir sollten uns also besser beeilen.«
Sie duschte zuerst, ich wartete so lange in der Küche und tropfte dort den Boden voll. Nicht schlimm, denn das war Linoleum, das konnte man wischen. Es war eine gemütlich Wohnküche, die Möbel waren alt, eine Kaffeetasse stand auf dem Tisch. Ein vergilbtes Schwarzweißbild hing an der Wand. Ob die ernst dreinblickenden Männer und Frauen ihre Vorfahren waren? Man sah, dass hier jemand lebte. Sie hätte sich eine moderne Küche aus dem Ausland leisten können, als Star standen ihr Wege offen, die für normale Bayern unerreichbar waren. Aber das war wohl nicht ihre Art.

Sie kam aus der Dusche, hatte sich nur ein T-Shirt und eine Jeans angezogen und sah hinreißend aus.
»Ich hab dir frische Klamotten ins Bad gelegt.«
»Danke«, sagte ich und verschwand unter der heißen Dusche.
Die »Klamotten« entpuppten sich als Trachtenanzug ihres verstorbenen Vaters. Ich hatte mich leidlich an Lodenanzüge gewöhnt, aber in kurzer Lederhose mit Hosenträgern und weißem, mit Blumen bestickten Hemd kam ich mir vor wie der Seppl aus dem Räuber Hotzenplotz.
»Da kommt ja mein echter bayerischer König«, begrüßte sie mich. Sie saß vor dem Kamin und entzündete zusammengeknülltes Papier. Auch das Wohnzimmer war geschmackvoll und wohnlich mit alten Möbeln eingerichtet.
»Trinkst du Wein? Ich hab leider kein Bier im Haus.«
»Klar.« Sie trinkt also auch nicht immer nur Wasser, dachte ich erleichtert.
Sie verschwand kurz in der Küche, ich hörte das Ploppen eines Korkens, sie kam mit der Flasche und zwei Gläsern zurück, schenkte uns ein, reichte mir eines der beiden großen Rotweingläser und setzte sich dann neben mich auf das Sofa. Ich roch den frischen Duft ihres Shampoos, ihr nasses Haar.
»Auf die Rettung des Königs«, sagte sie und wir stießen an.
»Auf unsere Rettung«, sagte ich und trank. Der Wein war stark und schwer. Im Kamin knackte es, das Holz hatte Feuer gefangen.
Ich beugte mich zu ihr und versuchte, sie zu küssen, sie rückte ein wenig zurück.
»Wir kennen uns doch erst seit gestern.«
»Mir kommt es so vor, als würden wir uns schon immer kennen«, sagte ich und meinte das auch so.
»Wenn dir wirklich etwas an mir liegt, würde ich dich gerne besser kennenlernen«, sagte sie und der Satz schmeckte fast so gut wie ein Kuss. Denn das musste doch heißen, dass ihr etwas an mir lag.
»Abgemacht«, sagte ich. »Morgen ist Samstag, da spielen die Sechzger zu Hause gegen Augsburg. Lass uns da zusammen hingehen.«
Sie sah mich neckisch an. »Gerne. Aber unter einer Bedingung.«
»Nein, bitte sag nicht, du willst deine Mutter mitbringen.«
Sie lachte leise. »Nein, ich möchte, dass wir uns das Spiel nicht aus der Königsloge anschauen, sondern vom Fanblock aus. Da, wo die treuesten der treuen Fans stehen.«
Ich liebte diese Frau. Davon hatte ich immer schon geträumt. Gerd würde mich dafür umbringen.
»Abgemacht.«
Wir tranken die ganze Flasche, sie erzählte, wie sie ein Star geworden war und ich wieder von meinem Leben in Berlin. Als ich ging, umarmten wir uns. Es kam mir wirklich so vor, als würde ich sie schon jetzt besser kennen als irgendeinen

Menschen auf der Welt, als hätte ich mein ganzes bisheriges Leben nur auf sie gewartet. Erst jetzt wusste ich, dass sie mir schon immer gefehlt hatte.

Beschwingt, aber wachsam, ging ich durch die Münchner Nacht. Ich hatte keine Lust auf eine weitere Begegnung mit der GeStaSi.
Und dann klingelte mein Handy. Ich bekam einen Riesenschrecken, das war bestimmt die ganze Leopoldstraße rauf und runter zu hören. Ich ging so schnell ran, wie ich konnte. Natürlich, es war wieder Mel, wer auch sonst.
»Bist du verrückt, weißt du, wie spät es ist? Schläfst du eigentlich nie?«, meldete ich mich.
»Sie sind nicht dran gegangen. Ich mache nur meinen Job.«
Ich seufzte. »Also gut, was gibt's denn?«
»Ich habe den Termin für die Eröffnung der Oper bekommen. Nach mehr als sechzig Jahren Renovierung ist sie endlich fertig. Die erste Vorstellung muss natürlich durch die Gegenwart des Königs geadelt werden.«
»Natürlich. Was geben sie denn?«, fragte ich leise.
»Moment.« Ich hörte es rascheln. »Romeo und Julia.«
»Wunderbar«, sagte ich. Ich wusste auch bereits, wer bei der Gelegenheit zum ersten Mal an meiner Seite dem Bayerischen Volk präsentiert werden würde.

1.8 1860

Am Samstag ließ ich einen prächtigen Strauß roter Rosen von einem meiner Bediensteten besorgen. Ich zog meine besten Klamotten an, frisch aus Frankreich importiert, wahrscheinlich eine Spur overdressed für ein Fußballstadion. Aber zum ersten Mal stand Fußball nicht auf Platz eins, wichtigstes Ziel heute war, Maria zu beeindrucken. Sie endgültig für mich einzunehmen. Es war ein perfekter Tag, Königswetter sozusagen. Vielleicht hatte Mel recht, vielleicht konnte auch ich mit guter Laune gutes Wetter produzieren, jedenfalls waren beide, Laune wie Wetter, hervorragend. Das i-Tüpfelchen war, dass am Vortag mein neues Cabrio geliefert worden war. Ich hatte Maria versprochen, dass wir in den Fanblock gehen würden, aber trotzdem konnten wir ja den königlichen Parkplatz vor der Loge nutzen, oder?

Dieses Mal musste ich unten klingeln, dafür ließ mich Maria direkt in ihre Wohnung. Von ihrer Mutter war keine Rede mehr, ich nahm es als Zeichen gewachsenen Vertrauens. Übrigens war ich bisher auch noch nicht auf irgendwelche Hinweise auf irgendeinen Fernsehfuzzi gestoßen, der ihr Freund hätte sein können. Wahrscheinlich hatte sie auch eine Mel, die Geschichten erfand, die ihr Leben ein wenig einfacher machten. Wüsste Bayern, dass sie Single war, hätte die Schlange der Bewerber von ihrer Tür bis nach Fröttmaning gereicht.
Sie freute sich über die Rosen, nicht aber über meinen Anzug.
»So lassen die dich da nicht rein.« Ich hatte schon befürchtet, dass sie nörgeln würde, denn sie selbst trug ein Trikot aus der Saison 2002/2003 und dazu eine relativ neue Fankutte mit nur einem halben Dutzend Aufnähern, aber immerhin. So etwas besaß ich gar nicht und das konnte man auch nicht so ohne weiteres kaufen.
»Warte mal«, sagte sie und verschwand in einem der Zimmer ihrer geräumigen Wohnung. Nach ein paar Minuten kam sie wieder und überreichte mir einen Stapel Kleidung. »Zieh das an, müsste dir passen, die Tracht hat ja auch gepasst.«
»Dein Vater war auch Sechzger?«
»Der treueste. Das liegt in der Familie.«
So eine Kutte hatte ich noch nie gesehen. Die gehörte in ein Museum. Ich fühlte mich wie der größte lebende Fan, der ich nicht war, denn mein Herz gehörte natürlich immer noch vor allem der Borussia. Aber mein Zweitverein war Sechzig allemal, vielleicht sogar ein bisschen mehr als das. Vor allem wenn mein Plan aufgehen würde.
Ich zog den Anzug aus, auch die kugelsichere Weste, und die Fan-Klamotten an. Gerd würde einen Herzinfarkt bekommen,

wenn er das erführe. Ich fühlte mich wie ein anderer Mensch. Plötzlich so frei.
»So, wird Zeit«, sagte Maria und ich konnte mich an ihrer Vorfreude nicht sattsehen.
»Ich freu mich auch auf das Spiel«, sagte ich, »aber es beginnt erst heute Nachmittag um halb vier.«
»Die Straßenbahn fährt in zehn Minuten«, sagte sie.
»Ich habe gute Neuigkeiten, schau mal aus dem Fenster. Der Rote ist meiner.«
Sie warf einen kurzen Blick nach unten. »Du denkst wirklich, wir fahren mit dem da zum Stadion?«
Dass sie zu diesem Wahnsinnsauto ›dem da‹ sagte, tat schon weh. Ich nickte resigniert. War klar, was nun kam.
»Wenn wir so anrücken, brauchen wir nicht mehr zum Fanblock zu gehen, da kommen wir nicht mehr lebend raus.«
Ich hielt das für eine wilde Übertreibung, ließ es aber mal so stehen, dieser Tag sollte perfekt sein und er war dann perfekt, wenn Maria ihn perfekt fand. Wenn sie Straßenbahn fahren wollte, fuhren wir Straßenbahn.
»Also gut, auf gehts«, heuchelte ich Begeisterung für den öffentlichen Personennahverkehr.

Die Bahn fuhr langsam. Immer wieder machte sie Geräusche wie eine asthmatische Kuh, schabte an irgendwelchen Weichen oder Gleisen entlang, vollführte Sprünge wie ein Zicklein, sodass sich meine Hand fester um die Stange schloss. Das Gute war, dass Maria und ich alle paar Minuten gegeneinander stießen, denn wir standen eng, wir waren nicht die einzigen, die zum Fußball wollten. Als wir in die Linie stiegen, die vor dem Stadion in Giesing hielt, waren fast nur Blaue im Zug. Wenn Augsburger unter uns waren, dann gaben sie sich nicht zu erkennen. Fangesänge wurden angestimmt, Maria und ich grölten aus vollem Hals mit. Wenn wir so weiter machten, waren wir schon heiser, bevor wir überhaupt ins Stadion kamen. Ich konnte mich nicht erinnern, wann ich zuletzt solchen Spaß gehabt hatte.

Die Bahn hielt und wir ließen uns vom Pulk in Richtung Stadion treiben.
»Wir sind viel zu früh«, bemerkte ich, es waren noch fast zwei Stunden bis zum Anpfiff.
»Warst du überhaupt schon mal als normaler Besucher im Giesinger Stadion?«
Ich schüttelte den Kopf.
»Wir müssen noch durch die Sicherheitskontrolle.«
Es war keine einfache Sicherheitskontrolle, wir wurden regelrecht gefilzt. Nach dem Zufallsprinzip wurden Fans herausgezogen, die sich in extra bereitgestellten Kabinen komplett ausziehen mussten. Überall patrouillierten Polizisten, Spürhunde liefen schwanzwedelnd herum. Sie machten das

ganze Programm. Und es gab viel zu wenig Metalldetektoren. Die Schlange war endlos.
»Jetzt verstehe ich. Soll ich uns Bier holen?«
»Gibt's erst im Stadion«, sagte sie.
Ich wollte mehr über Maria erfahren, hätte sie gerne nach ihrer Familie gefragt, aber klar, wir mussten aufpassen, was wir sagten, damit unsere Tarnung nicht aufflog. Und so hörten wir das Gespräch zweier Fans vor uns mit, ob wir wollten oder nicht. Auch die beiden waren Kuttenträger, sie hatten Bierflaschen in der Hand, die sie demnach selbst mitgebracht hatten. Mit ihren langen Haaren und Schnurrbärten sahen sie aus wie Brüder.
»Die haben versucht, Rahan Sha von Borussia zu verpflichten.«
»Wie soll das gehen? Warum sollte der nach München wechseln?«
»Angeblich haben sie ihm das doppelte Gehalt geboten.«
Ich hörte stolz zu, die Geschichte war wahr. So ein Star bei uns, das wäre doch mal ein Zeichen gewesen. Ich warf Maria einen verschwörerischen Blick zu, den sie mit einem angedeuteten Lächeln erwiderte.
»Die spinnen doch total, für das Geld hätte man drei Zugladungen Getreide kaufen können.«
Was waren denn das für Fans? Und was sollte man mit all dem Getreide? Ich war kurz davor, diese angeblichen Sechzger ins Achtung zu stellen, so enttäuscht war ich, doch Maria sah es mir an und hielt beruhigend meinen Arm.
»Na ja, er hat das Angebot sowieso nicht angenommen, nicht mal für das Geld wollte er in Bayern leben und in einer drittklassigen Liga spielen. Da geh ich eher noch nach China, soll er gesagt haben.«
Leider stimmte auch dieser Teil der Geschichte. Allerdings hätte das alles nie an die Öffentlichkeit dringen sollen. Wer da wohl geplaudert hatte? Ich legte eine neue To-Do-Liste an. Bisher hatte ich mir Probleme gemerkt, die ich lösen wollte. Aber dieser Fall lag etwas anders, hier gab es ein Problem mit einem Menschen und das brauchte eine andere Art von Lösung.
Endlich standen wir im richtigen Block, Marias Timing war perfekt gewesen, die Vornamen der Spieler wurden verlesen und im Chor schrien wir deren Nachnamen. Nur eine Sache war komisch, die Einpeitscher, die mit Megafonen die Sprechchöre anstimmten, sahen irgendwie nicht wie Fans aus. Ich weiß nicht, woran es lag, sie waren mir zu alt, verhielten sich zu abgebrüht.

Ich ging Bier holen.
Als ich wiederkam, stand Maria mit drei jungen Typen zusammen. Sie trugen keine Kutten, nur Trikots, relativ aktuelle. War ja klar, dass eine Frau wie Maria nicht lange alleine bleiben würde. Ich reichte ihr ihren Becher. Wir stießen an.
»Darf ich vorstellen, das ist Yanni, mein Verlobter.«

Auch wenn das natürlich die Jungs nur von weiteren Anbaggerversuchen ablenken sollte, machte mich dieser Satz zum glücklichsten Menschen der Welt.
»Ich bin Ecki.«
»Moritz«
»Ferdinand«
Wir stießen an.
»Habt ihr schon gehört, sie haben die Kontrollen weiter verschärft«, sagte Ecki.
»Na, wie soll das gehen?«, sagte Moritz, der einen Kopf kleiner war als die anderen und extrem Dialekt sprach.
»Noch mehr Polizisten, die ab zehn durch die Stadt patrouillieren. Gestern wurde im Englischen Garten ein Pistolenschuss gehört.«
»Haben wahrscheinlich wieder aus Spaß um die Wette geballert«, sagte Moritz.
»Aber vor allem werden neue Franz-Buttons ausgeteilt.«
Ich musste ziemlich dumm geguckt haben, denn Maria gab mir einen Knuff und lächelte. »Ich hab auch schon meinen Abholschein bekommen«, sagte sie.
»Echt?«, sagte der, der sich als Ferdinand vorgestellt hatte. Er sprach langsam und eher wenig. »Verliert der mit dem Ludwig-Bild seine Gültigkeit?«
»Genau«, erläuterte Ecki. »Ab Montag muss jeder Münchner einen Button mit dem Bild von König Franz tragen, sonst wird er direkt festgenommen.«
»Und ab ins Arbeitslager«, sagte Moritz und machte eine entsprechende Handbewegung.
Wir alle atmeten schwer genervt aus. Das fiel mir gar nicht so schwer, denn von dem Quatsch hatte ich noch nie gehört und es kam sofort auf meine Liste, ich meine Liste 1: Dinge, die ich verändern wollte.
»Aber am meisten nervt die Propagandamusik jeden Morgen. Immer noch«, sagte Moritz.
»Ich finde, die ist auch schon wieder lauter geworden«, sagte Ecki ärgerlich.
Das war es also. Ich hatte etwas gehört, relativ leise, das ich für Werbung gehalten hatte. Aber natürlich ließ ich mich durch solche Lappalien nicht vom Ausschlafen abhalten.
»Wenn sie die wenigstens am Wochenende mal weglassen würden«, ereiferte sich Ecki.
»Oder wenigstens später«, sagte Moritz, »Oder wenigstens leiser.«
Wir stießen an und tranken, das Spiel begann.
Die Münchner sorgten gleich zu Beginn für klare Verhältnisse, schon in der fünften Minute legte Neuhaus für Wellenbruch auf, in der zehnten versenkte Neuhaus einen direkt Freistoß im Winkel. Allein der Mann war den Eintritt wert. Und dank ihm lagen Maria und ich uns gleich zweimal innerhalb kurzer Zeit in

den Armen. Ich genoss die neidischen Blicke der anderen.
»Neuhaus ist genial. Der schießt uns nächstes Jahr durch die Champions-League Qualifikation«, freute sich Ecki.
»Na, wenn der mal nicht nächstes Jahr Bundesliga spielt. Wie willste denn den halten?«, fragte Moritz und Ferdinand nickte bekümmert.
Wenn die wüssten, das Angebot der Borussia lag schon vor, wir schlugen zwei Fliegen mit einer Klappe. Borussia zementierte seine Dominanz in der Bundesliga und mit den mehr als vierzig Millionen Euro konnten wir uns Spieler aus dem Ausland leisten, von denen Sechzig seit Jahren nur zu träumen wagte. Bisher rekrutierte sich der Kader aus den besten der anderen bayerischen Vereine, die am Ende der Saison wechseln mussten. Das hatte Sechzig zum Seriensieger in Bayern gemacht, aber für europäische Klasse reichte das nun mal nicht.
Zur Halbzeit führte Sechzig vier zu null und der einzige Grund, warum nicht noch mehr Tore gefallen waren, war, dass an diesem warmen Tag die Mannschaft seit der dreißigsten Minute einen Gang runtergeschaltet hatte und die Augsburger nur noch laufen ließ. Ich nutzte diese Phase, um weiteres Bier zu holen und wunderte mich über die Preise. Zwanzig BM schienen mir in Relation zu den Rosen recht teuer, ansonsten hatte ich von Preisen keine Ahnung. Die Schlange vor der einen Bierausgabe war auch erstaunlich kurz. Unsere neuen Freunde nahmen noch immer kleine Schlucke aus ihrem ersten Bier, das doch schon lange schal sein musste.
»Ihr lasst es heute aber krachen«, sagte Ecki.
»Wir feiern unser Einjähriges«, sagte Maria und ich grinste übers ganze Gesicht.
»Glückwunsch, Alter, da haste aber Glück gehabt«, sagte Moritz und fixierte provokativ meinen leichten Bauchansatz. Fehlte eigentlich nur noch eine gediegene Schlägerei für einen gelungenen Stadionbesuch, aber Maria streichelte meinen Arm und sagte »Danke für das Kompliment« und ich erinnerte mich wieder, warum wir heute hier waren.
»Bier ist sowieso ungesund«, sagte Ecki. »Aber habt ihr von diesem neuen Zeug gehört, Baumsuppe?«
»Davon hat mein Nachbar geschwärmt«, wurde Moritz ganz aufgeregt. »Soll ja mega gesund sein, was ist denn da drin?«
»Kommt aus dem bayrischen Wald. Das ist Baumrinde, vermischt mit Gras, fein gemahlen.«
»Klingt gut, wie kriegt man das?«
»Nur auf dem Schwarzmarkt. Aber viel günstiger als Kartoffeln zum Beispiel.«
»Witzbold, lange keine echten mehr gesehen.«
Erst jetzt wurde mir bewusst, wie bemerkenswert schlank die drei waren. Ich schaute mich im weiteren Kreis um. Ich war der einzige, der ein Bierbäuchlein vor sich hertrug. Wahrscheinlich war die Bemerkung eben völlig anders gemeint gewesen, als ich

sie verstanden hatte. Baumrinde. Was für ein Unsinn.
»Wenn man die Baumsuppe lange kocht, wird sie sogar ein bisschen dick«, sagte Ecki und nun konnte ich nicht mehr an mir halten.
»Warum kauft ihr nicht einfach Dosensuppen aus dem Supermarkt? Ich finde die Bihun-Suppe zum Beispiel sehr lecker.«
Ich merkte, dass ich etwas Falsches gesagt hatte, als ich den Schrecken in Marias Gesicht sah.
»Dosensuppen im Supermarkt?« Ecki sah mich seltsam an.
»Super Witz, Mann. Genau. Ich hole mir erstmal ne Palette Schildkrötensuppe«, sagte Moritz.
Jetzt übertrafen sie sich in absurden Ideen.
»Ach was, ich kauf mir einfach ›nen Sack Kartoffeln beim Gemüsehändler.«
»Und ich geh heute Abend ein Steak essen.«
»Ist ja schon gut«, sagte Moritz, »der Witz kriegt graue Haare.«
Sie seufzten und Maria und ich seufzten aus Solidarität mit.
»Der war gut, Yanni, lange nicht so gelacht«, sagte Ecki.
»Wenn König Ludwig noch lebte, der würde eine Lösung finden«, sagte Ferdinand.
»Der alte König war ein guter Mann«, stimmten die anderen zu.
»Es lebe der König«, sagte ein anderer Fan, der das gehört hatte.
»Genau«, sagte Ecki, »und jetzt ist der neue König da, der wird das in den Griff kriegen.«

Ein Fan, der eine Reihe vor uns stand, mischte sich ein. Er hatte sich scheinbar genug Bier leisten können, um nicht mehr ganz nüchtern zu sein. Er drehte sich unbeholfen zu uns um und grölte: »Wenn euer netter Herr König das wollte, hätte er das doch längst alles ändern können.«
Moritz wollte etwas sagen, aber Ecki nahm ihn am Arm. »Vorsicht, der ist reich oder bei der GeStaSi«, flüsterte er so laut, dass wir anderen es gerade noch hören konnten.
»Vielleicht weiß der König gar nicht so genau, was alles im Argen liegt?«, sagte ich und fing mir einen warnenden Blick von Maria ein.
»Ja, vielleicht weiß er es gar nicht. Wenn der König das alles wüsste, er würde es todsicher ändern«, sagte Ecki. Um uns herum murmelten einige zustimmend.
»König Franz ist Fußballfan, der schaut doch bestimmt das Spiel«, sagte Ecki.
Die anderen nickten.
»Dann geben wir ihm doch mal einen Tipp.«
Er begann lauthals »Baum-sup-pe« zu skandieren.
Die anderen fielen ein. Die Einpeitscher versuchten, ein schlappes »Sech-zig« dagegenzusetzen, doch die Baumsuppen-Schreie wurden immer lauter.

Ich sah noch, dass der Mann mit der roten Nase und dem Bier plötzlich ein Walkie Talkie in der Hand hielt und gar nicht mehr lallend hineinsprach, da hatte mich Maria bereits hinter sich hergezogen.
»Nichts wie weg, sonst verbringen wir die Nacht im Knast.«
Und plötzlich waren überall Uniformen. Wir schafften es gerade noch durch einen der Notausgänge und nahmen die nächste Straßenbahn. Sie war fast leer, wir hatten Sitzplätze und obwohl die schönste Frau der Welt neben mir saß, war ich in Gedanken. Ich ging meine Liste durch, die länger und länger wurde. Ich wusste nichts über mein Land und nichts über mein Volk. Und alles, was ich lernte, war schmerzhaft. Das Wort Baumsuppe hallte noch lange in mir nach.

1.9 Zusammen

Wir fuhren zurück zu Marias Wohnung, ich zog mich um. Und konnte nicht aufhören, an das zu denken, was die Fans erzählt hatten. Die Menschen in Bayern, meinem Bayern, hungerten. Und sobald sie versuchten, etwas Kritisches zu sagen, und sei es ein harmloser Schlachtruf im Stadion, kam die Polizei. Ich wollte es nicht wahrhaben.
»Du bist so schweigsam?«, sagte das zauberhafte Geschöpf, dem mein Herz gehörte.
Ich setzte ein Lächeln auf. »Lass uns essen gehen. Richtig lecker. Ich könnte jetzt ein Kontrastprogramm gut gebrauchen.«
Sie schaute mich an, spitzte ihre Lippen nachdenklich. »Na schön.«
»Wie wärs mit dem ›The Steak‹ im Bayerischen Hof?«
Sie verschränkte die Arme vor der Brust: »Mein lieber Herr König. Erstens: Du hast gerade mit eigenen Ohren erfahren, dass dein Volk hungert und willst nun ins beste Restaurant der Stadt gehen? Von dem Geld, das dort ein Dinner für zwei kostet, kann eine durchschnittliche Familie auf dem Land eine Woche lang leben. Wahrscheinlich sogar einen ganzen Monat.«
Ich schaute betreten zu Boden. Genau vor dieser Wahrheit hatte ich in meine königliche Welt, in der es im Grunde alles gab, flüchten wollen.
»Zweitens. Wenn du mit mir in den Bayrischen Hof gehst, weiß morgen die ganze Welt, dass wir zusammen sind.«
Ich strahlte sie an. »Wir sind zusammen?«
Sie grinste. »Spielt keine Rolle, die ganze Welt würde es annehmen.«
Sie spielte mit mir. Aber immerhin schien sie nicht mehr sauer auf mich zu sein.
»Lass uns was einfaches essen. Hast du noch von diesen leckeren Burgern?«
»Magst du auch Tiefkühlpizza?«
»Aus Deutschland?«
»Genau die.«
»Ich liebe Tiefkühlpizza.«

Wir fuhren doch noch gemeinsam in meinem neuen Cabrio. Schade, dass die Residenz so nah war, nur die Leo hinunter. Vielleicht war es besser so, der Wagen hinterließ jede Menge Eindruck. Wäre die Strecke länger gewesen, es wäre nur eine Frage der Zeit gewesen, bis jemand ein Foto von uns gemacht hätte. Und ich stimmte Maria zu, wir sollten es noch nicht an die große Glocke hängen, dass wir Zeit miteinander verbrachten. Es war noch zu früh. Wer wusste, ob nicht irgendein Terrorist die zukünftige Königin niederballern würde, bevor sich der

Personenschutz um sie kümmerte? Ich spürte meine kugelsichere Weste über meinem T-Shirt. Ob ich ihr auch eine schenken sollte? Das würde sie nicht gerade für mich einnehmen. Der bessere Plan war wohl, erst heiraten, dann Weste.

Ich war kaum durch die Tür, als Gerd über mich herfiel. Er hatte Mel im Schlepptau.
»Scheiße, Mann, wo warst du? Die gesamte GeStaSi ist auf den Beinen und sucht dich. Wir haben dich in der Scheiß-Loge erwartet.«
Das war mir nun doch peinlich vor Maria. Auch, dass er sich sprachlich so gehen ließ. Wir saßen nicht zu zweit vor Shooter.
»Komm mal runter, ist doch nichts passiert.«
»Herr Hagen hat recht«, sagte Mel. »Die Sicherheit des Königs ist für Bayern zu wichtig, als dass der König die Pläne ändern kann, ohne die Sicherheitsteams zu informieren.«
Ich wusste, dass sie recht hatte. Andererseits.
»Was ich heute gemacht habe, hättet ihr nie erlaubt. Und wenn ich das nicht gemacht hätte, würde ich Bayern nicht so regieren, wie ich es ab sofort tun werde.«
Die beiden warfen sich hilflose Blicke zu.
»Gerd?«
»Ja, Hoheit?«
»Du warst in der Loge?«
»Ja, und habe da auf dich gewartet.«
»Gut. Wie ist das Spiel denn ausgegangen?«
»Vier zu Null. Nauhaus war mal wieder überragend, aber nach dem vierten Tor haben sie nix mehr gemacht. Die zweite Halbzeit war extrem langweilig.«
»Dann ist ja gut.«
Ich flüsterte ihm noch etwas ins Ohr.
»Wir sehen uns dann morgen, OK?«
Gerd und Mel nickten und ich ging mit Maria ins Kaminzimmer meiner Gemächer. Kamin konnte ich nämlich auch.

»Wer war denn das?«, fragte Maria, nachdem einer meiner Diener den Kamin angeheizt hatte.
Ich erzählte von Gerd und Mel.
»Du wirst loyale Menschen, Freunde brauchen, wenn du wirklich etwas verändern willst.«
»Ich weiß nicht, ob ein König Freunde hat.« Gerd war loyal, keine Frage. Mel war ihrem Job gegenüber loyal. Bei allen anderen wusste ich nicht, wie sie reagieren würden.
Pizza und Wein wurden gebracht.
»Lecker«, sagte sie. »Der Wein ist köstlich.«
Ich hatte ihr gesagt, es sei ein Weißburgunder aus Franken. Aber den mochte ich nicht. Tatsächlich war es zwar ein Weißburgunder, aber aus Südtirol. Kostete locker das

zehnfache. Um unangenehmen Diskussionen aus dem Wege zu gehen, hatte ich Gerd gebeten, ihn in der Karaffe zu servieren. Hatte geklappt.
»Danke, dass du mir die Augen geöffnet hast. Ich hatte wirklich keine Ahnung.«
»Und du hast es ja selbst gehört: Die Menschen sind verzweifelt. Ihre einzige Hoffnung ist der neue König, ihre einzige Hoffnung bist du.«
»Was hältst du davon, wenn wir meine To-Do Liste durchgehen und sie niederschreiben?«
Bisher war es nur eine lockere Sammlung von Dingen gewesen, die mir aufgefallen waren und die ich ändern wollte. Aber nichts davon war wirklich dringlich und wichtig gewesen. Es spielte für die meisten Bayern keine Rolle, ob und wann es BAW gelänge, einen vernünftigen Sportwagen zu bauen.
»Platz eins ist jedenfalls die Versorgung mit Nahrungsmitteln«, sagte die bezaubernde Frau, die neben mir auf dem Sofa saß.
»Jetzt bekommen auch die Zugladungen voll Getreide einen Sinn. Und warum bauen wir nicht mehr Kartoffeln an?«
»Du warst noch nie auf dem bayrischen Land unterwegs, oder?«, fragte sie.
Ich schüttelte den Kopf.
»Alles Geld in Bayern fließt nach München. Die Stadt ist fast wieder aufgebaut. Aber wegen Projekten wie der Oper sehen andere Städte noch aus, als wäre der Krieg erst vor zehn Jahren zu Ende gegangen. Und in den Dörfern fehlt es an allem. Sie bauen Gemüse mit der Hand an, wie vor hundert Jahren. Damit Bayern sich selbst versorgen kann, brauchen wir moderne Traktoren und Dünger.«
»Alles Dinge, die wir uns nicht leisten können und die uns wegen der Sanktionen auch niemand verkaufen wird«, sagte ich.
»Die Chinesen vielleicht?«
»Würden sie vielleicht, wenn wir unsere Rechnungen für das Mobilfunknetz endlich bezahlen würden.«
»Ist Bayern wirklich so arm?«
Ich zuckte mit den Schultern. So genau hatte ich mich in das Thema bisher nicht eingearbeitet. »Wir haben weder besondere Bodenschätze noch ausgeprägte Industrie. Das Rückgrat Bayerns war immer die Landwirtschaft. Milch von den Almen, Getreide, Hopfen und eben Bier. Deswegen war ich auch sehr über die Bierpreise überrascht.«
»Die Menschen brauchen beides: mehr zu Essen, so schnell es geht, und eine bessere Selbstversorgung.«
»Und dann werde ich diese schwachsinnigen Verordnungen angehen. Das mit der Propaganda-Beschallung um sechs Uhr Morgens war bestimmt eine Schnapsidee von Mel. Das schalten wir einfach ab. Und vor allem diese bescheuerten Ausgangssperren.«
Wir grinsten beide beim Gedanken an unser Abenteuer im

Englischen Garten. Das hätte auch ganz anders ausgehen können.
Die Karaffe war leer, ich klingelte nach einer zweiten.
»Und was soll das mit diesen Buttons?«
»Weil alles Geld nach München fließt, würde jeder Bayer gern hier wohnen. Da das natürlich nicht geht, verhindert man mit den Franz-Buttons, dass sich Illegale hier ansiedeln.«
»Die machen wir auch weg. Wenn wir alle Städte gleichermaßen fördern, gibt es keinen Grund mehr, nach München zu kommen.«
Die Liste wurde länger und länger, wir redeten uns in eine euphorische Stimmung, diskutierten begeistert, wann und wie wir Bayern von Grund auf ändern würden. Gegen eins hatten wir Utopia erschaffen und eine Winzigkeit zu viel Wein getrunken.
»Ich muss los, mein König. Morgen ist ja das Konzert in Nürnberg. Holst du mich ab?«
Mir wurde siedend heiß. Ich hatte es ihr offenbar noch gar nicht gebeichtet.
»Morgen ist die Wiedereröffnung der Oper. Mel besteht darauf, dass ich dabei bin.«
»Du bist der König.«
»Schon, aber Bayern hat sechzig Jahre an dem Ding renoviert. Ich fürchte, diese Wertschätzung bin ich meinem Volk schuldig.«
»So habe ich das gemeint. Allerdings bist du es eher den Handwerkern schuldig, die diesem Projekt ihr Leben gewidmet haben.
»Ich werde mit Onkel Hans reden, ob wir die Eröffnung um eine Woche verschieben können. Sechzig Jahre. Da sollte doch ne Woche drin sein.« Ich lächelte. »Ich würde dich so gern beim Konzert erleben.«
»Auch wenn es nicht klappt, ich gebe jedes Jahr mehr als hundert davon, du wirst reichlich Gelegenheit haben.«
»Du wirst live übertragen?«
»Aber hör mal, selbstverständlich«, tat sie gekränkt.
Wir standen beide auf, es war Zeit für sie zu gehen. Gerd würde sie trotz der Sperrstunde sicher nach Hause begleiten. Mir hatte er nicht erlaubt, um diese Zeit die Residenz zu verlassen. Am liebsten hätte ich sie bei mir behalten, aber wir kannten uns erst ein paar Tage, auch wenn es sich für mich wie ein ganzes Leben anfühlte.
Wir standen uns gegenüber, ich legte meine Hände um ihre Hüften.
»Franz?«, fragte sie.
»Ja?«
»Wir müssen alle etwas dafür tun, damit sich die Dinge ändern. Viele hören mir zu. Ich kann auf der Bühne Dinge sagen, die sonst niemand in Bayern öffentlich sagen darf.«
»Ist das nicht gefährlich?«
»Nicht, wenn du mir den Rücken stärkst.«

»Ich tue alles für dich, das weißt du.«
»Alles?«
»Ich bin für dich Straßenbahn gefahren.«
»Ach das ›alles‹.«
»Gute Nacht, meine Liebe«, sagte ich.
»Gute Nacht, mein König«, sagte sie.
Sie wollte gerade gehen, als ich ihr meine Hand hinhielt. Sie ergriff sie, ich zog sie zu mir und dann küssten wir uns.

1.10 Die Festnahme

Gleich am nächsten Tag machte ich mich auf zu meinem Onkel um die Sache mit der Oper zu klären.
In den letzten Tagen hatte ich meinen Onkel nur selten gesehen und wenn ihm jemand berichtet hatte, wie ich meine Zeit verbrachte, war er bestimmt nicht sehr begeistert gewesen.
Ich war viel zu wenig mit meinem neuen Wagen gefahren. Ich zog mir die Weste unter, ließ mir von Gerd einen Bodyguard zuteilen und fuhr rüber zum Hirschgarten. Mir war eingefallen, dass ich Onkel Hans noch gar nicht zu Hause besucht hatte. Ich war gespannt, wie er wohnte. Doch egal, was ich erwartet hatte, es war prächtiger. Die Villa war mehr als imposant, in bester Lage Münchens, gesichert wie eine Festung. Zwei Soldaten patrouillierten vor dem Grundstück, einer stand Wache an der Einfahrt. Sie erkannten mich sofort, es gab ja keinen Ort mehr in München, an dem man nicht auf meine Statue oder auf mein Plakat schaute.
An der Haustür öffnete mir ein livrierter Diener, der bei meinem Anblick leicht erschrak, sich sehr tief verbeugte und mich bat, einen Moment zu warten, er würde den Onkel holen. Ich erwiderte, das sei nicht nötig, er möge mir nur sagen, wo das Arbeitszimmer sei, ich fände ihn schon.
Er verfiel in eine Art Schnappatmung und lief rot an, wedelte aber mit den Händen in Richtung Treppe.
Die Treppe war eine Attraktion für sich, in das Treppenhaus passte ein ganzes Einfamilienhaus. Ich spurtet nach oben und rief nach Onkel Hans. Niemand antwortete mir, aber ich hörte Stimmen und Gelächter. Ich folgte ihnen und gelangte in einen Raum, der eher nach einem Club als nach Arbeitszimmer aussah. Es wurde geraucht, zahlreiche ältere Herren hielten Gläser in den Händen und es waren auch Damen anwesend. Und sie trugen Abendkleider, keine Uniformen. Das hatte ich so nicht erwartet. An einem der Fenster entdeckte ich Onkel Hans. Er stand dort mit einem hochgewachsenen Mann, den ich nicht kannte und gestikulierte wild mit der rechten Hand, in der linken hielt er ein Whiskeyglas. Ich ging zu ihm.
»Entschuldige Onkel Hans, hast du einen Moment?«
Wenn er von meinem Erscheinen überrascht war, ließ er es sich nicht anmerken.
»Erhard, bitte entschuldige mich einen Moment.«
Der Große entfernte sich. Sein Gesicht war hager, eine lange Narbe durchzog die linke Gesichtshälfte.
Jovial legte Onkel Hans mir den Arm auf die Schulter. »Franz, mein Junge, schön, dass du mich mal besuchen kommst. Darf ich dir auch einen Whiskey anbieten?«
Ich nickte, er gab einem Diener ein Zeichen und kurze Zeit

später nahm ich den ersten Schluck.
»Schottischer?«
»Du kennst dich aus«, freute er sich. »Was kann ich für dich tun?«
Ich erklärte ihm, dass ich die Eröffnung der Oper lieber um eine Woche verschieben würde.
Er erklärte mir, sehr höflich, sehr geduldig, warum das nicht ging.
»Hat Mel dir das nicht gesagt?«
»Doch, doch. Hat sie.«
»Du bist der König. Du musst deine Pflicht über deine Wünsche stellen.«
Ich nickte.
»Sag mal, was sind das eigentlich für Leute hier? Jemand, den ich kennen sollte?«
Onkel Hans schaute sich um, als müsste er darüber nachdenken.
»Ich dachte immer, der Generalstab trägt Uniform?«
»Ach so.« Er lachte. »Die sind nicht alle von der Armee. Einige gehören zum Kronrat, andere sind hohe Beamte.«
»Und die Frauen?«
»Welche Frauen?«
Ich schaute mich um, tatsächlich, keine mehr zu sehen, außer einer Sekretärin, die gerade ein Gespräch mitschrieb. Seltsam. Ich beschloss, nicht weiter nachzufragen.
»Schön, dass du mich mal besucht hast. Du bist hier jederzeit willkommen«, sagte er auf eine Weise, die klang, als würde er es vorziehen, wenn wir uns in Zukunft wieder in der Residenz treffen würden.
Nachdenklich fuhr ich den kurzen Weg nach Hause. Es war ein irritierendes Erlebnis gewesen. Wenn Mitglieder des Kronrates in dem Raum gewesen waren, hätten sie mich doch erkennen müssen. Und wenn sie mich erkannt hatten, warum hatten sie mir nicht die Ehre erwiesen, die dem König gebührte? Irgendetwas stimmte da nicht.

Mit Mel fand ich schnell einen Kompromiss. Am Nachmittag würde ich mit einer Rede, die ich vom Teleprompter ablesen würde, die Oper eröffnen. Danach betrat ich die Königsloge, begrüßte herzlich mein Volk, das Licht würde ausgehen und ich würde mich aus dem Staub machen. Von acht bis um zehn würde ich in meinen Privatgemächern die Live-Übertragung aus Nürnberg sehen, nur zur kleinen Pause würde ich rüber in die Oper huschen und zum großen Finale, wenn der Vorhang fiel und das Licht anging, säße ich natürlich wieder an meinem Platz. Mel gab mir sogar eine Inhaltszusammenfassung und zwei der Rezensionen, die am Montag erscheinen würden, damit ich in der Pause und nach der Vorstellung keinen Unsinn erzählte.
»Es sind sogar Kamerateams aus dem Ausland da«, flüsterte sie ergriffen.

Das Wetter war frisch, aber sonnig. Wenn meine Stimmung das Wetter beeinflussen konnte, hätte allerdings nicht nur ein leichter Wind geweht, sondern ein Sturm. Ich wäre jetzt so viel lieber in Nürnberg gewesen, bei ihr.
Mel hatte darauf bestanden, dass ich die Paradeuniform anzog, immerhin ohne Schleppe und Krone. Zusammen mit zwei uniformierten Mitgliedern meiner Leibgarde, einer von ihnen war Gerd selbst, schritt ich aus der Residenz und ging die paar Meter zum Aufgang der Oper. Der Platz war gedrängt voll, die Masse skandierte meinen Namen. Weil sie es wollte? Oder weil sie es musste? Einige schwenkten Plakate mit meinem Bild. Ich sah darauf zehn Jahre älter aus und meinem Vater wie aus dem Gesicht geschnitten. Ich musste mal ein ernstes Wort mit Mel reden. Ich ging langsam, schüttelte Hände und fühlte mich trotz oder wegen meiner Weste überhaupt nicht sicher. Für einen Scharfschützen war ich ein leichtes Ziel.
Unter den Säulen der Oper war ein Rednerpult aufgebaut worden. Mel lächelte glücklich. Ich erlebte sie sowieso nur glücklich, wenn eines der Arrangements, die sie inszenierte, funktionierte.
Neben mir standen außer Mel und Gerd auch noch ein paar wichtige Mitglieder des Kronrats, die ich nicht kannte, darunter der Mann mit der Narbe, sowie Onkel Hans und mein Cousin Jérôme.
Ich winkte in die Menge und sie jubelte noch lauter. Ich suchte nach dem Teleprompter und begann, meine Rede, Mels Rede, abzulesen. Sie war geschliffen formuliert, professionell aufgebaut. Begann humorig und wurde bald staatstragend. Und war länger als gedacht. Und dann fiel der Strom aus. Am Nachmittag war das kein großes Problem, außerdem schien die Sonne und meine Stimme war stark und trug weit. Aber der Teleprompter ging nicht mehr und niemand hatte mir ein Manuskript auf Papier gegeben.
Ich würde die Rede abkürzen, ich war ja nicht vorbereitet. Zumindest musste ich sie noch professionell zu Ende bringen. Also sprach ich über Dinge, mit denen ich mich in letzter Zeit beschäftigt hatte. Dass ich gehört hätte, dass bayerische Bürger nicht genug zu essen hätten. Dass das ein Skandal sei und ich persönlich dafür sorgen würde, dass sich das ändere. Der Jubel war groß. Schade, dass das nicht im Fernsehen übertragen wurde, aber ohne Strom keine Kamera. Ich sprach noch ein wenig über die Abschaffung der Sperrstunde und die Entwicklung der bayerischen Städte, die die Plaketten in München überflüssig machen würde, und erst, als mich zum dritten Mal ein schmerzhafter Tritt von Gerd am Bein traf, schielte ich zu Onkel Hans und merkte, dass er rot angelaufen war. Der mit der Narbe schaute sehr ernst und schüttelte unmerklich den Kopf. Mel zog seltsame Grimassen, mit denen

sie mir wohl andeuten wollte, es wäre besser, zum Ende der Rede zu kommen.
Ich tat ihr den Gefallen, der Jubel auf dem Platz war unbeschreiblich. In dem Moment genoss ich es wie nie zuvor, König zu sein. Die Revolution von innen hatte soeben begonnen. Ich war so sehr davon überzeugt, das Richtige zu tun.

Sie gaben irgendeine Oper von Wagner. Ich war kein Wagner-Fan, genaugenommen war ich kein Opern-Fan, ich hatte noch nie eine gesehen. Heute würde ich bestimmt nicht damit anfangen. Ich zeigte mich in der Königsloge, winkte artig den Zuschauern zu, die mich stehend mit Applaus begrüßten. Ich merkte sehr wohl, dass die Minen eine andere Sprache sprachen. Die geladenen Gäste bekleideten wichtige Funktionen im Staat. Das meiste von dem, was ich dem Volk angekündigt hatte, hatten sie sowieso. Ihnen war nicht an Veränderungen gelegen. Das Licht ging aus und noch ehe der erste Ton aus dem Orchestergraben drang, schlich ich mich hinüber in meine Privatgemächer.

Ich machte es mir im Fußballzimmer gemütlich. Gut, dass ich am Equipment nicht gespart hatte, ich würde mich fühlen wie in der Halle, ich würde Maria so nah sein, wie es eben ging, wenn man 200 km entfernt war.
Die Show lief bereits, die Stimmung war aufgeheizt, die Halle war übervoll, ausverkauft, wie mir Maria erzählt hatte, ohne das besonders zu betonen, ihre Konzerte waren immer ausverkauft. Gerade hatte sie einen ihrer vielen Hits gespielt, das Publikum tobte, sie sah hinreißend aus, also wie immer. Wobei, die Begeisterung der Menschen übertrug sich auf sie, sie war wie ein Verstärker der Emotionen. Wieviel Kraft sie hatte. Zum ersten Mal wurde mir klar, warum sie ein Star war. Wie ein Stern leuchtete sie von innen heraus. Ich drehte den Ton noch etwas lauter. Wie gern wäre ich jetzt bei ihr gewesen.
»Meinen nächsten Song kennt ihr alle. Ich widme ihn heute Abend einem ganz besonderen Menschen. Er kann heute leider nicht bei uns sein und sitzt wie so viele andere vor dem Fernseher. Lieber Yanni, rote Rosen.«
Mir kamen die Tränen. Das war mir noch nie passiert. Aber dieser Moment war so intensiv und auch so überraschend. Sie sang und ich liebte sie noch mehr als zuvor, wenn das überhaupt möglich war.
Bei einem Schwenk über das Publikum, sie hielten Feuerzeuge hoch, sah man einen Mann, der eine Fahne mit dem Emblem dieses alten Fußballclubs entrollte. Die Kamera schwenkte hastig weg, doch man konnte noch erahnen, dass zwei Polizisten, die in seiner Nähe standen, sich auf ihn stürzten. Die Kamera klebte an Maria. Wenn sie aber kurz auf die Fans schwenkte, sah man immer mehr Polizisten in die Halle kommen. Was erwarteten die

denn? Dass dort die Revolution begann? Das war ein Konzert.
Gerd war in der Oper geblieben. Wenn etwas Unvorhergesehenes geschah, würde er mich sofort informieren. Wäre er hier gewesen, vielleicht hätte ich gebeten zu prüfen, was genau da los war.
Maria war ein Profi, sie ließ sich von den Uniformierten nicht irritieren, performte so einzigartig, wie nur sie das konnte.
»Danke, Nürnberg. Ihr seid großartig.« Der Jubel ließ uns alle vergessen, dass wir in Bayern waren.
»Wir singen von roten Rosen und wir wissen, es werden bessere Zeiten kommen.«
Der Jubel wurde sogar noch lauter, das hätte ich nicht für möglich gehalten.
»Es gibt eine neue Spezialität in Bayern. Sie heißt Baumsuppe.«
Jetzt wurde es sehr leise im Saal.
»Es ist eine Schande«, Maria schien ins Mikrophon zu flüstern, »dass einige von uns so sehr hungern, dass sie die Rinde von den Bäumen essen müssen. Der Hunger muss endlich aufhören.«
Frenetischer Jubel brach aus. Aber Maria gab der Menge ein Zeichen, dass sie noch nicht fertig war. Ich war gespannt und aufgewühlt. Gab sie hier und jetzt den Startschuss für den Aufbruch in ein neues Zeitalter?
»Ein Bayern, das seine Bürger nicht ernährt, ist nicht mein Bayern. Ein Bayern, das einen Menschen festnimmt, weil er eine Fahne entrollt, ist nicht mein Bayern. Alles, was wir wollen, ist unsere Freiheit zurück.«
Wieder dieser Jubel, ich musste den Sound etwas runterdrehen, es war einfach zu laut. Noch einmal bat sie die Menge um Ruhe.
»Aber mein Bayern hat einen neuen König. Und auf diesen König setzen wir unsere Hoffnung. Er wird uns in eine bessere Zukunft führen.« Und sie schickte mir, ihrem König, eine Kusshand.
Mir wurde so warm ums Herz.
Doch im selben Moment erstarrte ich vor Entsetzen. Polizisten stürmten auf die Bühne. Ich sah, wie zwei Männer Maria ergriffen, dann endete die Übertragung, ein Bild mit dem Hinweis ›technische Störung‹ erschien.

1.11 Die Suche

Verdammte Scheiße, das durfte nicht wahr sein. Und ich saß hier, in München und war nicht an ihrer Seite. Ich machte mir erst gar nicht die Mühe, den Fernseher auszuschalten, alles war jetzt unwichtig, nur eins zählte: Ich musste sofort zu Maria. Ich lief in die Oper. Ich hatte ihr ein Versprechen gegeben. Jetzt war ich an der Reihe.

Gerd saß in der Königsloge. Ich hielt mich dort so kurz wie möglich auf, zog ihn vor die Tür, er war so überrascht, er leistete keinen Widerstand. Erst vor der Loge schüttelte er mich ab, zupfte sich sein Hemd gerade und starrte mich entgeistert an.
»Was ist los?«
»Sie haben Maria festgenommen.« Ich fasste kurz zusammen, was geschehen war. »Wir müssen sie da rausholen.«
»Dann befiehl das doch.«
»Ja, ja, aber wem?«
Gerd kratzte sich am Kopf. »Du bist noch nicht so richtig drin, im Tagesgeschäft, oder?«
Das konnte man so sagen. Ich hatte keine Ahnung, welche Polizisten sie festgenommen hatten, ich wusste nicht, wer welche Polizeieinheiten kommandierte, wo diese Kommandolinien zusammenliefen. Der Apparat war für mich ein Buch mit sieben Siegeln. Ich hatte bisher nicht regiert, ich hatte nur repräsentiert, so wie mein Onkel es wünschte. Mein Onkel.
»Hol mir Onkel Hans hierher.«
»Der sitzt in seiner Loge und genießt die Oper.«
»Das weiß ich. Du sollst mir keine Geschichten erzählen, die ich schon kenne, du sollst mir meinen Onkel herbeischaffen.«
Gerd nickte und ging, so schnell, wie es möglich war, ohne dass es nach Laufen aussah. Hier war überall Presse, wir durften kein Aufsehen erregen. Marias Verhaftung war live im Fernsehen zu sehen gewesen. Sie hatte auf mich angespielt, das waren wahrscheinlich schon Schlagzeilen genug.
Warum ich meinen Onkel nicht selbst holte? Aus demselben Grund. Wie hätte das ausgesehen, wenn der König plötzlich mitten im ersten Akt in einer fremden Loge erschien? Und was, wenn mein Onkel nicht herauskäme? Ich, der König, konnte ihn nicht dazu zwingen, Gerd schon. Aber es gab noch einen Grund, ich brauchte ein paar Minuten zum Nachdenken. Und als Onkel Hans schimpfend um die Ecke kam, hatte ich eine Entscheidung getroffen.

»Onkel Hans, du musst befehlen, sie freizulassen.«
»Franz. Was sind denn das für Manieren? Warum schickst du mir

diesen ungehobelten Burschen?«
Ich sah die Unschuldsmiene von Gerd und wusste, ganz ohne Gewalt hatte er Onkel Hans nicht so schnell hierher bekommen.
»Weil es schnell gehen muss. Sie haben Maria Fischer festgenommen.«
Seine Miene blieb wie versteinert. »Wer ist ›sie‹ und wer ist Maria Fischer?«
»Du willst behaupten, du kennst Maria Fischer nicht?« Nur mit Mühe gelang es mir, ruhig zu bleiben. Stattdessen schilderte ich ihm die Ereignisse.
»Allerhand. Du warst nicht im Theater. Und diese Frau hat ihren Status ausgenutzt, um gegen den Staat zu opponieren.«
»Sie hat die Wahrheit gesagt über Dinge, die ich ändern werde.«
Er schaute mich jetzt eisig an, sagte aber nichts.
»Onkel Hans. Ich will, dass Maria freigelassen wird.«
»Maria? Du kennst sie persönlich?«
»Ja, auch wenn das hier nichts zur Sache tut.«
»Und was habe ich damit zu tun?«
»Du weißt, wie Bayern funktioniert. Du kannst mir sagen, wer schlussendlich für ihre Verhaftung verantwortlich ist und den Befehl geben kann, sie freizulassen.«
Er schaute mich immer noch an, mit hartem Blick. »Wenn sie das gesagt hat, was du mir erzählt hast, ist sie völlig zurecht festgenommen worden.«
»Ich will, dass sie freigelassen wird.«
»Das erwähntest du bereits.«
»Ich bin der König.«
Wir standen uns gegenüber, innerlich schäumte ich, hätte ihn am liebsten gewürgt, den Arm auf den Rücken gedreht, Gerd befohlen, ihn zu Boden zu werfen. Wir verloren Zeit, die wir nicht hatten.
»Na gut«, sagte Onkel Hans. »Politische Verbrecher kommen in die lokale Zentrale der GeStaSi. Der Leiter der Behörde in Nürnberg ist Oberst Tolstoi. Ich werde sehen, was ich für die Frau tun kann.«
»Das reicht mir nicht. Ruf ihn jetzt an.«
Er sah mich genervt an. »Jetzt?«
»Ja. Sofort.«
Er nahm sein Mobiltelefon, wählte, aber er bekam offensichtlich keine Verbindung. Ich checkte meins, aber ich hatte keinen Empfang. Offenbar war das Mobilfunknetz wieder mal ausgefallen.
»Abgesehen davon wird er am Sonntagabend nicht im Dienst sein.«
»Gut, ich hab eine andere Idee. Gerd, besorg uns mal Papier und Stift.«
»Hab ich dabei.« Er holte ein Notizheft aus seiner Jackentasche, riss eine Seite heraus und reichte sie mir zusammen mit einem Kugelschreiber.

Ich gab beides an Onkel Hans weiter. »Schreib: Hiermit befehle ich dem GeStaSi Kommandeur von Nürnberg Frau Maria Fischer sofort freizulassen. Gezeichnet Hans Obermüller.«
Er hielt das Blatt an die Vertäfelung und schrieb.
»Und jetzt noch die Unterschrift bitte.«
Mit mürrischem Gesicht kam er meinem Wunsch nach.
»Und versprich mir, dass du weiterhin versuchen wirst, Tolstoi telefonisch zu erreichen.«
»Aber ja, Junge, wenn es dir so wichtig ist.« Er schien sich zu bemühen, versöhnlich zu klingen, tat es aber nicht.
»Danke, Onkel. Jetzt kannst du gerne den Rest der Oper genießen.«
Wortlos drehte er sich um und ging stolz in Richtung seiner Loge.
»Du musst aufpassen, Yanni«, sagte Gerd.
Ich nickte.
»Und was machst du nun mit diesem Wisch?«
»Ich fahr nach Nürnberg und hau sie da selber raus.«
»Ich komm mit.«
»Nein, du wirst hier gebraucht.«
Nicht nur die kleine Pause würde ohne mich stattfinden. Auch bei den geplanten stehenden Ovationen am Ende des Stücks würden die Kameras der freien Welt vergeblich nach dem König von Bayern suchen. Skandal? Egal. Es gab jetzt Wichtigeres.
»Sag Mel, was passiert ist, sonst klappt die uns noch mit Herzinfarkt zusammen.«
»Mach ich. Jetzt kann sie endlich mal zeigen, was wirklich in ihr steckt.«
Nett gemeint, aber mir war in dem Moment überhaupt nicht nach Scherzen zumute. Gerd merkte das, er boxte mir freundschaftlich auf die Epauletten.
»Du holst sie da raus.«
Ich nickte entschlossen.
»Yanni, nur eine Sache.«
»Ja?«
»Willst du dich vorher nicht noch kurz umziehen?«
Ich schaute an mir herab. Das ging wirklich nicht, ich konnte ja in Nürnberg nicht herumspringen wie ein Operettenkönig, ich würde mich zum Hanswurst machen. Doch ein bisschen Autorität brauchte ich und entschied mich für den Lodenanzug. Und dafür, mir nach dieser Aktion einen militärischen Rang zu besorgen. Vielleicht den des Oberbefehlshabers der Streitkräfte? Onkel Hans würde das verstehen.

Noch nie in meinem Leben habe ich mich so schnell umgezogen. Fünf Minuten später saß ich in meinem Cabrio. Als König fuhr ich mit einem Diplomatenkennzeichen, das mich vor der strafrechtlichen Verfolgung von Verkehrsdelikten schützte. Ich nutzte es weidlich aus, schoss mit über hundert Sachen die nur

spärlich beleuchtete Leopoldstraße hoch. Verglichen mit Berlin ist München ein Traum, wenn es um den Verkehr geht. Weil die meisten Bayern sich ein Auto entweder nicht leisten können oder zehn Jahre darauf warten müssen, sind die Straßen immer leer. Ich bog auf den mittleren Ring rechts ab, dann auf die Autobahn. Ich hatte mich schon darauf gefreut, den Wagen endlich mal richtig auszufahren. Und jetzt gab es sogar einen guten Grund. Ich hatte aber nicht bedacht, in welchem Zustand sich die bayerischen Autobahnen befanden. Kaum bewegte sich die Tachonadel rechts von der 150, folgten die Schläge im zehn Sekunden-Takt und waren so stark, dass ich mich fragte, was eher brechen würde, eine der Achsen oder mein Rückgrat. Der Wagen konnte 250. Es war ein Jammer. Ich versuchte, die Schlaglöcher zu umfahren, musste mich höllisch konzentrieren, beid er Dunkelheit waren sie trotz der kräftigen Scheinwerfer erst spät zu sehen. Ich kam nicht auf mehr als 130, da trotz aller technischer Spielereien die Schleudergefahr bei diesen Geschwindigkeiten zu hoch war. Und je weiter ich nach Norden kam, umso schlimmer wurde es. Bei Ingolstadt fuhr ich schon nur noch achtzig und immer den Blick gebannt auf der Fahrbahn, um die besonders tiefen Schlaglöcher rechtzeitig zu erkennen, in denen mein sportlicher Wagen Gefahr lief aufzusetzen.
Ingolstadt, ich hatte mal irgendwo gelesen, dass einer der berühmten deutschen Autohersteller nach dem Krieg erwogen hatte, nach Ingolstadt zu ziehen. Schlussendlich wurde es Halle an der Saale, nachdem Thüringen zum Westen kam.
Aber Was-wäre-wenn-Spielchen brachten mich nicht weiter. Nach vier Stunden erreichte ich durchgeschwitzt und gerädert endlich Nürnberg, eine weitere halbe Stunde später parkte ich vor der GeStaSi Zentrale, einem hässlichen alten Bau in Nazi-Optik. Es war dunkel geworden. Ich schaute auf die Uhr, schon nach Mitternacht. Und sie saß irgendwo da drin. Immerhin, so wie ich sie kannte, hatte sie keine Angst. Sie war eine starke Frau und sie wusste, ich würde sie da rausholen.
Ich ging zum Pförtner, das Licht glimmte, er saß über ein Kreuzworträtsel gebeugt.
»Guten Abend, ich bin König Franz, lassen Sie mich bitte rein.«
»Ja, ja, Sie mich auch. Wer sind Sie und was wollen Sie?«
Ich leuchtete mit meiner Handy-Taschenlampe in mein Gesicht.
»Machen Sie die Augen auf, Mann und lassen Sie mich rein.«
Er schaute von seinem Heft auf und zuckte zusammen. Endlich zahlten sich die Propagandaposter aus.
»Ja, aber, Hoheit, also.«
»Rein-las-sen. Muss ich es Ihnen erst buchstabieren?«
»Sofort, Hoheit.«
Er verließ seinen Glaskasten und ging zur Eingangstür, ich hörte den Schlüssel, es quietschte, die Tür ging auf.
»So, bitte, hereinspaziert. Außer uns zwei Hübschen ist aber

keiner da. Was verschafft uns denn die Ehre?«
»Kennen Sie Maria Fischer?«
»Machen Sie Witze? Wer kennt die nicht?«
»Sie wurde heute Abend festgenommen und sitzt irgendwo hier in Haft.«
»Donnerwetter. Davon weiß ich nichts.«
»Schaffen Sie mir den Chef mal ran, diesen Tolstoi.«
»Das wird aber dauern.«
»Warum?«
»Es ist Wochenende. Das verbringt er in seinem Haus in den Bergen.«
Ich ließ mich auf den Fliesenboden nieder, lehnte meinen Rücken an die Wand und legte meinen Kopf in die Arme. Ich war kaputt von der Fahrt und hatte keinen Schimmer, wie ich Maria hier finden würde. Es war zum Schreien.
»Wissen Sie was, Herr König? Ich hab ja alle Schlüssel, für Notfälle. Und wenn das mal keiner ist. Suchen wir zwei das Gebäude einfach mal ab. Ich bin nämlich ein ganz großer Fan von Frau Fischer. Vielleicht krieg ich ja ein Selfie mit ihr, wenn wir sie finden, was meinen Sie?«
Ehrlich gesagt war ich in dem Moment ein bisschen in meiner Eitelkeit verletzt. Da stand der König von Bayern vor diesem Einfaltspinsel, aber mich hatte er nicht wegen eines Selfies gefragt. Egal. Er reichte mir seine Hand, ich zog mich daran hoch. Er schloss die Eingangstür sorgfältig wieder ab, drehte ein »Bin gleich wieder da« Schild so um, dass es nun von außen lesbar war, schloss einen Schrank auf und nahm ein Schlüsselbund heraus und kam dann wieder raus zu mir.
»Das sind die Generalschlüssel. Von oben nach unten oder von unten nach oben?«

In allen Videospielen waren die Gefangenen immer im Keller. Also fingen wir dort an. Und tatsächlich stießen wir relativ rasch auf einen abgesperrten Trakt, in dem acht Zellen an einem Gang lagen. Nur, dass diese Zellen alle leer waren. Hier war sie also nicht. Gab es noch weitere? War Maria gar nicht in diesem Gebäude?
»Es muss doch so eine Art Verzeichnis geben, in dem steht, wo welcher Festgenommene hinkommt?«
»Ja, gibt es, ist aber alles im Computer, da kommen wir nicht ran.«
Die nächsten zwei Stunden liefen wir durch das Gebäude und öffneten eine Tür nach der anderen. Es war sinnlos. Die Büros sahen sich auf ihre Weise ähnlich, irgendwelche Spuren fand ich nicht. Als letztes war das Zimmer von Tolstoi dran, oben, unterm Dach, mit einer bezaubernden Sicht über das nächtliche Nürnberg. Es war wohnlich eingerichtet, hatte sogar eine Bar. Ich schenkte dem Pförtner und mir jeweils einen Cognac ein.
»Danke jedenfalls, auch wenn wir nichts gefunden haben.«

»Gern geschehen«, sagte er, als ob er jeden zweiten Tag den König zu Besuch hätte, wir stießen an und ich leerte mein Glas in einem Zug. Leider half es nichts. Wir saßen auf dem Gästesofa, ich ließ meinen Blick durch das Büro gleiten.
»Was sind denn das für Schlüssel in dem Schränkchen dort?«
»Der Chef hat natürlich auch Generalschlüssel. Extra gesichert.«
»Die gleichen wie Sie?«
»Sollte so sein.«
»Die scheinen nach Etagen geordnet«, sagte ich erstaunt, »Schaun Sie mal. Erdgeschoss. Keller. Zweites Untergeschoss. Da waren wir noch nicht.«
»Wußte auch nicht, dass wir ein zweites Untergeschoss haben.«
Wir brachen den Kasten auf, indem wir den Schreibtischstuhl gegen das Glas warfen. Mit dem Generalschlüssel für das geheime Geschoss bewaffnet liefen wir die Treppe runter. Nun machte alles Sinn, da musste sie sein.
»Mal was gehört von so einem Stockwerk? Gerüchte?«, keuchte ich.
Der Pförtner schüttelte den Kopf, ich schätzte ihn auf über sechzig. Er sah nicht unsportlich aus, kam aber kaum hinterher.
Wir hatten angenommen, die Tür unter der Treppe verberge nur eine Abstellkammer. Aber jetzt, da wir wussten, dass es noch ein Geschoss gab, war es leicht zu finden. Wir öffneten die Tür und liefen die restlichen Stufen. Was wir nun vorfanden, würde ich niemals vergessen. Auf der einen Seite des Ganges befanden sich Verhörzimmer, wie aus einem Kriminalroman, mit einseitig verspiegeltem Glas, Abhörgeräten. Alle leer.
Auch auf der anderen Seite waren einige solcher Zimmer, aber das Equipment machte mir Gänsehaut. Nicht bei allen Geräten war klar, für was sie benutzt wurden, aber trotzdem war es offensichtlich, hier wurde gefoltert. Ich weigerte mich, eins und eins zusammenzuzählen und spornte den Pförtner an, weiterzusuchen. Aber wir fanden sie nicht. Schließlich erreichten wir einen Raum, der größer war, als die anderen und in dem es bestialisch stank.
»Sie haben hier eine Pathologie?«
Er zuckte mit den Schultern, holte sich ein Schnupftuch aus der Tasche und presste es sich vor seine Nase. Ich tat es ihm gleich. Immerhin waren die drei Metalltische leer. An der Wand waren Fächer, wie Schließfächer. Auch die kannte ich aus Computerspielen. Hinter solchen Edelstahltüren bewahrte man Leichen auf. Mein Herz schlug so stark wie eine Kirchenglocke. Da mussten wir nicht nachgucken, da war Maria nicht. So ein Quatsch. Wie von einem Magneten gezogen, gingen wir trotzdem zu der Wand. Es waren acht Fächer in drei übereinanderliegenden Reihen. Nur vier Fächer waren beschriftet, auf den Pappkärtchen, die man in die Metallhalterungen geschoben hatte, standen immer nur zwei Buchstaben, wohl die Initialen. Und auf einem stand M.F.

Ich erwachte von der Ohrfeige, die mir der Pförtner gegeben hatte.
»Jetzt sind wir so weit gekommen, jetzt schauen wir auch nach«, sagte er. »M.F., das kann ja alles sein, Max Federsen zum Beispiel oder Moritz Flockhans.«
Ich sagte nichts, ließ ihn reden, er hatte ja recht, wir brauchten Gewissheit. Ich entriegelte das Schloss, zog die Bahre heraus, es lag jedenfalls jemand hier drin. Ich machte den Reißverschluss des Plastiküberzugs auf und legte den Kopf frei und dann sah ich sie. Ich sank zu Boden und begann zu schluchzen.

Ich habe keine Ahnung, wie ich zurück nach München gekommen bin. Stundenlanges Autofahren auf Autopilot.
Ich war drauf und dran, wahnsinnig zu werden. Ich verdunkelte alle Räume, schnappte mir einen Handvorrat starken Stoff und ging ins Bett. Um dort zu bleiben.
Hatte so Jesus gefühlt, als er am Kreuz hing und rief »Vater, warum hast du mich verlassen?« Hatte Gott mich verlassen? Hatte er mich einen Blick in den Himmel werfen lassen, um ihn dann für mich für immer zu verschließen? Aber Gott war doch kein Sadist? Gott wollte mich doch nicht leiden sehen? War mir der Teufel in die Quere gekommen? Aber wenn Gott Maria hätte retten wollen, er hätte sie gerettet. Wollte er mich prüfen? Aber was für eine Prüfung war das? War es ein Zeichen? Dass es so einfach nicht gehen würde? Dass es ein harter Kampf werden würde, ein Kampf auf Leben und Tod? Wollte der Herr mir das zeigen, indem er mir das Liebste auf der Welt nahm? Dass ich keine Rücksicht nehmen durfte? Dass ich ein glühendes Schwert sein musste, das unter meinen Feinden wütete? War die Zeit gekommen für den Gott des alten Testaments? Den rächenden, den fürchterlichen Gott?

Teil II

2.1 Der Cousin

Eine Woche später verließ ich mein Bett. Meine Tränen waren versiegt, doch mein Schmerz so stark wie am ersten Tag. Aber ich hatte in Gott neue Kraft gefunden.
Gott hatte in meinem Leben in den letzten Jahren in Berlin keine große Rolle gespielt. Neben Videospielen, Fußball und ein bisschen Uni war einfach kein Platz für ihn gewesen. Marias Tod aber hatte eine große Lücke in mein Leben gerissen. Und ich erinnerte mich an früher, ganz früher, als meine Mutter mit mir zur Kirche gegangen war. An die Worte des alten Mannes in der prächtigen Soutane. Seine tiefe Stimme, die so klang, als hätte er auf alle Fragen eine Antwort. An die Sicherheit, die ich beim Klang dieser Stimme gefühlt hatte. Nach dieser Sicherheit sehnte ich mich jetzt. Nach Halt. Nach Gott.
Er würde mir auf dem Weg, den ich nun zu gehen hatte, beistehen, er hatte mir gesagt, dass es an der Zeit war, den ersten Schritt zu tun. Ich war immer noch der König, ich hatte eine To-Do Liste. Und ich würde Maria rächen und dafür sorgen, dass sie für immer unvergessen blieb.

Mit dem letzten Punkt fing ich an. Ich las alles zu ihrem Tod, was ich im Internet finden konnte. Die offizielle Geschichte ging so: Sie war eine Terroristin gewesen, die ein Doppelleben führte, war Mitglied des sogenannten Widerstands. Man war ihr endlich auf die Schliche gekommen und hatte sie festgenommen. Sie habe beim Verhör zwei Beamte überwältigt, eine Dienstwaffe an sich genommen, einen der Beamten erschossen und sei dann ihrerseits im weiteren Verlauf der Flucht in Notwehr erschossen worden. Eine wilde Geschichte, etwas in der Art hatte ich erwartet.
Die ausländische Presse vermutete viel, wusste aber gar nichts. Aus Mangel an fundierten Quellen plapperte man die Sache mit dem Widerstand nach, beurteilte ihre angeblichen Taten selbstredend deutlich positiver. Zum Tathergang wusste man - nichts. Ansonsten viel Klatsch und Tratsch. Zu unserer Beziehung fand ich überraschend wenig. Im Ausland gab es zahlreiche Nachrufe, ein Best-Of-Album erschien, das sich im deutschsprachigen Ausland sensationell gut verkaufte. In Bayern wurde ihre Existenz gelöscht. Das bayerische Radio spielte ihre Lieder nicht mehr. Das war das erste, was ich zu ändern gedachte.

Ich rief Mel zu mir. Ich begrüßte sie im kleinen Audienzzimmer. Sie trug ein schwarzes Kostüm. Es tat gut, dass es noch Dinge gab, auf die man sich verlassen konnte.
»Hoheit, es geht Ihnen besser?«
»Sehe ich so aus?«
»Immerhin sind Sie angezogen und sprechen.«
»Danke für das Kompliment. Ich habe die Geschichten gelesen, die die Presse über Maria schreibt. Wie ist die Faktenlage?«
»Überschaubar. Wir haben keine Infos aus Nürnberg, ich musste mit den Informationen arbeiten, die ich aus der Fernsehübertragung hatte. Wir mussten improvisieren, uns was ausdenken. Ihr Onkel war eine große Hilfe.«
»Gute Arbeit, Mel.«
Sie nahm mein seltenes Lob ungerührt zur Kenntnis.
»Nur leider müssen wir die Geschichte neu erzählen.«
Sie zog einen Block und einen Kuli aus ihrer Handtasche. »Welche Fakten sollen wir ändern?«
»Maria war natürlich keine Terroristin. Sie war ein Star und eine Heldin des Bayerischen Volkes. Es gab eine Verwechslung, ein Missverständnis, was auch immer. Sie ist den Märtyrertod gestorben.«
Mels Augenbrauen zuckten.
»Märtyrer? Wirklich?«
Ich sah sie so strafend an, wie ich konnte, und sie nickte.
»Märtyrertod. Schon notiert.«
»Und ich möchte, dass ihre Musik wieder gespielt wird. Heavy Rotation. Auf Bayern Radio Eins eine Woche lang - ausschließlich.«
Instinktiv schaute sie wieder fragend auf, ich konnte förmlich sehen, wie sie nachdachte und sie senkte den Blick wieder. Sie hatte verstanden, hier gab es nichts zu diskutieren, nur zu machen.
»Das wär dann alles?«, fragte sie.
»Nicht ganz. Wir müssen uns noch Gedanken zum Mausoleum machen.«
»Mausoleum?«
»Mel, was ist das für eine neue Marotte, alles zu wiederholen, was ich sage?«
»Entschuldigung, Hoheit.«
»In wessen Ressort würde denn der Bau eines Mausoleums fallen?«
»Auf dem Nordfriedhof?« Jetzt war ich an der Reihe mit 'seltsam schauen'.
»Auf dem Friedhof? Nein, natürlich nicht. Mitten in der Stadt.«
»Kronrat für Kultur? Das wäre Herr Permaneder.«
»Schick ihn zu mir.«

Herr Permaneder brauchte eine geschlagene Stunde, um der Bitte seines Königs nachzukommen, was meine Laune nicht

deutlich verbesserte. Permaneders Anblick half nicht: Er war höchstens eins sechzig, dick und hatte einen mächtigen Schnauzbart. Immerhin nahm er seinen Trachtenhut ab, als er zur Tür hereinkam.
»Sigfrid Permaneder, Eure Hoheit, wie kann ich helfen?«
»Herr Permaneder«, ließ ich seinen Namen genüsslich über meine Zunge rollen, um ihn ein wenig zu verunsichern. Ich hatte Großes mit ihm vor, brauchte von ihm aber Ausführung, keine eigene Meinung. Das vor allem wollte ich ihm von Anfang an vermitteln.
»Nehmen Sie bitte Platz.«
Wir saßen beide in bequemen Sesseln. Er sah unglücklich aus. Es schien ihm keine Ehre zu sein, seinen König kennenzulernen. Das erinnerte mich unangenehm an die Begebenheit im Haus von Onkel Hans. Ich konnte mich nicht daran erinnern, Permaneder dort gesehen zu haben. Allerdings war er auch recht unauffällig.
»Ich möchte, dass Sie für mich ein Mausoleum bauen«, ließ ich die Katze aus dem Sack.
»Aber«, sagte er in einem Niederbayerisch, das ich nur verstehen konnte, weil Permaneder im Zeitlupentempo sprach, »Sie sind doch noch gar nicht tot.«
»Es ist nicht für mich.«
»Ja dann.«
Ich war gespannt auf seine Fragen, aber es kamen keine.
»Es ist für Maria Fischer.«
»Für die Terroristin?« Er wurde tatsächlich blass im Gesicht. Das hatte ich mir bei der kräftigen roten Farbe, die es hatte, nicht vorstellen können.
»Morgen ist sie das nicht mehr. Die neue Wahrheit ist bereits in Arbeit.«
»Ja dann.«
Ich atmete langsam ein. Hielt die Luft fünf Sekunden an. Atmete langsam aus. Und wünschte mir Geduld und Langmut.
»Kennen Sie das Taj Mahal?«
»Das sagt mir jetzt so direkt nichts. Ist das in Bayern?«
»Nein. Informieren Sie sich bitte. Das Mausoleum soll etwas in der Art werden. Nur größer.«
»Ja dann. Ich schaue mir das diese Woche noch an.«
Er wollte sich erheben.
»Herr Permaneder?«
»Ja?«
»Setzen Sie sich doch bitte wieder hin, ich sage Ihnen Bescheid, wenn Sie gehen dürfen.«
»Ach so«, sagte er teilnahmslos und setzte sich wieder.
»Morgen früh um acht sehen wir uns hier wieder. Und dann wissen Sie, wie das Taj Mahal aussieht, haben einen ersten Entwurf, wie unser Grabmal aussehen wird und haben sich Gedanken gemacht, wo wir es hinstellen.«

»Ach so. Ja, ist das nicht ein bisschen knapp? Für all das hätte ich schon gern etwas mehr Zeit, vielleicht ein Quartal. Also wenn es was Gescheites werden soll.«
»Herr Permaneder. Ich möchte Ihnen gleich heute etwas zu unserer künftigen Zusammenarbeit mitgeben. Und zwar sieht die so aus: Ich geben Ihnen eine Aufgabe und einen Fertigstellungstermin, der einzuhalten ist. Funktioniert das, ist das gut. Funktioniert das nicht, dann ist das nicht gut. Überhaupt nicht gut. Ich weiß nicht, ob ich mich klar ausgedrückt habe?«
»Aber ja, Hoheit, sehr klar.«
»So, Herr Permaneder, jetzt können Sie sich an die Arbeit machen.«
»Eine Frage hätte ich aber schon noch, Hoheit.«
»Ja?«, sagte ich ungeduldig.
»Was sagen denn die Eltern der Frau Fischer dazu? Würden die sich nicht vielleicht lieber ein einfaches Grab auf dem Nordfriedhof wünschen?«
Ich seufzte. »Sie hat keine Eltern mehr, die sind beide lange tot. Sie hat einen Bruder, der ist allerdings schon vor Jahren bei einer ihrer Konzertreisen in Deutschland geblieben und dort untergetaucht. Wir haben ihn noch nicht erreicht.«

Langsam lief ich zu meiner Höchstform auf. Es lag jetzt klar vor mir, was zu tun war. Ich musste herausfinden, was in jener Nacht in Nürnberg wirklich passiert war. Und dann die Verantwortlichen zur Rechenschaft ziehen. Ich wollte ein Zeichen setzen. Natürlich um Maria zu rächen, aber auch um dem Volk zu beweisen, dass eine neue Zeit angebrochen war, dass Maria recht gehabt hatte, dass sie die Wahrheit gesagt hatte. Aber vor allem wollte ich mein Unrecht wiedergutmachen. Ich hatte das Wort, das ich ihr gegeben hatte, nicht halten können. Es war meine Schuld, dass Maria gestorben war. Wäre ich bei ihr gewesen, wäre das nicht passiert. Ich hätte ihr zumindest Gerd mitgeben müssen.

Ich nahm mein Telefon, berührte das Symbol mit dem Telefonhörer, dann den Namen meines Onkels.
»Onkel Hans?«
Er war sofort dran.
»Ich brauche deine Hilfe.«
»Immer, mein Junge, das weisst du doch.«
Ich zögerte eine Sekunde. Als wir das letzte Mal über Maria gesprochen hatten, hatte ich meinen Onkel zum ersten Mal von seiner anderen Seite kennengelernt. Jetzt klang er wieder ganz normal. Leider war in der Woche, die ich im Bett verbracht hatte, gar nichts passiert. Niemand hatte ermittelt oder untersucht. Ich wusste nicht einmal, ob Onkel Hans mit Tolstoi gesprochen hatte.

»Es geht um Maria Fischer. Wir müssen ihren Mörder finden.« Ich wollte keine Spielchen spielen, ich sagte es ihm direkt auf den Kopf zu und war gespannt, welche Seite er nun zeigen würde.
»Eine Tragödie, mein Junge, eine Tragödie. Ich habe gehört, du warst mit ihr liiert?«
»Das hatte ich dir gegenüber ja bereits angedeutet«, sagte ich. Er hatte Kreide gefressen. Was war geschehen? »Ich will aufklären, wie es zu ihrem Tod gekommen ist und den Täter zur Verantwortung ziehen und dafür brauche ich deine Hilfe.«
»Unbedingt. Wir müssen wissen, was genau geschehen ist. Ich bin ganz bei dir. Das ist allerdings nichts für den Oberkommandierenden der Streitkräfte, hier geht es um die Geheime Staatssicherheit. Du könntest mit Kronrat Eberhard sprechen. Oder, warte, ich habe eine bessere Idee, warum unterhältst du dich nicht mit seiner Nummer zwei? Mit Jérôme?«
Mit allem, was er sagte, hatte er recht. Es ging um die GeStaSi. Dieser narbengesichtige Eberhard war mir nicht gerade sympathisch gewesen, sogar noch weniger als Jérôme. Also warum nicht mit meinem Cousin reden? Das war jedenfalls ein Anfang.
»Schickst du ihn mir rüber? Lunch wäre praktisch.«
»Mach ich. Junge, wir finden den Schweinehund. Wir sind Bayern. Recht muss Recht bleiben.«
Ich fragte mich, ob er sich über mich lustig machte oder ob er wirklich glaubte, was er da sagte?

Wir nahmen Lunch im blauen Salon. Salat, Dry Aged Steak, schwerer Shiraz. Ich kennen keinen Mann, der das nicht mag. Seit ich wieder in Bayern war, waren Jérôme und ich uns häufig über den Weg gelaufen, aber wir hatten uns nie unter vier Augen gesprochen. Dazu hatte ich auch keine Lust, ich mochte ihn einfach nicht. Aber jetzt war eine sehr spezielle Situation eingetreten. Ich brauchte seine Hilfe. Ob ich auf ihn zählen konnte?
»Du warst echt mit der Fischer zusammen?«, fragte Jérôme unverhohlen. Er benahm sich ganz ungezwungen. Ob er mich so wenig mochte wie ich ihn, fragte ich mich. Früher war ich mir sicher gewesen. Aber die Zeit, in der wir die Ferien zusammen verbrachten, lag lange zurück. Die letzten Jahre hatten wir uns nicht gesehen. Wir waren beide erwachsen geworden, ich allerdings erst vor einer Woche.
»Ich hätte sie geheiratet.«
»Aber ihr wart doch höchstens ein paar Tage zusammen.«
»Bei der Richtigen weißt du es sofort«
»Dann hab ich die noch nicht gefunden.«
Der Ton des Gesprächs war mir zu leicht. Es ging um ein ernstes Thema.
»Jérôme, ich bitte dich um deine Hilfe. Ich will ihren Mörder

finden.«
»Einen Mörder gibt es dort, wo ein Mord geschehen ist«, sagte er zögerlich.
»Hast du Jura studiert?«
»Allerdings«
»Egal, wie die Gesetzeslage ist, das war Mord.«
»Du willst also denjenigen finden, der sie getötet hat?«
»So ist es. Jemand aus dem GeStaSi Hauptquartier in Nürnberg. Mehr weiß ich leider nicht«, gab ich zu.
Er nahm einen Schluck vom Wein. »Du hast einen guten Geschmack.«
»Ich will offen sein. Ich weiß, dass Onkel Hans die Sache am liebsten vertuscht hätte. Er hat Mel ja bereits eine entsprechende Story mitgegeben. Aber das, was Maria auf der Bühne in Nürnberg gesagt hat, ist auch meine Meinung. Maria war nicht nur meine Traumfrau, sie stand auch für ein anderes, ein besseres Bayern.«
»Und wie soll das deiner Meinung nach aussehen, so ein besseres Bayern? Ein Bayern als zehntes Bundesland der Bundesrepublik Deutschland? Anschluss an Österreich? Oder die Schweiz?«
»Nein, natürlich nicht. Aber ein Bayern, in dem niemand hungern muss und in dem niemand Angst haben muss, nur wegen seiner Meinung in den Knast geworfen zu werden. In dem man abends, auch wenn es schon dunkel ist, durch den Englischen Garten bummeln kann.«
Ich erzählte Jérôme von meinen Zeit mit Maria, vom Stadionbesuch, von dem Zwischenfall im Park. Er hörte aufmerksam zu und nickte immer wieder.
»Ich bin ganz deiner Meinung. Wenn Bayern überleben will, muss es sich ändern. Wir können keinen Kalten Krieg gegen Deutschland, die EU, die Amerikaner und auch noch gegen das eigene Volk führen.«
Darauf stießen wir an.
»Das Problem ist, wie man diese Veränderungen vorantreibt, ohne dass alles zusammenbricht«, sagte er. »Ich mache mir seit langem Gedanken darüber. Im Grunde will auch der Widerstand nichts anderes. Es wäre an der Zeit, dass wir uns die Hand reichen. Dass wir gemeinsam an Veränderungen arbeiten, statt uns gegenseitig das Leben schwer zu machen.«
Ich hatte dazu keine Meinung. Ich kannte niemanden aus dem Widerstand, wusste nicht, wofür sie standen und was sie wollten. Ich kannte sie nur als Terroristen, die mit ihren Anschlägen alles noch komplizierter machten. Und als arme Irre, die die Symbole eines untergegangenen Fußballvereins benutzten.
»Wenn sie das gleiche wollen wie wir, ist es kein Widerstand mehr«, sagte ich. »Wir müssten mit ihnen reden.«
»Und das ist komplizierter, als es klingt. In Bayern haben die

Wände Augen und Ohren. Du kannst dir bei niemandem sicher sein, dass er der ist, der zu sein er vorgibt. Wird er von den Deutschen oder den Amerikanern oder sogar den Chinesen bezahlt? Oder ist er ein alter Freund der Russen? Sympathisiert er mit dem Widerstand? Oder gibt er das nur vor, und will in Wirklichkeit nur testen, ob jemand anderes für deren Ideen offen ist? Du kannst hier niemandem trauen.«
Wieder dachte ich an die seltsame Szene bei Onkel Hans. Vielleicht war es gut, dass ich bisher nicht sehr tief in das System Bayern eingetaucht war. Ich hatte noch niemandem wirklich vertraut, außer natürlich Onkel Hans.
»Aber am schlimmsten ist unsere Jugendorganisation, die Jungen Murmeltiere. Das sind die 150 Prozentigen. Und unter denen wiederum die Schlimmste ist deren Anführerin, die Ganghofer.«
»Die dunkelhaarige mit Brille? Die wirkte ganz patent.«
»Du kennst sie?«
»Ich hab sie im Parlament gesehen.«
»Die würde ihre eigene Großmutter verraten.«

2.2 Der Schuldige

Es war acht Uhr. Ich rauchte Hirsch. Der starke Tabak hielt mich in diesen Tagen am Leben. Permaneder kam um zehn nach. Meine Laune war die eines Fußballtrainers, dessen Mannschaft sich mit dem ersten Gegenangriff eines Spiels ein Tor fängt.
»Guten Morgen, Herr Permaneder«, begrüßte ich ihn höflich und wartete vergebens auf eine Entschuldigung.
»Grüß Gott, Hoheit«, sagte er und setzte sich in den gleichen Sessel, in dem er auch am Tag zuvor gesessen hatte, ohne dass ich ihn dazu auffordern musste.
Ich ließ mich in den gegenüberliegenden fallen und seufzte leise.
»Dann erzählen Sie mal. Sie wissen nun, was das Taj Mahal ist?«
»Ich habe mir das angesehen, Hoheit, aber mit Verlaub. Das ist sehr groß. So viel Platz haben wir auf dem Nordfriedhof gar nicht.«
»Das ist nicht schlimm«, sagte ich mit der Selbstbeherrschung, die nur Könige aufbringen können. »Denn wie Sie sich vielleicht erinnern, bauen wir nicht auf dem Friedhof, sondern in der Stadt.«
»Na denn.«
»Zeigen Sie mir doch mal Ihren ersten Entwurf.«
Aus einer älteren Ledertasche zog er einen Tablet-Computer hervor und reichte mir den.
»Sie müssen mit dem Finger auf das blaue Zeichen draufgehen«, sagte er. Ob er sich den Entwurf überhaupt selbst angeschaut hatte? Neugierig startete ich das Gerät und dann die Architektur-App. Ein Entwurf war bereits geladen. Ich drehte das Objekt, um es von allen Seiten zu begutachten.
»Das ist eine Votivkapelle.«
»Schön oder? So bayerisch.«
»Was genau an 'in der Art des Taj Mahals nur größer' haben Sie nicht verstanden?«
»Aber das steht doch in Indien? Da ist doch das Wetter ganz anders. Und die Kultur.«
»Morgen früh um acht haben Sie Ihre letzte Chance, Permaneder. Und bringen Sie den Architekten mit. Unter uns gesagt, werden sich in Bayern einige Dinge ändern. Und wer sich nicht mit ändert, den werden wir zurücklassen. Vielleicht sollten wir für diesen Zweck gleich noch etwas bauen, ein Mahnmal für ein anonymes Massengrab?«
Er zuckte zusammen. Vielleicht hatte er jetzt endlich verstanden, dass ich es ernst meinte.
»Aber wie wollen Sie das finanzieren? Das Taj Mahal hat ein Vermögen gekostet.«
»Das ist endlich mal eine gute Frage. Und es gibt eine einfache

Antwort: Ich habe die Erbschaftsfrage geklärt. Da Marias Bruder schon vor Jahren untergetaucht ist, habe ich ihn für tot erklären lassen. Nachkommen sind uns keine bekannt. Alleinerbe ist daher die Maria-Fischer-Stiftung und deren einziger Zweck ist die Finanzierung des Mausoleums. Mit den Devisen aus den Plattenverkäufen werden wir weit kommen. Maria schenkt uns also quasi ihr eigenes Mausoleum.«
»Na dann.«

Um neun meldete man mir Jérôme. Wir fuhren nach Nürnberg, mit seinem SUV. Das war eine schlaue Idee von ihm, mit der Federung des SUV kamen wir deutlich schneller voran.
»Was hast du rausgefunden?« fragte ich ihn.
»Ich war gestern in der Landeszentrale der GeStaSi. Es sind keine Befehle an Nürnberg dokumentiert, ich habe auch keine Aufzeichnungen über irgendwelche Gespräche am Sonntag zwischen München und Nürnberg gefunden. So wie ich das sehe, hat Nürnberg eigenständig gehandelt.«
»Wenn sie einen Befehl bekommen hätten, von wem wäre der gekommen?«
»Dafür gibt es mehrere Möglichkeiten. Grundsätzlich natürlich Eberhard, aber der war am Sonntag ebenso in der Oper wie ich. Auch an mich hätte Tolstoi sich wenden können. Da wir beide nicht da waren, wäre sein erster Ansprechpartner der Offizier vom Dienst gewesen. Dessen Unterlagen habe ich genau untersucht. Da war nichts.«
»Es gibt also keine Hierarchieebene zwischen Tolstoi und Eberhard?«
»Nein, Tolstoi leitet nicht nur Nürnberg, sondern ganz Franken, und diese Bereichsleiter berichten direkt an Eberhard.«
»Hast du mit Eberhard gesprochen?«
»Nur kurz. Er ist erzkonservativ. Er findet es richtig, dass sie Maria festgenommen haben. 'Ich hätte nicht anders entschieden', waren seine Worte. Was aber auch heißt, dass er nicht entschieden hat.«
»Wir sollten ihn im Auge behalten, der kann uns noch viel Ärger machen«, sagte ich. »Woher hat er eigentlich seine Narbe?«
»Unfall beim Wehrdienst.«
Das war nicht ungewöhnlich. In Bayern bestand die allgemeine Wehrpflicht von zwei Jahren. Die Armee war groß, aber in einem desolaten Zustand. Unfälle waren an der Tagesordnung.

Wir unterhielten uns gut auf dieser Fahrt. Ich bereute es, dass ich meinem Cousin mit so vielen Vorurteilen begegnet war, wir hatten so vieles gemeinsam und teilten bei vielen Themen dieselbe Sichtweise. Und wir machten einen Plan, wie wir die Wahrheit über Marias Tod herausfinden würden.

Mein Freund, der Pförtner, hatte wieder Dienst. Dieses Mal, wie

konnte es anders sein, erkannte er mich sogleich, wunderte sich nur, dass sein König schon wieder in Nürnberg war.
»Nach den schweren Stunden am Wochenende dachte ich, Sie kämen nie wieder hierher.«
»Gerade, mein Lieber, gerade deswegen«, antwortete ich ihm. »Aber heute werden wir uns mit Oberst Tolstoi unterhalten, er ist doch da?«
Der Pförtner nickte verschwörerisch.
»Gut, den Weg finden wir alleine.«

Der oberste Stock wirkte bei Tag wie verwandelt. Die Menschen machten den Unterschied. Wie in einem Bienenstock eilten sie hin und her, trugen Akten unter dem Arm, schwatzten eifrig. Doch als wir das Vorzimmer zu Tolstois Büro betraten, herrschte schlagartig Stille. Eine junge, modisch gekleidete Assistentin feilte sich die Nägel, legte die Feile aber schnell weg, als sie uns sah. Sie setzte eine strenge Miene auf und fragte förmlich, wie sie uns denn helfen könne. Wir erklärten ihr, dass wir mit Oberst Tolstoi sprechen wollten und erst, als wir auch noch unsere Namen nannten, gab sie ihren Widerstand auf und den Weg zum Büro frei. Die Zeit reichte gerade noch so, ihren Chef davor zu warnen, dass sein König zu Besuch wäre.

Oberst Tolstoi trug seine Haare kurz und die Uniform passgenau. Seine Metallbrille war funktional und seine Stimme fest und tragend, als sei er es gewohnt, vor vielen Menschen zu sprechen, als sei er es gewohnt, Befehle zu erteilen.
»Dann haben Sie die Sauerei mit meinem Schlüsselkasten angerichtet?« Mit diesem Satz hieß er uns willkommen.
»Sie haben eine interessante Art, Ihren König zu empfangen«, sagte ich und baute mich vor ihm auf. Tolstoi war groß für einen Bayern, aber doch eine Handbreit kleiner als ich. Wegen der jahrzehntelangen Mangelernährung war der durchschnittliche Bayer zehn Zentimeter kleiner als zum Beispiel der Durchschnittsdeutsche. Hatte mir Jérôme gerade erst auf der Fahrt erzählt.
»Entschuldigung, Hoheit. Was kann ich für Sie tun?«
»Ich überlege, ob ich Sie nicht einfach einsperren lassen sollte, in Ihrem eigenen Keller. Ob ich diese Begrüßung nicht einfach als Majestätsbeleidigung werten sollte.«
So leicht kam ich ihm nicht bei.
»Halten Sie das für eine gute Idee, Hoheit?«, fragte er stattdessen unverschämt. Fakt war, dass hier ein paar hundert Mann versammelt waren, die ihn kannten und mich nicht. Ich hatte nicht besonders viel Lust, sie in Einzelgesprächen zu überzeugen, dass ich der König war.
»Vielleicht«, ließ ich seine Zukunft offen. »Schaun wir mal, wie kooperationswillig Sie sind.«
»Kooperationswillig in welcher Hinsicht?«

»Tolstoi, reden wir offen. Jemand in diesem Haus hat am Sonntag Maria Fischer ermordet. Wir sind gekommen, uns diesen Mörder zu holen. Heute Abend fahren wir zurück und dann haben wir einen Mann im Auto, den wir für diese Tat zur Rechenschaft ziehen. Wenn wir den wahren Schuldigen nicht finden, sind das eben Sie.«
Er schaute mich ein paar Sekunden lang durchdringend an. Ich gab ihm diese Zeit gerne, konnte er doch nur zu einem einzigen Schluss kommen.
»Ich verstehe. Setzen Sie sich doch.«
Er bot uns von dem Cognac an, von dem ich schon zusammen mit dem Pförtner getrunken hatte. Guten Geschmack hatte er ja.
»Ich werde Ihnen natürlich helfen. Verzeihen Sie, wenn Sie zunächst einen anderen Eindruck hatten.«
Ich lächelte und genoss seine Verwandlung.
»Wie möchten Sie denn vorgehen?«
»Geben Sie mir das Masterpasswort. Ich werde mir die Unterlagen anschauen«, sagte Jérôme.
Tolstoi wurde wieder etwas blasser. Er schien Jérôme nicht gleich erkannt zu haben, aber langsam wurde ihm klar, dass Jérôme ihm gegenüber direkt weisungsbefugt war. Und er wusste natürlich, dass mit dem Masterpasswort alle Daten inklusive denen vom Wochenende zugänglich waren. Langsam schien er zu begreifen, wie tief die Scheiße war, in der er steckte.
»Bayern rückwärts, in Großbuchstaben«, sagte er. Bitten Sie Frau Honig, Ihnen alles zu zeigen. Sie ist mit den Abläufen bestens vertraut.
»Wir sehen uns in einer Stunde«, sagte Jérôme und verließ den Raum.
Ich fragte den Oberst dies und das, er antwortete weitschweifig und ausweichend. Jedenfalls war er am Freitag gegen sechs ins Wochenende aufgebrochen und ich kam zu dem Schluss, dass er wirklich nichts Genaues aus erster Hand wusste. Ich vermutete, er hatte sich nach seiner Rückkehr die Sachlage schildern lassen, aber schon zum Selbstschutz auf die Einzelheiten verzichtet.
»Sagen Sie mir zumindest, wer während des Wochenendes hier das Kommando hatte?«
»Rettich war Offizier vom Dienst«, kam es wie aus der Pistole geschossen. Er wusste, dass er diese Information nicht verbergen konnte.

Jérôme kam bereits nach einer knappen Dreiviertelstunde zurück.
»Wir haben ihn. Es war Rettich, der Diensthabende selbst. Das Vernehmungsprotokoll ist eindeutig.«
Ich stand auf. »Ist er im Haus?«

»Ich habe ihn bereits festnehmen lassen. Er wartet auf uns in dem Raum, in dem er Maria Fischer vernommen hat.« Auch Tolstoi erhob sich.
»Soll ich mitkommen?«
»Danke. Wir brauchen Sie nicht mehr.« Ich formulierte bewusst doppeldeutig, dann verließen Jérôme und ich den ratlosen Oberst. Jetzt wurde es ernst.
Wir gingen in den Keller. Die Erinnerung an Sonntag übermannte mich, ich sah nur noch undeutlich und ich spürte, wie mir die Tränen kamen. Ich drückte sie weg, zwang mich zurück in die Gegenwart. Diesem Schwein gegenüber würde ich keine Schwäche zeigen. Die Zeit meiner Rache war gekommen.
Vor einem der Verhörräume hatte Jérôme zwei Wachen aufstellen lassen. Wir gingen hinein. In dem Raum saß ein junger Mann, Offiziersuniform, auf einem schmucklosen Röhrenstuhl. Der Raum war karg, ein einfacher Tisch, drei weitere Stühle, und ein Apparat mit Elektroden. Vielleicht ein Lügendetektor? Aber beim zweiten Mal Nachdenken wusste ich es besser.
Jérôme und ich setzten uns dem Mann gegenüber. Er lehnte mit den Ellenbogen auf dem Tisch, das Gesicht in den Händen versunken.
»Stellen Sie sich vor«, begann Jérôme das Verhör.
Der Mann schaute auf, legte die Hände auf den Tisch. Er war schlank, drahtig. Sein Gesicht lang und kantig, seine Haare kurz und er hatte bereits Geheimratsecken. Ein großer Junge, dachte ich, der Soldat spielt.
»Leutnant Rettich, 28 Jahre, ledig. Seit zwei Jahren im Dienst hier in der GeStaSi Leitstelle Franken.«
»Sie hatten letzten Sonntag Dienst?«
Seine Augen waren rot, sein Blick ging schnell zwischen mir und Jérôme hin und her.
»Ja. Ich war mit den Männern vor Ort. Die meisten waren bei dem Konzert im Einsatz. Bei Großveranstaltungen kann es immer Ärger geben, bei denen der Fischer war das schon häufiger vorgekommen.«
»Frau Fischer«, sagte ich.
»Was?«, fragte er dümmlich.
»Wenn Sie von Frau Fischer sprechen, dann sagen Sie 'Frau Fischer.'«
»Jawohl, Hoheit.« Er wirkte verunsichert. Gut so.
Jérôme schob mir die Protokolle von Sonntag zu. Ich überflog sie. Sie hatten sie festgenommen, weil sie fürchteten, die Lage könne eskalieren.
»Sie sind dann mit Frau Fischer hierher gefahren?«
»So ist es. Ich habe das lieber selbst in die Hand genommen.«
»Und haben Sie dann auch direkt verhört?«
»Wir wussten, dass sie mit den Terroristen sympathisiert. So deutlich wie am Sonntag ist sie aber noch nie geworden. Also

nicht, dass ich das wüsste. Wir wollten wissen, ob der Widerstand etwas geplant hatte. Mit wem sie in Verbindung stand.«
»Aber sie hat nichts gesagt.«
»Sie sagte, sie wüsste das nicht. Sie habe keine Kontakte zum Widerstand.«
»Aber das haben Sie ihr nicht geglaubt.« Er lachte höhnisch.
»Ich habe noch nie einen Terroristen erlebt, der sofort geredet hat.«
»Und dann haben Sie sie an das Elektroschock-Gerät angeschlossen?«, fragte Jérôme.
»Das funktioniert immer.« Er lächelte versonnen.
Dafür hätte ich ihm seine strahlend weißen Zähne mit einem Schlag heraus operieren können.
»Bei Maria Fischer aber nicht«, stellte Jérôme fest.
Ich war ihm dankbar, dass er für mich einsprang, meine Stimme hätte fraglos gebebt. Nur mit Mühe riss ich mich zusammen, am liebsten hätte ich dem Mörder hier und jetzt gegeben, was er verdient hatte.
»Nein. Sie hat weiterhin behauptet, sie habe nichts mit dem Widerstand zu tun.
»Und dann haben Sie die Stärke der Stromstöße erhöht, einmal, zweimal. Sie waren schon so stark, dass es Frau Fischer fast vom Stuhl gerissen hat. Sie haben sie dann am Stuhl festgebunden.«
Das Schwein nickte. »Sie ahnen ja nicht, wie viele glauben, sie seien im Recht und der König, wenn er denn nur Bescheid wüsste, würde ihnen helfen. Sie hat immer wieder vom König gefaselt.« Er sah mich grinsend an.
Ich stand auf, ging zu ihm hinüber, zog ihn von seinem Stuhl hoch und noch ehe er sich wehren konnte, schlug ich ihm mit meiner Rechten auf seine Nase, dass es knirschte und Blut herausschoss. Ich ließ ihn los, er setzte sich, hielt sich mit der rechten Hand die Nase, Blut tropfte herab, ziemlich viel Blut.
Ich fühlte mich keinen Deut besser, ganz im Gegenteil, mir schmerzte die rechte Hand. Aber der größere Schmerz war in mir und ich hatte gute Lust, diesen Schmerz zu betäuben, indem ich Rettich totprügelte.
Jérôme stand auf, zog mich zurück und reichte Rettich ein Taschentuch, das der vor seine Nase presste.
»Sie haben die Stromstärke weiter erhöht. Auf Stufe vier ist sie bewusstlos geworden«, stellte Jérôme fest.
»Sie hat stärker reagiert als normal. Wir wollten sie nicht töten.« Er sagte das wie ein Automechaniker, der von einem Fehler bei der Reparatur eines Motors sprach.
»Sie haben übersehen, dass die Wirkung des Schocks vom Gewicht abhängt. Sie haben mit der Tabelle für Männer gearbeitet. Sie aber war eine zierliche Frau.«
»Ach so?«, fragte er dümmlich.

»Er hat sie noch nicht einmal absichtlich umgebracht. Es war Dummheit. Er war zu einfältig, das Gerät richtig zu bedienen«, sagte Jérôme zu mir.
Rettich saß reglos da. »Werden Sie mich vor ein Gericht stellen?«, fragte er.
Ich sah ihn erstaunt an. »Wo denken Sie hin?«
Sein Gesicht hellte sich auf. »Nicht?«
»Hatte Maria Fischer etwa die Chance, sich zu verteidigen?«
Er schaute mich ratlos an.
Ich stand theatralisch auf.
»Hiermit verurteile ich, König Franz der Erste von Bayern, Sie, Malte Rettich, wegen Mordes an Maria Fischer zum Tode. Das Urteil wird morgen in München vollstreckt.«
Jérôme sah mich erstaunt an.
Rettich war wie erstarrt. Zum ersten Mal an diesem Tag spürte ich eine gewissen Zufriedenheit. Jérôme legte Rettich Handschellen an, wir nahmen ihn gleich mit und fuhren zurück nach München.

Ich hatte mir die kleine Privatkapelle der Residenz herrichten lassen. Den überladenen Zierrat hatte ich herausreißen und verkaufen lassen, wir brauchten jeden Pfennig für das Mausoleum. Außerdem lenkte es mich ab. Ich wollte mit meinem Gott allein sein. Mit ihm und meinem neuen Pater, Ambrosius. Jetzt war sie sehr schlicht, weiße Wände, ein Holzkreuz.
Ich ging sofort zu ihm, nachdem wir in München angekommen waren. Er bewohnte zwei kleine Zimmer in der Residenz, so dass ich zu jeder Tages- und Nachtzeit auf seine Hilfe zählen konnte. Und nachts war es am schlimmsten, da brauchte ich ihn am meisten. Wir gingen in die Kapelle und beteten gemeinsam, eine Passage aus dem Alten Testament. Ich berichtete ihm von der Festnahme und meinem Plan.
Pater Ambrosius war alt, weit jenseits der siebzig. Er trug einen mittellangen weißen Bart, nur noch einen spärlichen Ring weißer Haare auf dem Kopf und eine Kutte. Und immer ein weises Lächeln auf den Lippen. Aus ihm sprach Gott zu mir. Und er sagte, dass es gut war. Dass es gut war, dass wir den Mörder gefunden hatten, dass er bekam, was er verdiente. Ich fühlte mich erleichtert. Ich wusste, dass ich das Richtige tat, aber es tat gut, zu wissen, dass Gott auf meiner Seite war.
Wir beteten noch ein Vaterunser und Pater Ambrosius segnete mich. Mit gutem Gewissen ging ich zu Bett und freute mich auf die Hinrichtung.

2.3 Die Hinrichtung

Um acht Uhr Morgens hatte ich ein Deja Vu. Wieder saß ich in dem kleinen Zimmer, zusammen mit Permaneder, auf den gleichen Sesseln. Doch eine Sache war neu, wir hatten einen dritten Sessel hinzu gestellt, auf dem Hendrik Karlov saß.

Ich zündete mir einen braunen Hirschen an und sah befriedigt, dass Permaneder sofort husten musste. Ich bot ihm eine an, die er ablehnte. Karlov nahm sich eine Zigarette, ich gab ihm Feuer. Er schien mit dem Hirschen vertraut.

Bei Karlov fielen mir sofort seine Hände auf. Arbeiterhände, mit Schwielen und dicker Hornhaut. Ich vermutete, dass er seinen Job von der Pike auf gelernt hatte, auf dem Bau gewesen war. Ein Mann der Tat.

Permaneder bettelte um ein Wasser, dass ich für ihn bringen ließ, Karlov erzählte von seinen Ideen für das Mausoleum.

»Wir könnten das Taj nachbauen, einfach um einen Faktor größer, zum Beispiel 1,1. Aber ehrlich gesagt, das wäre ein wenig langweilig.«

Er sprach mit einem ganz leichten Akzent, der auf seine russische Abstammung hindeutete. Ich nickte wohlwollend.

»Und wir haben ein Materialproblem: Das Taj Mahal ist vollständig aus Marmor gearbeitet und mit wunderschönen Steinintarsien verziert. Eine Technik, in der es die Handwerker von Agra zu Meisterschaft gebracht haben. In Bayern gibt es weder diesen Marmor noch haben wir Handwerker, die solche Intarsien herstellen können.«

»Wir werden etwas bauen, dass das Taj Mahal in den Schatten stellt«, erklärte ich ihm.

»Unbedingt.« Eine Mischung aus Ehrgeiz und Wahnsinn flimmerte in seinen Augen. Das war mein Mann, während sich Permaneder sichtlich unwohl fühlte und auf seinem Sessel hin und herrutschte.

»Und was ist Ihr Vorschlag?«

»Das Taj Mahal ist vielleicht das größte und schönste Denkmal einer unsterblichen Liebe, aber das größte Monument in Gedenken an einen Toten ist ein ganz anderes.«

Ich schaute ihn durchdringend an. Der Mann war genial.

Er zog ein Tablet aus seiner Tasche und zeigte mir seinen Entwurf.

»Eine Pyramide, so groß wie die von Cheops«, flüsterte ich.

»Um genau zu sein, einen Meter höher.«

»Ein Denkmal, so riesig, dass man es aus dem Weltraum sehen kann. Dass die ganze Welt es sehen kann«, sagte ich ergriffen. »Karlov, ich danke Ihnen.«

Ich stand auf, er auch und ich schüttelte seine Hand. »So machen wir das.« Er grinste wie ein kleiner Junge, dem man

seinen größten Geburtstagswunsch erfüllt hatte.
»Wo stellen wir das Ding hin?«, fragte ich ihn, nachdem wir uns wieder gesetzt hatten.
»Mein erster Gedanke war der Marienplatz. Schon wegen des Namens. Aber dann müssten wir eine Menge Häuser abreißen, inklusive des neuen Rathauses.«
»Keine Tabus, lieber Karlov, keine Tabus.«
»Dann habe ich mir den Stachus angeschaut. Aber das würde verkehrstechnisch einige kaum zu lösende Probleme herbeiführen.«
»Ist auch zu weit weg von der Residenz, ich will es von meinem Schlafzimmerfenster aus sehen können. Wann immer ich einschlafe oder aufwache, will ich, dass mein letzter und erster Blick auf das Gebäude fällt, das mich an sie erinnert.«
»Ich hatte mit dem Opernplatz geliebäugelt. Doch wenn man die Pyramide so nah an die Residenz baut, könnten Sie sie gar nicht sehen, Sie würden nur vor eine Wand blicken.«
Ich nickte.
»Der Königsplatz fiel mir ein.«
»Das wäre nicht schlecht.«
»Aber noch besser gefällt mir die Museumsinsel. Eine Pyramide, umströmt von der Isar.«
»Ist das nicht zu klein?«
»Ja, wir würden sie vergrößern, würden noch viel Land von der anderen Isarseite, von Haidhausen dazu nehmen.«
Ich versuchte mir das vorzustellen. Es gefiel mir.
»Allerdings müssten wir dann natürlich das Bayerische Museum abreißen.«
Das Bayerische Museum. Das wohl früher einmal Deutsches Museum geheißen hatte. Seit dem Krieg verfiel es zunehmend. Eine Sanierung konnten wir uns sowieso nicht leisten. Das war die eleganteste Lösung.
»Gut. Dort bauen wir. Wann können wir anfangen?«
»Erstmal müssen wir abreißen, dann die Insel erweitern, dann Fundament gießen und dann gehts richtig los.«
Karlov war ein Mann der Tat, ich hätte ihn umarmen können.
Permaneder saß schweigend auf seinem Sessel.
»Sehr gut. Wann reißen wir ab?«
»Sobald ich Männer und Maschinen habe.«
»Permaneder, besorgen Sie ihm das.«
»Wir können das in den nächsten Fünfjahresplan aufnehmen«, begann Permaneder langsam und unbeholfen.
»Können Sie gerne machen«, sagte ich sadistisch grinsend. »Aber die ersten Arbeiter stehen morgen Früh bereit und fangen an abzubrechen. Das kriegen wir doch hin, oder?«
Permaneder starrte mich an, als wäre ich ein böser Geist, und nickte mechanisch.

Der Tag wurde gleich viel schöner, wenn man ihn mit

gelungener Arbeit begann. Beschwingt machte ich mich auf den Weg zu meinen Onkel. Ich wollte ihm meine Einladung persönlich überbringen.

Gerd hatte sich um die Details gekümmert: In der Bayernkaserne war eine Behelfstribüne aufgebaut worden, auf der die hundert geladenen Gäste nervös auf das Spektakel warteten, das nun kommen würde. Das Wetter war dem Anlass angemessen bedeckt. Ein leichter Wind sorgte dafür, dass es sich noch kälter anfühlte als es war. Ich stand etwas abseits, mit Gerd. Jérôme sorgte dafür, dass auch die Nachzügler noch einen Platz fanden. Zwei Männer meiner Leibgarde führten letzte Checks am Luftabwehrgeschütz durch. Rettich wartete in einer Stube in der Nähe auf seinen Tod.
»Meinst du, du fühlst dich danach besser?«, fragte Gerd. Ich sah ihn nicht an.
»Wir werden sehen. Ein bisschen Gerechtigkeit kann ihren Tod natürlich nicht aufwiegen.«
»Du brauchst Ablenkung, lass uns mal wieder ne Runde Shooter spielen.«
»Im Moment widert mich das an. Mein Kopf ist so voll, dass ich manchmal glaube, er müsste platzen.«
»Voll von Maria?«
»Und meiner Rache, dem Mausoleum, all dem, was ich verändern will. Meinen Selbstzweifeln. Wenn Vater Ambrosius nicht wäre, ich glaube, ich wäre wieder ins Bett gegangen.« Gerd nickte.
»Gibt übrigens noch mehr Bad News.«
»Die brauche ich gerade gar nicht«, sagte ich. »Schieß los.«
»Neuhaus ist geflüchtet.«
»Königreichflucht?«, fragte ich bestürzt. »Und das Geld war noch nicht da?«
»War noch nicht da und kommt auch nicht. Der Verräter hat einen Vertrag bei der falschen Borussia unterschrieben. Ablösefrei.«
Ich starrte zu Boden. Das war doppelt schlimm. Aber wir würden das Geld für den Brasilianer schon irgendwo auftreiben. Und die andere Borussia würde selbst mit einem Talent wie Neuhaus niemals Meister werden. Ich glaubte nicht mal daran, dass sie der wahren Borussia überhaupt nahe kommen würden. Die würden wie jedes Jahr den VFL in der Tabelle nur mit dem Fernglas finden.
Jérôme kam zu uns.
»Es ist alles bereit. Der Kronrat ist vollzählig da, ebenso die Spitzenbeamten. Papa ist ziemlich sauer. Die meisten vom Kronrat übrigens auch.« Ich lächelte böse. »Bald werden sie nicht mehr sauer sein. Bald haben sie nur noch Angst. Gib das Zeichen.«
Gerd blies in eine Trillerpfeife. Als erstes kam ein Musikzug und

spielte das Bayernlied. Ihm folgten Pater Ambrosius, der Mörder und vier Männer meiner Leibgarde, die ihn begleiteten. Die Männer stellten Rettich vor die weiße Wand. Er trug noch immer seine Offiziersuniform. Nur die Schulterklappen hatte man ihm abgenommen. Ein Mann legte eine schwarze Binde um seine Augen.

Der Pater sprach ein paar Worte, über Gott, der seinen Racheengel aussendet, um den Tod eines Engels zu sühnen. Leider gab es dazu keine Bibelstelle, aber der Text war gut, ich hatte ihn zusammen mit dem Pater geschrieben. Zufrieden studierte ich die Gesichter auf der Tribüne. Langsam verstanden sie, was hier passierte. Einige waren kalkweiß geworden. Permaneder saß reglos auf der Bank, die Augen weit geöffnet. Erberhard tuschelte mit seinem Nachbarn. Auch Onkel Hans sah man an, dass ihm die Situation überhaupt nicht gefiel. Das Mädchen von der JuMu war auch da. Ihr Gesicht wirkte wie versteinert. Sie tat mir ein bisschen leid, so jung und musste diese schrecklichen Bilder sehen. Aber ich wollte für sie keine Ausnahme machen. Sie würde verstehen.

Der Pater war fertig. Ich nickte Gerd zu, er pfiff wieder. Die Militärkapelle trommelte. Noch ein Pfiff. Das Trommeln verstummte.

Gerd, in der Uniform des Oberst meiner Leibgarde, ging nun zum Geschütz.

Leider verlor Rettich seinen letzten Rest Würde. Er begann zu weinen, schrie um Gnade. Behauptete allerlei Dinge, um sich zu retten. Er habe Maria nicht töten wollen. Obwohl er dazu einen Befehl aus München erhalten habe. Dann schrie er wieder: »Gnade!« Wollte sich auf die Knie werfen. Aber die Leibgardisten ketteten ihn an der Wand fest. Dass so etwas bei einem Offizier nötig war. Beschämend.

Gerd brüllte die Befehle.

»Das Geschütz fertig machen.«

»Ist fertig, Herr Oberst.«

»Entsichern.«

»Ist entsichert, Herr Oberst.«

»Ziel erfassen.«

»Ist erfasst, Herr Oberst.«

»Feuer.«

Der Krach zerriss den friedlichen, sonnigen Frühlingstag. Ich wusste das, Gerd hatte mich gewarnt. Wir alle trugen Lärmschutz, unsere Gäste nicht. Entsetzt pressten sie sich die Finger auf die Ohren. Natürlich zu spät. Auch die, die reflexartig die Augen geschlossen hatten. Zumindest hatten sie den Einschlag der ersten Salve gesehen, die den Körper des Mörders zerriss. Fleischfestzen und Blut spritzten nach allen Seiten. Der Beschuss dauerte fast eine halbe Minute. Danach war von Rettich nicht mal mehr ein Leichnam an einem Stück übrig

geblieben. Ich starrte die ganze Zeit auf das blutige Spektakel. Ich hatte gehofft, es würde mich heilen, doch es hinterließ nur eine bodenlose Leere. Ich fühlte das schwarze Loch in meiner Seele, das alle Rache aufsog, aber nichts zurückgab, und anstatt kleiner zu werden, wurde es immer größer und immer gieriger.
Der Anblick der Überreste, der ganze Vorgang des Abschlachtens, war widerwärtig gewesen. Ich lief ein paar Meter zu einem Baum, stellte mich so dahinter, dass ich von der Tribüne aus nicht gesehen werden konnte, und übergab mich. Auch danach ging es mir nicht viel besser.
Wenn ich Genugtuung verspürte, dann nur darüber, dass es meinen Gästen nicht besser ging. Permaneders Gesicht hatte sich verfärbt, das JuMu-Mädel hielt sich die Hände vors Gesicht und selbst Onkel Hans ließ es nicht kalt. Er war deutlich blasser als sonst, schaute sehr, sehr ernst.
Pater Ambrosius ging mir entgegen. Er legte mir seine faltige rechte Hand auf die Schulter. »Es ist nicht immer der einfache Weg, ein Werkzeug des Herrn zu sein.«
Ich schaute ihn hilfesuchend an. »Es war ein Massaker.«
»Er hat für seine Sünden gebüßt.«
»Das hat er.«
»Der Herr segne dich.«

Jérôme kam zu mir. »Kann ich sie gehen lassen? Ein paar von ihnen sind ganz grün. Ich glaube, das hat gewirkt.«
»Ja, ja. Sie sollen gehen. Alle.«
Er drehte sich schon um, da bat ich ihn, noch einen Moment zu warten.
»Ich glaube, das hat sich Rettich nicht ausgedacht. Auch wenn er Maria unabsichtlich getötet hat. Stell dir vor, du bist so ein junger Offizier. Hast so wenig Erfahrung wie er. Und dann nimmst du eigenmächtig den größten Star deines Landes fest? Und meldest das nicht deinem Chef?«
Jérôme nickte. »Ich hole mir zumindest die Rückendeckung meines Chef. Ich mache das nie und nimmer auf eigene Kappe.«
»Jérôme. Wir müssen die Hintermänner finden. Das war nur das Bauernopfer. Das musste sein. Jetzt werden ein paar von denen nervös werden. Aber wir sind noch nicht fertig.«
Jérôme nickte wieder und ging zur Haupttribüne. Ich sah ihm nach. Er hatte die ganze Sache durchgestanden wie ein Mann. Ob ihm klar war, dass die Hauptverdächtigen sein Chef, Eberhard und sein Vater sein mussten? Ich würde seine Loyalität wahrscheinlich auf eine harte Probe stellen. Für wen würde er sich entscheiden?

Diese Aktion war wichtig gewesen, um den Kronrat in seine Schranken zu weisen. Aber dank Mel konnten wir noch viel mehr aus ihr herausholen.
»Mel«, rief ich sie.

Sie sprach mit Gerd. Schaute nach mir. »Hoheit?«
»Wie weit bist du mit der Story?«
»Fast fertig.«
»Mach sie nochmal neu.«
Sie schaute mich fragend an.
»Mach sie blutrünstiger, unmenschlicher, irreal. Mach sie absurd böse. Die ganze Welt soll vor mir zittern.«
»Klar. Mach ich. Ich lass mir was einfallen. Steht morgen in der Zeitung.«
Heute passte ihr schwarzes Kostüm wirklich ganz vorzüglich zum Anlass.

2.4 Die Sitzung

Ich saß um sieben beim Frühstück. Und war schon bei Pater Ambrosius in der Morgenandacht gewesen. Ich konnte einfach nicht gut schlafen. Erst lag ich stundenlang wach, dann fiel ich in einen kurzen schweren Schlaf und dann kamen die Träume, in denen ich Maria sterben sah. Oder Rettich. Oder beide. Und irgendwann wachte ich schreiend auf. Und hatte Angst, wieder einzuschlafen.

Auf dem Frühstückstisch lagen die drei großen Bayerischen Zeitungen, obenauf DIE Bayerische Zeitung, zwischen zwei großen Burgern und einer Cola. Immerhin konnte ich weiterhin die kleinen Privilegien der Monarchie genießen. Ich blätterte sie durch, nichts zu der Hinrichtung. So sollte es sein. Die Meldung war glaubwürdiger, wenn sie aus dem Ausland zu uns rüberschwappte. Wäre sie bei uns zuerst erschienen, hätte man sofort Propaganda gewittert. Ich widmete mich dem zweiten Stapel, den Auslandsblättern. Obenauf lag die »Bunt«. Genüßlich faltete ich sie auf, die Meldung kam auf Seite 2, auf der ganzen Seite 2. Mel war ein Genie.
»Bayern: Jetzt sind die Hunde los«, war die hübsche Schlagzeile. Ich las weiter. »Gestern wurde in München der Leutnant Malte Rettich hingerichtet. Der Offizier der Geheimen Staatssicherheit wurde für den Tod der bekannten Sängerin Maria Fischer verantwortlich gemacht. Zuverlässigen Quellen zufolge wurde er nackt in einen Käfig gesperrt, in dem zehn Hunde auf ihn warteten, die vorher drei Tage nicht gefüttert worden waren. Rettich wurde bei lebendigem Leibe zerrissen. Das Spektakel habe eine Stunde gedauert. Dem makabren Schauspiel soll der gesamte Kronrat beigewohnt haben. Kenner der Bayerischen Verhältnisse vermuten, dass der König ein Exempel statuieren wollte. Man geht davon aus, dass in Bayern ein Machtkampf zwischen Königstreuen und dem bisherigen Establishment vor der Tür steht.«
Von Hunden zerfleischt. Ich klopfte mir auf die Schenkel. Zuverlässige Quellen, das war fast das Beste. Nur der letzte Satz machte mich etwas nachdenklich. Der dürfte eher nicht auf Mels Konto gehen. Stand mir das wirklich bevor? Würde ich nun um meine Macht als König kämpfen? Wahrscheinlich hatten die ›Kenner der Bayerischen Verhältnisse‹ recht. Wenn ich meine To-Do Liste abarbeiten wollte, musste ich mich um Menschen vom Schlag eines Permaneder kümmern. Mit solchen würde sich hier nie etwas ändern. In tausend Jahren nicht. Ich brauchte mehr Karlovs. Visionäre und Macher. Ich freute mich jetzt richtig auf die Sitzung des Kronrats am Nachmittag. Onkel Hans hatte tausend triftige Gründe aufgefahren mich davon fernzuhalten.

Alles Ausreden, ich war hart geblieben. Heute würde ich mich zum ersten Mal in die Tagespolitik einmischen, wenn man von der Sache mit dem Mausoleum mal absah. Und es würde so richtig knallen, davon war ich überzeugt. Ich nahm noch einen Schluck Cola. Nicht kalt genug. Ich klingelte nach einer frischen. Und dachte nach. Die Auseinandersetzung mit den alten Kadern war wahrscheinlich kaum vermeidbar. Und sie hielten die gesamte Macht in Händen, inklusive der Armee. Ich musste aufpassen, durfte nicht zu forsch sein.

Um zehn gingen Gerd und ich zur Museumsinsel. Zwei seiner Leute waren dabei, trotzdem wäre es Gerd lieber gewesen, wir wären gefahren. Aber ich hatte keine Angst mehr vor dem Tod. Schlimmer, als Maria zu verlieren, konnte auch mein Tod nicht sein.
»Und, hast du den Highscore geknackt?«, fragte ich ihn.
»Alleine zocken macht nur halb so viel Spaß. Ich mache wieder viel Martial Arts.«
»Karate und so?«
»Taekwondo vor allem. Solltest du auch mal machen.«
Ich war ihm dankbar, dass er nicht konkreter wurde. Ich hatte seit meiner Ankunft in Bayern mindestens zehn Kilo zugenommen. Mel sah das gerne, weil ich mit wachsendem Bauch meinem Vater immer ähnlicher sah. Der Grund war vor allem meine Ernährung, viel zu viel Fast Food, viel zu viel Fett, viel zu viel Zucker. Ich merkte bereits, dass ich kurzatmiger wurde. Selbst dieser kleine Spaziergang runter an die Isar strengte mich an.
»Ich mach mich doch nicht zum Affen. Der Bayerische Kampfbulle, das könnte dir so passen.«
Wir grinsten beide.
»Ich habe übrigens gute Neuigkeiten«, sagte Gerd. »Wir haben ein brasilianisches Sturmtalent an der Angel: Müllerino.«
»Komischer Name für einen Brasilianer.«
»Du weißt ja, die haben alle Künstlernamen. Sein Großvater war ein Gerd Müller- Fan. Meiner übrigens auch.«
»Mach nur. Mir steht im Moment nicht der Sinn nach Fußball.«

Wir erreichten die Isarbrücke. Ein halbes Dutzend Presslufthämmer dröhnte, zwei LKW mit Bauschutt fuhren gerade ab, ein weiterer kam an, geschätzte fünfzig Mann schaufelten Schutt. Ein weiteres Dutzend Männer war damit beschäftigt, einen Kran zu errichten. Mitten drin sah ich Karlov. Er strahlte übers ganze Gesicht und dirigierte die Männer wie ein Maestro. Als er uns kommen sah, eilte er zu uns.
»Gratuliere«, sagte ich, »das sieht ja schon gut aus.«
»In dem Tempo brauchen wir den ganzen Sommer. Ich habe zweihundert weitere Arbeiter angefordert. Das geht noch schneller.«

»Sehr gut. Wo ist Permaneder?«
»Er hat mir sämtliche Vollmachten gegeben.«
Ich nickte. Eine weise Entscheidung.
»Als nächstes reissen wir auf der Heidhauser Isarseite ab und schaffen das neue Flussbett. Dann legen wir den Baugrund trocken, ab dann wird man die Ausmaße der Pyramide erahnen können.«
»Erstaunlich, dass Sie das Museum so schnell räumen konnten«, merkte Gerd an. Gerd mischte sich ansonsten nicht in Themen ein, die jenseits des Personenschutzes lagen. Das musste ihm wichtig sein.
Karlov zuckte mit den Schultern. »Wir sind gestern Abend noch durch und haben die Sachen herausbringen lassen, die man zu Geld machen kann. Das andere Gerümpel wird mit abgerissen. Wen interessiert der Abfall von ein paar hundert Jahren?«
Ich sah, wie Gerd schluckte. Aber Karlov hatte recht. Wenn man ein Ziel hat, muss man ihm alles andere unterordnen. Wenn man ständig Kompromisse macht und sämtliche Interessen berücksichtigt, wird man es nicht erreichen.
»Es geht alles viel zu langsam in Bayern«, sagte ich. »Ab sofort geben wir Gas. Ab sofort verändern wir das Land und zwar in höchster Geschwindigkeit. Das Mausoleum ist erst der Anfang.«

Gleich nach der Hinrichtung hatte ich Onkel Hans wegen des Kronrats gesprochen.
Der innere Kronrat bestand aus vierundzwanzig Mitgliedern. Sie hatten die Ressorts wie Minister unter sich verteilt. Onkel Hans hatte mir erklärt, dass Sitzungen wie die heutige regelmäßig stattfanden, um den Fortschritt der Projekte zu besprechen.
»Gibt es eigentlich einen Vorsitzenden des Kronrats?«
»Das ist formal der König«, sagte er.
»Und wenn der nicht anwesend ist?« Und der war ja nie anwesend, fügte ich in Gedanken hinzu.
»Dann übernimmt sein Stellvertreter die Leitung der Sitzung.«
»Und wer ist das?«
»Typischerweise der Armeechef.«
»Also du.«
»Also ich.«
»Wann hat mein Vater das letzte Mal eine Sitzung des Kronrats geleitet?«, wollte ich wissen.
»Dein Vater war zuletzt nicht bei bester Gesundheit. Du weißt, dass er schon längere Zeit vor seinem Tod sehr zurückgezogen gelebt hat.«
»Ja, das weiß ich alles. Was ich nicht weiß, ist, wann er zum letzten Mal den Kronrat geleitet hat. Darum frage ich.« Ich wurde gereizt, langsam begann ich zu durchschauen, was hier lief.
Onkel Hans schaute an die Decke, überlegte. »Ich glaube, vor

ungefähr zehn Jahren muss das gewesen sein.«
»Du bist also seit ungefähr zehn Jahren der faktische Herrscher über Bayern«, stellte ich fest.
»Ich nehme dir das Tagesgeschäft ab, sonst nichts.«
»Ich weiß nicht, ob ich dir diese Bürde länger zumuten kann, Onkel«
Sein Blick flatterte. Ich spürte die Spannung.
»Da ist viel Routine, viel Kleinkram. Du hast so viele Verpflichtungen. Du wirst Hilfe brauchen«, sagte er.
»Morgen ist die nächste Sitzung, habe ich recht?«
Er nickte.
»Es macht dir bestimmt nichts aus, wenn ich mir das mal anhöre, oder?«
Er bekam einen roten Kopf, war aber schlau genug, einfach zu nicken und zu sagen: »Überhaupt nicht. Du bist herzlich eingeladen.«
Ich schenkte ihm ein Lächeln. Ein Geschenk, das er seinem Blick nach nicht zu schätzen wusste.

Der Kronrat tagte im Maximilianeum. Da das Parlament nur ein- bis zweimal im Jahr zusammentrat, brauchte es die Räumlichkeiten auch nicht. Ich ließ mich fahren, vier besonders bullige Typen aus meiner Leibgarde begleiteten mich. Ich hatte mich für einen schlichten Anzug entschieden. Ich wollte nicht zu abgehoben erscheinen, sie sollten verstehen, dass ich mich einmischen würde.

Um zwei sollte die Sitzung beginnen, ich kam um zwei. Alle waren schon da. Die Männer und eine Frau, dieses Mädchen von den JuMu, standen auf und begrüßten mich angemessen mit langanhaltendem Beifall. Nur mein Onkel blieb demonstrativ sitzen, gähnte sogar. Warum machte er das, fragte ich mich. Wollte er mich provozieren? Ich prägte mir die Szene ein. Ich würde darauf zurückkommen.
Ich nahm meinen Ehrenplatz ein und machte mich auf lebhafte Diskussionen gefasst, Themen gab es ja in Bayern genug. Doch ich hatte mich getäuscht. Es war stinklangweilig.
Permaneder begann. Ausgerechnet er. Langsam in unverständlichem Dialekt sprach er verschiedene Bauvorhaben an. Aus seinem Bericht ging nicht hervor, ob die Projekte schon angefangen waren, ob es gut voran ging, ob sie im Zeitplan lagen. Ich verstand nur Bahnhof und war zwanzig Minuten und keine einzige Zwischenfrage später genauso schlau wie zuvor.
»Wir müssen das Kulturbudget um eine weitere Million kürzen. Wir brauchen mehr Devisen für die Armee«, sagte Onkel Hans unvermittelt.
Permaneder wirkte überrascht, nickte dann aber. »Machen wir«, sagte er und setzte sich.
Die nächsten beiden Berichte waren ähnlich. Eberhard leierte

Verhaftungslisten herunter. Der Rat für die Freundschaft mit dem Rest der Welt, in anderen Ländern nannte man das Außenminister, berichtete von mehr oder weniger offenen Drohungen unserer Feinde und Ärger mit unseren Freunden, weil wir ihre Rechnungen nicht bezahlten.
Und dann sprach die Ganghofer. Sie mochte gefährlich sein, aber sie war ein angenehmer Kontrast gegen all die alten Knacker. Sie sprach schnell und eloquent. Berichtete von Veranstaltungen der JuMu, von den Sorgen und Nöten der jungen Menschen in Bayern. Insbesondere sprach sie über das Internet. Sie verstehe ja, dass wir in Bayern keinen direkten Zugang zum globalen Internet hätten, aber das Bayerische Internet wäre so instabil und so langsam, dass man es kaum benutzen könne. Würde es funktionieren, böte es so viele Vorteile. Sie zählte einige auf. Und ich stimmte ihr aus vollem Herzen zu. Das war doch leicht zu ändern, dachte ich mir. Als sie geendet hatte, herrschte betretenes Schweigen. Die meisten der alten Säcke wussten wahrscheinlich noch nicht mal, was das war, das Internet. Ich stand auf und klatschte demonstrativ in die Hände. Den anderen blieb nichts anderes übrig, als es mir gleich zu tun. Die Ganghofer strahlte. Ich freute mich für sie. Auch wenn sie eine der Schlimmsten war, in dieser Sache verdiente sie meine Unterstützung. Als aber ihr Blick meinen traf, verfinsterte sich ihre Miene. Trug sie mir die Hinrichtung etwa immer noch nach? Ich hätte nicht gedacht, dass sie so zartbesaitet war.

Onkel Hans malte ein düsteres Bild der Lage unseres Landes. Er zitierte noch einmal den Botschafter Amerikas, dass ein Angriff auf Bayern unmittelbar bevorstehe.
»Es ist nur unserer Armee zu verdanken, dass sie uns noch nicht überrannt haben. Und ihrer Angst vor unserer Bombe.«
Die Männer murmelten zustimmend, viele nickten. Ich wusste inzwischen, dass fast zwei Millionen Bayern in der Armee waren, das waren ziemlich genau zwanzig Prozent unserer Bevölkerung. Ein unglaublicher Kraftakt für so ein kleines Land und einer der Gründe, warum wir so bitter arm waren.
»Und deswegen planen wir den Kauf waffenfähigen Plutoniums aus Russland. Ohne Bombe werden wir nicht überleben.«
Er bekam Applaus.
»Leider ist diese Anschaffung nicht budgetiert. Deswegen werden wir alle noch einmal den Gürtel enger schnallen müssen. Wir reden von mindestens weiteren zehn Millionen Dollar, die wir brauchen.«
»Das ist doch Wahnsinn.« Ich hatte mir vorgenommen, dieses Mal nichts zu sagen, mir alles in Ruhe anzuhören. Aber ich konnte nicht anders.
»Unsere Bürger hungern und wir geben derartig viel Geld für Waffen aus? Nehmen wir doch wenigstens einen Teil davon und

kaufen Lebensmittel bei unseren Freunden im Osten.«
»Wir verkaufen Lebensmittel an den Westen, um das Geld für Waffenkäufe zusammenzubekommen«, bemerkte der Kronrat für Landwirtschaft und ich konnte kaum glauben, was ich da hörte. Ich starrte ihn sekundenlang mit offenem Mund an.
»Wir haben ja sonst nichts, was weltmarktfähig wäre. Mehr als achtzig Prozent unserer Bierproduktion zum Beispiel geht in den Export. Darum ist es hier bei uns so teuer.«
»Wir brauchen einen Plan, wie wir unserem Volk kurzfristig mehr Lebensmittel zur Verfügung stellen können.«
»Jawohl, Hoheit.«
Ich schaute aus den Augenwinkeln auf meinen Onkel. Ich sah, wie sich seine Kiefermuskeln anspannten. Ansonsten verzog er keine Miene.
Es war ein langer Nachmittag gewesen. Jede Woche würde ich das nicht ertragen. Einer noch, dann war es geschafft. Es war Herr Geiger, der Kronrat für Telekommunikation. Er klagte, dass die Chinesen immer energischer auf die Bezahlung ihrer Rechnung drängten. »Sonst stellen sie die Wartung ein. Dann bricht uns das Mobilfunknetz komplett zusammen.«
Ganghofer verdrehte die Augen, ich hatte nicht übel Lust, es ihr gleichzutun.
»Die Armee geht vor«, hörte ich Onkel Hans sagen.
»Über wieviel Geld reden wir?«, hörte ich kurz darauf meine Stimme. Ich war für Selbstbeherrschung einfach nicht geschaffen.
»Fünf Millionen«, sagte Geiger.
»Dann schlage ich vor, wir machen für das Plutonium eine Anzahlung oder reduzieren die Menge, und mit dem restlichen Geld bezahlen wir die Chinesen. Warum sollten die Rechnungen der Russen wichtiger sein als die der Chinesen?«
Geiger blickte hilfesuchend zu Onkel Hans. Der schüttelte kaum wahrnehmbar den Kopf. Das würde ich ihm nicht durchgehen lassen.
»Gibt es gegen diese Entscheidung irgendwelche Einwände?«, fragte ich daher donnernd. Ich erwähnte, glaube ich schon, dass ich über eine starke Rednerstimme verfügte. Ich konnte fühlen, wie es in meinem Onkel arbeitete. Er überlegte zweifellos, ob er hier und jetzt die Konfrontation wagen sollte. Aber er war schlau, er entschied sich dagegen, sagte nichts.
»Herr Geiger, sobald diese Sitzung zu ende ist, treffen wir zwei uns mit den Chinesen. Machen Sie bitte einen Dinner-Termin.«
Ich sah, wie Onkel Hans mit den Zähnen knirschte. Klar, er hatte das Problem im Hinterzimmer lösen wollen, dafür sorgen, dass das so nie umgesetzt würde. Aber ich war schneller, ich schaffte Fakten. Und die Ganghofer schenkte mir einen dankbaren Blick. Wenigstens einer meiner Kronräte war mit mir zufrieden, wenn auch der falsche: ausgerechnet die, vor der ich mich in Acht nehmen sollte. Ich warf einen Blick in die Runde:

Vor wem nur sollte ich mich nicht in acht nehmen? Entweder sie waren komplett unfähig oder arbeiteten seit zehn Jahren loyal mit meinem Onkel und damit potentiell gegen mich. Ich hoffte nur, dass die kleine Demonstration heute Morgen sie zum Nachdenken gebracht hatte.

Es wurde ein entspannter Abend im Bayerischen Hof. Geiger war nicht dumm und hatte beschlossen zu kooperieren. Der Vertreter der Firma Weiwei, Herr Wang, freute sich wie ein Prinz, als ich ihm zusagte, die offene Rechnung zu zahlen. Ich orderte eine weitere Flasche Wein und wir machten die wildesten Pläne, wie man aus dem rückständigen Netz der Bayern das beste der Welt machen konnte.

»Herr Wang. Machen Sie doch mal ein Angebot, wie man mit vertretbaren Mitteln die Zuverlässigkeit und Übertragungsgeschwindigkeit erhöhen könnte und was der nächst bessere Übertragungsstandard kosten würde.«

»Oh, oh«, sagte er. »Der neueste ist richtig teuer, aber wenn Sie sich für den zwei Stufen älteren entscheiden, ist das immer noch ein Quantensprung für Bayern und ich kann Ihnen einen wirklich guten Preis machen.«

Darauf stießen wir an. Ich gab Geiger ein paar sehr konkrete Aufgaben mit und fühlte mich gut. Wir tranken noch ein paar Schnäpse, dann verabschiedete sich Geiger. Er war unruhig geworden, als er verstanden hatte, wie schnell ich von ihm Antworten erwartete.

»Danke, Eure Hoheit. Sie haben auch mir persönlich unglaublich geholfen. Lange hätten meine Chefs sich das nicht mehr angesehen.«

Wir prosteten uns nochmal zu. Wir waren beide nicht mehr ganz nüchtern. Vor allem Herr Wang.

»Jetzt, da Sie Ihre Rechnung bezahlt haben, schalten wir Ihnen auch den vollen Funktionsumfang frei.«

»Ach?«

»Zum Beispiel verfügt das System über eine Funktion zur Speicherung sämtlicher Gespräche für einen Monat. Die war zwar aktiviert, konnte aber bisher nicht ausgelesen werden. Soll ich Ihnen das mal zeigen?«

2.5 Die Agentin

Um halb acht stand Herr Wang vor den Toren der Residenz, Jérôme kam fünf Minuten zu spät. Ich wollte fahren und hoffte, dass die Straßen nach Pullach sportwagenfreundlich ausgebaut waren. In diesen dunklen Stunden tröstete mich das brummige Schnurren des Motors mehr als alles andere, vielleicht mit Ausnahme von Pater Ambrosius' gutem Zureden.
Wir kamen pünktlich an, sogar kurz vor acht. Jérôme meldete sich an der Sprechanlage, das schwere Tor öffnete sich, ein uniformierter GeStaSi-Mann salutierte. Wir fuhren auf das Gelände.
Die GeStaSi-Zentrale war so ganz anders als das furchteinflößende Gebäude in Nürnberg. Es war eine parkartige Anlage, auf der Villen und Wohnhäuser standen.
»Hier sind wir richtig?«, fragte ich Jérôme zweifelnd.
»Weil es so nach Wohngebiet aussieht? Das liegt daran, dass das mal die Reichssiedlung Rudolf Hess war. Eine Mustersiedlung der Nazis.«
Jérôme zeigte auf die größte Villa, die weit und breit zu sehen war. »Da drin ist das Rechenzentrum.«
Ich parkte direkt vor der Tür. Der Pförtner nickte freundschaftlich, offenbar kannte er Jérôme und auch Herr Wang musste sich nirgendwo eintragen. Er kannte sich hier aus, denn er ging vor in den Keller.
»Warum steht die Technik eigentlich hier?«, fragte ich. »Ich hätte das ja eher bei der Bayerischen Telekom vermutet.
»Die Funktechnik steht auch bei denen. Aber das, was uns interessiert, haben wir hier einbauen lassen. Dann ist es näher beim Kunden.« Er grinste.
Das eigentliche Rechenzentrum war durch eine Personenschleuse geschützt. Jérôme gab uns zwei Magnetkarten, nacheinander gingen wir hinein.
Der Rechnerraum war größer, als ich vermutet hatte. Ein Schrank stand neben dem anderen, Reihe für Reihe. In allen blinkten bunte Lämpchen. Und es war laut. Und kalt.
»Ist ja fürchterlich hier. Bekommen wir jetzt wenigstens Zugriff auf die Gespräche?«, schrie ich den beiden zu.
»Ich brauche nur einen Moment, ich schalte den Zugriff frei«, sagte Herr Wang. Er zog eine Karte aus seiner Tasche, öffnete einen der Schränke und zog eine Schublade heraus, aus der ein Bildschirm und eine Tastatur herausklappten. Mit einer weiteren Karte identifizierte er sich. Er tippte ein paar Befehle ein, legte seinen Finger auf einen biometrischen Sensor, schaute in eine Kamera und schließlich erklang ein Jingle, den man vor lauter Krach der Geräte und der Klimatisierung kaum hören konnte.
»Fertig«, er strahlte, »jetzt können Sie endlich das gesamte

Überwachungspaket nutzen.«
»Das geht doch auch vom Büro aus, oder?«, fragte Jérôme und zu meiner Erleichterung nickte Herr Wang.
Wir machten uns auf den Rückweg nach oben. Jérôme führte uns in sein Büro. Es war schlicht eingerichtet, an der Wand hing eine Bayerische Fahne und das obligatorische Porträt von mir. Die Möbel waren aus Stahlrohr mit Glas. Ein Rechner stand auf dem einzigen Schreibtisch.
»Herr Wang, legen Sie los«, sagte Jérôme und legte ein wenig Pathos in seine Stimme.
Jérôme und ich zogen zwei Besucherstühle heran, Herr Wang saß auf dem bequemen Schreibtischstuhl und navigierte durch die Oberfläche.
»Es ist wirklich einfach. Sie können nach Ort und Zeit suchen, einzelne Funkzellen auswählen oder auch Orte, den Zeitraum frei bestimmen und es gibt sogar eine Freitextsuche.«
Ich bin wirklich gut mit Computern und bei Shooter macht mir keiner was vor. Aber in der Geschwindigkeit, in der Wang durch die Menüs hüpfte, hätte ich ihn wohl nur knapp geschlagen. Ich kam nicht hinterher.
»Lassen Sie mich mal«, sagte ich deswegen und drehte Tastatur und Monitor zu mir.
»Und im Keller sind alle Gespräche gespeichert?«, vergewisserte ich mich.
»Alle«, sagte er und strahlte. »Wissen Sie, einige Unternehmen speichern nur die letzten zwei Wochen. Oder die letzten vier. Das hat viel mit der nationalen Gesetzgebung zu tun. Aber Bayern speichert alles. Darum der immense Aufwand, den wir eben gesehen haben. Und in der Etage darunter stehen die Band-Roboter für die Endlosspeicherung.«
»Das heißt, alle Gespräche, die zum Beispiel letzten Sonntag in Nürnberg geführt worden sind, können wir uns anhören.«
»Absolut. Sogar die Festnetzgespräche werden hier eingespeist. Ausdrücklicher Wunsch von Herrn Eberhard.«
Ich wurde nervös. Das klang zu gut, um wahr zu sein.
»Dann hätte ich gerne alle Gespräche, die letzten Sonntag mit dem GeStaSi Hauptquartier in München geführt worden sind.«
Wang schaute sorgenvoll zu Jérôme, Jérôme nickte.
Wang klickte hektisch auf der Tastatur herum, die er wieder zu sich gezogen hatte, der Bildschirm zeigte ein Fenster nach dem anderen, schließlich war eine lange Liste zu sehen.
»Das sind hunderte.«
»Das ist wenig, Sie müssten mal die Liste eines normalen Arbeitstages sehen.«
»Müssen wir die alle abhören?«
»Was suchen Sie denn?«
»Ein Gespräch, in dem es um Maria Fischer geht.«
»Dann nicht.« Er gab ihren Namen in eine Suchfeld ein. »Unser System kann verstehen, was gesprochen wird. Wir können auch

anhand der Stimme den Sprecher identifizieren«, sagte er stolz. Die Liste wurde kürzer. Da gab es bestimmt ein paar Gespräche, in der sich arglose Mitarbeiter der GeStaSi, Fans, über das Konzert unterhielten. Wir hörten in ein paar der Telefonate hinein. Schon beim dritten wurden wir fündig.
»Das ist Vater«, sagte Jérôme und seine Augen weiteten sich. Ich brauchte kein System, das diesen Sprecher erkannte. Das war tatsächlich die Stimme von Onkel Hans.

»Tolstoi, Sie müssen die Fischer festnehmen.«
»Die Fischer ist ein Star. Das kann zu Problemen führen.«
»Wir haben bereits ein Problem mit ihr. Nehmen Sie sie fest.«
»Wann? Vor dem Konzert? Danach?«
»Wenn sie Ihnen während des Konzerts einen Anlass gibt, greifen Sie zu. Wenn nicht, dann eben danach. Und dann sperren Sie sie ein. Ich werde mich nächste Woche der Sache selbst annehmen.«
»Jawohl.«

Onkel Hans. Er steckte dahinter. Ich hatte nie zuvor solchen Hass auf einen Menschen empfunden. Am liebsten wäre ich aufgestanden, hätte mich in mein Auto gestürzt, wäre nach München gerast und hätte ihn umgebracht. Mit bloßen Händen erwürgt. Was hatte er mir bloß angetan? Was hatte er ihr nur angetan?
Ich stand auf. Jérôme zog mich wieder runter. »Warte noch, da sind noch mehr.«
»Egal, das sind doch wieder nur Fans.«
»Das da ist Rettich«, er zeigte auf einen Anruf am Ende der Liste.
»Also gut.« Wang drückte auf eine Taste.

»Wer sind Sie? Warum rufen Sie mich mitten in der Nacht an?« Wieder die Stimme von Onkel Hans.
»Entschuldigung. Mein Name ist Leutnant Rettich. Von der GeStaSi in Nürnberg.«
»Das sehe ich, sonst wäre ich wohl kaum drangegangen. Aber was zum Henker wollen Sie?«
»Es ist, ich kann Oberst Tolstoi nicht erreichen und ...«
»Und dann dachten Sie sich, klingle ich eben den Armeechef aus dem Schlaf, Sie Idiot?«
»Nein, es ist, die Fischer ist tot.
»Verdammt.«
Stille. Man hörte nur Rettich hektisch atmen.
»Ich hatte doch gesagt festsetzen. Warum ist sie tot?«
»Ich, wir, es ist«, stotterte er herum. »Ich wollte doch nur.«
»Mann, reißen Sie sich zusammen und reden Sie in ganzen Sätzen.«
»Wir wollten ihr nur ein wenig Angst einjagen, aber der

Stromstoß war wohl zu stark. Und jetzt ist sie tot und wir wissen nicht, was wir machen sollen.«
»Ganz ruhig, Junge, das kann schon mal passieren. Da reißen wir keinem gleich den Kopf ab. Ich überlege mir was. Jetzt beseitigen Sie erstmal alle Spuren, gehen nach Hause, schlafen sich aus und morgen ist ein neuer Tag.«
»Danke. Vielen Dank.«

Ich hätte kotzen können. »Das kann schon mal passieren. Da reißen wir keinem den Kopf ab«, sagte ich. »Ich bring ihn um«, sagte ich leise und langsam.
»Mach jetzt nichts Unüberlegtes. Schlaf eine Nacht drüber.« Jérôme sah kalkweiß aus. »Und morgen überlegen wir zusammen, was wir machen. Das Schwein.«
»Dein Vater.«
»Das ändert nichts.«
Ich war sowieso nicht fähig, einen klaren Gedanken zu fassen. Wir gingen zum Auto, ich fuhr so schnell, dass ich in Grünwald kurz halten musste. Wang übergab sich und bat, mit der Straßenbahn weiterfahren zu dürfen.
»Kurz vor zehn, ich fahr jetzt erstmal zur Baustelle.«
Ich hatte auf ein wenig Zerstreuung gehofft, doch als ich an der Museumsinsel ankam, war es seltsam ruhig. Nur Karlov stand am Gelände, hatte offenbar nichts zu tun, außer auf mich zu warten. Ich sprang aus dem Wagen und schrie schon von weitem: »Karlov. Was ist hier los? Warum wird hier nicht gearbeitet?«
»Die Budgetkürzungen«, sagte er lapidar. Ich konnte seine Wut körperlich spüren.
»Was für ein Unsinn, wir finanzieren aus den Einnahmen der Maria-Fischer-Stiftung. Die hat mit dem Bayerischen Budget nichts zu tun.«
»Permaneder hat die Arbeiter abgezogen, weil er sie an anderen Baustellen braucht. Wegen der Budgetkürzungen stehen ihm weniger Maschinen und Firmen aus dem Ausland zur Verfügung, die kompensiert er mit Händen.«
Fast wäre ich explodiert.
»Kommen Sie. Wollen Sie Kronrat für Kultur werden?«
»Was immer Sie wollen, Hoheit.«

Vielleicht geschah es im Affekt. Vielleicht zahlte Permaneder die Zeche für Onkel Hans. Jérôme war gerade erst ausgestiegen.
»Los, rein ins Auto, den Permaneder schnapp ich mir.«
»Yanni, tu nichts, was du morgen bereuen könntest.«
»Keine Sorge, wir machen diesen Tag zu einem Nationalfeiertag«, sagte ich und gab Gas.
Jérôme zog hastig die Tür zu.
»Finde raus, wo Permaneder steckt«, zischte ich Jérôme an. »Und dann beordere Gerd mit einem Dutzend Männer dahin.«

Ich war nicht überrascht, dass er im Haus von Onkel Hans war. Umso besser.

»Wen darf ich melden?«, sagte ein Soldat an der Einfahrt.
Ich fuhr einfach an ihm vorbei, Jérôme schrie durch das offene Fenster seinen Namen. Er hatte auch einen Schlüssel für die Tür, die Diener ignorierten wir. Ich wusste ja nun, wo ich Onkel Hans und die anderen finden würde. Aber ich zwang mich, die Treppen langsam hochzugehen, ich wollte nicht außer Atem sein. Es sollte eine Demonstration werden.
Im Raum war es wieder so wie beim ersten Mal. Doch als wir drei ankamen, verstummten alle Gespräche. Sie kannten mich jetzt schon ein wenig besser, sie hatten die Exekution gesehen. Ich nahm ihre Blicke wahr, die zwischen mir und Onkel Hans hin und her gingen. Als er mich sah, kam er auf mich zu, begrüßte mich freundlich.

»Ich bin nicht wegen dir hier«, sagte ich kalt. »Sondern wegen ihm.«
Permaneder saß an einem kleinen Tisch, auf dem ein Weinglas stand, neben ihm saß ein Mann, den ich nicht kannte. Permaneder drückte hektisch eine Zigarre aus und stand auf. »Hoheit?«
»Sie haben die Bauarbeiter abgezogen. Sie sind hiermit des Landesverrats angeklagt und ich entbinde Sie von Ihren Pflichten als Kronrat.«
Permaneder wurde ganz weiß und schaute hilfesuchend zu meinem Onkel. Ich sah, wie sich dessen Gesichtsmuskeln anspannten.
»Franz. Junge. Lass uns erst mal reden. Ganz so einfach geht das nicht.«
»Genauso einfach geht das.« In dem Moment hörte man Stiefel auf der Treppe. Gerd und seine Männer kamen.
Ich zeigte auf Permander. »Der da. Direkt ins Arbeitslager.«
»Aber er ist doch noch gar nicht verurteilt«, wagte jemand zu widersprechen. Die Stimme einer Frau. Die Ganghofer. Ich schaute sie an, lächelte.
»Es ist ja nur Untersuchungshaft. Wenn er unschuldig wäre, käme er dort auch wieder raus.« Ich glaubte, sie verstand mich, denn sie sagte nichts mehr.
Gerd gab zwei seiner Männer einen kurzen Befehl. Sie schnappten sich Permaneder, legten ihm Handschellen an und zogen ihn mit sich.
»Übrigens ernenne ich hiermit Herrn Karlov zum neuen Kronrat für Kultur.«
Die Spannung war zum Greifen. Wahrscheinlich hassten sie mich alle. Wahrscheinlich würde ich sie alle umbringen müssen, um Bayern zu ändern. Eine Kleinigkeit, wenn ich dadurch zehn Millionen Bayern retten konnte.

Jérôme zog mich am Ärmel. »Komm, lass uns gehen.«
Es gab hier nichts mehr für mich zu tun.
»Schönen Tag noch, die Herren.«
Wir gingen zur Treppe.

Karlov ging sogleich los, die Arbeiter neu einzuteilen. Gerd verschwand mit Permaneder und seinen Männern, Jérôme und ich schlenderten zu meinem Wagen. Die Stimmung war trotz allem bedrückt.
»Yanni, das klappt so nicht. Mit dem Kopf durch die Wand kommst du nicht ans Ziel.«
»Hast du doch gesehen.«
»Du kennst Bayern nicht. Du siehst 23 alte Säcke und die Ganghofer und denkst, wenn du die austauschst, ist alles anders.«
»Ist dem nicht so?«
»Stell dir das wie eine Pyramide vor. Permaneder ist der oberste Stein. Der ruht auf vier Steinen unter ihm, die wieder jeweils auf vieren. Yanni, es ist nicht nur der Kronrat. Denk an Tolstoi, denk an Rettich, da gibt es Hunderte, Tausende, die keinen Deut besser sind. Die haben sich die Kronratsmitglieder handverlesen ausgesucht, die sind vom gleichen Kaliber.«
»Dann sperren wir eben Hunderte oder Tausende ein.«
»Willst du das Land verändern oder ausradieren?«

Es war ein Scheißtag gewesen und ich konnte nicht schlafen. Immer wieder dachte ich an Jérôme und was er gesagt hatte. Ich konnte nicht jeden einsperren, der nicht mitmachte. Und selbst wenn, ich brauchte Menschen, die meiner Meinung waren, die am gleichen Strang zogen, um die anderen zu ersetzen. Wo sollte ich die herbekommen? Meine Gedanken ließen mir keine Ruhe. Nachdem ich mich gefühlte hundertmal von einer Seite auf die andere gewälzt hatte, stand ich wieder auf, zog mich an und tigerte durch die Residenz. Es wurde nicht besser, mir fiel die Decke auf den Kopf, ich fühlte mich eingesperrt wie ein Tier in einem Käfig. Verdammt, ich war der König, ich entschied, was ich tat, sonst keiner. Ich ging raus, verließ die Residenz. Ich wollte gar nicht darüber nachdenken, was Gerd dazu gesagt hätte. Aber Gott sei Dank hatte er einen tiefen Schlaf, er würde es nie erfahren.
Die frische Luft tat gut, es war eine sternenklare Nacht, ein wenig kalt, aber ich hatte eine dicke Jacke an. Ich ging Richtung Schwabing, die Leo hinauf, wahrscheinlich zog mich Marias Wohnung magisch an. Wahrscheinlich zog mich die Erinnerung an Maria magisch an.
Ich ging aufmerksam, hielt mich, wo möglich, nahe an den Häusern oder zumindest unter Bäumen, immer auf der Hut vor der GeStaSi. Die Stadt war fast menschenleer. Nur wenige hatten eine Ausnahmegenehmigung, während der

Ausgangssperre auf der Straße zu sein. Ein Milchwagen fuhr vorbei. Zwei Männer arbeiteten an Plakatwänden, damit die am nächsten Morgen wieder mit der Sonne um die Wette glänzen konnten. Für mich, als halben Berliner, war München die leere Stadt.
Alle paar Meter blickte ich mich um. Schon auf dem Odeonsplatz hatte ich mir eingebildet, einen Schatten gesehen zu haben. Aber beim schwachen Schein der Straßenlaternen war das Einbildung, sicherlich nur ein Flackern. Am Siegestor spürte ich, dass jemand in der Nähe war, auch wenn ich niemanden sah. Seltsam. Die GeStaSi hatte es nicht nötig, sich anzuschleichen. Die nahmen einen einfach so fest. Verbrechen gab es in München praktisch nicht. Um gegen das Gesetz zu verstoßen, brauchte es ein Minimum an Freiheit. Ich ging langsamer, stellte mich hinter den nächsten Baum und wartete. Plötzlich waren all meine Gedanken verflogen, ich war ganz im Hier und Jetzt, spürte mein Herz schlagen, lauschte auf jedes Geräusch. Die Blätter des Baumes raschelten leise. Eine Tür oder ein Fenster quietschte. Noch ein Auto fuhr vorbei. Da war nichts. Die Nacht, meine Sinne, hatten mir einen Streich gespielt.
»Guten Abend«, sagte jemand und wäre ich vierzig Jahre älter gewesen, hätte ich einen Herzinfarkt bekommen.
»Entschuldigung. Ich wollte Sie nicht erschrecken.« Eine Frau trat aus dem Schatten des Baumes hervor.
»Haben Sie nicht«, tat ich gelassen. »Aber überrascht haben Sie mich. Eine Frau, alleine in der Nacht? Keine Angst vor der Polizei?«
»Doch. Aber das ist es wert, um mal unter vier Augen mit dem König zu sprechen. Wollen wir nicht weitergehen? Sonst kommt wirklich noch jemand und nimmt uns fest.«
Ich hatte ein mulmiges Gefühl. Sie wusste, wer ich war. Sie hätte mich genauso gut abknallen können, wenn sie eine aus dem Ausland gewesen wäre. Was wollte sie von mir?
»Unser Treffen ist kein Zufall, habe ich recht?«
Sie lachte leise. »Mein Name ist Lena Almstädt. Ich arbeite für den BND.«
»Eine deutsche Agentin?« Ich pfiff leise durch die Zähne. »Warum haben Sie mich nicht erschossen?«
Wir näherten uns der nächsten Laterne und ich schaute etwas genauer hin. Nichts an ihr fiel auf, sie sah aus wie eine Geschäftsfrau. Hübsch war sie, lange, glatte braune Haare, ein freundliches Gesicht, aber unscheinbar. Ein Typ, den man vergaß, noch bevor man sich verabschiedet hatte.
»Es mag Sie überraschen, aber wir setzen große Hoffnungen in Sie.«
Sie sprach schnell, wie es viele intelligente Menschen tun. Zwischen ihren oberen Schneidezähnen war etwas Abstand.
»Nur weil ich so lange in Deutschland gelebt habe? Wenn Sie sich da mal nicht irren.«

»Sie wissen, wie es sein kann und Sie sehen, wie es hier ist. Sagen Sie mir nicht, Sie wollen Bayern nicht verändern.«
Ich schätzte sie auf ungefähr dreißig. Zierlich war sie. Ich schwieg.
»Wir können Ihnen dabei helfen. Wir würden Nahrungsmittel liefern, das kann ganz schnell gehen. Wir würden Ihnen Kredite geben, um die Infrastruktur zu verbessern, die Autobahnen zu sanieren, die Städte vor dem Verfall zu bewahren.«
»Und als kleine Gegenleistung serviere ich unseren Freunden aus der EU, den USA und Deutschland das kleine Bayern auf einem silbernen Tablett.«
»Lassen Sie uns reden. Machen Sie einen Staatsbesuch in Berlin. Laden Sie unsere Kanzlerin nach München ein. Schon ein kleiner Politikwechsel kann Großes bewirken. Machen Sie etwas Symbolisches. Lösen Sie die Arbeitslager auf. Halten Sie Wahlen ab.«
Ich blieb stehen, sah sie an. »Wie lange sind Sie schon Agentin?«
»Zehn Jahre. Und seit zwei Jahren in Bayern.«
»Wenn Sie den Eindruck gewonnen haben, dass Bayern sich so leicht ändern lässt, sind Sie verdammt schlecht in Ihrem Job.«
»Sie sind der König, Sie könnten es schaffen.«
»Ich werde mein Land nicht verraten«, sagte ich. Ich mochte sie. Ich hätte gerne über etwas anderes mit ihr geplaudert, zu einer anderen Zeit, an einem anderen Ort.
»Niemand will das.«
»Meine liebe Lena. Spielen Sie nicht mit mir.«
»Denken Sie darüber nach. Sie können mich jederzeit anrufen.«
Sie drückte mir eine Karte in die Hand.
Ich steckte sie in die Tasche.
»Hat mich gefreut, Sie kennenzulernen, Hoheit.«
»Ganz meinerseits.« Aber da war sie bereits in einer Seitenstraße verschwunden. Wie ein Gespenst. Aber ich hatte ja ihre Karte. Es gab sie wirklich.

2.6 Die Resortchefs

Am nächsten Tag fühlte ich mich gut. Ich war mit mir und der Welt zufrieden, weil ich mich für Bayern entschieden hatte. Ich war der König, ich ließ mich nicht kaufen, ich hatte meinen Stolz. Wir würden das aus eigener Kraft schaffen. Noch vor dem Frühstück bat ich Gerd, ausgesuchte Mitglieder des Kronrates in die Residenz vorzuladen. Ich wollte durchgreifen, die Dinge selbst in die Hand nehmen. Es hatte mit Karlov funktioniert, es würde auch bei den anderen funktionieren. Schritt für Schritt. Jérôme hatte nicht recht, das würde ich ihm beweisen. Ich musste es nur mit der nötigen Ruhe angehen.
»Und den chinesischen Botschafter, den würde ich auch gern treffen«, rief ich ihm zu.
»Eigentlich bin ich ja dein Leibwächter und nicht dein Sekretär.«
»Herr Wang kann dir dabei helfen.«
Er stöhnte und machte sich Notizen.

Herr Geiger erschien im Anzug. Ich hatte mich für das kleine Audienzzimmer entschieden, in dem ich auch Permaneder immer empfangen hatte. Der gute, alte Permaneder. Das Arbeitslager war ihm nicht gut bekommen. Gleich am ersten Tag hatte ihn ein Herzinfarkt ereilt und er kämpfte in einer Klinik nahe Wasserburg um sein Leben.
Ich begrüßte Herrn Geiger und bot ihm an, Platz zu nehmen. Er setzte sich mit kantigen Bewegungen. Hätte man mich gebeten, einen stereotypen Beamten zu beschreiben, wäre dabei Geiger herausgekommen. Er trug eine schwarze Hornbrille, kurze, rechts gescheitelte mausgraue Haare und einen dazu passenden Anzug.
»Wie weit sind wir denn mit dem Plan?«, fragte ich ihn. »Wann haben wir den Hunger besiegt?«
Er räusperte sich, nahm seine braune Ledertasche und zog umständlich einen Stapel Papier hervor, den er auf dem kleinen Tisch sortierte und in Form brachte. Dabei strich er sich immer wieder nervös über seinen Scheitel.
»Sehr weit, sehr weit«, sagte er. Er rückte seine Brille zurecht. »Das Ministerium für die Versorgung Bayerns mit hochwertigen und gesunden Lebensmitteln hat die Versorgung des Landes zu seiner höchsten Priorität erklärt.«
»Das ist schön«, sagte ich. »Und was bedeutet das?«
»Wir haben einen Arbeitskreis eingesetzt, dem hochrangige Beamte aus der gesamten Behörde angehören.«
»Vorbildlich. Und was machen die?«
»Der Arbeitskreis hat sich unverzüglich zu einer konstituierenden Sitzung getroffen. Es wurde bereits intensiv über das Ziel, die Kommunikation, die Tagesordnung und die

Sitzungsorte und Termine diskutiert. Es gab eine überwältigende Übereinstimmung in all diesen Fragen.«
»Das klingt ja gut.« Ich wurde ungeduldig. Was erzählte der Mann da? »Und was wurde konkret unternommen?«
»Es wurde bereits besprochen, wann genau die Aufteilung der unterschiedlichen planerischen Aktivitäten auf die Referate initiiert werden soll.«
»Ich fürchte, ich kann Ihnen nur bedingt folgen«, sagte ich mit einer Ruhe, die ich nicht hatte. Innerlich war ich kurz vor der Explosion. »Wann genau kommt die erste Lebensmittellieferung? Was wird es sein? Getreide? Kartoffeln? Wo kommt sie her? Womit bezahlen wir das? Könnten Sie bitte zu den Details kommen?«
Er sah mich erstaunt an, rückte seine Brille zurecht. »Wann die erste Lieferung kommt?«, wiederholte er meine Frage.
»Genau. Wann kommt die erste Lieferung?«, wiederholte ich meine Frage und konnte nicht verhindern, dass meine Hand eine Faust bildete.
»Ich denke«, sagte Geier langsam, »wenn die Planungen wie geplant voranschreiten, dass es eigentlich keinen Grund gibt, mit einer ersten Lieferung nicht bereits in zwei, vielleicht sogar schon in einem Jahr zu rechnen.«
Ich blickte ihn durchdringend an. Zuerst dachte ich, ich würde aus der Haut fahren, ihn prügeln wie einen Hund, aber es war ganz anders, ich spürte keine Wut auf ihn, ich hatte keine Energie für einen Gewaltausbruch. Ich empfand nur Traurigkeit. Und Hass. Ich würde mich an seinem Elend weiden.
»Geiger. Das machen wir anders. Ende des Monats erwarte ich die ersten fünf LKW-Ladungen Kartoffeln in München. Und dann fahren wir das hoch, jeden Monat. Zehn Ladungen, fünfzehn, zwanzig. Und ich möchte genaue Berichte, wie die Lebensmittel verteilt werden.«
»Hoheit.« Er war blass geworden, saß kerzengerade. »Dieser Monat endet bereits in 13 Tagen.«
»Das ist mir bewusst. Aber ich finde, so viel Zeit sollte ich Ihnen schon geben. Oder kriegen Sie das auch schneller hin?«
»Nein, ich meine, das ist sehr kurzfristig.«
»Kennen Sie eigentlich Herrn Permaneder?«
Ich hatte mir das nicht vorstellen können, aber er wurde noch eine Nuance blasser, schluckte und nickte.
Ich sah, dass sich auf seiner Stirn winzige Schweißtropfen bildeten, dabei war es gar nicht so warm in dem Zimmer.
»Haben Sie noch Fragen, Herr Geiger?«, sagte ich freundlich.
Er schüttelte den Kopf. »Nein, Hoheit, das ist alles soweit klar.«
»Dann wünsche ich Ihnen viel Erfolg«, sagte ich und verließ den Raum. Vielleicht war ich zu weich für einen König, vielleicht war es falsch, dass ich ihm diese Chance gegeben hatte. Ich machte mir nichts vor. Geiger war eine Lusche. Der würde das niemals hinbekommen.

Eine Stunde später kam Eberhard. Eins zu Null für mich, weil er überhaupt gekommen war. Ich war mir nicht sicher, wo er stand. Er zeigte das perfekte Pokerface. Die GeStaSi war eine der Schlüsselbehörden. Ich war mir sicher, dass er gut war - und loyal gegenüber Onkel Hans. Ich tauschte Höflichkeiten mit ihm aus, bot ihm Getränke an, er entschied sich für einen Tee, ich war nicht bei der Sache. Ich erinnerte mich an die Ereignisse im Englischen Garten, daran, dass die GeStaSi auf mich geschossen hatte. Auf uns. Ich erinnerte mich an Maria.
»Hoheit, warum haben Sie mich hierher bestellt?«
Geduld gehörte offenbar nicht zu seinen Tugenden. Ich machte ein Bier auf und trank einen kräftigen Schluck aus der Flasche.
»Wir werden den Bürgern von Bayern mehr Freiheit geben, Herr Eberhard. Und wir fangen damit an, indem wir die Sperrstunde verlängern, von zehn auf zwölf.«
Wenn er überrascht war, dass ich mit der Tür ins Haus fiel, ließ er es sich nicht anmerken. Er schmunzelte nicht einmal. Stattdessen nahm er ein Schlückchen von seinem Tee. Er spreizte den kleinen Finger ab. Bei einem Mann wie Eberhard, über fünfzig, mit robuster Statur und natürlich der dominanten Narbe auf seiner Wange, wirkte das grotesk.
»Die Sicherheitslage ist nicht gut, auch wenn das vielleicht nicht offensichtlich ist. Es ist ruhig in München, weil wir die Terroristen Tag und Nacht auf Trab halten. Das schaffen wir aber nur, wenn wir ihnen nicht zu viel Freiraum geben.«
»Seit ich hier bin, habe ich von den Terroristen nicht viel gesehen«, sagte ich.
»Sie haben Ihren Vater erschossen«, stellte er lapidar fest.
»Wie dem auch sei. Ich will es so. Die Sperrstunde wird verlängert. Setzen Sie das bitte um.«
»Ich kann Ihnen gerne eine Analyse ausarbeiten lassen, welche Konsequenzen das hätte«, sagte er mit kalter Stimme.
»Ich kann mich nicht erinnern, Sie um eine Analyse gebeten zu haben«, sagte ich.
»Darf ich telefonieren?«
»Gerne.« Was für eine Frechheit. Was nahm der sich heraus? Aber ihn auszutauschen, bedeutete Krieg mit meinem Onkel. Ich kannte nicht einmal die Kräfteverhältnisse. So viel hatte ich in meinem Studium gelernt, dass ich mich nicht planlos in ein Abenteuer stürzte.
Eberhard zog sein Handy aus der Tasche, verließ den Raum.
Ich trank mein Bier aus und öffnete eine zweite Flasche. Bestellte ein Eis. Ob er meinen Onkel anrief? Wahrscheinlich. Er kam zurück, setzte sich. Noch immer war seine Mimik unbewegt, aber irgendwie hatte ich den Eindruck, er war zufrieden. Das Gute war, ich war mir sicher, dass er mich unterschätzte. Ich würde ihm zeigen, dass er einen Fehler machte. Nicht jetzt, ich hatte Geduld, aber er würde mich noch

kennenlernen.
»Das Telefonat war erfolgreich?«
»Ja, danke, Hoheit. Wie gesagt, die Sicherheitslage ist ernst, wir müssen hellwach sein. Aber noch schützen uns die Gesetze.«
»Wunderbar. Wie gesagt. Verlängern Sie die Sperrstunde.«
Er nickte, konnte sich nicht mal zu einem klaren Ja durchringen. Ich nickte ebenfalls, nahm meine Bierflasche und ließ ihn allein. Arschloch.

Mein nächster Gast hörte auf den seltsamen Namen Kuttenbrunzer. Nach meinen bisherigen Begegnungen mit der Elite Bayerns schwante mir Böses, doch er war vergleichsweise jung, ich schätzte ihn auf Anfang vierzig und er war auch nicht so träge und korpulent wie beispielsweise Permaneder.
»Haben Sie vielleicht eine Coke?«, fragte er, als ich ihm ein Getränk anbot.
»Oder ein Bier?«
»Ein Helles?«
»Gerne.«
Ich entspannte mich ein wenig. Kuttenbrunzer war der Kronrat für Wirtschaft, noch ein Schlüsselressort. Ich machte mir nichts vor, wahre Freiheit setzte einen gewissen wirtschaftlichen Wohlstand voraus. Das Fehlen von jeder Art von Qualitätswaren setzte den Bayern mindestens so sehr zu wie die Sperrstunde, die Königsabzeichen oder die ewige Propaganda.
»Ich freue mich, Sie endlich persönlich kennenzulernen«, sagte er. Wollte er sich einschleimen? Ich musterte ihn genauer. Er trug eine Brille mit einem feinen Metallgestell, die ihm einen intellektuellen Touch verlieh. Sein Anzug war für bayerische Verhältnisse fast schon modisch. Er sprach schnell und hochdeutsch.
Ich nickte ihm wohlwollend zu.
»Ich würde gerne so viel verändern, wir haben Pläne aufgestellt, aber immer heißt es, es fehlt das Geld. Immer kommt die Armee zuerst.«
Ich mochte, was ich hörte.
»Nehmen Sie nur die Bayerischen Autowerke. Da ist so viel Talent und dann kommen Autos raus, da gruselt einem. Schon vor zwei Jahren haben wir vorgeschlagen, einen SUV zu bauen. Aber keine Freigabe.«
Er nahm mir das Wort aus dem Mund. Das war mein Mann.
»Das ändern wir. Bauen Sie ihn. Hiermit gebe ich Ihnen grünes Licht.«
Er sprang auf, ging auf mich zu, streckte mir die Hand entgegen. Notgedrungen erhob auch ich mich und setzte meine Bierflasche ab.
»Danke, Hoheit, danke. Sie ahnen nicht, was das für mich bedeutet.«
Fehlte nur noch, dass er weinte. Ich schüttelte ihm die Hand.

War ich auf einen Seelenverwandten oder auf einen Psychopathen getroffen?
»Und dann brauchen wir natürlich endlich Autobahnen ohne Schlaglöcher.«
»Allerdings«, sagte ich.
Er strahlte. »Schweres Baugerät. Bagger, Raupen, Asphaltiermaschinen, Dampfwalzen. Damit baue ich Ihnen die Autobahn nach Ingolstadt dreispurig und mit einem Fahrbahnbelag, so glatt wie ein Kinderpopo.«
»Sehr gut, Herr Kuttenbrunzer. Dann machen wir das doch. Und fangen mit eben dieser Autobahn an.«
»Dieser Tag ist der Wendepunkt in meinem Leben. Sie ahnen nicht, wie glücklich Sie mich machen.« Er stand immer noch, jetzt verbeugte er sich tief vor mir.
Das war mir alles zu viel. Aber seine Ideen waren gut.
»Ich freue mich, Sie sind ein Kronrat nach meinem Geschmack«, schmeichelte ich ihm. »Bis zum Ende des Monats hätte ich gerne die Pläne für den BAW SUV und für den Ausbau des Straßennetzes. Die Autobahn natürlich zuerst. Und kaufen Sie Baumaschinen. So schnell es geht. Sprechen Sie mit Karlov, was er braucht.«
»Jawohl, mein König«, er wirkte völlig euphorisiert. »Danke, mein König.«
»Worauf warten Sie noch? Auf geht's, an die Arbeit.«
Er verließ den Raum, fast tänzelnd. Vielleicht musste ich gar nicht so viele Kronräte und Beamte austauschen, wie ich befürchtet hatte.

Das war ein anstrengender Tag gewesen. Ich zog mich in meine Gemächer zurück und goss mir erstmal einen Whiskey ein. Einen schottischen. Den hatte ich mir verdient. Doch ich saß kaum auf meinem Sofa, da kam Gerd herein.
»Lass mal, bin nicht in Stimmung für Shooter«, sagte ich. »Kannst aber einen Whiskey haben.«
»Dein Onkel ist da«, sagte er.
»Scheiße, schick ihn rein.«
Zum ersten Mal in meinem Leben sah ich Onkel Hans mit einer leicht schief sitzenden Krawatte. Er musste sehr aufgewühlt sein. War er zur Residenz gelaufen? War das ein Schweißfilm auf seiner Stirn?
»Schön, dass du mich mal besuchen kommst. Setzt dich. Darf ich dir einen Schottischen anbieten?«
»Junge, Junge, Junge«, sagte er und setzte sich auf die andere Couch. »Ich bin nicht hier, um zu trinken. Was machst du nur?«
»Hat Eberhard dich angerufen?«
»Und Geiger. Warum mischst du dich in diese Dinge ein?«
»Ich habe es dir erklärt. Ich bin der König.«
»Aber du hast doch gar keine Erfahrung, du weißt doch gar nicht, warum diese Dinge sind, wie sie sind, du ahnst nicht, was

du anrichtest.«
»Die Kronräte hatten genug Zeit, mir das zu erklären. Viel zu sagen, hatten sie nicht.« Warum verteidigte ich mich überhaupt? Ich war ihm keine Rechenschaft schuldig.
»Nimm nur das Geld, das du den Chinesen für das Telefonnetz gezahlt hast. Das fehlt uns nun an allen Ecken und Enden.«
»Und wenn du Ecken und Enden sagst, meinst du bei den Militärausgaben?«
»Natürlich, den Verteidigungsausgaben. Bei unserer Sicherheit. Beim Wertvollsten, was wir haben. Wenn die Amerikaner uns überrennen, hilft es dir auch nichts, wenn das Telefonnetz stabil ist. Dann gibt es nämlich niemanden mehr, den du anrufen kannst.«
Das war seine Masche. Er begründete alles, was die bayerischen Bürger an Bayern hassten, mit der Gefahr, die von außen drohte. Das war billig.
»Und dann der Mangel an Bauarbeitern. Permaneder war ein grundsolider Mann. Dem konntest du blind vertrauen. Und was macht dieser halbe Russe?«
»Karlov«, sagte ich.
»Meinetwegen. Was macht dieser Karlov?«, mein Onkel redete sich in Rage. »Er zieht Bauarbeiter aus ganz Bayern in München zusammen. Junge, wir bauen gerade ein neues Raketentestgelände. Das ist unsere Lebensversicherung. Ich verstehe ja deinen Schmerz. Das ist sicherlich nicht einfach für dich. Aber es geht um zehn Millionen Bayern, die müssen wir schützen, das ist unsere erhabenste Pflicht.«
Ich ließ ihn reden. Ich wusste, er würde sich nicht überzeugen lassen, wir standen auf unterschiedlichen Seiten, das wurde mir jetzt nochmal klar. Wir waren Feinde.
»Und warum hast du das Bayerische Museum abreißen lassen? Gut, es war renovierungsbedürftig. Aber es war Teil des kulturellen Erbes Bayerns.«
Seit wann interessierte er sich für Museen? Das nahm ich ihm nicht ab. Er wollte mich in die Enge treiben, mich moralisch ins Unrecht setzen. Lachhaft.
»Ich werde übrigens am Ersten des nächsten Monats vor dem Kronrat reden.«
»Aber, Junge, ich erkläre dir doch gerade, dass du dich besser auf dein Amt konzentrieren solltest. Es kommt nichts Gutes dabei heraus, wenn jeder alles macht.«
»Ich bin nicht jeder und ich habe auch kein Amt. Ich bin der König und ich bin Bayern«, sagte ich.
»Franz, König zu sein, heißt Verantwortung für Bayern zu tragen. Das heißt nicht, dass du alles selber machen musst. Du hast eine Regierung.«
»Die nichts auf die Reihe kriegt. Es ist Zeit, Bayern zu verändern.«
»Franz. Ich weiß nicht, ob das so eine gute Idee ist.«

»Das ist nicht schlimm, Onkel. Denn ich weiß, dass das eine gute Idee ist. Und ich erinnere dich gerne noch einmal daran. Ich bin der König.«
In seinem Gesicht arbeitete es.
»Lass uns doch darüber ein andermal in Ruhe reden«, sagte er.
Er würde mich nicht weich klopfen. Ich sah ihn mir genau an. Er war ein Mörder. Dass Maria tot war, das lag zum Teil in seiner Verantwortung. Hätte er nicht angeordnet, sie festzunehmen, hätte Rettich das von sich aus niemals gewagt. Mein Onkel, das Monster. Aber wenn ich ihn festnehmen ließ, wenn ich ihn hinrichtete wie Rettich, hatte ich eine Revolution am Hals. Keine Revolution des Volkes, das würde vielleicht sogar jubeln, aber einen Putsch der Armee oder des Kronrats. Er saß zu fest im Sattel. Er gefährdete meine Pläne.
»Du bist jederzeit in der Residenz willkommen«, sagte ich unverbindlich.
»Immerhin gibt es auch gute Nachrichten. Wir haben eine erste Teillieferung Plutonium bekommen. Von den Russen.«
Ich nickte. Das war Gift. Extrem teures Gift. Und er glaubte doch nicht ernsthaft, wir würden eine Atombombe bauen können. Oder gar einen Atomkrieg gegen den Rest der Welt führen? Wozu sollte das gut sein? Ganz Bayern wäre ausradiert, bevor auch nur die erste unserer Raketen richtig in der Luft wäre. Aber ich würde nicht mit ihm diskutieren. Ich würde einfach entscheiden.
»Junge, ich muss los. Lass dir das alles bitte nochmal durch den Kopf gehen.«
Er stand auf. Ich blieb sitzen, trank von meinem Whiskey.
»Einen schönen Abend noch, Onkel Hans«, rief ich ihm hinterher. Da war er schon verschwunden.

Ich rief Gerd an. »Bring mir mal noch ne Flasche vom Schottischen.«
»Harter Tag?«
»Sehr hart«
»Dein Onkel?«
»Mein Onkel.«
»Und im blauen Salon wartet Herr Shu.«
»Ist das der Botschafter von China?«
»Eben der. Zusammen mit Herrn Wang und Jérôme.«
»Mir reichts für heute. Ich denke, ich empfange die lieber morgen.«
»Keine gute Idee, fürchte ich. Du willst was von ihnen. Und sie müssen dir das nicht geben.«
Ich nickte ohnmächtig.
»Aber ich habe auch gute Neuigkeiten«, sagte Gerd.
Ich hatte mich schon die ganze Zeit gefragt, warum er so verdammt gute Laune hatte.
»Bitte, ich kann eine kleine Aufmunterung brauchen.«

»Wir haben ihn.«
»Komm, lass mich nicht zappeln. Wen haben wir?«
»Müllerinho, den Brasilianer. Er hat unterschrieben. Und wird in den nächsten Tagen in Bayern erwartet. Es geht los, wir machen die Sechzger wieder groß.«
Ich lächelte schwach, wir hatten so viel Energie da rein gesteckt, diesen kommenden Superstar zu verpflichten. Ich war mir so sicher, dass er uns nach zwei bis drei Jahren locker hundert Millionen bringen würde. Und jetzt konnte ich mich gar nicht richtig freuen. Warum? Das Tagesgeschäft lag mir auf dem Magen. Ich würde hart durchgreifen. Wir brauchten Lösungen, keine Probleme. Dann machte auch Fußball wieder Spaß.

Ich wusste nicht recht, was ich erwartet hatte. Doch wohl keinen Seidenanzug? Trotzdem war ich etwas enttäuscht, denn Herr Shu trug einen grauen Anzug, eine moderne, westliche Brille und er hatte noch nicht einmal ausgeprägte Schlitzaugen. Er kam gleich zur Sache.
»Ich freue mich, dass die bayerische Regierung sich endlich dazu durchringt, ihre offenen Rechnungen zu begleichen. Das öffnet die Tür zu einer neuen Ära unserer Beziehungen.«
»Das freut mich«, sagte ich vorsichtig. »Wir wären sehr daran interessiert, unsere Wirtschaftsbeziehungen mit China zu vertiefen.« Ich dachte an die Frau aus Deutschland, Lena, die Spionin. Vielleicht bekam ich das, was sie mir angeboten hatte, ja auch von den Chinesen, ohne den politischen Preis zahlen zu müssen.
»An was hätten Sie denn gedacht, Hoheit?«
»Sie leben in Bayern, kennen Bayern«, sagte ich. »Wir haben eine großartige Zukunft vor uns, Sie können an vielen Projekten mitwirken.«
Er lehnte sich zurück, lachte leise. »Allerdings. Es gibt hier viel zu tun. Und wir könnten Ihnen an vielen Stellen helfen. Aber fangen wir doch mit der wichtigsten Frage an. Wie wollen Sie das bezahlen?«
Das war der springende Punkt. Ich hatte lange mit Jérôme darüber diskutiert. Er machte nun den Vorschlag, den er sich überlegt hatte und an dem sein Herz hing.
»Wir haben Pläne, München zu einem großen europäischen Luftkreuz zu machen. Sechs Start- und Landebahnen. Direktverbindungen in die ganze Welt. Und wir sind bereit, es mit Ihnen gemeinsam zu machen. Halbe halbe.«
»Sie bieten uns die Hälfte Ihres Flugplatzes in Riehm an?«
»Wir bieten Ihnen an, einen neuen zu bauen, im Norden, im Erdinger Moos.«
Herr Shu strich sich mit der Hand über sein Kinn, lehnte sich zurück, musterte erst Jérôme, dann mich.
»Wie kommen Sie darauf, das wäre eine gute Investition? Welche Fluggesellschaft soll denn das Kreuz anfliegen?«

»Das ist die zweite große Chance, Bavarian Airways. Wir machen sie zur Tochtergesellschaft einer der chinesischen Gesellschaften.«
»Uns gehören bereits signifikante Anteile an acht der zehn größten europäischen Flughäfen. Warum sollten wir so viel Geld in die Hand nehmen, um uns selbst Konkurrenz zu machen? Und dann auch noch in einem Land, das von allen Nachbarn geächtet wird?«
Auf diesen Einwand hatten wir keine Antwort.
»Wenn Sie wenigstens einen Hafen hätten. Aber Bayern liegt ja nicht mal am Meer.«
Jérôme schaute betreten zu Boden.
»Wenn Sie keine Geschäfte mit uns machen wollen, warum haben Sie diesem Treffen zugestimmt?«, fragte ich Shu.
»Wer hat gesagt, dass ich mit Ihnen keine Geschäfte machen will?«
Er beugte sich in meine Richtung vor. »Ganz im Gegenteil, ich habe ein Angebot für Sie, das Sie nicht ablehnen können.«

2.7 Der Kronrat

Die nächste Woche zog sich endlos hin. Ich trauerte um Maria, betete viel. Ich aß immer noch mehr, Burger, Pizza, Döner. Trank viel zu viel und rauchte vier Schachteln Hirschen am Tag.

Wenn mir die Decke auf den Kopf fiel, besuchte ich Karlov. Die Arbeiten gingen gut voran. Er hatte eine Spundwand setzen lassen und damit einen der Isar-Seitenarme trockengelegt. Hunderte Arbeiter schaufelten Erde um und bereiteten das Fundament vor. Langsam bekam man eine Vorstellung von der Größe der Pyramide. Ich liebte Karlov und auch die Münchner liebten ihn. An der Baustelle wimmelte es von Schaulustigen. Endlich passierte etwas. Endlich wurde etwas Großes, etwas Einmaliges geschaffen, etwas, auf das man stolz sein konnte.
Ich schaute Müllerinho beim Training zu. Doch leider war das kein erbaulicher Anblick. Der Junge litt. Er litt unter der Kälte, unter der unverständlichen Sprache. Er kam schon mit Deutsch nicht zurecht und noch viel weniger mit Bayrisch. Er verzehrte sich nach dem guten Steak seiner Heimat, nach der Heiterkeit Brasiliens. Im grauen Bayern erfror seine Seele. Hatte er am ersten Tag noch nach dem Training eine Stunde lang Freistöße geübt mit Kunstschüssen, die ich in meinem ganzen Leben noch nicht gesehen hatte, schlich er mittlerweile wie ein depressiver Maulwurf auf Höhe der Rasenkante über den Platz. So konnte man ihn nicht mal in Bayern aufstellen.
Und dann kam der Tag der Sitzung des Kronrats. Ich ging mit gemischten Gefühlen hin. Ich hatte mir keine Zwischenstände geben lassen, ich hatte zu viel Angst vor schlechten Neuigkeiten und ich wusste immer noch nicht, was ich tun sollte. Noch eine Erschießung? Noch jemanden zum Arbeitslager verurteilen? Wir würden sehen, intuitive Entscheidungen waren immer noch die besten.

Immerhin schien die Sonne, es war warm, ich zog mir meine Kugelsichere an, ging den Weg zum Maximilianeum gegen Gerds Protest zu Fuß. Allerdings ließ er es sich nicht nehmen, mich zu begleiten, zusammen mit einem halben Dutzend Männern der Leibgarde. Ich war ein paar Minuten zu spät. Gut so.
Ich betrat den Sitzungssaal, meine Leibgarde nahm ich mit.
Mein Onkel sprach gerade, er hielt inne, schaute zu mir, nickte mir zu. Die Kronräte und ein Dutzend hoher Beamter, die auch anwesend waren, erhoben sich, spendeten mir Applaus. Die Gesichter waren ernst. Sie kannten mich nun, erinnerten sich sicherlich an Rettich, immer wenn sie mich sahen. Einige hatten bereits das Vergnügen von Einzelgesprächen gehabt. Die Nachricht von Permaneder, der schlussendlich seinem

Herzinfarkt erlegen war, hatte die Runde gemacht. Ich musterte die Ganghofer. Auch sie stand brav und klatschte, starrte aber ins Leere, kein Funken Enthusiasmus mehr für ihren König. Sie hatten Respekt vor mir, vielleicht auch einfach nur Angst. Der einzige, der wirklich von Herzen für die gute Sache arbeitete, war Karlov, aber der war nicht hier, der war auf der Baustelle, wo er hingehörte.

»Setzen Sie sich«, sagte ich und nahm auf dem Thron platz. Dieses Mal würde ich das Spiel anders spielen. Ich hatte keine Lust, mir noch einmal die langweiligen Tiraden von Cretins anzuhören.
»Wir fangen mit Geiger an.«
»Entschuldige, Franz«, sagte mein Onkel, der nicht geklatscht hatte, sondern betont lässig am Rednerpult stand. »Ich war soeben mitten in meinem Vortrag zur Lage der Armee. Ich schlage vor, ich bringe den noch eben zu Ende.«
»Interessiert mich nicht. Setzen.«
Er sah mich überrascht an.
Ich nickte Gerd zu. Er warf den Männern kurze Blicke zu. Zwei erhoben sich.
»Schon gut, ich war sowieso fast fertig.« Onkel Hans kehrte zu seinem Platz zurück.
»Herr Geiger. Bitte.«

Geiger sah genauso aus, wie bei unserem letzten Treffen. Allerdings schien mir, dass seine Hände leicht zitterten. Hatte er Angst? Angst vor mir? Das würde ich verstehen. Wenn er das gemacht hatte, was ich vermutete, hatte er allen Grund dazu.
»Also, berichten Sie von den Fortschritten.«
»Hoheit. Es gibt gute Neuigkeiten. Die Sitzungen sind gut vorangekommen. Wir liegen nicht nur im Zeitplan, wir sind ihm sogar einen Tag voraus.«
»Wann ist der erste LKW angekommen?«
»Wir haben bereits einen ersten Vorab-Plan verabschiedet. Wir werden viel früher sehr konkret Aktionen starten können, als ich vermutet hatte.«
»Was hatte er geladen? Getreide?«
»Ich habe auch bereits einen Projektleiter im Auge.«
»Geiger, beantworten Sie mir meine nächste Frage bitte mit Ja oder mit Nein. Ist ein erster LKW mit Lebensmitteln in Bayern angekommen?«
»Hoheit, also, das ist so ...«
»Ja oder nein?«
»Also eher noch nicht jetzt ja, aber bald.«
»Geiger, wer ist eigentlich Ihr Stellvertreter?«
»Herr Staatssekretär Bracelius.«
»Danke. Ich entbinde Sie hiermit von Ihren Aufgaben und versetze Sie in den einstweiligen Ruhestand.« Ich machte eine

Geste in Richtung Gerd. Schon kamen zwei Männer, sie erinnerten mich irgendwie an Pitbulls, nahmen Geiger jeder an einem Arm und trugen ihn aufrecht aus dem Saal. Ich konnte die Angst der anderen physisch spüren und genoss es. Es fühlte sich so befreiend an, zu handeln und nicht nur zu reden.
»Bracelius, treten Sie vor, übernehmen Sie Geigers Platz.«
In der letzten Reihe erhob sich ein grauhaariger Mann. Er war deutlich dicker als Geiger, trug einen ähnlichen Anzug und eine ähnliche Brille. Als er endlich am Rednerpult stand, schnaufte er.
»Bracelius. Sie haben die einmalige Chance, Karriere zu machen. Falls Ihnen das nicht gelingt, Sie wissen schon.«
Er schluckte.
»Wissen Sie, was ich Geiger befohlen hatte?«
Er nickte.
»Kriegen Sie das hin?«
»Hoheit, wir haben bereits eine Arbeitsgruppe eingesetzt. Die Vorbereitungen laufen sehr erfreulich. Ich bin sicher, dass ich Ihnen schon auf der nächsten Sitzung einen ersten Planungsentwurf präsentieren kann.«
Ich seufzte und nickte abwesend. Es war, als wäre der Kronrat ein böser Drachen und immer, wenn man ihm einen Kopf abschlug, wuchs ein anderer nach, der noch fetter, noch älter und noch unfähiger war als der letzte. Ich konnte den doch nicht auch sofort wieder rausschmeißen. Aber behalten konnte ich den auch nicht. Genug. Ich brauchte ein Erfolgserlebnis. Ich rief Kuttenbrunzer nach vorne.

Er strahlte über das ganze Gesicht.
»Danke, Hoheit.«
»Dann zeigen Sie Ihren Kollegen doch mal, wie man das macht. Erzählen Sie von Ihren Fortschritten.«
»Wir kommen fantastisch voran. Wir haben eine Vorstandssitzung bei BAW einberufen. Man ist Feuer und Flamme von unserem Plan und hundertprozentig bereit, einen SUV zu bauen.«
»Das ist großartig, Kuttenbrunzer. Na also. Ist der Plan schon fertig?«
»Sie haben ihren Ingenieuren die Anweisung gegeben, sofort damit anzufangen, den Plan zu erarbeiten.«
Er war also nicht fertig. Was bedeutete das, wenn sie jetzt mit der Planung anfingen? Na gut, es lief nicht immer alles reibungslos. So war das nun mal im Leben.
»Was macht die Autobahn?«
»Wir haben auch die Straßenplanung bereits gestartet. Und wie besprochen mit Priorität die Autobahn. Das wird gleich unser erstes Projekt.«
»Wann ist denn der erste Spatenstich?«
»Genau. So machen wir das. Sobald es losgeht.«
»Und Baumaschinen? Haben Sie schon welche gekauft?«

»So gut wie. Wir haben Vertreter des Königreichs inkognito zur Bauma nach Stuttgart geschickt. Ich werde Ihnen schon sehr bald berichten können, welche Maschinen wir zu kaufen beabsichtigen.«
»Sie haben noch nicht eine einzige gekauft, Kuttenbrunzer?«, sagte ich mit brüchiger Stimme. »Habe ich recht?«
»So gut wie, Hoheit. Machen Sie sich keine Sorgen, so gut wie.«
Er war ein Schwätzer. Ich war auf einen Schwätzer reingefallen. Meine große Hoffnung ein Hohllaberer. Das war meine Schuld. Mangelnde Menschenkenntnis. Verdammt. Ich gehörte bestraft, nicht diese hohle Nuss. Meine Laune war im Keller.
»Ich werde Sie sofort informieren Hoheit, wenn wir den nächsten Meilenstein erreichen. Es geht mit Siebenmeilenstiefeln voran.«
»Schon gut, Kuttenbrunzer, schon gut. Machen Sie das. Setzen Sie sich.«
Ich fühlte mich plötzlich alt. War es das Essen, der Alkohol oder diese depressive Veranstaltung? Oder alles zusammen? Ich steckte mir einen Hirschen an. Im Parlament herrschte striktes Rauchverbot. Ich genoß es. Alle anderen schauten mir beim Rauchen zu, niemand wagte, etwas zu sagen. Auch das genoss ich.

»Eberhard«, sagte ich schließlich. Er saß reglos auf seinem Platz unter den anderen Kronräten. Ich spürte seinen Widerwillen bis zu mir, vielleicht bildete ich mir das auch nur ein. Langsam stand er auf, ging mit festen Schritten zum Rednerpult und strahlte dabei eine natürliche Autorität aus. Eberhard war kein Permaneder. So, wie ich ihn erlebt hatte, war er eher die Nummer zwei hinter Onkel Hans. Er war wichtig. Er genoss Respekt. Ich musste zweimal nachdenken, bevor ich ihn demütigte. Aber ich konnte ihm nicht durchgehen lassen, mir den angemessenen Respekt zu verweigern.
»Berichten Sie, was macht die Ausgangssperre?«
»Wir wollten sie, wie besprochen, lockern«, begann er und ich wusste es in dem Moment. Nichts hatte er gemacht. Nichts.
»Aber?«
»Noch bevor die Verordnung in Kraft trat, bekamen wir einen anonymen Hinweis auf einen geplanten Anschlag.«
»Einen anonymen Hinweis? Und sofort knicken wir ein?«
»Wenn der Hinweis glaubwürdig klingt und die Tat für den bayerischen Staat gefährlich wäre, dann geht Sicherheit vor.«
»Eberhard, was war das denn für eine Drohung? Unser lieber Widerstand wird es doch nicht auf den Kronrat abgesehen haben?«, sagte ich ironisch.
»Keinesfalls, Hoheit. Unsere Quellen sprachen von einem anderen Ziel.«
»Ein anderes Ziel. So so. Und was war es nun? Was war so wichtig, dass es rechtfertigt, die Befehle des Königs zu

ignorieren?«, sagte ich mit donnernder Stimme. Es gelang mir kaum, meinen Ärger zu verbergen.
»Ein Attentat auf den König«, sagte er.
Ich schwieg. Hatte er sich das ausgedacht? Spielte er? Was sollte ich dazu sagen? Ich hörte von diesem geplanten Attentat zum ersten Mal. Schon bei unserem ersten Gespräch hatte er die Ermordung meines Vaters in die Waagschale geworfen. Ich glaubte ihm kein Wort.
»Wir werden das prüfen. Bis auf weiteres sind Sie suspendiert. Vielleicht müssen wir Sie auch wegen Befehlsverweigerung anklagen. Wir werden sehen.«
So kalt sie die Sache mit Geiger gelassen hatte, Eberhard war ein anderes Kaliber. Gemurmel setzte ein, Blicke gingen hin und her, von Eberhard zu Onkel Hans zu mir und zurück. Aber Onkel Hans hatte sich in der Gewalt, wie schon während der ganzen Versammlung. Er war zu schlau, um sich jetzt gegen mich zu stellen. Schon gar nicht mit meiner Leibwache im Saal. Aber ich war mir sicher, er würde die Demission seines engsten Vertrauten nicht hinnehmen. Genau deswegen hatte ich mir eine Hintertür offen gehalten. Es war nur vorübergehend. Es war ein Test. Ich wollte herausfinden, wie groß der Widerstand war.
»Das reicht. Die Sitzung ist beendet.«
Ich hatte keine Lust mehr, ich brauchte Zeit für mich. Dieser Kronrat besaß die Beharrlichkeit eines alten Esels, der sein Leben lang an einem Pfahl angebunden gewesen war. Diese Sitzung war eine Katastrophe gewesen. Ich brauchte einen neuen Plan.
Meine Leibwache löste die Sitzung auf. Ich wollte nicht, dass Onkel Hans ohne mich weitermachte und irgendetwas von dem, was ich gesagt hatte, relativierte. Obwohl er das in der Schattenregierung in seiner Villa wahrscheinlich sowieso machen würde, da gab ich mich keinen Illusionen hin.

Gerd und ich machten uns auf den Rückweg zur Residenz. Ich war schweigsam, in Gedanken. Ich zündete mir nicht mal einen Hirschen an. Dachte an Maria. Gerd verstand mich, auch er sagte nichts.
In der Residenz ging ich direkt in die Kapelle und schickte nach Pater Ambrosius. Nach wenigen Minuten war er bei mir. Ich glaube, er schlief nie. In seinem Alter brauchte man wohl sehr wenig Schlaf. Ich setzte mich, faltete die Hände. Wir beteten still zusammen. Dann erzählte ich ihm von der Sitzung.
»Ich fühle mich wie in einer klebrigen Masse. Jede Bewegung ist schwer, ich will laufen, aber ich komme nicht vom Fleck. Sie saugen all meine Energie auf. Es passiert nichts. Hätte ich nur in der Schule niemals Kafka lesen müssen.«
»Hoheit, Sie sind das Schwert, vergessen Sie das nicht. Sie stehen über diesen niederen Existenzen. Der Herr hat Ihnen diese Prüfung gegeben. Seien Sie stark.«

»Gott will, dass ich sie bekämpfe? Dass ich dieses Unkraut mit seinen Wurzeln herausreiße und verbrenne? Damit die gute Frucht des Feldes gedeihen kann?«
»Tief in Ihrer Seele wissen Sie, was zu tun ist. Stellen Sie sich Ihrer Verantwortung.«
Ich sog seine klaren Worte in mich auf. Er hatte so recht, ich wollte es mir nur nicht eingestehen. Ich fühlte mich zu schwach für diese Herkulesaufgabe.
»Ich habe direkte, klare Befehle gegeben, die jedes Kind verstehen könnte. Kauft Baumaschinen. Kauft Lebensmittel. Verlängert die Sperrstunde. Und nichts, gar nichts, haben sie gemacht.«
»Lasst Euch nicht beirren. Aber ist es nur Lethargie, Stumpfsinn und Widerwillen? Oder fehlt es schlicht an Geld?«
»Das ist ja das Verrückte. Wir haben Geld. Ich habe einen unglaublichen Deal mit den Chinesen gemacht.«
»Sehen Sie, der Herr ist gnädig, er hilft seinen treuen Söhnen.«
»Du hast recht, das war ein Zeichen des Herrn. Die Chinesen haben für dieses marode Schloss in den Voralpen, das von diesem Wittelsbacher, dieses Neuschwanstein, unglaubliche zehn Millionen Euro geboten.«
»Der Herr ist gnädig.«
»Ich konnte mein Glück kaum fassen. Ich habe ihnen sofort auch noch Linderhof und die Ruine auf der Insel im Chiemsee, Herrenchiemsee, angeboten. Und sie sind tatsächlich bereit für alle drei zwanzig Millionen zu zahlen.«
Der Pater schaute mich an, als ob ich einen Dachschaden hätte.
»Wirklich? Kein Trick? Für echtes Geld?«
Ich zuckte mit den Schultern. »Den Chinesen kann man hundertprozentig vertrauen. Was immer sie geritten hat.«
»Wir danken dir, Herr, dass du uns so reich beschenkt hast.«
»Amen. Geld ist also da. Aber es fehlt an den richtigen Menschen.«

2.8 Das Birdies

Am nächsten Tag wollte ich eigentlich lange im Bett bleiben, doch ich konnte nicht. In mir tobte ein Kampf. Zum ersten Mal in meinem Leben hatte ich keine Ahnung, was ich tun sollte. Bisher war es einfach gewesen: Zur Uni nur, wenn es sich nicht vermeiden ließ. Stattdessen Computer Games oder Fußball. Und dann wurde ich eben König. Maria hätte mir den richtigen Weg gezeigt. Aber jetzt war ich allein und ich musste entscheiden, was ich mit diesem Bayern anfing. Es wäre bequem gewesen, Onkel Hans zu folgen, ein Suppenkasper-König zu sein, ein Vorzeige-Hampelmann. Doch das konnte ich nicht. Aber wenn ich mehr sein wollte, wenn ich Bayern verändern wollte, wenn ich das Vertrauen meines Volkes zurückzahlen wollte, dann musste ich alles verändern. Dann musste ich meinen Onkel, das Monster, das am Tod der Frau, die ich geliebt hatte, schuld war, aus dem Weg räumen. Und mit ihm auch den Kronrat. Und die Top-Beamten. Und die meisten der unteren Schergen wahrscheinlich auch. Das alles war eine Nummer zu groß für mich. Ach was, das war mehrere Nummern zu groß. Ich fühlte mich klein und schwach und überfordert.
Ich besuchte die Baustelle und Pater Ambrosius, sprach mit Gerd lustlos über den leidenden Müllerhino. Aber es berührte mich nicht, es war unwichtig und ohnehin litt ich viel mehr als der junge Brasilianer. Ich aß Burger, um mich abzulenken, trank Bier, um mich zu betäuben und wusste genau, es wurde nicht besser, wenn ich mit meiner Entscheidung wartete.
Gegen acht Uhr abends hielt ich es nicht mehr aus. Ich rief Jérôme an, in fünf Minuten war er da. Ich brauchte jemanden zum Reden, jemanden, der sich mit dem System auskannte.
»Du brauchst Abwechslung«, sagte er.
»Ich brauche deinen Rat«, sagte ich.
»Alles zu seiner Zeit. Du hast den Kopf nicht frei. Wir müssen dich auf andere Gedanken bringen. Dann kommt alles andere von selbst.«
»Ich will das alles nicht, kein Fußball, keine Games.«
»Das meine ich nicht. Warst du schon mal im Birdies?«
Ich schüttelte den Kopf.
»Da gehen wir jetzt hin. Was du jetzt brauchst, ist starker Alkohol und gute Musik.«
Musik. Sofort dachte ich an Maria. Jérôme musste mir das angesehen haben. »Richtig guten Jazz. Wird dir gefallen.«
»Ich hasse Jazz.«
»Den im Birdies wirst du lieben.«
Scheißegal. Alles war besser, als hier verrückt zu werden.
Wir standen auf und in dem Moment kam Mel ins Zimmer. Um diese Zeit, nach acht.

»Was ist passiert? Irgendjemand gestorben?«, begrüßte ich sie. Sie sah gut aus, schwarze Bluse, knielanger Rock, aufgestecktes Haar.
»Der neue Plan ist fertig. König Franz 2.0. Bei aller Bescheidenheit, er ist fantastisch geworden und ich brenne darauf, ihn vorzustellen.«
»Du bist verrückt. Weißt du, wie spät es ist? Das hat doch Zeit bis morgen.«
Sie sah mich entgeistert an. Ich würde sie nie verstehen. Sie lebte für ihre Arbeit. Das war ihre Leidenschaft. Glaubte ich jedenfalls. So kannte ich sie.
»Ich kann mich kurz fassen, wir könnten die Eckpfeiler durchgehen. Je schneller wir den Plan umsetzen, um so besser.«
»Jérôme und ich gehen noch raus. Morgen.«
Sie sah so enttäuscht aus, als hätte ich ihr den Jahresurlaub gestrichen. Obwohl, ich hatte noch nicht erlebt, dass sie Urlaub genommen hatte. Jérôme jedenfalls hatte Mitleid.
»Nehmen wir sie einfach mit ins Birdies. Sie kann dir ihren Plan ja auch bei einem Drink erklären.«
Bei dem Wort Birdies hellte sich ihr Gesicht auf. Hätte nicht gedacht, dass sie sich mit sowas auskannte.
Jérôme bestand darauf, dass wir zwei Mann meiner Leibwache mitnahmen, ich bestand darauf, dass ich meine Kugelsichere nicht anzog und wir mit meinem Wagen fuhren. Das mit den Leibwächtern war gar nicht so dumm, einer von denen konnte uns später nach Hause fahren. Oder Mel.
Es war nicht weit zum Birdies in der Rumfordstraße. Obwohl zentral gelegen, sah es hier aus wie in einem langweiligen Wohngebiet, ein graues Mehrfamilienhaus stand neben dem anderen. Ich sah im schwachen Licht der Straßenlampen keine Geschäfte, keine Bars, keine Restaurants.
»Hier ist das?«, fragte ich Jérôme.
Er nickte. Wir hielten vor einem dieser unscheinbaren Häuser. Kein Schild, kein Licht, nichts. Ein Mann stand neben der Eingangstür und rauchte. Er sah aus wie ein American-Football-Spieler, bestimmt zwei Meter lang und unter seinen Klamotten zeichneten sich Muskelberge ab, die größer waren als die Fettpolster an meinen Hüften.
Jérôme sprach leise mit dem Mann, drückte ihm etwas in die Hand. Der Hüne zog ein Walky Talky aus seiner Tasche, sprach kurz hinein, ein Summer ertönte und er öffnete die Haustür. Wir folgten Jérôme, die Treppe hinunter in den Keller und es war, als tauchten wir in eine andere Welt ein. Gedimmtes Licht, roter Teppichboden, eine bezaubernde Garderobiere nahm uns die Jacken ab. Wir betraten den Club. Ein hagerer Mann hinter der Theke, schütteres Haar, begrüßte uns lautstark mit »N'Abend.«
»Das ist Birdie«, sagte Jérôme. Es waren noch viele Tische frei, wir wählten einen in der Nähe der Bühne. Jérôme bestellte Margaritas. Die beiden Bodyguards verzogen sich in den

hinteren Teil des Raums, wo es noch dunkler war.
Die Band, wenn man das so nennen will, bestand aus einem Saxofonisten, der von einem Kontrabass begleitet wurde. Sie spielten Melodien, von denen Jérôme behauptete, sie seien Klassiker und jedes Kind würde sie kennen. Nun, ich war kein Kind mehr und kannte kein einziges Stück. Der quäkende Sound machte mich noch melancholischer, als ich ohnehin schon war, mit dem ersten Schluck killte ich meine Margarita zur Hälfte. Ich mochte sie nicht und trank den Rest. Ich bestellte Cola-Rum, Jérôme und Mel verzogen das Gesicht. Ich konnte mich nicht erinnern, von ihr schon einmal so eine emotionale Reaktion gesehen zu haben. Heute kam sie mal so richtig aus sich raus, dachte ich und musste grinsen.
»Na siehst du, jetzt gehts schon besser, oder?«
»Nicht die Spur.«
»Ich liebe Night and Day«
»Ist das dein Cocktail?«
»Der Song, du Banause, von Cole Porter«
Ich nickte, war nett.
Ein kleiner Mann im Anzug kam an unseren Tisch. Ich kannte ihn nicht. Drohte Ärger? Ein Attentat? Jérôme berührte mich leicht am Arm, als Zeichen, dass ich ruhig bleiben sollte. Der Mann ging zu Mel, anscheinend kannte sie ihn. Sie tuschelten, ein Geldschein wechselte den Besitzer und ein Tütchen mit einem weißen Pulver, soweit ich das erkennen konnte.
»Darf ich Sie zu einer Runde einladen?«, fragte Mel und legte tatsächlich das Tütchen vor sich auf den Tisch.
Ich schüttelte den Kopf, ich nahm keine harten Drogen.
»Ich bleib bei meinem Freund, dem Alkohol«, sagte Jérôme und trank von seiner Margarita. Der alte Genießer.
Ungeniert baute sich Mel mit Hilfe einer Plastikkarte eine Linie und sog sie durch einen aufgerollten Geldschein erst in ihr rechtes, dann in ihr linkes Nasenloch. Es war ihr gelungen, mich zu überraschen.
Das Birdies füllte sich langsam.
»Die Sache mit der Armee«, begann ich. Die Bar hatte mich abgelenkt, aber nicht für lange. Meine Gedanken kreisten schon wieder und zogen mich runter.
»Wir haben doch viel zu viele Soldaten. Zwei Millionen für so ein kleines Land. Das können wir uns doch gar nicht leisten. Wir müssen die Armee verkleinern. Aber der Armeechef ist dein Vater. Er wird das niemals zulassen.«
»Franz. Das sind doch gar keine richtigen Soldaten«, beschwichtigte mich Jérôme. »Wir hätten doch gar nicht die Mittel, die auszurüsten. Viele von denen sind Bauern in Uniform. Die helfen auf dem Feld und tragen ein Holzgewehr.«
»Warum tun wir dann so, als wären sie Soldaten?«
»Ganz einfach. Wir schlagen zwei Fliegen mit einer Klappe. Unsere Feinde haben Angst vor unserer großen Armee. Und

freiwillig würden die Männer niemals auf dem Feld arbeiten, bei dem bisschen, was wir ihnen dafür geben können.«

»Sie müssen Bayern hassen. Was für ein Leben«, sinnierte ich.

»Sie müssen sie besuchen. Machen Sie einen Truppenbesuch, um die Moral zu heben«, sagte Mel mit einem Glitzern in ihren Augen.

»Das ist nicht dumm«, sagte Jérôme. »Wer die Armee hinter sich hat, ist der wahre Herrscher Bayerns. Die Armee ist königstreu. Nutze das, verstärke es.«

Ich zuckte mit den Schultern. »Warum nicht?«

Mel strahlte, wie immer, wenn einer ihrer Pläne funktionierte. War das schon Teil von Franz 2.0?

Sie begann zu erzählen, über die Rolle des Königs. »Wir machen Sie noch größer, überirdisch groß. Ich lasse Sie strahlen. Ich erschaffe Sie neu.«

Ich nickte und trank und lauschte auf ein Lied, das ich irgendwo schon mal gehört hatte. Scheiße, das war tatsächlich eine Jazz-Saxophone Version von 'Rote Rosen'. Jérôme sah, dass ich litt, er winkte dem Saxophonisten.

Ich beruhigte ihn. »Lass sie spielen, Maria ist immer in meinen Gedanken, es macht nichts.«

»Und dann verbieten wir den Namen Franz. Wer so heißt, muss sich einen neuen Namen suchen, Kinder dürfen so nicht mehr genannt werden. Es gibt nur einen Franz in Bayern und das ist der König.«

»Aha«, sagte ich, leerte mein Glas und bestellte bei Birdie eine weitere Cola-Rum, indem ich mein leeres Glas in seine Richtung hielt. Er verstand. Er war eine Maschine. Mit der Präzision und Geschwindigkeit eines deutschen Automobils produzierte er Drinks, es war eine Freude, ihm zuzusehen.

»Aber ist das nicht schade? Die lieben doch ihren König. Es ist doch gut, wenn sie ihre Kinder nach mir benennen. Die lassen sich doch sogar die Haare nach meinem Vorbild schneiden.«

»Er weiß es nicht, oder?«, sagte Mel zu Jérôme. Der schüttelte den Kopf.

»Was weiß ich nicht?«, fragte ich angesäuert.

»Die haben keine große Wahl. Wenn du in Bayern zum Friseur gehst, bekommst du eine Karte mit zehn möglichen Frisuren vorgelegt, aus denen du auswählen kannst. Du kannst dir die Haare nicht so schneiden lassen, wie du willst«, erklärte Jérôme.

»Die Bayern lieben ihren König, aber es ist das Ergebnis meiner harten Arbeit, dass sie es tun. Das kommt nicht von selbst. Ich bin die Schöpferin der bayerischen Königsliebe.«

Erst jetzt fiel mir auf, dass Mel lauter sprach als sonst, ihre Stimme klang auch irgendwie anders. Das war wohl das Koks.

Sie war nun gar nicht mehr zu stoppen, erzählte und erzählte, die Ideen sprudelten nur so aus ihr heraus. Noch mehr Statuen, noch mehr Plakate, mehr Sichtbarkeit, mehr Bewunderung. Ich nickte und trank, lauschte der Musik, die nun schwül wie in New

Orleans klang. Das war eine gute Idee von Jérôme gewesen, die Musik zog mich fort von hier.
»Das ist mein Song. Super«, sagte Mel. Sie stand auf, tanzte ausgelassen zu der gar nicht so ausgelassenen Musik. Auch ein paar der anderen Gäste, der Laden war inzwischen fast voll, tanzten oder wippten zumindest im Takt. Aber Mel wurde immer wilder, stieg auf den Stuhl, dann auf den Tisch. Sicherheitshalber zog ich mein Glas zu mir. Ich hätte nicht gedacht, dass sie sich so rhythmisch bewegen konnte, sie hatte das drauf. Der nächste Song war langsamer, rauchiger, verrucht. Doch Mel blieb auf dem Tisch, räkelte sich lasziv, zog die Blicke der umliegenden Tische auf sich und begann, sich die Bluse aufzuknöpfen. Ich schaute hilfesuchend zu Jérôme. Er lächelte amüsiert und machte Fotos mit seinem Smartphone.
Sie räkelte sich zur Musik. Was ich bisher übersehen hatte: Sie hatte ein tolle Figur. Elegant entledigte sie sich ihres Rocks und ich fand sie zunehmend attraktiv, vor allem, als sie mir ihren BH zuschnippte. Vielleicht war es auch der Alkohol. Der Song endete, Mel bekam mehr Applaus als der Mann am Saxophon, vor allem von drei älteren Herren am Nachbartisch. Sie verbeugte sich, strahlte und sammelte ihre Wäsche ein.
»Hoheit, mein BH?«, sie stand so dicht neben mir, dass ich den leichten Schweißfilm auf ihrem nackten Körper, den sie dem Tanz in der schwülen Luft der Bar verdankte, nicht nur sehen, sondern auch riechen konnte. Und sie roch gut. Nach irgendeiner Blume, deren Namen ich nicht kannte. Oder war das ein Parfum? Damit kannte ich mich allerdings überhaupt nicht aus.
»Oder soll ich mir das lieber heute Nacht abholen?«
Das würde ihr am nächsten Morgen aber mal so richtig peinlich sein, überlegte ich und reichte ihr das Ding aus schwarzer Spitze. Wenn sie enttäuscht war, ließ sie es sich nicht anmerken.
Eine der Bedienungen brachte die nächste Runde Getränke, für mich die vierte oder fünfte, für Jérôme die zweite und für Mel eine Flasche Wasser. Wir zogen zeitgleich Hirschen heraus, ich gab ihr Feuer, sie mir einen dankbaren Blick.
Ich fragte mich, ob Mel nicht etwas für mich wäre. Gerade weil sie so kalt und professionell war. Keine Gefahr, dass ich mich in sie verlieben würde.
Doch mit jeder weiteren Minute sank ihre Stimmung. Sie klagte über die schlechte Luft, dass das Wasser zu warm war, das Leben an sich grausam, ihre Schwester, ich wusste nicht, dass sie eine hatte, habe gerade ihr zweites Kind geboren, während sie noch nicht mal verheiratet sei und so jung sei sie ja nun auch nicht mehr, ihre Mutter würde sie bei jedem Telefonat daran erinnern und sie traue sich schon gar nicht mehr, zu Hause anzurufen. Sie trank wie ein Kamel in der Wüste und nach der zweiten Flasche Wasser, ich hatte erst zwei Schluck

von meiner Cola-Rum getrunken, legte sie die Arme auf den Tisch, den Kopf auf die Arme und schlief ein.
Hilfesuchend sah ich zu Jérôme.
»Normal, wenn die Wirkung nachlässt.« Er nickte und einer der Personenschützer kam, nahm Mel unter die Arme und schleifte sie aus dem Lokal. War schon echt praktisch, eine Leibwache zu haben.

Jérôme und ich tranken und lauschten der Musik. Es tat gut, nicht reden zu müssen, aber reden zu können. Und dann redeten wir. Ich teilte all meine Gedanken mit ihm. Meine Zweifel, ob ich stark genug war, Bayern zu verändern.
»Wie soll denn dein langsamer Wandel aussehen?«, fragte ich ihn. »Soll ich jeden Monat einen Kronrat an die Wand stellen lassen? Glaubst du, dein Vater sieht dabei tatenlos zu?«
Er lehnte sich zurück, nippte an seiner dritten Margarita. Ich hatte so viel mehr getrunken als er, fühlte mich aber hellwach. Cola war ein Wunderstoff.
»Nein. Das würde er nicht.«
»Wenn ich sie nicht alle auf einmal erschießen lasse, dann müssen wir mit den starken anfangen. Die stärksten zuerst, von oben nach unten.«
»Das hatten wir doch schon, wenn du meinen Vater erschießen lässt, dann setzt dich der Kronrat ab.«
»Hast du eine bessere Idee?«
»Noch nicht. Es stimmt, die alte Garde muss weg. Aber wir müssen schlau sein. Wir brauchen einen Plan.«
»Du bist jetzt der Leiter der GeStaSi, das ist doch schon mal was, da kannst du schon einiges bewegen.«
»Darüber wollte ich mit dir reden. Es bremst mich aus. Leiter der GeStaSi ist ein Full Time Job. Ein zehn bis zwölf Stunden Tag. Wenn ich das mache, komme ich zu nichts anderem. Wenn wir einen Plan machen wollen, dieses Land zu ändern brauche ich Zeit.«
»Aber die Möglichkeiten«, warf ich schwach ein.
»Die hatte ich als stellvertretender Leiter auch, aber nicht die Pflichten.«
»Dein Vorschlag?«
»Begnadige Eberhard. Damit wiegst du meinen Vater in Sicherheit. Eberhard mag schwerfällig erscheinen, aber er macht seinen Job gut und hält dir den Rücken frei. Stell dir vor, du veränderst Bayern und kurz vor dem Ziel erschießt dich irgend so ein Bastard vom Widerstand. Was für eine Ironie der Geschichte.«
»Du willst, dass ich dieses Arschloch begnadige?«
»Denk drüber nach. Es gibt keinen Besseren für den Job. Und wenn ich dir helfen soll, bleibt dir gar nichts anderes übrig.«
Ich musterte Jérôme, so genau ich das bei dem dämmrigen, verrauchten Licht mit dem ganzen Alkohol in meinem Blut

konnte. Wie loyal war er wirklich? Tat er seinem Vater einen Gefallen? Aber wenn er nicht sauber spielte, nutzte er mir auch nichts als Chef der GeStaSi. Wenn er aber sauber spielte, dann musste ich seinen Argumenten sowieso folgen. Ich nahm den letzten Hirschen aus der Packung, hielt ein Streichholz daran und nahm einen tiefen Zug. Blies den Qualm in die stickige Luft. Und nickte.
»Gute Idee, wiegen wir den alten Mann in Sicherheit.«
Die beiden Musiker verabschiedeten sich, es war spät geworden, das Birdies hatte sich geleert. Neben uns saßen noch immer die drei älteren Herren. Ihre Stimmung wurde zunehmend besser, sie redeten immer lauter. Bisher hatte die Musik sie übertönt, jetzt ließen sie die Sau raus. Sie sprachen lobend über Mels Darbietung, die Qualität der ausgeschenkten Alkoholika.
Ich blickte auf die Uhr, auch wenn ich wahrscheinlich wieder nicht schlafen konnte, war es Zeit, aufzubrechen. Das dumme Gerede am Nachbartisch war noch schlimmer als meine wirren Gedanken. Doch plötzlich war ich hellwach. Hatte ich das gerade richtig verstanden? Was hatten sie da über Onkel Hans gesagt?

2.9 Das Attentat

Ich rief Onkel Hans an.
»Franz, mein Junge, schön, dass du dich meldest.« Er war sofort dran gegangen und er hatte Kreide gefressen. Er hatte seine Emotionen im Griff, das musste ich ihm lassen. Ich meine leider weniger. Ich hoffte, er hörte mir das nicht an, dass ich ihn hasste.
»Ich möchte gerne die Truppe besuchen.«
»Das ist eine ganz wunderbare Idee. Die Armee Bayerns verdient deine besondere Aufmerksamkeit.«
Was er wohl dachte? Dass ich nun tun würde, was er von mir erwartete? Kaum, er war nicht dumm. Dass ich versuchen würde, mich bei den Soldaten beliebt zu machen? Ich hatte recherchiert. Sie wurden auf Bayern und ihren König vereidigt. Onkel Hans war zwar der Oberbefehlshaber, aber wenn es hart auf hart ging, war es keinesfalls ausgemacht, dass sie ihm auch gegen mich folgen würden. Eigentlich war es also nicht unbedingt in seinem Interesse, dass ich mich bei ihnen sehen ließ. Doch wenn er dieser Meinung war, ließ er es sich nicht anmerken.
»Und du hast Glück, schon morgen planen wir einen weiteren Raketenstart. Das wäre doch was.«
Das wäre wirklich was. Ich hatte viel über die gefährlichen Raketen Bayerns gelesen. Davor hatten unsere Feinde Angst, dass wir ihnen Atombomben mit Mittelstreckenraketen vor die Haustür lieferten.
»Klingt gut. Aber funktionieren die wirklich?«
Onkel Hans machte eine Geräusch, das ich als gutmütiges Lächeln interpretierte. Oder er hatte sich verschluckt. Erwähnte ich, dass er ein etwas seltsames, gurgelndes Lächeln hatte? Nicht ganz so wichtig, man hörte es selten. »Natürlich, mein Junge. Die Technik haben wir von den Russen, die stammt aus den Achtzigern. Das ist grundsolide.«
»Gut, abgemacht, dann wohne ich dem Raketenstart bei. Kommst du auch?«
Ich fragte das möglichst beiläufig, aber das war ein wichtiger Punkt. Ich wollte bei den Soldaten punkten, da konnte ich Onkel Hans nicht gebrauchen.
»So gerne ich würde, aber ich bin leider schon anderweitig verplant.«
Ich rätselte, warum er mir so schnell freiwillig die Bühne überließ. Er kannte mich ja nun auch schon ein bisschen, wusste, dass ich die Konfrontation nicht scheuen würde und auch nicht gerade zimperlich war. Wahrscheinlich fürchtete er, dass ich ihn ohne Respekt behandeln würde, dass ich an seinem Ansehen bei der Truppe, an seiner Autorität kratzen würde. Sehr

gut. Ich hatte freie Bahn.
»Melde dich am besten bei Oberst Peters, er leitet das Bataillon in Augsburg und kann alles für dich arrangieren, ich bereite ihn schon mal vor.«
Ich bedankte mich artig und rief Mel an. Der Truppenbesuch war das eine. Wirklich wichtig aber war die Berichterstattung vom Truppenbesuch. Gut, dass Mel so ein Profi war. Nach diesem Besuch würde mir jeder Soldat in Bayern zu Füßen liegen.

Oberst Peters empfing uns mit der Gelassenheit von geschätzten vierzig Dienstjahren. Er strahlte eine natürlich Authorität aus, machte den Eindruck, als müsste er niemandem mehr etwas beweisen.
»Hoheit, schön Sie in unserer bescheidenen Kaserne begrüßen zu dürfen.«
Ich war mit Jérôme gekommen. Auf Leibwachen hatte ich verzichtet, das wäre ja albern gewesen, umgeben von meinen eigenen Soldaten. Mel kam kurz nach uns mit einem Kleinbus voll mit Presseleuten. Sogar einen Korrespondenten einer ausländischen Nachrichtenagentur hatte sie in das Augsburger Umland gelockt. Dabei zierten die sich normalerweise so, wenn etwas nach Propaganda roch.
»Der Plan ist einfach. Wir gehen zu dem Aussichtshügel da vorne. Von dort haben wir einen wunderbaren Blick auf Startrampe vier. Wir haben das Steuerpult bereits dort hoch geschafft. Sie können also selbst auf den berühmten Knopf drücken und bumm, geht das Ding ab in den Himmel. Und bei dem Wetter bekommen Sie strahlend blaue Königsbilder.«
Der Mann hatte es verstanden. Wir schüttelten die Hände, grinsten gemeinsam in die Kameras. Dann stapften wir los. Peters und ich gingen voran, die Pressemeute und die anderen folgten mit ein paar Schritten Abstand.
»Wir haben einige unserer Jungs dort oben. Ihre Frau Kaminsky meinte, es wäre gut, wenn Sie mit denen ein paar Worte wechseln würden, um die Nähe zur einfachen Truppe zu unterstreichen.«
Exzellente Idee. Mel war die Beste in ihrem Fach.
»Sehr gut«, sagte ich. Und nach einer kurzen Pause. »Peters, wie läuft es denn so? Haben Sie alles, was Sie brauchen, um unser Land zu verteidigen?«
Ich musterte ihn aus den Augenwinkeln, sah, wie es in ihm arbeitete.
»Aber ja, Hoheit. Die Armee ist sehr dankbar, dass das Bayerische Volk ihr die Mittel gibt, unsere Heimat vor den Aggressoren zu beschützen.«
Er hatte Angst. Selbst dieser alte Haudegen, der so aussah, als könnte Ihn nichts aus der Ruhe bringen, traute sich nicht, mir, seinem König, die Wahrheit zu sagen. Dabei sprang sie uns doch in tausend Details an. Die Militärfahrzeuge sahen alle wie im

letzten Jahrhundert aus. An den Waffen, die die Soldaten trugen, blätterte der Lack ab. Selbst die Uniformen wirkten geflickt und verwaschen. Und wir sprachen nicht einmal über die moderne Kriegsführung, die mit Drohnen, Satelliten und Computern.
Wir erreichten den Hügel. Oben standen vier Gefreite, die uns mit der Hand an der Schläfe militärisch begrüßten.
Peters stellte sie vor.
»Und der Obergefreite Bothe wird Ihnen das alles etwas erklären.«
Eine kleine Pressetribüne war aufgebaut worden, die sich rasch füllte. Alle vier waren sehr jung, höchsten Anfang zwanzig. Die drei Gefreiten wuselten an der Konsole herum.
»Sehen Sie die Startrampe?«, fragte Bothe. Er trug ein rotes Barett, das seine Haare verbarg. Seine blauen Augen strahlten den Optimismus der Jugend aus.
Ich nickte.
»Dann sehen Sie ja auch schon die Rakete. Es ist eine Type 1, aus der Serie Vaterland. Die kann bis nach London fliegen.«
»Und wohin fliegt sie heute?«
»Südwesten, wir wollen Sie ins Mittelmeer schießen, um möglichst wenig Spannungen zu erzeugen. In Mitteleuropa ist das ja immer so eine Sache.«
»Was muss ich tun?«
»Im Grunde erfolgt der Start vollautomatisch. Sie müssen nur auf den dicken roten Knopf in der Mitte drücken. Dann startet ein Countdown, den man allerdings nicht mal hört, zehn Sekunden, und dann gehts ab.«
»Klingt machbar«, sagte ich.
Und der Soldat lächelte. Langsam taute er auf.
»Hoheit, können Sie Ihr Gesicht etwas in die Sonne drehen?«, rief Mel mir zu.
Wir veränderten unsere Position, lächelten. Also ich lächelte, Bothe grinste sowieso die ganze Zeit. Machte ihm ganz offensichtlich Spaß, mir zu erklären, was ich machen musste.
»Sagen Sie mal, Bothe, wie gefällt's Ihnen denn so bei der Truppe?«
»Super Leute hier.«
»Sie können offen sprechen, niemand hört uns. Und ich beiße nicht.«
»Die Truppe ist OK. Das Essen hier ist besser als draußen, keiner muss hungern. Den Rest kennen Sie, es ist ein langer Weg. Wir sind froh, dass Sie jetzt die Krone tragen. Ihr Vater war lange krank. Und dem Kronrat traut niemand zu, dass er uns in eine bessere Zukunft führt.«
»Sie sind mutig. Ich schätze das. Bayern braucht Männer wie Sie. Ich werde mich für Sie verwenden.«
»Danke, Hoheit. Aber das ist nicht nötig. Wenn ich mir eines wünschen darf, dann, dass die Besten die wichtigen Jobs

machen. Anders als heute.«
»Sie sind nicht nur mutig, Sie sind auch klug.« Ich klopfte ihm anerkennend auf die Schulter und dann kam Peters.
»Wir wären dann soweit, Hoheit. Machen wir noch ein Foto, dann kann es losgehen.«
Peters und ich stellten uns hinter das Pult, je zwei der Rekruten zur Seite. Wir lachten in die Kamera, taten so, als ob Peters mir etwas zeigte, als ob wir etwas besprächen, als ob wir den jungen Männern etwas erklärten. Dann verteilte Mel Gehörschutz an alle, die noch keinen hatten, und die Reporter kehrten zurück auf ihre Plätze, in sicherer Entfernung.
Ich trat an das Pult, lächelte Bothe zu und drückte den Knopf. In Gedanken zählte ich langsam zehn Sekunden. Einundzwanzig, Zweiundzwanzig .. Bei dreißig hörten wir ein Grummeln wie Donner bei einem Gewitter, gewaltige Dampfwolken bildeten sich um den unteren Teil der Rakete, dort, wo das Triebwerk war. Und unglaublich langsam hob sie ab. Immer schneller stieg sie höher, zog einen Schweif hinter sich her wie eine Sternschnuppe, man sah das Feuer, das aus ihr kam und dann nach weiteren zehn Sekunden, sie stand schon hoch am Himmel, zerstob sie mit einem lauten Knall wie eine Silvesterrakete in alle Richtungen.
»Scheiße«, sagte Peters. »Die ist hin.«
»Die ist explodiert?«, fragte ich das Offensichtliche.
»Kann man so sagen. Klassischer Fehlstart. Ausgerechnet heute.«
In Bayern war auf gar nichts Verlass, außer, dass alles schiefgehen konnte. Aber wir hatten die wichtigen Bilder. Das ungünstige Ende konnten wir bestimmt irgendwie unter den Teppich kehren.
In dem Moment begann einer der drei Gefreiten, ein langer, dürrer Typ, laut und deutlich dieses seltsame Lied des noch seltsameren Fußballclubs zu singen, irgendwas mit einem »Stern des Südens«. Den Bruchteil einer Sekunde dachte ich, er machte sich über den Fehlstart der Rakete lustig. In Anwesenheit seines Königs wohlgemerkt. Doch bevor ich mir Gedanken über eine angemessene Strafe machen konnte, sprang Bothe mich an und riss mich in der Landung von dem Pult weg. Und dann hörte ich, trotz des Ohrenschutzes, einen unglaublich lauten Knall, um mich herum flogen Dinge durch die Luft, Rauch war überall, es war unerträglich heiß. Und dann sah ich Blut und verbranntes Fleisch, hörte Schreie.
Peters kam, half mir auf und riss mich mit sich, weg vom Hügel, weg von den Journalisten. Jérôme lief mit uns.
»Scheiße, was ist passiert?« Ich warf einen Blick zurück, sah, dass das Pult verschwunden war, da war nun ein kleiner Krater. Von den Gefreiten keine Spur. Bothe lag dort, wo ich eben noch gelegen hatte. Ihm fehlte ein Unterschenkel. Aus dem Bein pulste Blut im Rhythmus seines Herzschlags. Also lebte er noch.

Trotzdem musste ich bei dem Anblick des blutenden Stumpfs kurz stehenbleiben und mich übergeben. War kein schöner Anblick.
»Peters, der Bothe, der bekommt einen Orden.«
»Ein Anschlag. Die Terroristen«, schnappte Peters.
Ich musterte ihn kurz. Auch er war verletzt, die Uniform war an seinem rechten Arm weggebrannt, Blut, Verbrennungen. Aber er kümmerte sich um seinen König. Jérôme sah unversehrt aus, die Tribüne, wo die anderen gesessen hatten, hatte scheinbar nichts abbekommen.
»Bist du OK?«, fragte Jérôme.
Wir waren jetzt nach Peters Meinung weit genug weg vom Geschehen und ließen uns im Gras nieder. Sanitäter kamen uns entgegen. Ich schaute an mir herab, fühlte in mich hinein. Mein Arm schmerzte, im Gesicht hatte ich eine Stelle, an der mich scheinbar ein Trümmerteil getroffen hatte. Ich atmete tief, alles in allem hatte ich wohl Glück gehabt. Genau genommen hatte Bothe mich gerettet. Er war also noch viel mutiger, als ich geglaubt hatte.
Trotzdem bestand Peters darauf, dass ich mit den Sanitätern in den San-Bereich fuhr, damit sie mich gründlich checken konnten. Auch Jérôme wollten sie so nicht gehen lassen, auch wenn der immer wieder beteuerte, ihm fehle nichts.
Wir saßen beide im gleichen Raum, zwei Rekruten untersuchten uns, schmierten mir Salbe auf die Brandverletzungen, testeten Sehkraft und Gehör.
»Eberhard hatte also recht«, sagte Jérôme. »Der Widerstand hat es auf dich abgesehen.«
»Das wäre die einfache Interpretation. Aber der einzige Beweis, dass es der Widerstand war, war das Lied. Das kann genausogut eine Finte gewesen sein. Dass man uns Glauben machen will, dass es der Widerstand war. Aber es gibt so viele, die mir nach dem Leben trachten. Die Amerikaner. Die Deutschen. Vielleicht ja auch die JuMu, vor der du mich immer warnst? Oder mein lieber Herr Onkel? Vielleicht wollte er deswegen nicht dabei sein?«
»Das war knapp. Wäre der Soldat nicht gewesen... Der hat dich gerettet.«
Ich musste an das denken, was er mir gesagt hatte. Ich, der König, war die Hoffnung dieser jungen Leute. Darum hatte er mich gerettet und sein eigenes Leben riskiert. Aber dann gab es die anderen, den, der gesungen hatte, der die Bombe gezündet hatte. Der hatte nicht an seinen König geglaubt. Für wen hatte der gearbeitet? Und wieso war er bereit gewesen, für meinen Tod sein eigenes Leben zu geben?
»Ich weiß nicht, ob die Deutschen in der Verlosung sind«, sagte Jérôme, als die beiden Rekruten das Zimmer verlassen hatten und wir allein waren. »Nach dem, was die im Birdies erzählt haben. Wenn das stimmt, dass mein Vater einer deutschen

Agentin auf den Fersen ist. Vielleicht hat er sie schon enttarnt. Hört sie ab. Dann wüsste er Bescheid, wenn die so etwas planen würden.«
»Du meinst, er lässt die nicht auffliegen, sondern greift erstmal alle Infos ab, die er bekommen kann?«
»Ja, natürlich. So macht man das. Wichtiger als die Agentin ist ihr Netzwerk, ihre Informanten. Wenn wir die bekommen, dann ist es ein richtiger Schlag gegen den Feind.«
Ich schluckte, erinnerte mich an meine Begegnung mit Lena Almstädt auf der Leo. War sie es? Wieviele Agenten hatte Deutschland in Bayern? Und wenn sie es war, was würde über mich gesagt werden? Wurde ich wegen dieser nächtlichen Begegnung als Informant geführt? Konnte mir mein Onkel einen Strick daraus drehen? War es denkbar, dass sie mich, den König, des Verrats bezichtigen würden? Wenn er hinter diesem Attentat steckte, würde er vor nichts, aber auch gar nichts zurückschrecken.
Die Gedanken brachten mich um. Ich fuhr zurück nach München, direkt ins Birdies.

2.10 Die Krisensitzung

Trotzdem ging es mir am nächsten Morgen gut. Das ist das Schöne an so einer Bar, die dem Kader vorbehalten war: Der Stoff kam aus dem Ausland und war von hoher Qualität. Ein normaler Bayer musste mehr als ein Jahr für das arbeiten, was ich gestern versoffen hatte.
Um zehn wachte ich auf, um elf, nach einem Bier und zwei Hirschen war auch mein Hirn so weit, dass ich aus dem Bett kriechen konnte. Ich duschte so heiß, dass ich mich fühlte wie ein frisch gegarter Hummer, dann trieb es mich nach draußen. Ich brauchte Karlov. Ich fand ihn in seinem Paradies, mitten in der Baustelle. Er rief seinen Polieren Befehle zu, es war grandios. Die Grundfläche der Pyramide war bereit, die Arbeiten am Fundament hatten begonnen. Eine ameisengleiche Kette von Betonmischern fuhr vor, entlud das graue Gold und verließ leer die Baustelle. An der stadtauswärts gelegenen Seite floss die Isar in ihrem neuen Bett.
»Sie können sie auch schon sehen, Hoheit, oder?«
»Ich kann sie auch schon sehen. Und sie ist schön. Sie sind ein Genie, mein lieber Karlov. Ein verdammtes Genie.«
Doch da hatte er sich schon wieder eines Bauarbeiters angenommen und erklärte ihm, wie er noch produktiver werden konnte. »Die Schubkarre bewegt sich im Laufschritt, sonst schick ich Sie mit der Rohrpost in den Steinbruch. Und zwar im Sprint. Ist das klar?«
Er verstand etwas von Mitarbeiterführung, ich hatte noch nie zuvor einen Mann so schnell eine Schubkarre bewegen sehen.

Zurück ging ich langsam. Die euphorisierende Wirkung der Baustelle ließ zu schnell nach. Es blieb der fade Geschmack eines Attentats. Ich weiß nicht, ob Sie das schon einmal erlebt haben. Auch wenn ein Attentat fehlschlägt, ich kann es nicht empfehlen. Unweigerlich drängt sich der Gedanke an die eigene Sterblichkeit auf. Und der ist nicht erhebend. Aber, überlegte ich, zu ändern war das nicht und ich lebte ja noch, mehr war nicht zu wollen. Und somit grübelte ich über die nächste wichtige Frage nach. Welcher Arsch hatte mich umbringen wollen? Und warum? Ich war schon immer ein ungeduldiger und wenig erbauender Gesprächspartner für Selbstgespräche. Ich ging etwas schneller und bat Jérôme, Mel und Gerd zu mir zu einer Notfallbesprechung. Es ist schön, wenn man Freunde hat, die eine solche Einladung schon berufsbedingt nicht abschlagen können.

»Ich habe zwei meiner vertrauenswürdigsten Mitarbeiter für die Aufklärung des Attentats abgestellt. Sie gehen die Telefongespräche durch, sprechen mit unseren Informanten im Heer, das volle Programm«, berichtete Jérôme.
»Gerd, hast du den Moderatorenkoffer?«
»Klar, Chef.«
»Pin mal ein Flipchart an die Wand«, bat ich ihn.
Er riss einen großen Bogen Papier ab und stach die Nadeln durch den Bogen und durch das hässliche jahrhundertealte Ölbild, das irgendeine antike Gottheit bei irgendeiner sagenhaften Tat zeigte.
Ich nahm einen dicken schwarzen Filzstift und malte ein Diagramm.
»Erste Frage: Wurde das Attentat von außerhalb Bayerns oder von innerhalb Bayerns angestiftet? In ersterem Fall, waren es die Amerikaner, die Deutschen oder eine andere fremde Macht? In zweitem Fall: War es der Widerstand oder jemand aus dem Regime, der den König loswerden wollte? Habe ich eine Option vergessen?«
»Es könnte auch ein Irrer gewesen sein«, sagte Gerd.
»Ja. Aber es lohnt sich nicht, den Fall näher zu betrachten, denn dann gibt es kein Motiv, keine Logik, nichts Vorhersehbares. Dann ist es einfach nur Schicksal.«
»Vor allem muss das geheim bleiben. Niemand darf wissen, dass ein Attentat verübt wurde«, sagte Mel.
»Du enttäuschst mich. Ich dachte, du machst da so eine Unsterblichkeitssache draus«, ärgerte ich sie.
»Im Ansatz eine gute Idee. Das können wir immer noch, wenn es uns nicht gelingt, es geheimzuhalten. Das Problem ist: Niemand glaubt, dass es in Bayern möglich ist, eine Bombe in der Nähe des Königs zu zünden. Wenn die Menschen erfahren, dass das jemandem geglückt ist, steigt die Gefahr von Nachahmern.«
Ich nickte langsam. »Aber es war jede Menge Presse in der Nähe?«
»Wir haben bereits ein Bulletin herausgegeben, dass ein Trümmerteil der Rakete in der Nähe des Leitstands eingeschlagen sei. Das wäre bei einem Fehlstart ganz normal.«
»Der Fehlstart ist auch nicht gerade gute Presse? Und dann hatten wir ausgerechnet bei der Gelegenheit einen Ausländer dabei?«
»Der ist verunglückt, noch bevor er seinen Bericht abschicken konnte. Zu schnell gefahren, von der Straße abgekommen. In einen Baum gerammt. Er war sofort tot.«
»Genial, Mel, einfach genial«, sagte ich und stockte, als ich an meine Mutter dachte, die auch bei einem Autounfall ums Leben gekommen war. Aber damals hatte Mel diesen Job noch nicht gehabt, dafür war sie viel zu jung.

»Ich fasse die Fakten zusammen«, sagte Jérôme. »Die Bombe war in dem Steuerpult. Einer der drei Gefreiten hat sie gezündet, wir haben den Zünder in seiner Hand gefunden. Die Hand allerdings zwanzig Meter von der Explosionsstelle entfernt. Nur die Hand. Wir wissen daher noch nicht, welcher der drei es war.«
»Na ja, wohl der, der gesungen hat.«
»Anzunehmen, ja. Wir haben die Personalakten der drei. Völlig unauffällig. Keine Anzeichen dafür, dass sie irgendeiner Gruppierung angehörten. Aber auch keine besonders treuen Kader. Kein Feindkontakt. Unbeschriebene Blätter, alle drei.«
»Und alle drei tot?«, fragte Gerd.
»Sie standen dicht beieinander. Die Explosion hat sie geschreddert wie ein Fleischwolf und gleichzeitig gegart wie ein XXL-Grill. Kein schöner Anblick.«'
»Und auch kein schöner Geruch«, sagte ich. Bei der Erinnerung drehte sich mir fast schon wieder der Magen um.
»Was ist mit dem Obergefreiten?«, fragte Gerd.
»Bothe«, sagte Jérôme. »Auch keine Auffälligkeiten. Super Reflexe, er hatte kaum die ersten Töne des Liedes gehört, da wusste er, was Sache war. Wäre er weniger geistesgegenwärtig gewesen, stünden wir heute nicht hier.«
»Wie geht es ihm?«, erkundigte ich mich.
»Nicht gut, aber die Ärzte sagen, er kommt durch. Vielleicht solltest du ihm nicht nur einen Orden, sondern auch eine Unterschenkelprothese zukommen lassen. Wenn er die bekommt, die das bayerische Gesundheitssystem spendet, kann er sich nie wieder in der Öffentlichkeit blicken lassen.«
»Gute Idee«, sagte ich. »Gerd, kannst du dich bitte darum kümmern?«
Er nickte und machte sich eine Notiz.
»Das Wichtigste ist jetzt jedenfalls, die Ruhe zu bewahren, nicht überstürzt zu handeln«, sagte Jérôme.
»Das Wichtigste ist«, korrigierte ich ihn, »dass wir mit aller Härte zurückschlagen. Dass der oder die Täter sterben werden. Wer auch immer das getan hat, er muss lernen, dass ein Anschlag auf den König von Bayern Selbstmord ist.«
Gerd sah mich seltsam an. Und ich fragte mich, wie gut er mich kannte.
»Gerd, ab sofort haben wir jeden Morgen um acht ein Date.«
Er grinste mich begeistert an. »Back to shooter?«
Ich grinste zurück, allerdings so, dass sein Lächeln erstarb. »In gewisser Weise ja, ich will das echte. Du gibst mir jeden Morgen eine Stunde Unterricht an der Pistole. Damit ich das Schwein selbst erlegen kann.«
»OK, Hoheit«, sagte er tonlos. Begeisterung klang anders. Aber darauf konnte ich jetzt keine Rücksicht nehmen, es ging um mein Leben.

»Im Grunde bleiben drei Hauptverdächtige«, sagte ich und ging wieder zu dem Flipchart. »Die Ausländer«, ich machte bei USA und Deutschland ein dickes rotes Kreuz, »der Widerstand«, noch ein rotes Kreuz, »und Onkel Hans«, das dritte und letzte Kreuz.
»Wenn der Widerstand die Armee unterwandert, sind wir in deep Shit«, sagte Jérôme.
»Onkel Hans wusste Bescheid. Er hat ja sogar ausgesucht, welchen Truppenteil ich wann besuche. Er konnte das mit Leichtigkeit arrangieren«, sagte ich.
»Wir sind hier in Bayern«, sagte Jérôme. »Hier werden Verbrechen aufgeklärt. Keine Sorge, wir kriegen das raus.«
»Und um das mit dem Ausland kümmere ich mich selber.«
Ich zog mein Smartphone aus der Tasche. Ich hatte mir Lenas Nummer abgespeichert. Ich rief sie an. Tatsächlich, sie meldete sich.
»Ich bin's, der König«, sagte ich lapidar.
»Ich hatte früher mit Ihrem Anruf gerechnet«, sagte Lena.
»Heute um neun, am Monopterus«, sagte ich.
»Abgemacht«, sagte sie und legte auf. Wenn sie ihr auf den Fersen waren, brachte ich sie und mich in Gefahr. Aber ich fand keine Alternative. Ich musste sie sprechen. Nicht nur wegen des Attentats.
»Das war's für heute. Ab sofort machen wir jeden Morgen um sieben eine Lagebesprechung. Hier in diesem Raum. Bis wir das Schwein haben.«
Mel und Jérôme gingen raus, Gerd blieb.
»Warum hast du das Gespräch mit der Agentin so offen geführt? Jetzt wissen vier Personen wann und wo du sie triffst.«
»Eine davon bin ich selbst. Die anderen drei sind meine engsten Vertrauten. Wenn einer von denen mich hintergeht, bin ich sowieso auf kurz oder lang tot.«
»Du willst uns also testen?«
»Wenn ihr loyal seid, gibt es nichts zu testen. Wenn nicht, habt ihr es nicht anders verdient.«
»Du veränderst dich, Yanni«, sagte Gerd.
Ich sah ihn ein paar Sekunden zu lange an. »Der Job verändert mich. Und die Verantwortung. Ich bin kein Kind mehr. Du solltest auch langsam erwachsen werden.«
»Was machen wir mit Müllerinho? Der Junge geht uns vor die Hunde.«
»Verkauf ihn an die Borussia.«
»Wir werden in seiner jetzigen Form nicht mal den Einkaufspreis für ihn bekommen.«
»Egal. Egal zu welchem Preis. Weg mit ihm.«
»Du machst dir nichts mehr aus Fußball?«
So war es nicht, natürlich liebte ich Fußball immer noch. Aber anders. Ich konnte es Gerd nicht erklären. Ich lebte auf Bewährung, das änderte dies und das.
»Nein. Nicht die Bohne. Jedenfalls so lange die Sechziger

Meister werden und nächstes Jahr die Champions League Quali schaffen.« Ich sagte das, um Gerd zu beruhigen. Wir gaben uns ein High Five, so wie früher, wenn wir einen Level geschafft hatten, aber es war nicht mehr das gleiche.
»Komm Gerd, gib mir eine erste Stunde«, sagte ich daher. Ich wollte ihn nicht verlieren, so viele Freunde hatte ich nicht.
»Jetzt gleich?«
»Jetzt gleich. Wer weiß, wann ich es brauche.«
»Wie du willst, Hoheit.«

2.11 Lena

Ich wollte sie allein treffen. Begleiter würden sie nur misstrauisch machen. Sie war in Gefahr, bestimmt wusste sie das. Sie würde vorsichtig sein und ich wollte sie unbedingt sehen, ich brauchte ihre Hilfe.

Es war noch Zeit bis zum Treffen, ich besuchte die Kapelle und rief Pater Ambrosius zu mir. Ich brauchte seinen Beistand, denn ich hatte dem Tod in seine hässliche Fratze geblickt. Er ließ sich mehr Zeit als sonst. Der Pater war ein alter Mann, aber heute schien es mir, als ginge er noch gebückter als sonst, noch langsamer.

»Geht es Ihnen gut, Pater?«, begrüßte ich ihn.

»Es ist nichts, mein Sohn, ein leichter Schwindel, schon ist er wieder weg«, sagte er. »Lassen Sie uns in Ehrfurcht niederknien vor dem Herrn.«

Wir beteten vor dem Kreuz. Ich spürte die Kraft Gottes in mir und das baute mich auf. Gab es einen stärkeren Gottesbeweis, als dass ich noch lebte? Er hatte mir den treuen Bothe gesandt, der mich gerettet hatte. Ambrosius sprach ein Vaterunser. »Amen«, sagte er.

Ich stand auf und half auch ihm auf die Beine.

»Wie alt sind Sie, Vater?«

»Der Herr hat mir bereits 78 Jahre geschenkt. Ich weiß, ich sehe jünger aus.« Er lächelte.

Ich tat so, als ob ich ebenfalls lächelte. Er hatte tatsächlich jünger gewirkt, aber heute sah er so alt aus, wie er war.

»Setzen wir uns doch.«

»Was beschäftigt Sie, Hoheit?«

»Es ist Maria. Ich habe die Mitteilung bekommen, dass die Einbalsamierung beendet ist. Ich habe befohlen, sie in der Frauenkirche aufzubahren, im Altarraum unter dem Kreuz bis die Pyramide fertig ist und wir sie umbetten können.«

»Das ist eine schöne Idee. Sie war eine Heilige.«

Ich stutzte. Er hatte sie doch gar nicht gekannt. Warum redete er also so von ihr? Egal.

»Es ist ...« Ich wusste nicht, wie ich es ihm sagen konnte, weil ich es vor mir selbst nicht recht erklären konnte.»Ich liebe sie. Ich würde sie so gerne sehen. Aber ich habe auch Angst davor. Sie ist tot. Verstehen Sie das, Pater? Sie ist tot.«

»Foltern Sie sich nicht, Hoheit. Es ist zu früh. Maria lebt in Ihrem Herzen. Nicht in dem, was Sie in ihrem Leichnam sehen würden. Nehme Sie sich die Zeit, die Sie brauchen. Egal, wie

lange das ist.«
Pater Ambrosius sprach stets wie jemand, der die letzte Wahrheit kannte. Er hatte keine Meinung, er sprach ein Urteil. Dafür liebte ich ihn. In diesem Meer der Ungewissheit war er mein Felsen, an den ich mich halten konnte.
»Danke, Pater.« Mehr musste ich nicht sagen.

Ich war früh dran. Ich liebte einsame Spaziergänge, wahrscheinlich weil Gerd sie hasste. Natürlich hatte ich ihn wieder nicht eingeweiht, so kurz nach dem Attentat war es vollkommen verrückt, mich so einer Gefahr auszusetzen. Der Sommer kam mit Macht, es war immer noch richtig warm draußen, da konnte man keine kugelsichere Weste tragen, ich hätte eine Schweißspur hinter mir hergezogen. Ich kleidete mich leger. In Berlin wäre ich in Trainingshose und Sport-Shirt gegangen, oder Jeans und T-Shirt. Aber Jeans waren in Bayern als Zeichen der verhassten Amerikaner verboten, so trug ich eine leichte Chino und ein rot-weiß kariertes Hemd. Die Ausgangssperre galt noch immer ab zehn, das Attentat hatte Eberhard recht gegeben, seine »Ich hab es doch gleich gesagt« - Kommentare waren abstoßend, aber im Moment schwer zu widerlegen.
Ich ging am Haus der Kunst, das gerade eine vielgerühmte, aber wenig besuchte Sonderausstellung zu den Meisterstücken bayerischer Malerei zeigte, vorbei in den Englischen Garten. Von hier aus waren es nur ein paar hundert Meter bis zu unserem Treffpunkt. Es war noch hell und der Park gut besucht. Auch wenn sie zu wenig zu essen hatten, einen Spaziergang konnten sich alle Münchner leisten. Ich folgte dem Schwabinger Bach. Die Menschen wirkten so fröhlich, trotz allem, was sie durchmachten. Es gab noch Hoffnung. Ich stieg hinauf zum Monopteros. Niemand war hier. Ich schaute auf die Uhr, ich war zu früh dran. Ich setzte mich auf die Stufen und ließ meinen Blick über den Garten schweifen. Wieder versuchten zwei Unbelehrbare, sich unbekleidet auf der Wiese zu sonnen. Um diese Zeit. Vielleicht dachten sie, nach Einbruch der Dämmerung würden sie weniger schnell gesehen. Aber die bayerische Polizei hatte ihre Augen überall und immer offen, sie wurden abgeführt, noch ehe sie recht protestieren konnten.
Ich seufzte.
»Wenn es Ihnen nicht gefällt, dann ändern Sie es doch«, sagte eine Stimme hinter mir.
»Sie sind zu früh, Frau Almstädt«, sagte ich.
Sie setzte sich neben mich.
»Geht es Ihnen gut? Sie scheinen keinen Schaden davongetragen zu haben.«
Sie wusste von dem Attentat.
»Mir schon, allerdings mache ich mir Sorgen um Sie.«
Sie lächelte. »Das müssen Sie nicht. Ich kann auf mich

aufpassen, ich bin schon groß.«
»Wollten Sie mich umbringen? Deutschland? Oder Ihre Freund aus Amerika? Sagen Sie es mir.«
»Haben Sie Angst vor uns?«
Ich sah sie aus den Augenwinkeln von der Seite an. Sie hatte ihre Haare zu einem kurzen Zopf gebunden. Sah aus wie eine Studentin, die man probeweise in Business-Kleidung gesteckt hatte.
»Natürlich nicht. Aber ich bin neugierig.«
Sie drehte ihren Kopf in meine Richtung, musterte mich ernst. Jetzt wirkte sie nicht mehr unbeschwert und jugendlich.
»Glauben Sie mir. Wir haben null Interesse daran, Sie umzubringen. Wenn wir das wollten, wären Sie schon nicht mehr am Leben. Denken Sie an unser erstes Treffen. Ich hätte sie so einfach töten können.«
»So wie Sie meinen Vater erschossen haben?«
»Sie glauben wirklich, wir waren das?«, fragte sie spöttisch.
»Es war der Widerstand?« Was wusste sie darüber? Ich hatte bisher Onkel Hans Erklärungen als die Wahrheit hingenommen.
»Lassen Sie das doch mal untersuchen. Wir haben abweichende Erkenntnisse.«
»Inwiefern?« Ich fühlte mich unwohl, so als würde jemand den Himmel wie eine Tapete von der Wand ziehen und dahinter tauchte ein völlig anderes Bild auf.
»Soweit wir wissen, wurde Ihr Vater überhaupt nicht erschossen.«
»Er lebt noch?« Was für ein Unsinn. Was erzählte sie da? Sie wollte mich verunsichern.
»Nein. Er ist tot. Aber lassen wir das.«
Ich spürte, wie ich wütend wurde.
»Sie wissen von dem Attentat auf mich. Woher? Das ist geheim. Vielleicht doch, weil Sie in irgendeiner Weise damit zu tun haben?«
»Sie sind der König. Seien Sie doch nicht so naiv. Wir haben unsere Quellen.«
»Es gibt einen Maulwurf.«
»Einen ganz dicken sogar.«
»Sie haben einen Mann in unseren Geheimdienst eingeschleust?«
»Sie glauben nicht wirklich, dass ich Ihnen das verrate?«
»Ich habe Sie aus zwei Gründen um dieses Treffen gebeten.«
»Ich hoffe, keiner von denen ist die Hoffnung, dass ich Ihnen unsere Geheimnisse verrate?«
Hier saß ich an diesem lauen Sommerabend mit dieser gutaussehenden, eloquenten Frau, vor uns der wundervolle Blick über den Park und wir neckten uns wie zwei Menschen, aus denen mehr werden konnte als Freunde. Doch es ging um Leben und Tod. Alles fühlte sich so falsch an.
»Ich will wissen, wer hinter meinem Kopf her ist.«

»Ich habe es Ihnen schon gesagt. Wir sind auf Ihrer Seite. Wir glauben an Sie. Jedenfalls noch. Wenn Sie mehr über das Attentat wissen wollen, dann fragen Sie Eberhard.«
»Das ist Ihr Maulwurf?«
Ich konnte ihre Unsicherheit physisch spüren. Hatte sie sich verplappert? Oder war es Kalkül?
»Das habe ich nicht gesagt. Aber: Der Fisch stinkt vom Kopf, sagt man das nicht so? Das war der erste Grund?«
»Nein, der erste Grund war, dass ich es mir überlegt habe. Ich möchte mit Ihnen kooperieren.«
»Wir haben uns in Ihnen also nicht getäuscht. Ich kann mir vorstellen, dass das keine leichte Entscheidung für Sie war. Aber es ist die richtige Entscheidung. Glauben Sie mir.«
»Sie müssen mir nicht ins Gewissen reden.«
»Jedenfalls ist das gutes Timing. Die Amerikaner glauben nicht an die bayerische Bombe. Sie verlieren die Geduld. Sie wollen nicht länger warten und Fakten schaffen.«
»Die Invasion steht bevor?« Ich schaute sie an.
Sie nickte. »Ich werde sehen, was ich tun kann, um zumindest Zeit zu gewinnen. Wir brauchen jetzt ein Zeichen des Wandels. Etwas, das wir den Amerikanern anbieten können.«
»Ein Gipfeltreffen?«, schlug ich vor. »Wir könnten Ihren Präsidenten empfangen.«
»In Bayern? Und einer Ihrer GeStaSi-Schergen schießt ihm in den Rücken? Völlig ausgeschlossen.«
»Auf neutralem Grund? In der Schweiz?«
»Vielleicht. Ich werde das vorschlagen. Und ich gratuliere Ihnen. Merken Sie sich dieses Datum. Wenn das klappt, ist es ein Wendepunkt in der Geschichte Bayerns.«
»Bevor Sie zu euphorisch werden, ich habe noch nicht von dem zweiten Grund gesprochen.«
»Dann schießen Sie mal los.«
»Passen Sie auf sich auf.«
Sie lachte hell auf. »Sie wollen mich warnen?«
»Ich fürchte, wir sind Ihnen auf den Fersen«, sagte ich.
»Überschätzen Sie nicht Ihren Geheimdienst. Wir haben mehr Freunde in Bayern,
als Sie glauben.«
»Sie meinen den Widerstand? Erzählen Sie mir davon. Wie stark ist er, was will er? Arbeiten Sie eng mit ihm zusammen?«
»Wie sehr kann ich Ihnen vertrauen? Zeigen Sie uns, dass wir uns in Ihnen nicht getäuscht haben. Beweisen Sie uns das. Sie werden reich belohnt werden. Das was Sie wollen und was der Widerstand will, das ist nicht so weit auseinander. Und Sie kennen mehr Leute vom Widerstand, als Sie wissen.«
»Wir sollten reden, meinen Sie nicht?«
»Vielleicht. Vielleicht ist es besser, bis zum Gipfeltreffen zu warten. Es gibt viel Argwohn auf beiden Seiten. Wir dürfen nichts überstürzen. Wir müssen vorsichtig sein.«

»Sie enttäuschen mich, Lena.«
»Sie haben sich meinen Namen gemerkt. Ich nehme das als Kompliment.«
»Ich habe eine Bedingung.«
»Also doch ein Pferdefuß?«
»Eine Kleinigkeit für Sie. Schicken Sie uns Lebensmittel. Kurzfristig. Ein Dutzend LKW-Ladungen Kartoffeln. Gegen die größte Not.«
Jetzt sah sie mich an. »Sie haben recht. Setzen wir gemeinsam ein Zeichen für die Menschlichkeit. Beschämen wir die Falken auf beiden Seiten des Zauns.«
Ich bedankte mich bei ihr, sie stand auf, auch ich erhob mich, sie lächelte.
»Halten Sie durch und lassen Sie sich nicht abknallen.« Sie wartete nicht auf meine Antwort, drehte sich um und verschwand innerhalb weniger Augenblicke auf der anderen Seite des Monopteros.
Ich vertraute ihr. Ich vertraute ihr meine Zukunft und die Zukunft Bayerns an. Ich hoffte nur, ich würde nicht enttäuscht werden.

Pünktlich zum Beginn der Sperrstunde war ich wieder in der Residenz. Auf Jagdszenen im Englischen Garten hatte ich keine Lust mehr. Müde war ich auch noch nicht, nach Zerstreuung stand mir nicht der Sinn. Ich suchte nach Gerd und fand ihn im Gaming-Zimmer bei einer Shooter-Session zusammen mit zwei weiteren Typen meiner Leibwache.
»Ich will schießen.«
»Klar, setz dich.«
»Nicht an der Konsole. In echt. Jetzt.«
»Ernsthaft?« Er war genervt.
»Warum warten? Es kann jederzeit wieder passieren, ich will mich wehren können.«
»Na gut.« Er gab seinen Controller einem der beiden Leibwächter, erhob sich. Zusammen gingen wir los. Es war ja alles da. In einem Raum im Keller hatten wir für die Leibwache einen Schießstand einbauen lassen. Zum Trainieren. Dorthin gingen wir.
Es fiel mir überraschend leicht. Ich kannte die Waffen und ihre Funktionsweise schon aus Shooter 1, das hatte ich schon gespielt, als ich zehn war. Der Rückstoß war ein Schock.
Ich lernte, die Waffe mit beiden Händen und ausgestreckten Armen zu führen. Der Knall war heftig, aber erträglich. Mit den Grundprinzipien des Zielens war ich vertraut. Eine Stunde später fühlte ich mich wie ein alter Hase.
»Gar nicht schwer.«
»Das ist ja das Problem mit Schusswaffen. Es ist viel zu leicht, jemanden zu töten«, sagte Gerd.
»Ganz im Gegenteil«, sagte ich. Dank der hier«, ich zeigte auf

die Pistole, die Gerd mir gegeben hatte, und die ich von nun an Tag und Nacht bei mir tragen wollte, »wird es nun nicht mehr ganz so leicht sein, mich zu töten.«
Er seufzte. »Waffen waren noch nie Teil der Lösung, sondern immer Teil des Problems.«
»Habe ich einen Pazifisten als Leibwächter?«, fragte ich nur halb im Scherz.
»Leibwächter schützen Leben«, sagte Gerd sehr ernst.
Warum spielte der eigentlich gerne Shooter?

2.12 Ein weiterer Todesfall

Zwei meiner Leibwächter fuhren mit mir und Jérôme im Auto, ein weiterer Wagen mit fünf Mann folgte uns. Gerd war nicht dabei. Es war nicht die Zeit, zimperlich zu sein und in den letzten Tagen war er mir zu zögerlich gewesen. Schwäche konnte ich nun wirklich nicht gebrauchen, es ging um mein Leben. Ich steckte meine neue Pistole ein. Es regnete schon den ganzen Tag, für Bayern ein ganz ungewöhnliches Wetter. Wir fuhren los, das Radio war an, sie spielten Blasmusik. Ich machte es aus.

»Almstädt sagt also, Eberhard weiß, wer hinter dem Attentat steckt?«, fragte Jérôme bestimmt schon zum dritten Mal. Ich starrte auf die Straße, der Regen wurde stärker, die Scheibenwischer schalteten automatisch einen Gang hoch. Warum war das so schwer für ihn zu glauben? Eberhard war der Chef der Gestasi. Almstädt log mich nicht an. Aus Gründen, die ich nicht erklären konnte, war ich mir da sicher. Also blieben als Täter der Widerstand und meine Widersacher im Apparat, wahrscheinlich Jérômes Vater. Hatte er Angst, ich würde seinen Vater umbringen, wenn herauskam, dass er die Strippen zog? War es seine Enttäuschung über Eberhard, den Jérôme auf seine Weise verehrte? So sehr, dass er mich angefleht hatte, ihn wieder ins Amt zu setzen? War er enttäuscht, weil Eberhard ihn hintergangen hatte? Ich sagte nichts. Ich war gespannt, wie Jérôme sich verhalten würde. Er war mir wie ein Freund, in den letzten Tagen war er mir näher als Gerd, aber hatte er das verdient? War er loyal? Es war ein Test, ich war gespannt, wie er sich schlagen würde.

Ich nickte Jérôme zu. »Wir werden alles aus ihm rausquetschen, was er weiß.«

Wieder fuhren wir nach Pullach, wieder zu der Villa, in deren Keller das Rechenzentrum verborgen lag.

An der Tür kamen uns zwei Gestasi-Beamte entgegen. Auf ihren Überwachungskameras hatten sie unsere Ankunft bestimmt schon seit einiger Zeit verfolgen können.

»Wer sind Sie? Können Sie sich ausweisen?«, fragte der Größere der beiden. Er war muskulös und hatte seine Hände in seinen Gürtel gehängt. Doch wir waren zu neunt und jeder meiner Bodyguards war einen Kopf größer und zwei Köpfe breiter als er. Der Mann war nicht mutig, sondern leichtsinnig. Aber ich wollte keinen Ärger und außerdem war ich im Recht. Ich gab meinen Männern ein Zeichen, zu bleiben, wo sie waren.

»Sie kennen Ihren König nicht?«

Der kleinere der beiden zog seinen Kameraden zurück. »Doch, doch. Entschuldigen Sie, dass wir Sie nicht gleich erkannt haben.«
Ich nickte ihm gutmütig zu. Natürlich hatten sie mich erkannt. Und natürlich hatten sie auch Jérôme erkannt. Trotzdem hatte ihr Chef sie uns entgegengeschickt, wahrscheinlich nur, um uns aufzuhalten. Wir betraten das Haus.
Jérôme führte uns an, er kannte den Weg. Wir folgten ihm die Treppe hoch, durch einen großzügigen Flur und betraten ein Vorzimmer, in dem niemand war.
»Mittagspause?«, fragte ich. Es war fast zwölf.
»Eberhard weiß, dass wir auf dem Weg zu ihm sind, er hatte wahrscheinlich Angst um seine Sekretärin.«
»Ein wahrer Menschenfreund«, spottete ich und betrat den Raum. Schön hatte er es, sein Zimmer war riesig, die großen Fenster boten einen wunderbaren Ausblick in den Park. Die Möbel waren alt und edel, die Kunstwerke an den Wänden bestimmt auch, leider kannte ich mich damit nicht aus.
»Hoheit«, sagte Eberhard. Er saß aufrecht in seinem Schreibtischstuhl, stand nicht auf, spielte mit einem Kugelstoßpendel. Fünf Metallkugeln hingen an jeweils zwei Nylonfäden, direkt hintereinander. Mein Vater hatte mir so eins zu meinem siebten Geburtstag geschenkt. Ich hatte es geliebt. Er zog eine Kugel zurück, ließ sie los. Sie pendelte zurück in Richtung der anderen, prallte auf. Die Kugel am anderen Ende hob ab, schlug zurück und der Impuls pflanzte sich durch die drei mittleren Kugeln fort und brachte die Ausgangskugel dazu, auszuschwingen.
»Wussten Sie, dass ein Franzose dieses kleine Spielzeug erfunden hat?«, fragte er mit leichtem Spott in der Stimme. »Edme Mariotte, schon im Jahre 1673.«
Jérôme und ich standen einen Meter vor seinem Schreibtisch, der in Richtung der Tür zeigte, durch die wir eingetreten waren. Meine Männer standen links und rechts von uns. Ich stemmte die Hände in die Hüften, starrte ihn an.
»Spannend wird es, wenn man zwei Kugeln nimmt, sehen Sie? Man könnte ja auf die Idee kommen, dass nun die eine Kugel auf der gegenüberliegenden Seite doppelt so schnell abgestoßen wird, aber tatsächlich heben nun zwei Kugeln ab. Das geht auch mit drei oder sogar vier Kugeln.«
»Eberhard, sind Sie verrückt geworden?«, fragte ich ihn.
Er sah mich frech, ja widerspenstig an.
»Ist das Ihre Begrüßung für Ihren König?«
»Was kann ich für Sie tun, Hoheit?«, knurrte er so unfreundlich, wie er konnte.
»Sie könnten mir eine Geschichte erzählen, die mich interessiert, nicht diesen Kinderkram vom Impulserhaltungssatz.« Ich nickte den drei Mann zu meiner Rechten zu. Sie gingen um den Schreibtisch und fesselten

Eberhard mit Kabelbinder an seinem Stuhl. Sein Gesichtsausdruck wurde noch trotziger, er presste die Lippen zusammen, bis sie sich weiß färbten. In ihm musste es brodeln.
»Sie haben bestimmt davon gehört, dass ein Attentat auf mich verübt wurde«, sagte ich und blickte ihm in die Augen. Er hielt meinem Blick unverschämterweise stand, sagte aber nichts.
»Und ich weiß, dass Sie wissen, wer die armen Teufel, die sich dabei in die Luft gejagt haben, angestiftet hat.«
»Ich mache von meinem Recht Gebrauch, die Aussage zu verweigern und würde gerne meinen Anwalt sprechen«, sagte er leise.
Ich lachte hämisch. »Mensch, Eberhard, Sie haben ja doch Humor.« Dann wurde ich wieder ernst, nickte einem der Männer zu, der ihm ansatzlos die Faust in den Magen rammte. Eberhard krümmte sich zusammen, soweit es die Kabelbinder erlaubten, gab aber sonst keinen Laut von sich.
»Wir sind hier nicht in einem billigen amerikanischen Krimi. Wir sind in Bayern. Da haben Sie kein Recht auf einen Anwalt oder darauf, die Aussage zu verweigern. Da haben Sie ein Recht auf nichts. Gar nichts.« Ich sagte das mit der angemessenen Ironie.
»Wobei«, ergänzte ich nachdenklich, »Das stimmt nicht ganz. Ein Recht haben Sie. Sie haben das Recht, mir alles zu erzählen, was Sie wissen, um wenigstens eine kleine Chance zu haben, jetzt nicht zu sterben.«
Er schlug die Augen zu Boden.
Ich sah, dass er wusste, dass ich das ernst meinte. Vielleicht war das der Moment, in dem ihm zum ersten Mal der Gedanke kam, dass er mich unterschätzt und seine Loyalität dem falschen Mann geschenkt hatte. Aber jetzt war es zu spät. Vielleicht wurde ihm das jetzt auch langsam klar, denn seine fast schon arrogante Selbstsicherheit verließ ihn, so wie ihm das Blut aus dem Gesicht wich, als ihn eine Ohrfeige traf, die seinen Kopf mit einer Macht herumriss, dass ich einen Moment fürchtete, mein Bodyguard hätte ihm das Genick gebrochen, noch bevor Eberhardt reden konnte. Ich hob meine Hand leicht an, um ihn zu bremsen.
»Also, erzählen Sie, wer war's?«
»War es der Widerstand?«, fragte Jérôme fast kläglich.
Klar, das wäre die einfache Lösung gewesen. Es hätte mich nicht überrascht, wenn Eberhard es auf sie geschoben hätte. Das wäre naheliegend gewesen. Aber dazu war er zu stolz.
Er lachte hämisch.
»So lange ich die GeStaSileite, ist das ausgeschlossen. Keiner aus dem Widerstand kommt in eine unserer Kasernen. Und dann auch noch dem König so nah. Mit einer Bombe. Lächerlich. Niemals.«
»Mit anderen Worten, so ein Anschlag ist nur mit Ihrer Kenntnis und Billigung möglich oder wurde sogar von Ihnen geplant?«
Langsam fing er sich wieder, hatte wahrscheinlich verstanden,

dass er verloren hatte, war aber so stark, dass er sein Gesicht wahren wollte.
»Die GeStaSi weiß alles«, sagte er.
Mir gefiel sein Gesichtsausdruck nicht, es mangelte ihm an Demut. Ich nickte und er bekam einen weiteren Schlag. Die Faust traf ihn an der Lippe, sie riss auf, Blut tropfte auf sein weißes Hemd. Ich musste an Schneewittchen denken und schmunzelte.
»Sie stecken also nicht selbst hinter dem Anschlag, decken aber den, der es eingefädelt hat«, sagte ich, wechselte das Standbein und verschränkte meine Arme vor meinem Körper. »Wer also war es? Erzählen Sie mir die Geschichte, wir finden die Informationen ja sowieso im Rechner.«
Er starrte mich an. Noch blitzte es in seinen Augen. Er neigte sich zur Seite und spuckte vor mir aus.
Ich gab das Zeichen, der nächste Faustschlag kostete ihn einen Zahn.
»Sie werden mich doch sowieso umbringen, warum sollte ich reden?« Mit all dem Blut und der neuen Zahnlücke war er nur noch schwer zu verstehen.
»Weil Sie eine Familie haben. Und Freunde«, sagte ich ins Blaue hinein. Ich hatte mich darüber nicht informiert. Aber selbst jemand wie Eberhard ging nicht allein durchs Leben. Ich sah den Schmerz, der ihn bei dem Gedanken an die, die ihm wichtig waren, durchzuckte.
»Gut. Ich sag's Ihnen. Wenn Sie mir versprechen, meiner Frau und den Kindern nichts zu tun.«
»Eberhard«, sagte ich heiter, »Ich bin der König, meine vornehmste Aufgabe ist es, mein bayerisches Volk zu beschützen.«
Aber er hatte all seinen Sinn für Humor verloren, starrte nur noch feindselig.
»Es war der Armeechef persönlich. Der militärische Geheimdienst hat die Aktion vorbereitet und ausgeführt. Die Rekruten, die drei Gefreiten, waren Teil des MGD. Sie hatten falsche Identitäten. Peters hatte keine Ahnung, eben so wenig wie alle anderen von der Einheit.«
»Vater«, sagte Jérôme leise.
»Und Sie haben das gewusst und nichts gesagt?«
»Natürlich nicht. Ich hatte meine Befehle.«
»Sie Arschloch. Ich bin Ihr König.«
»Sie sind ein Kind. Sie verstehen Bayern nicht. Sie richten uns alle zugrunde. Sie verraten unsere Heimat an unsere Feinde.«
Ich zog die Pistole aus der Tasche, nahm sie mit beiden Händen, so wie Gerd es mir gezeigt hatte, hob meine Arme, streckte sie durch, zielte auf Eberhards Stirn.
»Ich habe keine Angst vor Ihnen«, sagte er. Immer noch tropfte Blut aus seinem Mund. »Sie schießen doch sowieso nicht. Sie kleine, fette Made mit Ihrem deutschen Auto, Ihren Burgern und

diesem Schlagerflittchen.«
Er lag fast richtig. Ich hätte nicht geschossen. Aber er hätte nicht Schlagerflittchen sagen sollen. Der Knall riss mir fast das Trommelfell heraus, ich hatte noch nie ohne Lärmschutz geschossen. Ich federte den Rückstoß gekonnt aus meinen Knien ab, darauf hatte mich Gerd gut vorbereitet. Und ich war ein bisschen stolz. Gut, ich stand nur ein, zwei Meter von ihm entfernt, aber ich hatte jedenfalls genau getroffen. An der Wand hinter ihm befand sich nun ein eindrucksvoller Blutfleck, der Tote Ex-Gestasi-Leiter hing schlaff in seinem Stuhl.
»Gratuliere, Jérôme, nun bist du der neuen Gestasi-Leiter.«
Er sah mich überrascht an. Wollte er sich noch einmal aus der Verantwortung stehlen?
»Keine Widerrede, dein Land braucht dich.«
»Jawohl, Hoheit«, sagte er. Der Tod von Eberhard ging ihm erstaunlich nahe. Ich hatte Jérôme nicht für so ein Weichei gehalten.
»Und jetzt schnappen wir uns Onkel Hans.«

Doch in dem Moment ging die Tür auf und ein Mann trat ein, dessen Gesichtsausdruck bereits unheilverkündend war, noch bevor er unser kleines Blutbad gesehen hatte. Als er es aber sah, erstarrte er. Sah ja auch nicht schön aus.
»Millberts, was ist denn?« Jérôme kannte den Mann offensichtlich.
»Es ist, es ist ...«, plapperte dessen Mund, aber sein Blick und seine Gedanken waren bei dem Körper auf dem Schreibtischstuhl, der mal seinem Chef gehört hatte.
»Ja, Eberhard ist tot. Landesverrat. Keine schöne Geschichte«, sagte ich.
Erst jetzt nahm er von mir Kenntnis, verstand, dass er vor seinem König stand.
»Hoheit«, sagte er. Sein Gehirn schien noch immer leicht überfordert.
»Nun reißen Sie sich endlich zusammen. Was ist passiert?«, schnauzte Jérôme. Das Schreien schien ihm gut zu tun. Wir waren alle etwas angespannt.
»Wer ist das?«, fragte ich Jérôme.
»Millberts untersteht die Aufklärung der ausländischen Mächte.«
»Das heißt?«
»Seine Abteilung hört die Botschaften ab und beschattet gegebenenfalls deren Angestellte.«
Er wusste also wahrscheinlich über die Almstädt Bescheid, überlegte ich. Doch das war es nicht. Es war viel größer.
»Sie machen mobil«, sagte er endlich.
Jetzt war es an uns, etwas Zeit zu brauchen, um unsere Gedanken zu sortieren.
»Wer macht mobil?«, fragte ich.
»Die Amerikaner. Und die Deutschen. Und wer weiß, wer noch

alles. Sie ziehen Truppen zusammen. In Thüringen, in Hessen, in Baden Württemberg. Auch in Tschechien.«
»Ein Manöver?«, fragte Jérôme.
»Wenn es ein Manöver ist, dann ist es das größte seit dem Zweiten Weltkrieg«, sagte Millberts, der sich langsam beruhigte.
»Wenn die uns wirklich angreifen, haben wir nicht den Hauch einer Chance. Dann stehen die morgen in München«, flüsterte Jérôme.
»Was können wir tun?«, fragte ich. In dem Moment dachte ich nichts, fühlte ich nichts, war ganz sachlich.
»Das Einzige, was uns rettet, ist unsere nukleare Option. Wir brauchen ein glaubhaftes Zeichen, dass wir die Bombe haben und sie einsetzen können und würden.«
»Einen Atomversuch?«
»Zumindest einen gelungenen Raketenstart.«
»Scheiße«, sagte ich und dachte an den, bei dem ich fast gestorben wäre.
»Wir brauchen meinen Vater. Nur er weiß, was jetzt zu tun ist, was wirklich funktioniert«, sagte Jérôme tonlos. Er musste wissen, was er damit von mir verlangte. Ich sah ihn einen Moment lang an. Versuchte in seinem Gesicht zu lesen.
»Schade«, sagte ich schließlich, »dann muss die Exekution noch etwas warten.«

2.13 Raketenstart

Wir fuhren zurück nach München. Jérôme hatte seinen Vater angerufen. Es half nichts, wir mussten ihn treffen und uns überlegen, wie wir unseren Feinden zeigen konnten, dass es keine gute Idee war, in Bayern einzumarschieren.
Was war schiefgelaufen? Warum war es Lena nicht gelungen, die Amerikaner von einem Angriff abzuhalten? Hatte sie mit mir nur gespielt, mich in Sicherheit gewiegt? Aber dann hätte sie mir nicht sagen müssen, dass die Amerikaner nicht länger warten wollten. Hatte ich ihnen zu wenig angeboten? Machte es Sinn, mit ihr zu sprechen?
»Ich ruf Lena an.«
»Meinst du, sie kann die Amerikaner stoppen? Das muss ja Superwoman sein.«
Ich ignorierte Jérômes beißende Ironie und wählte ihre Nummer. Aber sie ging nicht dran. Scheinbar war ihr Handy nicht eingeschaltet. Hatte sie das Land verlassen? Zogen unsere Feinde angesichts der drohenden Invasion ihre Leute aus Bayern ab?

Wir trafen Onkel Hans in seiner Villa, er hatte die Generäle der Bayerischen Armee um sich geschart. Sie saßen in dem großen Raum, den ich schon kannte, um einen runden Tisch und er dozierte. Er sah uns, unterbrach sich.
»Jérôme, Franz, ihr kommt gerade recht.«
Ich hielt meine Gefühle nur mühsam unter Kontrolle. Ich hatte viele schöne Erinnerungen an Onkel Hans, Erinnerungen an meine Kindheit, seine Geschenke zu meinen Geburtstagen, Urlaube. Er war immer besonders nett zu mir gewesen. Und jetzt war er mein größter Feind. Er hatte mich umbringen wollen. Und ich konnte ihn nicht loswerden, weil ich ihn brauchte. Etwas in mir sagte, scheiß drauf, je früher er ins Gras beißt, um so besser, um so sicherer bist du, aber ich hielt das Tier in mir im Zaum. Ich kontrollierte mich, musste sachlich bleiben.
»Onkel Hans. Wie sieht dein Plan aus? Wie jagen wir den Hunden Angst ein?«
Er lächelte. Wahrscheinlich war es nett gemeint, aber es sah arrogant aus. »Das erzähle ich gerade dem Generalstab. Setzt euch doch einfach dazu.«
Er hatte vier Generäle des Heeres und zwei der Luftwaffe versammelt. Es waren noch einige Stühle frei. Onkel Hans saß am Kopfende des Tisches, ich setzte mich ihm gegenüber, Jérôme zu meiner rechten.
»Die gute Nachricht vorweg: Wir haben eine Plutoniumkugel platziert. Und jedem, von dem wir wissen, dass die Amerikaner

ihn als Informanten nutzen, davon erzählt. Es müsste mit dem Teufel zugehen, wenn sie jetzt nicht wüssten, dass wir waffenfähiges Plutonium haben.«
Die Generäle klopften zustimmend auf den Tisch.
»Aber was, wenn sie das Manöver durchschauen? Wenn sie auf die Idee kommen, dass wir zu wenig Plutonium haben? Dass wir keine Bombe bauen können? So, wie es auch wirklich ist?«
»Eine gute Frage, Hoheit.«
Wie er nur so kalt sein konnte. Gestern wollte er mich umbringen, heute tat er so, als sei nichts geschehen, als sei ich immer noch sein geliebter Neffe. Heuchler.
»Es ist eine Frage der Risikobewertung. Sie können nicht wissen, ob wir die Bombe haben oder nicht. Die Tatsache, dass wir waffenfähiges Plutonium besitzen, macht es aber ungleich wahrscheinlicher, dass wir auch die Bombe haben. Wollen sie es riskieren, dass wir ein paar der europäischen Hauptstädte für die nächsten zehn bis zwanzigtausend Jahre unbewohnbar machen? Wenn sie einen Angriff auf Bayern so teuer bezahlen müssten, würde er sich für sie schlicht und ergreifend nicht lohnen. Die Amerikaner sehen doch alles, was sie tun, als Business. Auch für eine Invasion haben die todsicher einen Business Case. Wenn die das mehr kostet, als es ihnen einbringt, machen die das nicht.«
So hatte ich das noch nicht gesehen. »Klingt einleuchtend. Dann sind wir also in Sicherheit?«
»Leider nein. Um auf der sicheren Seite zu sein, müssen wir ihnen auch noch beweisen, dass wir ihnen den Tod vor die Füße werfen können. Der letzte Fehlstart hat sie davon überzeugt, dass wir sie nicht abschießen können, selbst wenn wir die Bombe haben. Diesen Eindruck müssen wir widerlegen. Wir brauchen einen gelungenen Raketenstart. Und zwar sehr, sehr schnell.«
Die Generäle murmelten. Das klang irgendwie nicht sehr zuversichtlich.
»Die Wahrscheinlichkeit eines gelungenen Raketenstarts liegt derzeit bei 23%«, sagte ein hagerer älterer Mann. Er trug eine runde Brille mit Metallfassung.
Jérôme wies mich flüsternd darauf hin, dass das Richter war, einer der Generäle der Luftwaffe. Zu seinem Verantwortungsbereich gehörte das Raketenbataillon.
»Ich weiß. Aber das ist nicht irgendein Raketenstart. Wir werden alle Ressourcen bereitstellen, die nötig sind. Und dann steigt die Wahrscheinlichkeit.«
»Wieviel Zeit haben wir denn?«, fragte Richter, der wenig beruhigt schien.
»Alle Zeit der Welt, morgen früh müsste reichen.« Wenn mein Onkel sarkastisch wurde, musste die Lage wirklich ernst sein.
»Das ist unmöglich. Bis dahin haben wir die Rakete vielleicht auf der Rampe, aber nichts verbessert, keines der Probleme, mit

denen wir uns gerade herumschlagen gelöst.«
»Wir können auch warten, bis die amerikanischen Panzer auf dem Marienplatz stehen. Unser Geheimdienst geht davon aus, dass die Invasion spätestens übermorgen in den frühen Morgenstunden startet. Und wir sollten ihnen ein bisschen Zeit geben, um zu verstehen, was der gelungene Raketenstart bedeutet.«
Richter zuckte resigniert mit den Schultern. Es war ein Spiel, zu dem es keine Alternative gab. So sehr ich Onkel Hans hasste, ja verabscheute, er machte das gut und sein Plan war unsere einzige Hoffnung.

Am nächsten Morgen fuhren Gerd und ich bereits in der Morgendämmerung nach Augsburg. Ich hatte ohnehin nicht schlafen können. Endete meine Regentschaft so schnell? Endete auch mein Leben? Auf was für einen Mist hatte ich mich da nur eingelassen.
Wir trafen Jérôme, Onkel Hans und Richter im Zimmer von Oberst Peters. Ein Rekrut drückte mir eine Tasse Kaffee in die Hand, so heiß, dass ich mir fast die Zunge verbrannt hätte.
»Die Rakete ist auf der Rampe. Leider ist das die einzige gute Nachricht heute Morgen. Wir hatten nur noch Treibstoff der Kategorie B, A konnten wir uns nicht leisten. Das verringert die Triebwerksleistung um ungefähr zehn Prozent und erhöht die Gefahr von Klumpenbildung in kritischen Leitungen. Der Startcomputer konnte noch nicht gebootet werden, wir wissen noch nicht, ob es ein Hardware- oder ein Software-Problem ist.«
»Können wir notfalls von Hand starten?«, fragte Richter. Er sah bleich aus, seine Augen waren verquollen, so als ob er ebenfalls nicht geschlafen hätte.
»Ja, das geht, erhöht das Risiko eines Fehlstarts um weitere 23%.«
»Was ist mit dem Wetter?«, fragte ich. Wir waren unter schweren Regenwolken gefahren, der Wind war so stark gewesen, dass man immer wieder gegenlenken musste. Er blies noch immer. »Ist das schlecht für den Start?«
»Kommt drauf an, ob es zu regnen beginnt, wie stark der Wind wird und wie sehr er Stärke und Richtung ändert. Wenn das Wetter so bleibt, wie es ist, erhöht es das Fehlschlagrisiko um weitere sieben Prozent«, erklärte Peters.
»Meine Herren«, sagte Onkel Hans mit fester Stimme, »machen Sie sich nicht verrückt. Das sind nur Zahlen. Wir schaffen das. In der Stunde der Not lässt die Bayerische Armee das Volk nicht im Stich.«
Wir alle nickten, es war sinnlos zu zweifeln. Es gab nur Erfolg oder Tod.

Zwei Jeeps fuhren uns zu einem Hügel, der dem, auf dem ich vor so wenigen Tagen fast gestorben wäre, zum Verwechseln

ähnlich sah. Nur dass dieser keinen Krater hatte. Peters ließ uns Fernrohre reichen. Er selbst hielt Kontakt mit der Startkontrolle über ein Funkgerät, das aussah, als stamme es aus der Zeit vor dem Zweiten Weltkrieg. Auf einen plakativen Startknopf hatte man verzichtet, das war nur Show für die Presse gewesen. Es wurde langsam hell und man sah nun, wie schwarz und tief die Wolken hingen. Immerhin hatte der Wind ein wenig nachgelassen.
»Wann starten wir?«, fragte ich Peters.
Er schaute auf seine Uhr. »T minus 17«.
Aus seinem Funkgerät kamen Statusmeldungen, die laut genug waren, dass wir sie alle hören konnten.
»Verschmutzung am Lufteingang entdeckt und beseitigt.«
»Tanks überprüft und in einwandfreiem Zustand.«
»Stabilisierungselemente geprüft und nochmals gerichtet.«
»Computer läuft wieder.«
Ich hörte diese Männer sprechen, als würden sie Rüben sortieren, verstand aber gar nichts. Waren das gute Neuigkeiten? Oder schlechte? War das Routine oder etwas Besonderes? Keine Ahnung. Das mit dem Computer klang jedenfalls gut.
»T minus 5, der Countdown beginnt«, informierte uns Peters.
»Gibt es eigentlich etwas Neues von der Grenze?«, flüsterte ich Jérôme zu. Wir waren alle angespannt, einfach nur etwas zu sagen, half bereits.
»Nichts Neues, alles ruhig. Das sind eigentlich die besten Nachrichten des Tages. Vor heute Nacht wird also wohl nichts passieren.«
Damit hatten wir gerechnet. Aber gewusst hatten wir es nicht. So weit, so gut.
»T minus 1«, sagte Peters. Und dann zählte er die letzten zehn Sekunden mit und schließlich hörten wir das Getöse, sahen die Wolke aus Wasserdampf und wie sich die Rakete langsam, so langsam erhob, genau wie beim letzten Mal. Ich hoffte nur, sie würde nicht genauso enden.
»Leistung in Triebwerk eins fünf unter Normal«, sagte die Stimme aus Peters Funkgerät.
Ich hielt den Atem an.
»Triebwerk zwei eins unter Normal.«
Scheiße.
»Triebwerk eins nur noch zwei unter Normal.«
Sie stieg und stieg und stieg. Jetzt war sie schon weiter als die andere. Es sah so majestätisch aus. Es war nur eine Scheiß-Rakete, aber sie machte mich glücklich.
»Triebwerk zwei wieder auf voller Leistung«, sagte die Stimme.
»Wir sollten nicht mehr beim Treibstoff sparen. Das hätte ins Auge gehen können«, sagte Richter zu Onkel Hans.
Der hörte ihm gar nicht zu, reckte seinen Hals in Richtung der Rakete. Er grinste übers ganze Gesicht, ich konnte mich nicht

erinnern, wann ich ihn das letzte Mal so glücklich gesehen hatte. Die Rakete war jetzt nur noch als winziger Feuerpunkt am Himmel zu sehen. Bald würde sie ganz verschwunden sein.
»Ein Bilderbuchstart«, sagte Peters.
»Wunderbar.« Onkel Hans strahlte. »Gratuliere, meine Herrschaften. Ich denke, das wird reichen, um unsere Feinde auf andere Gedanken zu bringen.«
Ich atmete aus. Die Anspannung ließ nach, ich fühlte mich erleichtert und gleichzeitig leer und ausgebrannt. Wenn Onkel Hans recht hatte, könnte ich ihn eigentlich gleich hier und jetzt erschießen. Aber dazu fehlte mir im Moment die Kraft.

»Gute Arbeit, meine Herren. Peters, Richter, das wird Bayern Ihnen danken. Sie haben uns gerettet«, sagte Onkel Hans.
Die beiden deuteten artig eine Verbeugung an.
»Aber ich habe noch mehr gute Neuigkeiten für Sie. Und für uns. Kommen Sie mal, schauen Sie sich das an.«
Wir standen sowieso zusammen, rückten nun aber näher an ihn heran, um auf sein Smartphone schauen zu können, denn er wollte uns offenbar einen Film zeigen. Die Bilder sahen nach einem Park aus, nach Dämmerung und dann erkannte ich es, das war der Englische Garten. Der Monopteros kam ins Bild.
»Was ist das?«
»Pst, schaut genau hin.«
Das Bild wackelte leicht. Man sah zwei Männer mit gezückter Waffe, die links und rechts neben dem mit der Kamera liefen, immer wieder kamen Hände, Beine, Köpfe ins Bild. »Sie muss dort sein«, sagte eine Stimme, die Dialekt sprach.
»Da, da rennt jemand.«
Ich hielt den Atem an, sie hatte so eine ganz bestimmte Art, sich zu bewegen, weiblich, aber auch sehr sportlich, sehr elegant, aber auch kraftvoll. Ich hatte sie nie laufen gesehen, aber das war eindeutig sie. Sie hatte Stil.
»Das ist sie. Feuer. Nur gezielte Schüsse, spart Munition.«
Man hörte den Lärm eines Feuerstoßes. Dann noch einer.
»Ihr schießt zu hoch, wir dürfen sie nicht entkommen lassen.«
Die Kamera wackelte stärker, man hörte Keuchen. Die Person lief und lief. Ein weiterer Schuss und sie ging zu Boden.
»Genial, oder?«, fragte mein Onkel und schaute erwartungsfroh in die Runde.
»Wer war das?«, fragte Richter.
Ich war froh, dass ich das nicht fragen musste.
»Lena Almstädt. Eine deutsche Agentin. Wir waren ihr schon länger auf den Fersen. Sie hatte vor zwei Tagen ein konspiratives Treffen im Englischen Garten. Leider haben wir die Person nicht aufgreifen können, mit der sie sich getroffen hat.«
»Was ist mir ihr? Gefangen?«, fragte ich.
Onkel Hans lächelte sein seltsames Lächeln, ich bekam eine Gänsehaut, ich musste gar nicht weiterfragen. Aber er erzählte

es uns trotzdem.
»Verräter halten wir nicht gefangen. Sie ist natürlich tot, an Ort und Stelle hingerichtet.«
Ich schluckte. Ich hatte sie gemocht, diese Lena Almstädt.
»Und hat sie vor ihrem Tod noch geredet?«, fragte Jérôme. Verdammt ja, berechtigte Frage.
»Und wie«, sagte Onkel Hans und jetzt lachte er nicht nur seltsam, sondern auch sehr laut. »Viel geredet hat sie, hat uns alles erzählt. Sie hätte uns ihre eigene Großmutter vor die Flinte geliefert, um ihr Leben zu retten.« Er blickte erst mich an, dann Jérôme. Und er blickte uns in die Augen. Hatte Lena auch über mich gesprochen?, dachte ich fieberhaft.
»Sie hatte einen Maulwurf in der Gestasi. Unschöne Sache. Aber das Problem habt ihr ja bereits gestern aus der Welt geschafft.«
Hatte er uns deswegen so intensiv gemustert? Er spielte schlau.
»Werden sie nicht Vergeltung üben?«, fragte Jérôme.
»Nicht wenn unser Trick mit der Rakete und dem Plutonium funktioniert. Dann haben sie die Hose voll und alles normalisiert sich.«
Ich hörte gar nicht richtig zu. Keine Lebensmittellieferung. Kein Treffen mit der deutschen Regierung. Kein Plan B. Er hatte sie gleich nach unserem Treffen wie ein Karnickel gejagt und über den Haufen schießen lassen. Verdammte Scheiße. Sie war sich zu sicher gewesen. Wie hatte das passieren können?
Hatte Eberhard Lena nicht gewarnt? Hatte Onkel Hans eigene Leute, die an ihr dran waren? Was war schief gelaufen? Wusste Onkel Hans, dass Eberhard ein Verräter war? Oder war Eberhard ein Doppelagent gewesen, der so getan hatte, als würde er für die Deutschen arbeiten, Lena aber verraten hatte? Das schien mir die wahrscheinlichste Option. Warum akzeptierte Onkel Hans, dass wir Eberhard getötet hatten? War das ein weiteres Friedensangebot an mich? Oder zumindest das Angebot eines Waffenstillstands zwischen uns?
Jedenfalls war sie tot. Und deswegen hatte sie die Amerikaner nicht aufhalten können. Deutschland würde mir nicht helfen. Ich konnte einen neuen Kontakt suchen, aber das würde jetzt noch schwieriger. Wahrscheinlich musste ich versuchen, meine Probleme selber zu lösen.
»Meine Herren, heute ist ein guter Tag für Bayern«, sagte Onkel Hans. »Gehen wir feiern.«

2.14 Geliebter Onkel

»Ich habe Bayern gerettet. Mit meinem Raketenstart.«
Wahrscheinlich hatte Onkel Hans mich nur deswegen besucht, um mir das unter die Nase zu reiben. Stimmte wahrscheinlich, denn die amerikanischen und deutschen Truppen hatten sich von der Grenze wieder zurückgezogen, waren in ihre Kasernen zurückgekehrt. Dieses eine Mal hatte der Bluff funktioniert. Aber die Amerikaner würden schon noch herausfinden, dass wir die Bombe nicht hatten. Es war nur ein Aufschub. Immerhin gab mir das Zeit, mich um die wichtigen Probleme zu kümmern und das wichtigste von allen war Onkel Hans. Ich musste ihn loswerden.
»Du musst endlich aufhören, dich in das Tagesgeschäft einzumischen«, sagte er. »Du siehst ja, was dabei herauskommt.«
Ich lächelte ihn an und überlegte, ob ich ihn einfach so lange würgen sollte, bis er kalkweiß tot zusammenbräche. Als ob ich Schuld daran hätte, dass die Amerikaner uns überrennen wollten. Hätte er die Almstädt nicht umgebracht, würde ich mich jetzt auf ein medienwirksames Gipfeltreffen mit dem verrückten Präsidenten der Amerikaner vorbereiten und die Münchner feierten eine Kartoffelparty.
»Das hast du sauber hinbekommen. Das war ganz großes Kino«, lobte ich ihn. Ich würde sein Spiel mitspielen, ihn in Sicherheit wiegen. »Du bist der fähigste Armeechef des Kontinents.«
Er strahlte.
Ich bremste mich, nicht, dass ich noch ironisch klang. Ich durfte meinen Onkel niemals unterschätzen, er war nicht dumm. Aber wie die meisten Menschen war er nicht frei von Eitelkeit.
»Wie du den Raketenstart durchgezogen hast, erste Sahne, da kann ich echt noch was von dir lernen.«
Ich spürte, wie mir die Galle hochstieg, wie ich mich vor mir selbst ekelte. Doch bald würde ich mich rächen und der Gedanke baute mich wieder auf.
»Weißt du, Franz, ich verstehe dich. Du bist jung. König zu sein ist nicht einfach, du warst lange im Ausland. Aber ich freue mich, dass du endlich Vernunft annimmst. Du bist eben doch ein echter Huber.«
Ich hätte kotzen können. Er hatte einmal versucht, mich umzubringen, ich zweifelte keine Sekunde daran, dass er es wieder tun würde, egal, wie viel Honig er mir jetzt um den Bart strich.
»Klar«, sagte ich, »wir sind eine Familie und in einer Familie hält man zusammen. Wenn du mich brauchst, sag einfach Bescheid.«
Ich weiß nicht, ob er mir auch nur ein Wort glaubte, er tat jedenfalls so, wir verabschiedeten uns herzlich, er nahm mich

sogar in den Arm, was er höchst selten tat, er war eigentlich immer ein wenig distanziert anderen Menschen gegenüber, und er verließ die Residenz.

Ich rief Jérôme und Gerd in den blauen Salon.
»Er muss weg«, sagte ich. Ich saß auf einem bequemen Sofa, Gerd und Jérôme jeweils in einem Sessel, vor uns auf dem Tisch drei Flaschen Bier.
»Du weißt, es ist nicht einfach«, sagte Jérôme.
»Ich habe nachgedacht. Wir werden etwas finden, das wir ihm anhängen können. Wir werden seinen Ruf zerstören, wir werden ihn so unmöglich machen, dass niemand ihm helfen wird. Und dann schlagen wir zu.«
»Interessant«, sagte Jérôme, »aber wie und womit?«
»Keine Ahnung«, antwortete ich wahrheitsgemäß. »Irgendeinen schwarzen Fleck wird es in seinem Leben schon geben. Und wenn wir keinen finden, dann erfinden wir den eben. Oder hängen ihm irgendwas an.«
»Und wo willst du den finden?«, fragte Gerd. Auch in seinem Gesicht zeigte sich Skepsis.
»Jérôme, wir müssen ihn beschatten, ihn abhören, wir müssen alles über ihn herausfinden. Ich will über jeden seiner Schritte informiert werden, will jedes seiner Telefonate kennen, jede E-Mail, alles, was er in seiner Vergangenheit getan hat. Alles. Alles.« Ich sprach nun lauter als ich beabsichtigt hatte.
»Ich hab schon verstanden«, sagte Jérôme leicht genervt.
»Setz die fähigsten Gestasi-Spezialisten auf ihn an. Sie sollen in Schichten arbeiten, Tag und Nacht.«
»Mach ich«, sagte er.
»Jetzt sofort«, sagte ich.
»Gut«, sagte er und stand auf. »Ich mache mich gleich auf den Weg.«

»Du glaubst, Jérôme ist loyal? Immerhin verlangst du von ihm, dass er dir seinen Vater ans Messer liefert.«
»Unbedingt. Er hasst ihn mehr als ich«, sagte ich. »Wie oft er schon über ihn geklagt hat!«
»Ich traue ihm nicht«.
»Ich weiß.«
Wir nahmen jeder einen Schluck. Wir waren immer noch Freunde, aber wir standen uns nicht mehr so nahe wie früher.
»Ich könnte ein paar meiner Männer auf den Armeechef ansetzen«, sagte Gerd.
»Das sind Bodyguards. Jérôme verfügt über die Spezialisten der Gestasi, das sind Profis.«
»Ist nur ein Angebot. Nur für eine zweite Meinung.«
Ich nickte. »Klar, warum nicht, mach nur.«
Das war natürlich Unsinn. Aber ich wollte Gerd nicht vor den Kopf stoßen, ich mochte ihn immer noch, ich bedauerte, dass

wir uns voneinander entfernten.
»Ich schaue mir die Baustelle an. Kommst du mit?«
Gerd nickte.
Ich wusste, dass er kein großer Fan des Projektes war. Es war ihm zu groß und zu bizarr. Er fand, die Arbeiter sollten lieber Häuser bauen, irgendetwas Sinnvolles machen, von dem die bayerische Bevölkerung mehr hatte, als von einer Pyramide für eine Tote. Aber darum war er nur eine Leibwache und ich der König. Er verstand nicht, dass die Seele eines Volkes wichtiger war als volle Gläser und Teller. Die Menschen mussten wissen, wofür die kämpften, ich wollte ihrem Leben einen Sinn geben. Der Glaube an ein Ideal würde ihnen mehr Kraft geben als alle LKW-Ladungen voller Kartoffeln zusammen.

Wir standen an der inneren Ludwigsbrücke und schauten auf die Baustelle. Karlov war uns entgegengekommen, strahlend wie immer, und erzählte nun ohne Punkt und Komma von den Fortschritten. Tatsächlich starrten wir auf eine schräge Wand. Der Bau war bereits gute fünf Meter hoch, vom Boden aus hatten wir keinen Überblick mehr, wir sahen nur diese schräge Wand und das Gerüst. Und die Baufahrzeuge.
»Es geht so gut voran. Die Männer sind höchst motiviert. Es ist auch genug Material da.«
»Was ist das?« Ich zeigte auf einen Bauabschnitt etwa hundert Meter von uns entfernt die Isar hinauf.
»Ach, nur eine Schmiererei«, sagte Karlov.
»Schauen wir uns das mal genauer an«, sagte ich und ging los.
Gerd und Karlov folgten mir. Karlov redete immer noch, als wir schon vor dem Graffiti standen, doch ich hörte ihm nicht zu.
»Das Logo dieses komischen Vereins. Das Symbol des Widerstands«, sagte ich entsetzt.
»Stimmt«, sagte Karlov. Darüber hinaus schien es ihn nicht zu interessieren, er erklärte die Statik und die Pläne für die Grabkammerebene.
»Karlov, das ist alles sehr schön.«
Er hielt einen Moment inne und schaute mich irritiert an. »Aber?«
»Das Ding, dieser Schriftzug, das muss weg. Das sind Feinde des Königs. Auf meiner Pyramide. Das geht nicht.«
Er nickte und schien leicht zu erröten. Wahrscheinlich merkte er gerade, dass er dieser Sache mehr Bedeutung hätte beimessen müssen.
Gerd schmunzelte.
Karlov pfiff auf zwei Fingern, ein Polier kam, den ich an seinem blauen Helm erkannte. Karlov gab ihm in kurzen Sätzen präzise Anweisungen.
»Heute Abend ist das weg«, sagte er danach zu mir.
Ich liebte diesen Mann. Wenn nur alle so zupacken würden wie er. Ich war versöhnt.

»Und was war gleich mit der Grabkammerebene?«
»Die bauen wir im oberen Drittel, unterhalb der Spitze. Wir fügen ein Stahlgerüst mit Panzerglaswänden ein. Es wird Tag und Nacht erleuchtet, es wird immer so aussehen, als ob es von innen heraus strahlt, wie ein Heiligenschein. Und in der Mitte, schon von weitem sichtbar, steht der Sarkophag. Es wird einmalig schön, es wird nicht von dieser Welt sein, es wird übernatürlich, göttlich.«
Ich konnte es sehen. Seine Vision wurde vor meinem inneren Auge Wirklichkeit.
»Wo ist sie jetzt?« Seine Frage holte mich zurück in die Wirklichkeit.
»Die Konservierung ist abgeschlossen, sie wird in der Frauenkirche aufgebahrt, bis die Grabkammer fertig ist«, sagte ich. Ich hatte sie immer noch nicht gesehen, es nicht gewagt, dort hinzugehen. Warum nicht jetzt? Es wurde Zeit.
»Gehen wir doch hin, ich zeige sie Ihnen.«
»Es ist zu früh, es wird noch Wochen dauern, bis die Pyramide so weit ist. Und die Baustelle braucht mich.«
Karlov wollte sein Baby nicht verlassen. Und das war gut so.
»Gerd, komm, wir schauen sie uns mal an.«
In dem Moment war ich froh, Gerd bei mir zu haben. Jérôme war mein Bruder für den Kampf, Gerd mein Seelenverwandter für die schwachen Momente. Ich weiß nicht, ob ich alleine zu ihr gegangen wäre. Ich hatte Angst, ich würde an ihrem Sarkophag zusammenbrechen. Der Gedanke, Gerd bei mir zu haben, der mich notfalls stützen konnte, beruhigte mich.
Wir gingen schweigend, ich war zu aufgewühlt, etwas zu sagen. Wie würde sie aussehen? Wie Schneewittchen, als würde sie nur schlafen? Ich hatte keine Ahnung, was mich erwartete. Natürlich hatte ich meinen Vater und meinen Großvater in ihren Särgen am Odeonsplatz gesehen, aber das war etwas ganz anderes. An meinen Großvater konnte ich mich kaum erinnern und auch meinen Vater hatte ich schon lange, bevor er starb, nicht mehr gesehen.

Die Kirche war fast leer. Ich fragte einen Geistlichen, der nahe des Eingangs die Kerzenvorräte auffüllte, nach Maria und er wies nach links.
»Gleich hier vorne.«
Wir öffneten die Tür zur nördlichen Turmkapelle und dort stand er, der goldene Sarg mit den Seiten und dem Deckel aus Glas. Sie trug ein weißes Spitzenkleid, wie ein Engel. Doch als ich ihr Gesicht sah, ließ es mich seltsam kalt. Das war nicht Maria. Das sah aus wie ein Abbild von ihr, wie eine Wachspuppe. Das war eine Fremde. Maria war nicht hier. Wenn überhaupt, dann war sie in meinem Herzen noch lebendig. Dieser Leichnam bedeutete mir nichts. Ich würde ihn nie wieder besuchen. Ich bekreuzigte mich. So also sah der Tod aus. Aber es hatte auch etwas

Beruhigendes. Wenn der Tod den Körper so fremd zurück ließ, so musste das doch heißen, dass die Seele gegangen war, dass die Seele nun dort war, wo sie ewig leben würde. Bei dem Gedanken wurde es mir warm und ich spürte Freude in mir. Maria lebte, sie war auferstanden, so wie unser Herr am Ostermorgen. Ich ließ mich auf meine Knie nieder und dankte ihm für seine Gnade und schwor ihm, dass die Zeit der Rache für Maria bald kommen würde.
»Amen«, sagte ich und wartete auf das »Amen« von Gerd. Doch der stand noch immer neben mir und sah mich ganz komisch an.
»Gehen wir einen Kaffee trinken«, sagte ich. Ich fühlte mich unbehaglich, von Gerd unverstanden.
»Gute Idee. In der Residenz?«
»Das Wetter ist gut, gehen wir zum Seehaus. Bestell Jérôme auch dorthin.«
Ich bewegte mich zu wenig, machte keinen Sport, trank und aß zu viel. Obwohl wir langsam gingen, geriet ich bald außer Atem und so sprachen wir kein Wort, bis wir den Kleinhesseloher See erreichten. Der Biergarten war fast leer, obwohl das Wetter prächtig war. Aber das war kein Wunder, das Seehaus war der Parteispitze vorbehalten, das einfache Volk hatte hier keinen Zutritt. Jérôme winkte uns von weitem, wir setzten uns zu ihm. Vor ihm stand bereits eine Tasse, er gab dem Ober ein Zeichen und orderte für uns.
»Es gibt eine Akte«, begrüßte er uns. In seinen Augen blitzte es, das waren gute Neuigkeiten und er freute sich, sie mit uns zu teilen.
»Dann schieß mal los«, sagte ich. Würde es wirklich so einfach sein?
»Wir haben Fotos von ihm mit Frauen. Jungen Frauen.«
»Er hat also Affären. Hilft uns das?«
»Er ist verheiratet«, sagte Jérôme. Für ihn musste das hart sein, dass sein Vater seine Mutter betrog. Aber das Volk würde es tolerieren, ihn deswegen vielleicht sogar für einen tollen Hecht halten.
»Was hat er sonst noch verbrochen?«, fragte ich. Ich wollte nicht Jérômes Gefühle verletzten.
»Er nimmt Drogen. Wir haben Zeugen, dass er immer mal wieder Kokain genommen hat.«
Ich winkte ab. »So wie Mel? Das machen so viele.«
»Ich weiß«, sagte Jérôme ein wenig kleinlaut.
»Hast du mehr?«
»Es sind nur Indizien, aber es sieht ganz so aus, als ob er Staatsgelder veruntreut hat, um sich persönlich zu bereichern. Dass er sowohl sein Haus in Bogenhausen als auch sein Ferienhaus in Berchtesgaden mit Geld aus der Staatskasse erweitert und renoviert hat.«
Der Kellner brachte Gerd und mir unsere Kaffees. In der Stadt

gab es nur Muckefukk, Kaffeeersatz aus der Wurzel des Chicoree, aber hier hatten wir sogar die Wahl zwischen den besten Sorten aus Italien und Österreich. Ich nahm einen Schluck und genoss.
»Ganz ehrlich, das hilft uns gar nichts. Frauen, Drogen, Veruntreuung, ich fürchte wir werden keinen einzigen Kronrat finden, der das nicht macht. Es sei denn, er ist schwul.«
Jérôme schaute betroffen. »Wir lassen ihn nicht mehr aus den Augen. Wenn es mehr gibt, werden wir es finden.«
»Wenn es mehr gibt«, sagte ich nachdenklich.
Sein Gesicht hellte sich plötzlich auf. »Wir könnten Mutter fragen.«
Ich sah ihn argwöhnisch an. Ich hatte seit Jahren nicht mit meiner Tante gesprochen. Ihre Ehe mit Onkel Hans war gescheitert. Es hieß, sie sei Alkoholikerin. Ich erinnerte mich an unsere letzte Begegnung, in einem meiner Urlaube in Bayern, es war viele Jahre her. Sie war mit wirrem Haar und im Nachthemd zum Frühstück erschienen, stank nach Alkohol und hatte uns alle, Kristien, Wiggerl, Jérôme, mich und vor allem Onkel Hans mit derbsten Schimpfwörtern bedacht, und war dann wie ein Racheengel davon geschwebt. Genauer gesagt, war sie davon gewankt. Sie war einfach keine angenehme Gesellschaft.
»Sicher? Wann hast du zuletzt mit ihr gesprochen?«, fragte ich.
»Das ist lange her. Es geht ihr nicht gut. Sie mag niemanden sehen.«
Ich nickte. So hatte ich mir das vorgestellt.
»Aber du glaubst, sie kann uns helfen?«
»Wenn jemand Vaters dunkelste Geheimnisse kennt, dann sie.«
»Versuchen wir es«, stimmte ich ihm zu. »Aber parallel bleiben wir an ihm dran. Ich vertraue der Gestasi«, sagte ich.
»Ich rede noch mal mit den Agenten, gleich jetzt«, sagte Jérôme, stand auf und machte sich auf den Weg.

»Ich wusste gar nicht, dass seine Frau noch lebt«, sagte Gerd nachdenklich.
»Du hast es ja gehört. Sie ist aus der Öffentlichkeit verschwunden, seit sie trinkt. Und sie trinkt, seit er sie betrügt. Sie hat ihn damals verlassen. Und in gewisser Weise auch sich selbst. Sie ist die jüngere Schwester meines Vaters.«
»Dein Onkel Hans ist nur angeheiratet?«, fragte Gerd überrascht.
»So ist es, wir sind nicht blutsverwandt. Das sieht man doch, er ist nicht annähernd so dick wie ich oder mein Vater«, sagte ich grinsend.
In dem Moment klingelte Gerds Telefon. Er schaute auf das Display und dann ging er ran.
»Nein.«
Er horchte.
»Wirklich?«

Wieder lauschte er aufmerksam.
»Danke. Das ist höchst interessant. Wann und wo?«
Er wirkte äußerst konzentriert.
»Danke, bleib da dran.«
Er legte auf.
»Jetzt wird es spannend. Dein Onkel will sich mit dem russischen Botschafter treffen.«
»Bin gespannt, wann er mir das sagen wird.«
»Ich vermute gar nicht, das Treffen ist bereits heute Abend um sechs. Im ›The Steak‹ im Bayerischen Hof.«
»Ein Treffen mit den Russen, das er vor mir geheim hält? Das ist Verrat. Damit packen wir ihn.« Ich war aufgeregt, fühlte, wie sich mein Puls beschleunigte. »Da gehen wir hin.«
»Wir zwei?«
»Genau, nur wir zwei.«

2.15 Das Geheimtreffen

Die Nacht war kälter als erwartet, wir hatten keine Zeit gehabt, uns über Fragen der Kleidung Gedanken zu machen. Es war nicht weit zum Bayrischen Hof, wir gingen schnell durch die leeren Straßen der Stadt. Die fahlen Lichter der Straßenlampen spiegelten sich im Kopfsteinpflaster. Eine Tram quietschte an uns vorbei, nur wenige Fahrgäste saßen darin. Die mageren Tauben nahmen vor uns Reißaus.
»Wie willst du ihn belauschen? Wir können uns kaum unerkannt an den Nachbartisch setzen«, sagte Gerd.
Ich trat nach einer leeren Bierflasche, sie rollte laut über das Pflaster.
»Wir nutzen das geheime Stockwerk.«
»Wie willst du das machen? Die Gestasi-Schergen lassen dich erst gar nicht rein. Das sind immer noch Eberhards Leute.«
»Eberhard ist tot. Es wäre gut, wenn wir Jérôme bei uns hätten.«
»Haben wir aber nicht.«
Wann hatte Gerd angefangen, so negativ zu denken? Sein Pessimismus ging mir auf den Geist.
»Mach dir keine Sorgen. Wir finden einen Weg.«
»Ich werde nicht als Kellner verkleidet deinem Onkel sein Steak servieren.«
»Mach dich nicht lächerlich.«
»Genau darum geht es mir.«

Wir nahmen einen Seiteneingang, gingen zum Aufzug. Das geheime Stockwerk lag im dritten Stock. Ich drückte die drei. Wir stiegen aus. Tatsächlich hielt der Lift nicht im geheimen Stockwerk, zwar zeigten die Schilder die Zimmernummern dreihunderteins und aufwärts, aber in Wirklichkeit befanden wir uns im vierten Geschoss des Hotels. Wir gingen zum nächsten Treppenhaus, gingen eine Etage abwärts. Die Tür war nicht verschlossen. Ich atmete auf. Das war der eigentliche riskante Teil meines Plans, aber die Gestasi-Männer hielten sich offenbar nicht an ihre Dienstvorschriften. Der Flur war leer, bis auf ein überraschend gelungenes Porträt des Bayerischen Königs, genau gegenüber der einzigen Tür, die zu sehen war. Wir gingen vor und ich klopfte. Nichts geschah. Ich drückte mein Ohr an die Tür, Stimmen. Ich klopfte noch einmal, lauter und energischer. Schritte. Die Tür öffnete sich nach innen, ein junger Mann stand vor mir, sein Uniformhemd hing lässig über der Hose, die Ärmel hochgeschoben.
»Ja?«

Ich musste nichts sagen. Sein Blick wanderte zwischen mir und dem Bild hinter mir an der Wand hin und her.
»Oh, Verzeihung«, sagte er und begann hektisch, sich das Hemd in die Hose zu stecken. Ich ging wortlos an ihm vorbei in den Raum. Er war riesig, nahm die komplette Vorderseite des Hotels ein. Er war vollgestopft mit Tischen, auf denen elektrische Geräte standen, die verdammt nach Museum aussahen, mit vielen Knöpfen und analogen Anzeigen, Röhrenfernseher mit Schwarz-Weiß Bild. Tonbänder.
Ich nickte Gerd zu, er wusste, was zu tun war.
»Sind noch andere Kollegen hier?«, fragte ich den Jungen.
»Nur die Unteroffiziere Meier und Bock«, sagte er. Um die kümmerte sich Gerd bereits. Den einen hatte er mit Kabelbinder am Heizkörper befestigt. Dem anderen fiel seine Kippe aus dem Mund. Hektisch trat er sie aus, trotzdem entstand ein unschöner Brandfleck im Teppich. Langsam erholte er sich von der Überraschung und protestierte, überlegte laut, das Gestasi-Hauptquartier zu informieren.
Ich zog meine Waffe, zielte auf seinen Kopf und riet ihm, Ruhe zu bewahren und den Anweisungen von Gerd zu folgen. Gerd vertäute auch ihn und klebte beiden Teppichband über den Mund. Kabelbinder und Teppichband gab es in diesem Raum reichlich, es gehörte zur Gestasi-Grundausstattung.
»Ihn auch«, sagte ich und nickte in die Richtung des jungen Soldaten. Er schien mir zwar nicht gefährlich, eher verwirrt, aber ich wollte es nicht danach aussehen lassen, dass er von unserem kleinen Überfall gewusst hatte, nicht dass er wegen uns noch Schwierigkeiten bekam.
Ich schaute mir die Geräte genauer an. Es war deutlich komplizierter als ich erwartet hatte. Und im Restaurant erklärte mein Onkel diesem Russen wahrscheinlich schon, wie und wo sie mich am besten umbringen sollten. Ich spürte, wie ich hektisch wurde und zwang mich zur Ruhe.
»Warst du schon mal in so einem Überwachungsstand?«, fragte ich Gerd. »Hast du eine Ahnung, wie das alles hier funktioniert?«
Er schüttelte den Kopf. »Null. Der Kram hier war schon alt, bevor ich geboren wurde.«
Ich setzte mich auf einen der unbequemen, hölzernen Drehstühle. Auf dem Bildschirm vor mir sah ich die Rezeption. Ich drehte an verschiedenen Knöpfen. Das Bild war schwarzweiß und relativ dunkel. Ich drehte an einem anderen Schalter und ein Bild aus dem Foyer erschien. Das war schon mal gut. Ich drehte weiter. Nun sahen wir ein Bett, offenbar in einem der Hotelzimmer.
»Die kenn ich doch«, sagte Gerd und schmunzelte. »Das ist doch dieses Sternchen aus dem Almhof.« Eine junge, kaum bekleidete Frau räkelte sich lasziv.
»Was um alles in der Welt ist der Almhof?«, fragte ich, ohne den

Blick abzuwenden. Das Mädchen sah wirklich gut aus, befand sich allerdings in Gesellschaft eines fettleibigen, älteren Herrn.
»Die erfolgreichste Serie des bayerischen Fernsehens? Du kennst die nicht?«
»Ich werde mir bei Gelegenheit eine Folge ansehen«, sagte ich. Sie hatte eine entfernte Ähnlichkeit mit Maria, warum machte sie mit dem Greis rum?
»Den Typen kenn ich doch auch«, sagte Gerd. »Aber woher nur?«
Sie drehten sich, nun zeigte sein Gesicht direkt in die Kamera. Hätte ich auch gleich drauf kommen können.
»Kleiner Tipp: Dick, alt, klein, das kann doch nur ein Kronrat sein.«
Gerd atmete angewidert aus.
Ich schaltete um. Ein leeres Hotelzimmer.
»Scheiße, wir brauchen den Tisch von Onkel Hans«, sagte ich ungeduldig.
»Weiter, immer weiter«, sagte Gerd.
»Und Ton haben wir auch nicht. Verdammt, die hörten hier doch alles ab, es musste auch Ton geben.« Ich schaltete weiter.
»Das ist er«, sagte Gerd und zeigte aufgeregt auf den Bildschirm.
»Scheiß Bild, kein Ton, ich rufe Jérôme an. Der kennt sich mit sowas aus.«
Ich drückte die Kurzwahl, es klingelte einmal, zweimal, dreimal. Dann ging jemand ran.
»N'abend, mein König, immer noch wach?« Es war Jérôme.
Ich lächelte.
Doch dann sah ich Gerd, der wild mit den Armen wedelte und aufgeregt auf den Bildschirm zeigte.
Ich drehte mich um, sah auf den Schirm und erschrak. Neben Onkel Hans und einem mir unbekannten Mann saß auch Jérôme und telefonierte.
»Jo, man. Hab mir noch ein paar Hinweise angeschaut. Langsam fügt sich alles zusammen. Wollen wir uns morgen zum Frühstück treffen? Dann können wir das zusammen durchgehen«, sagte ich so normal, wie ich nur konnte.
»Sicher, gute Idee. Bist du um neun schon wach?«
»Darauf kannst du dich verlassen, Bro«, sagte ich, und hoffte, er konnte nicht hören, was ich gerade dachte. Verräter. Verräter. Ich legte auf und atmete einmal tief durch. Verräter. Was hatte er hier zu suchen? Warum hatte er mir nichts davon erzählt?
Ich ging zu dem jungen Gestasi-Mann und zog ihm das Teppichband ab, schnitt den Kabelbinder durch.
»Was machst du da?«, fragte Gerd verstört.
Ich antwortete ihm nicht.
Stattdessen hielt ich dem Jungen meine Pistole an den Kopf.
»Du hast die Wahl, ein Orden deines Vaterlands oder ein

Massengrab im Perlacher Forst.«
Der Junge zitterte. »Ich helfe gern«, sagte er leise.
»Wie heißt du?«
»Kevin«
»Deine Eltern hatten Humor.«
»Meine Mutter ist Engländerin.«
»Was hat sie nach Bayern verschlagen?«
»Die Liebe. Und sie hatte tatsächlich Humor.«
»Also, ich brauche Ton, wie geht das?«
Er ging voraus zu dem Überwachungsmonitor. Dort drückte er auf einen roten »Ein«- Knopf neben einem Lautsprechersymbol und plötzlich hörten wir ihre Stimmen, so laut und deutlich, als säßen wir mit am Tisch.«
»Warum haben Sie das Bild so dunkel eingestellt?«, fragte Kevin.
Gerd atmete zischend aus.
Ich sagte nichts.
Kevin dreht an einem Regler mit der Unterschrift Helligkeit und das Bild blieb zwar schwarz/weiss, wurde aber augenblicklich scharf und hell, jedes Detail war zu erkennen. Jérôme. Onkel Hans. Der Russe, den ich noch nie gesehen hatte. Ein grobschlächtiger Mann, einer von der Sorte, die einem unwillkürlich Angst einjagt. Wahrscheinlich ein Urinstinkt.
»Sie wollen also Ihren König loswerden?«, sagte er mit einem Akzent, der nach Gewalt und Schmerz klang.
»Er ist drauf und dran, uns an die Amerikaner zu verraten«, sagte Onkel Hans.
»Wie können Sie sich da so sicher sein?«, sagte der Russe betont langsam.
»Ich bin sein bester Freund«, sagt Jérôme. »Ich weiß über alles, was er tut, Bescheid.«
Der Russe schaute ihn verächtlich an. »Es gibt nichts schäbigeres, als seine Freunde zu verraten.«
»Doch, das gibt es. Sein Land zu verraten.«
»Was wollen Sie tun? Bayern braucht einen König. Das haben doch Sie immer gesagt?«
»Wir krönen seinen älteren Bruder. Ludwig.«
»Ist das nicht der, der zwischen Disneyland und Spielcasinos pendelt?«
»Genau der. Keine Leuchte, aber zumindest tut er, was man ihm sagt.«
Ich atmete heftig. Fühlte mich wie ein Boxer, der eine Links-Rechts-Kombination einstecken musste, direkt ins Gesicht, ohne Pause, ohne Zeit zu reagieren, die Deckung unten.
Jérôme ein Verräter. Mein Bruder, König an meiner statt. Ich ballte die Faust. Nein. Das würde niemals geschehen.

»Sie müssen wissen, was Sie tun«, sagte der Russe. »Aber was haben wir damit zu schaffen?«

»Wladimir Iljitsch, wir brauchen Ihre Hilfe«, sagte Onkel Hans. »Ludwig ist im feindlichen Ausland unterwegs. Können Sie ihn sicher nach München bringen?«
»Nichts leichter als das. Geben Sie die Adresse schon her. Tot oder lebendig?«
Jérôme stieß einen Laut des Entsetzens aus.
Der Russe lachte heiser.
»Kleiner Scherz. Sie haben ihn morgen vor der Tür.«
»Sie müssen den neuen König anerkennen«, sagte Hans. »Als erste Nation.«
»Ah, Sie haben Angst, wir könnten uns auf die Seite von Franz stellen?«, sagte Wladimir. Er gab Hans einen Klaps auf die Schulter, dass der zusammenzuckte. »Unbegründet, mein Freund, unbegründet. Was hat dieser Franz für uns getan? Er hat die Plutoniumrechnung nicht bezahlt. Er will uns keine Lebensmittel mehr liefern. Er ist kein Freund der Russen. Er ist nicht nur euer Problem, er ist auch unser Problem.«
Wladimir drehte sich um, winkte dem Kellner. »Eine Runde Schnaps.«
Dann sprach er weiter zu Jérôme und Onkel Hans: »Ich muss euch ein Geheimnis anvertrauen: Wodka ist gut. Aber euer Obstler, der von der Kirsche und mehr noch der von der Haselnuss, ist viel besser.« Er lachte dröhnend. »Wie wollt ihr Franz loswerden? Meine Quellen berichten, er ist recht beliebt, fast mehr als sein Vater.«
»Wir stellen ihm eine Falle«, sagte Jérôme. »Wir werden ihn so bloßstellen, dass ihn niemand mehr als König haben will.«
Der Kellner, der sich nur um den einen Tisch zu kümmern schien, brachte eine Flasche Schnaps und drei Gläser und schenkte sie voll ein.
»Da bin ich schon gespannt, meine Freunde. Lasst uns eine Haselnuss darauf trinken.«
Ich schlug auf die Knöpfe, bis Bild und Ton verschwanden. Ich hatte genug gehört.
»Yanni, du hast ein Problem«, sagte Gerd.
»Scheiße, ich weiß. Ich habe zu lange gezögert. Es wird ein Wettlauf. Aber ein Wettlauf, den ich gewinnen werde.« Ich sah Gerd direkt in die Augen. »Hör mir gut zu. Ich werde dir jetzt genau erklären, was wir tun werden. Und wir fangen noch heute Abend damit an.«

2.16 Die Tante

Jérôme kam pünktlich zum Frühstück. Im Gegensatz zu mir war er bester Laune, schob sich ein Pain au Chocolat nach dem anderen rein, äußerte sich begeistert über dessen Geschmack und bestellte schon nach wenigen Minuten seinen zweiten Café au lait und einen weiteren frisch gepressten Orangensaft. Ich stocherte in meinem Hirsebrei herum und versuchte, mir meine schlechte Laune nicht anmerken zu lassen. Das mit dem Hirsebrei hatte mir mein Leibarzt empfohlen, den ich mir auf dringenden Rat von Gerd zugelegt hatte. Nach dem Tipp, morgens Hirsebrei zu frühstücken und eine Zeitlang auf Alkohol zu verzichten, hätte ich ihn am liebsten an Ort und Stelle erschossen. Aber ich war nüchtern genug gewesen, zu erkennen, dass sein Nachfolger auch nichts anderes sagen würde. Die steckten ja alle unter einer Decke. Also hatte ich beschlossen, ihm entgegenzukommen und das mit dem Hirsebrei mal auszuprobieren. Die Sache mit dem Alkohol hatte ich fürs erste zurückgestellt. Schocktherapien waren selten gesund.

»Am besten wir erwischen ihn in flagranti«, sagte Jérôme schmatzend.

Ich nickte. »Sehr gut. Und wobei?«

»In einem dieser schmierigen Hinterzimmer, wo sie Drogen, Glücksspiel und Frauen konsumieren. In einer dieser Lasterhöhlen.«

»So wie im Birdies?«, fragte ich wenig begeistert.

»Da gibt's kein Glücksspiel. Und die Frauen sind bekleidet.«

»Jérôme.«

Unschuldig schaute er mich an. »Keine gute Idee?«

»Ich fürchte, wir bringen keinen einzigen Kronrat mit so einer Story gegen ihn auf. Eher werden sie alle Angst haben, dass wir ihnen ihren Zeitvertreib verleiden. Die sind doch alle gleich. Wir müssten ihn bei etwas erwischen, das moralisch so anstößig ist, dass die anderen es nicht machen und ganz und gar abscheulich finden.«

Nachdenklich schob sich Jérôme ein paar kernlose Weintrauben aus Südafrika in den Mund. »Was könnte das sein?«

»Hochverrat käme ziemlich gut«, sagte ich leise und musterte ihn unauffällig.

Aber entweder war Jérôme unschuldig oder ein grandioser Schauspieler. Er stimmte mir begeistert zu. Ich wusste nicht, was ich von ihm halten sollte. Wenn er auf meiner Seite war, wurde es langsam Zeit, dass er mir von gestern Abend erzählte. Tat er aber nicht.

»Das Problem ist nur, ist er auch ein Hochverräter?«, sagte er nach einer längeren Esspause.

»Das ist nicht das Problem. Die Frage ist, wie wir ihn als Hochverräter erscheinen lassen. Wenn er wirklich einer wäre, würde das die Sache leichter machen. Aber im Grunde tut das nichts zur Sache. Denken wir uns eine kleine Verschwörung aus und dann hängen wir sie ihm an.«
»Trotzdem müssen wir das irgendwie in der Realität verankern, es geht um Glaubwürdigkeit.«
»Und dabei wird uns vielleicht deine Mutter helfen. Ich habe sie ewig nicht gesehen, wo lebt sie eigentlich?«
Von einem Moment auf den anderen wurde Jérôme ernst. Die Sache mit seiner Mutter schien ihm zu schaffen zu machen. Meine Eltern waren tot und manchmal, wenn ich nachts aufwachte und darauf wartete, wieder einzuschlafen, überlegte ich mir, wie es wäre, wenn zumindest mein Vater noch lebte und mir Tipps geben könnte. Schließlich war er selbst König gewesen. Ich stellte mir das schön vor, in meinen Träumen gab mir das ein Gefühl von Sicherheit und Geborgenheit, das ich am Tag nie erlebte. Aber Jérôme zeigte mir, dass es eine immense Belastung sein konnte, Eltern zu haben. Ich hätte nicht mit ihm tauschen mögen.
»Sie bewohnt eine Villa in Harlaching, seit sie sich von meinem Vater getrennt hat. Ich habe sie allerdings noch nie dort besucht. Wenn wir uns getroffen haben, dann meist in der Stadt. Nur kurz, auf einen Kaffee.«
»Wir fahren hin. Jetzt gleich.«
Er sah auf seine Uhr. »Zehn. Ich fürchte, da ist sie noch im Bett.«
»Ruf sie an und warne sie vor. Wir haben alles außer Zeit.«

Meine Tante hieß eigentlich Elisabeth, Elisabeth Huber. Aber für mich war sie immer Tante Lisel gewesen. Sie hatte mir das Fahrradfahren beigebracht. Ich erinnerte mich, wie sie dabei aufmunternd lachte, mich unermüdlich ermutigte, auch nachdem ich äußerst ungeschickt gestürzt war und meine Knie bluteten, als hätte mein letztes Stündlein geschlagen. Sie hatte sie angepustet und mir erklärt, dass sie über magische Kräfte verfüge, mit denen sie Schmerzen vertreiben und Wunden heilen konnte. Es hatte funktioniert, am Ende der Woche brannte ich darauf, endlich bei der Tour de France mitfahren zu dürfen.
Aber ich wurde kein berühmter Radrennfahrer und meine Tante konnte zwar meine Wunden heilen, nicht aber ihre eigenen, die ihr mein verehrter Onkel Hans schlug, als ich schon groß war und in Berlin studierte.
Ich klingelte mit gemischten Gefühlen, wie es einem so geht, wenn man Orte und Menschen seiner Kindheit besucht und genau weiß, dass nichts so sein wird, wie es einmal war und Angst hat, dass die Realität die Traumbilder aus der Vergangenheit beschädigen könnte.

Tante Lisel sah besser aus, als ich befürchtet hatte. Klar, sie war älter geworden, ihr Gesicht fülliger, Krähenfüße in den Augenwinkeln , Lachfalten um den Mund, die Haare etwas struppiger als angemessen. Sie trug Shirt und Hose. Beides stand ihr gut, wenn es auch nicht gerade topmodisch war. Und früher war sie herumgelaufen wie ein Model. Früher hatte sie allerdings auch ausgesehen wie ein Model.
»Franz, mein Junge, ich habe dich ja ewig nicht mehr gesehen.« Sie lachte und ich wusste nicht, ob es von Herzen kam. »Lass dich drücken.«
Sie nahm mich in den Arm, ohne auf eine Antwort zu warten. Der Geruch von Tante Lisel war immer ein ganz besonderer gewesen. Heute roch sie anders.
»Jérôme, Kind.«
Ich wunderte mich, wie frostig das klang. Ich hatte eine Szene befürchtet, Tränen, Sätze wie ›Kind, warum kommst du mich denn nie besuchen?‹ Aber so war es ganz und gar nicht. Schon bei Jérôme war mir die Distanz aufgefallen, wenn er über sie sprach. Das beruhte ganz offensichtlich auf Gegenseitigkeit.
»Kommt rein, aber nächstes Mal müsst ihr früher Bescheid sagen, ich hatte gar keine Zeit aufzuräumen, es sieht fürchterlich aus.«
Sie ging vor uns her ins Wohnzimmer. Sie hatte nicht übertrieben, es sah wild aus. Kissen, Bücher, CDs lagen überall herum. Aber vor allem Flaschen. Und ein paar Gläser und Rotweinflecken ließen mich vermuten, dass sie versucht hatte, schnell noch ein wenig aufzuräumen.
»Was darf ich euch anbieten? Einen kleinen Aperitif? Es ist ja schon fast Mittag«, sagte sie entschuldigend.
Jérôme und ich wünschten uns einen Kaffee, sie brachte uns die Tassen, für sich selbst hatte sie einen Spritz bereitet. Wir ließen uns in den üppigen Polstern nieder. Sie legte eine CD ein. »Lana Del Rey, ich bin ihr verfallen. Gefällt euch das?«
Ich fand es depressiv. Aber immerhin auf eine schöne Art depressiv.
»Was führt euch zu mir?«
Sie redete und redete, war offensichtlich nervös und ich fragte mich warum. War es einfach nur die Wiedersehensfreude? Die Unsicherheit in der fragilen Beziehung zu ihrem Sohn? Oder gab es noch einen anderen Grund?
»Ich würde gern mit dir über Onkel Hans reden«, kam ich direkt zur Sache. Ich hatte schließlich nicht ewig Zeit. »Erzähl doch mal ein wenig von ihm. Über die, die einem am nächsten stehen, weiß man ja oft am wenigsten.«
Sie nickte. »Wie wahr. Ich habe ihn auch erst wirklich kennengelernt, lange nachdem ich ihn geheiratet hatte. Ich liebte ihn von dem Tag an, als ich ihn das erste Mal gesehen hatte. Es war auf der Wiesn. Im Königszelt.«
Die Wiesn. Dieses elende Bierfest. Ich hasste es. Im Königszelt

gab es immerhin Bier. In den anderen Zelten zwar auch, aber es war so teuer, dass es sich der normale Bayer nicht leisten konnte. Es blieb ein kleines, hässliches Fest. Schade eigentlich, da hätte man mehr draus machen können.
»Er war groß, schlank, gutaussehend. Und immer am Lachen. Und er spielte das Akkordeon. Seine Finger flitzten über die Tasten, er kannte die neuesten Stücke aus dem Ausland, er konnte zaubern. Ich tanzte nur für ihn, bis spät in die Nacht.«
Sie lächelte verzückt und das erinnerte mich an meine Tante Lisel. »Wir heirateten wenige Monate später. Ich war im Himmel. Wir haben eine glückliche Ehe geführt. Schon nach einem Jahr wurde Jacquelin geboren, nicht viel später Jérôme. Wir liebten beide französische Filme, daher die Namen.« Wieder lächelte sie das Tante-Lisel-Lächeln.
»Was ist passiert? Warum habt ihr euch getrennt?« Diese ganze Heile-Welt- Geschichte brachte uns nicht weiter.
»Jacquelin wollte unbedingt in Stockholm studieren. Ich fand das gut, Hans erst nicht, aber wir konnten ihr noch nie einen Wunsch abschlagen. Und du hast ja auch im Ausland studiert.«
Ich nickte. Jacquelin. Sie war immer ein wenig eigen gewesen. Ich konnte mich kaum an sie erinnern. Sie hatte viel mit meiner Schwester Kristien unternommen, fast nie etwas mit uns Jungs, Wiggerl, Jérôme und mir.
»Zunächst lief es super, sie schickte begeisterte Nachrichten, das Studium ging ihr leicht von der Hand. Doch dann lief alles aus dem Ruder.«
Ich schaute zu Jérôme. Er kannte die Geschichte natürlich und fühlte sich sichtlich unwohl. Ich wusste nichts Genaues, es wurde Zeit, dass ich die ganze Wahrheit erfuhr.
»Sie verliebte sich in einen Franzosen, einen Kommilitonen. Sie wollte ihn heiraten. Hans befahl ihr, unverzüglich nach Bayern zurückzukehren. Wir diskutierten hitzig, aber er bestand darauf. Sie gehörte zur Königsfamilie. Wenn herauskam, dass sie im feindlichen Ausland war, dort bleiben wollte, einen Feind sogar heiratete, das konnte seiner Ansicht nach ganz Bayern schaden. Und Jacquelin wusste, was dieser Befehl bedeutete. Sie konnte sich entweder in die nächste Bahn setzen. Oder die GeStaSiwürde sie holen. Sie konnte Bayern nicht entkommen. Sie zog die Konsequenzen. Sie nahm Schlaftabletten und brachte sich um.«
Wir schwiegen. Es war schrecklich.
»Das hat unsere Ehe zerstört. Hans kam damit nicht klar. Er war schuld, das wussten wir beide. Er suchte Zuflucht in Drogen, Frauengeschichten, Arbeit, alles was ihn vom Nachdenken ablenkte. Wir entfernten uns voneinander, genau in dem Moment, als ich seine Hilfe gebraucht hätte. Ich wollte reden, suchte seine Nähe, aber er verstieß mich.«
Tränen liefen ihr die Wangen herunter, sie verschwand in der Küche und kam mit einem Wasserglas voller irgendwas zurück,

das sie in kurzer Zeit zur Hälfte leerte.
»Ja, ich trinke. Wenn ich nicht trinken würde, hätte ich mich wahrscheinlich längst umgebracht.« Sie wischte sich die Tränen aus dem Gesicht. »Oder Hans. Er ist ein Arschloch, ich habe es zu spät erkannt. Sonst hätte ich Jacquelin vielleicht retten können.«
Ich schaute zu Jérôme, der eingeschüchtert auf dem Sofa saß, als wollte er sich von all dem abschotten. Ich verstand, dass das zu viel für ihn war. Ich hatte nie mit ihm über den Tod seiner Schwester gesprochen, er tat, als habe sie nie gelebt. Ich ahnte nicht, wie sehr ihn das belastete.
»Hatte Hans zehn oder zwölf Beziehungen? Welche Drogen nimmt er? Ob er mit Geld des Staates Glücksspiel betreibt? Ich weiß das alles nicht. Ich will es auch gar nicht wissen. Je weniger ich mit ihm zu tun habe, desto besser. Aber es gibt so viele Geschichten. Meine Freundinnen, jedenfalls die, die ich noch habe, sind die Frauen seiner besten Freunde. Da kriegst du so einiges mit. Er hat all seine Ideale verraten. Er ist dem kapitalistischen Lebensstil verfallen, er nimmt mit, was er mitnehmen kann.«
Sie sah mich an, schon wieder stand ihr Wasser in den Augen, aber sie lächelte tapfer durch den Tränenschleier.
»Du hast deinen Frieden noch nicht gemacht, oder?«, sagte ich leise.
Sie schüttelte den Kopf. »Immer wenn ich von Hans höre, wenn sie über seine Exzesse reden, seine Hinterzimmer-Parties, seine Frauen, schreit es in mir, dass er Schuld ist, dass er Jacquelin, meine Jacquelin, umgebracht hat und dass er endlich bezahlen muss. Dass er Reue zeigen soll, dass er sich bestrafen soll. Franz.« Sie sah mich eindringlich an. »Das muss aufhören. Das geht doch nicht. Er muss sich seiner Schuld stellen. Das ist doch so? Das ist doch recht, oder?«
Ich nickte. Und fühlte mich schwach und ohnmächtig. Warum hatten wir diese Frau nur besucht? Wie würde uns das helfen? Sie gab mir noch einen Grund mehr, Onkel Hans auszulöschen, aber an Gründen hatte schon vorher kein Mangel geherrscht.
»Ich bin jetzt der König. Ich werde für Gerechtigkeit sorgen. Das verspreche ich dir.«
Sie trank den Rest aus ihrem Glas und sah unglücklich aus. So langsam gelang es ihr nicht mehr, die Fassade aufrecht zu halten.
»Kannst du uns einen Tipp geben, wie wir ihm die Maske herunterreißen können?«
»Er hat so viel Dreck am Stecken, er nimmt es ja von allen, von den Amerikanern, den Deutschen, den Russen, dem Widerstand. Und er hat seine Männer an den Schaltstellen der Macht. Sie sind in einer Bruderschaft. Hast du schon mal von den ›Roten‹ gehört?«
»Ich dachte, die Mitglieder des Widerstands nennen sich so?«,

fragte ich erstaunt.
»Es ist kompliziert. Aber wenn ihr ein Treffen der Roten sprengen könntet, das wäre ein Anfang.«
Überraschenderweise hatte sie uns doch einen wertvollen Hinweis gegeben. Nur einordnen konnte ich ihn nicht. Onkel Hans und der Widerstand? Das machte nun wirklich keinen Sinn. Oder gerade doch?

2.17 Die Laster

Es war schon spät, nach Mitternacht. Aber zum einen wusste ich, dass ich wieder schlecht schlafen würde, ich hatte förmlich Angst davor, ins Bett zu gehen und dort wach zu liegen, meinen Gedanken ausgeliefert. Zum anderen wollte ich unbedingt wissen, wie es Gerd ergangen war. Ich rief ihn an. Wahrscheinlich wurde das Gespräch abgehört. Ich meine, nicht nur von der Gestasi, sondern auch von den Deutschen. Denn dort war Gerd, in Frankfurt. Ich hatte ihn gleich nach der Aktion im ›The Steak‹ auf die Autobahn geschickt. Ich machte mir Sorgen, denn ich war mir sicher, dass die Geheimdienste wussten, wer mein Bodyguard war und wie er aussah. Wenn sie ihn in Deutschland ausfindig machten, würden sie sich Fragen stellen. Aber es ist immer wieder erstaunlich, wie sehr ein Bart und eine Brille einen Menschen verändern können. Und ich erwähnte ja bereits, dass wir die besten Ausweisfälscher der Welt beschäftigten.

»Wie läuft es?« Kurze, nichtssagende Fragen. Einen dieser albernen Codes mit Tiernamen hatten wir nicht vereinbart.

»Der Adler ist gelandet«, sagte Gerd.

Manchmal hasste ich ihn.

»Was soll das heißen?«, fragte ich unwirsch.

»Die Beagle haben die Spur aufgenommen, ich bin sicher, der Falke wird die Maus fangen.«

»Jetzt ist es aber gut. Hör auf mit dem Tiernamenscheiß.«

»Nun lass mir doch den Spaß.«

Ich konnte das hören, wenn er ein Lachen unterdrückte. Dabei musste er doch wissen, dass mit jeder Sekunde die Gefahr wuchs, dass sie unser Gespräch abhörten und uns identifizierten. Auch wenn wir mit Pre-Paid Handys telefonierten, die wir nur für dieses eine Gespräch aktiviert hatten.

»Gut sieht's aus, alles läuft nach Plan. Ich setz mich gleich ins Auto und mach mich auf den Rückweg.«

»Glückwunsch«, sagte ich und legte auf. Ich war froh, dass er zu Scherzen aufgelegt war, der Job war nicht einfach gewesen und ich war mir sicher, dass er mit sich gekämpft hatte. Das war ganz und gar nicht sein Ding. Aber diese Sache hatte ich nur ihm anvertrauen können.

Nach einer kurzen Nacht stand ich am nächsten Morgen früh auf, schnappte mir ein halbes Dutzend Leibgardisten und ging zum Joggen in den Englischen Garten. Ich sollte mich mehr bewegen. Noch so eine Idee meines neuen Arztes. Schon beim Spaziergang zum Park geriet ich in Atemnot und meine Knie taten mir weh. Bei meiner Ankunft litt ich unter Seitenstechen und einer meiner Personenschützer machte mich darauf aufmerksam, dass mein Gesicht sich ungesund rot verfärbt hatte. Ich überlegte, dass ich ja nach dem Laufen den gleichen Weg auch wieder zurückgehen musste und befahl den Rückzug. Keinem war damit gedient, wenn ich an einem Herzinfarkt verreckte.

Mein Telefon blieb stumm, den ganzen Morgen über. Offenbar gab es keine neuen Erkenntnisse der GeStaSiund auch Gerds Männer fanden nichts heraus, das so spannend war, dass man es mir mitteilen wollte. Nachdem ich geduscht hatte, nahm ich ein zweites Frühstück ein. So ein Hirsebrei hält nicht lang und ich musste ja die Kalorien ausgleichen, die ich bei meiner morgendlichen Übung verloren hatte. Außerdem hatte ich Hunger auf Omelette und Waffeln. Ich rief Jérôme an.
»Nichts Neues«, sagte er.
»Und was ist mit diesen Roten? Hast du das überprüft?«
»Klar. Aber es ist schwierig. Wir kennen das als einen der vielen Namen des Widerstands. Eine Vereinigung unter dem Namen, die nichts mit dem Widerstand zu tun hat, ist nicht dokumentiert.«
»Widerstand«, sagte ich verächtlich. »Wieviel Widerstand gibt es denn? Das haben wir doch im Griff. Sobald die sich zusammenrotten, kriegen wir das mit und machen die kalt.«
»Du hast sie gesehen, mit ihren albernen Logos und Fahnen.«
»Kinder. Das sind spontane Aktionen Einzelner. Das, was ich höre, klingt alles nach Mythen und Legenden.«
»Ich wäre mir da nicht so sicher. Denk an die Frau vom Berg, ihre geheimnisvolle Führerin, die wir nicht kriegen, weil sie unentwegt in den Alpen unterwegs ist.«
»Genau an die denke ich. Die ist so greifbar wie ein Gespenst.«
»Und dann die Geschichten über Männer aus den höchsten Kreisen, die der Kern des Widerstands sind.«
»Ja, ja, und die das nur machen, um die Rebellion zu unterwandern. Nenn mir einen der alten Säcke, der dazu in der Lage wäre, selbst wenn er wollte. Vor lauter Lethargie, Alkohol und Drogen haben die doch überhaupt keine Zeit, so etwas zu inszenieren.«
»Nicht alle sind alt und schwerfällig.«
»Genau, wie die 150%-Jumu-Führerin.«
Jérôme kommentierte das nicht, er, der doch sonst keine Gelegenheit ausließ, vor ihr zu warnen.
»Ich würde es Onkel Hans ja zutrauen, dass er die Terroristen dadurch bekämpft, dass er Maulwürfe einschleust.«
»Ich habe dazu keine Aufzeichnungen gefunden.«
»Er ist schlau. Hätte es Aufzeichnungen gegeben und Eberhard hätte nicht nur für die Deutschen gearbeitet, wären die jetzt alle tot.«
»Eberhard hätte nie für die Terroristen gearbeitet.«
»Ich glaube, dass die den Namen ›die Roten‹ genau deshalb

gewählt haben, weil niemand auf die Idee kommt, es könnte etwas anderes sein als der Widerstand.«

Den Nachmittag verbrachte ich auf dem Schießstand. Gerd steckte in einem Stau, völlig unklar, wann er ankommen würde, also schoss ich allein. Es hatte etwas Befreiendes, es war ein wenig wie eine Meditation. Wenn ich schon sonst nichts bewegen konnte.
Und als der Tag sich dem Abend neigte, er mir bereits verloren erschien und ich überlegte, in welcher Art von Alkohol ich ihn am besten ertränkte, rief Jérôme an.

»Hast du sie?«, begrüßte ich ihn.
»So gut wie.« Ich hörte ihn förmlich strahlen. »Ich habe ihn besucht, in seinem Büro. Dann ließ ich ihn von Ritter anrufen, wegen Truppenbewegungen an der tschechischen Grenze. Und es hat funktioniert, er ist sofort losgefahren.«
»Er wird dir auf die Schliche kommen.« Mir war mulmig, Onkel Hans war ein alter Fuchs. Ich dachte an das ›The Steak‹ und verwarf den Gedanken.
»Keine Sorge, wir haben die Information geschickt gestreut, Ritter ist nicht mal eingeweiht.«
»Und du hast also etwas gefunden?«
»Er trägt seine Termine ganz altmodisch in einen Kalender ein. Und der lag auf seinem Schreibtisch.«
»Und da steht ein Termin mit dem Namen Verrat und Hintergehen drin?«
»Warum bist du so zynisch?«
»Sorry, es geht einfach so langsam voran.«
»Alle Termine sind mit blauem Kugelschreiber eingetragen. Nur ein Termin erscheint in Rot. Er nennt es einfach nur Treffen. Einmal die Woche findet dieses Treffen statt. In Rot, verstehst du? Das muss es sein.«
»Du meinst, es ist ein Treffen der Roten und deswegen hat er einen roten Stift benutzt?«
»Manchmal ist es genau so einfach.«
»Wann ist das nächste Treffen?«
»Das ist das beste. Heute Abend um neun. In einer Villa im Lehel. Wenn wir schnell und entschieden handeln, können wir ihn auf frischer Tat ertappen.«
»Gut« Ich überlegte kurz. »Schicken wir ihnen ein paar Gestasi-Männer vorbei? Oder ein paar Leibgardisten?«
Ich hörte Jérômes Stöhnen. »Mein Vater ist der Armeechef. Und in Bayern ist jeder zweite korrupt. Egal, wen wir einbeziehen, dann weiß mein Vater sofort Bescheid. Franz, das müssen wir beide allein durchziehen. Nur du und ich, dann kann nichts schiefgehen.«
»Du hast recht. Genauso machen wir das.«
»Gut. Ich hol dich um kurz vor neun ab, OK?«

»Geht klar«, sagte ich und legte auf. Mein Gott, für wie dumm hielt er mich? Jedenfalls verlangte die Aktion nach genauer Planung. Sie kam überraschend schnell, es blieb nicht viel Zeit, ich rief erst Mel und dann Gerd an

Jérôme war ganz aufgedreht, als hätte er Koks genommen. Wir gingen zu seinem Wagen, er fuhr die kurze Strecke viel zu schnell. Wir hielten vor einem der großen, alten Wohnhäuser im Lehel, eine unverdächtige Gegend. Jérôme parkte mitten auf dem Gehsteig.
»Wie kommen wir da rein?«, fragte ich.
Er lächelte. Es sollte wahrscheinlich schlau wirken, aber für mich sah es aus wie eine Mischung aus dumm und überheblich. »Im Adressbuch stand noch ein Wort hinter dem Termin. Papagei. Das muss ein Codewort sein.«
Hatte ich schon erwähnt, was ich von Tiernamen als Codewörtern hielt?
Ich zählte acht Klingeln. Unverdächtige Allerweltsnamen. Unter dem Dach wohnten Herr oder Frau Klocke. So weit, so unauffällig, allerdings war der Name in rot auf das weiße Stück Papier geschrieben, das in dem Messing-Träger steckte. Jérôme drückte auf die Klingel. Nichts geschah.
Dann eine Stimme.
»Ja?«
»Papagei«, sagte Jérôme. Es summte, ich drückte die Tür auf.
»Na?«, sagte Jérôme im Ton von »Hab ich's nicht gesagt?«
Die Wohnung lag im obersten Stockwerk! Und ich hatte an dem Tag schon Sport gemacht. Es war die Hölle, ich spürte, unter meinen Achseln bildeten sich Schweißflecken bildeten, nach der Hälfte des Aufstiegs musste ich eine kurze Pause machen und husten. Endlich kamen wir oben an und ich hatte schon wieder Seitenstechen. Ob es bei der Party Energy Drinks gab?
An der Tür war kein Schild, aus der Wohnung drangen leise Geräusche. Entweder ging es sehr gesittet zu oder sie war extrem gut gedämmt. Ich tippte auf letzteres.
Jérôme klopfte. Dieses Mal gab es keinen Code-Wort-Unsinn. Eine leicht bekleidete junge Frau öffnete uns und wir gingen hinein. Es war ein seltsamer Anblick, der sich uns bot. Die Penthouse-Wohnung bestand vor allem aus einem großzügigen Raum, der an den Wänden mit großen rot-weißen Fahnen und dem Logo des verbotenen Clubs geschmückt war. Kokslinien lagen auf mindestens zwei Tischen, überall offene Alkoholflaschen und Gläser. Und mindestens ein halbes Dutzend unbekleideter Frauen. Doch wo waren die Verschwörer? Wo waren die Roten?
Langsam gingen wir hinein und sahen uns neugierig um. Zwei Dunkelhaarige machten sich sofort an mich ran, die eine legte ihren Arm um mich, schmiegte sich an, die andere küsste mich auf die Wange. Beide sagten nichts und dann flammte Licht auf,

ein Blitzlicht, noch eins, zwei Fotografen standen plötzlich im Raum. Und dann kam auch Onkel Hans.
»Franz, schön dich zu sehen«, sagte er, freundlich wie immer. Am Blitzen in seinen Augen sah ich, wie sehr er seinen Triumph genoss. Mit den Bildern glaubte er, mich in der Hand zu haben. Eine Falle. Und ich war hineingetappt.
»Das also sind die Roten?«, sagte ich zu Jérôme, ohne meinen Onkel auch nur anzuschauen. »Ich sehe nur Schwarze und Blonde.«
Jérôme lächelte nicht. »Ihr könnt euch wieder anziehen, wir haben die Fotos im Kasten«, sagte er und die Mädchen verschwanden.
»Eine billige Falle«, sagte ich.
»Stimmt«, pflichtete mir mein Onkel bei. »Aber du wirst sehen, wie wirkungsvoll sie ist. Ein König, der sich solchen Lastern hingibt, in nebulöser Beziehung zum Widerstand, der verliert jeden Respekt seines Volkes.«
»Scheiße«, sagte ich so wütend, wie ich konnte. Und dann ließ ich resigniert die Schultern hängen. »Du hast gewonnen.«
»Dass du wirklich gedacht hast, ich könnte meine Heimat verraten«, sagte Onkel Hans. Selbst jetzt spielte er noch den integren Saubermann. Was für ein Arschloch.
»Warum hast du das getan?«, fragte ich.
»Du willst zu viel, Franz. All diese Veränderungen. Wozu soll das gut sein? Kartoffeln für die Bayern. Ich bitte dich, wen interessiert das denn, wenn der einfache Bayer mal etwas weniger zu essen auf dem Tisch hat? Und dann dieses Gerede von Freiheit. Meinst du, ich hätte nicht mitbekommen, dass du mit den Deutschen Kontakt hattest? Dass du dich mit dieser Almstädt getroffen hast? Dass du Bayern verraten wolltest?«
»Sie hätte uns Frieden und Kartoffeln gebracht. Dieser ganze Bomben- und Raketenquatsch war überhaupt nur nötig, weil du sie ungeschickterweise umgebracht hast.«
»Wie auch immer, jetzt haben wir dich in der Hand. Entweder du machst, was wir dir sagen, oder wir setzen dich ab und machen deinen Bruder zum König. Dank dieser Bilder wird das Volk dir keine Träne nachweinen.«
Das war an sich ein guter Plan. Ziemlich ähnlich dem, mit dem Jérôme und ich Onkel Hans hatten stürzen wollen. Seltsamer Zufall.
»Und du, Jérôme? Du hast mich verraten?«
Er stand neben seinem Vater. Ich konnte sein schlechtes Gewissen förmlich sehen, aber keine Frage, auf wessen Seite er stand. Ich hatte mich tatsächlich in ihm getäuscht. Er war immer noch der Jérôme aus meiner Kindheit, wie hatte ich nur auf ihn hereinfallen können? Wie hatte ich nur glauben können, er wäre mein Freund geworden?
»Franz, es geht um Bayern. Ich weiß ja, dass du es gut meinst. Aber schau mal, mein Vater hat so viel mehr Erfahrung im

Regieren. Du warst so leichtfertig, so beeinflussbar. Fast hätten wir eine Schlagersängerin als Königin bekommen, die die Ideen der Terroristen verbreitete. Das Schicksal von Bayern stand auf dem Spiel. Du bist echt ein netter Kerl, aber meine Heimat geht nun mal vor.«

Möglicherweise glaubte er das wirklich. Wie dumm und naiv er war! Wie dumm und naiv ich gewesen war, ausgerechnet ihm mein Vertrauen zu schenken. Wahrscheinlich war ich wirklich nicht dazu geeignet, mein Volk zu führen.

»Nun, mein Junge, wie entscheidest du dich?«, fragte Onkel Hans.

Ich verstand, vor welche Wahl er mich stellte, er musste es nicht aussprechen.

»Franz, nimm Vernunft an«, flehte Jérôme.

»Ich fürchte, das fällt mir schwer«, sagte ich langsam. »Arschkriecherei ist nicht so meins.«

»Du hast es selbst in der Hand«, sagte Onkel Hans.

Und ich wartete darauf, dass ein kleines, feines Exekutionskommando zu der Tür hereinkommen würde, durch die die Mädchen verschwunden waren. Vielleicht waren es ja sogar die gleichen, nur dieses Mal vernünftig angezogen und bewaffnet. Das hätte wenigstens Stil.

»Franz, ein letztes Angebot zur Güte«, sagte Jérôme. Ihm war klar, dass ich nicht kleinbeigeben würde. »Verlass Bayern. Geh ins Exil. Geh zurück nach Berlin. Unter einem anderen Namen.«

»Das würdet ihr tun? Mich gehen lassen?« Ich schaute Onkel Hans an.

Er nickte.

»Ja. Es gäbe ein paar Auflagen. Aber ja. Du hättest dein Leben zurück.«

Das war allerdings ein verlockender Gedanke. Mein Berlin. Nordkurve Borussia Park. Ein Sommer an der Ostsee.

2.18 Der Bruder

Da war er – überraschend aus dem Nichts aufgetaucht – mein Notausgang aus dem König-sein. Ich erinnerte mich an meine Krönung, an die schwere Krone auf meinem Haupt. Damals, und das war noch gar nicht so lange her, hatte ich geglaubt, dass mich nur der Tod von der Krone würde erlösen können. Und hier bot sich nun die Chance auszubrechen. Wahrscheinlich eine einmalige Chance. Ich wäre weg. Zurück in Berlin. Würde Maschine und Eins wiedersehen.
Aber war das wirklich möglich? Nach allem, was ich erlebt hatte? Konnte ich das alles ausblenden? Konnte ich wieder Kind sein?
Nein, das war unmöglich. Ich konnte Bayern nicht im Stich lassen, es meinen furchtbaren Verwandten überlassen. Wenn ich jetzt kniff und den bequemen Weg ging, würde ich mir das mein Leben lang vorwerfen. Immer wieder würden meine Gedanken zu diesem Tag zurückkehren und ich würde mir ausmalen, wie es gekommen wäre, wenn ich die Herausforderung angenommen hätte. Und dann war da noch Maria. Ich konnte sie nicht enttäuschen. Erst recht nicht jetzt, da sie tot war. Ich war es ihr schuldig, für ihre und eben auch meine Überzeugung zu kämpfen. Ich musste es zumindest versuchen. Gerne wäre ich jetzt ausgestiegen, aber es ging einfach nicht. Und das wusste ich. Sofort. Noch in dem Moment, als Jérôme mir das Angebot gemacht hatte.
»Und? Was sagst du dazu?«, fragte Jérôme.
»Ihr haltet mich für einen Verräter?«, sagte ich mit fester Stimme. »Ich bin der König und habe von Verrat eine andere Auffassung.« Ich verlieh meiner Stimme etwas Drohendes.
»Franz. Das Spiel ist aus«, sagte mein Onkel. »Jérôme hat dir eine letzte Chance gegeben. Nimm sie oder nimm sie nicht, aber deine Zeit als König endet. Dein Bruder Ludwig muss jeden Moment in München ankommen. Und dann bekommt Bayern einen neuen König.« Er lächelte selbstzufrieden.
»Ach, der Wiggerl, ich hätte es ihm ja gegönnt. Wenn ihm nur nichts dazwischen gekommen ist«, sagte ich gehässig.
»Was soll denn das heißen?«, fragte Onkel Hans spöttisch.
»Lasst mich bitte etwas prüfen.«
Ich nahm mein Handy und startete den amerikanischen Nachrichtensender. Und tatsächlich, sie brachten die Neuigkeit bereits, ich musste es ihnen also nicht selbst erzählen, sie würden es direkt aus der Presse erfahren.
»Schaut euch das bitte einmal an.« Ich drehte den Ton lauter und hielt ihnen das Handy vor die Nase.
»Du kannst doch Englisch, Onkel Hans?«, fragte ich sicherheitshalber.
Er schnaubte ärgerlich. »Sure.«

Ein Laufband mit der Headline »Prinz von Bayern ist tot. Er wurde gestern am Flughafen Frankfurt ermordet. Man vermutet, dass der Bayerische Geheimdienst dahinter steckt.«
»Was ist denn das für ein Unsinn?«, schrie Onkel Hans. Sein Gesicht lief rot an. Ich hatte ihn noch nie so unbeherrscht gesehen.
»Jérôme? Hast du deinen Laden nicht im Griff?«
Jérôme sagte nichts, zuckte mit den Schultern, war verwirrt. »Ich habe das natürlich nicht befohlen.«
»Wo sind die Russen, wenn man sie braucht?«, schrie Onkel Hans.
»Sehen Sie nun ein Live-Interview mit unserer Korrespondentin Diana Vishnapurati in Deutschland«, verkündete der Nachrichtensprecher. Das Bild einer älteren Frau mit indischen Gesichtszügen wurde eingeblendet. Sie stand vorm Flughafengebäude in Frankfurt. Wind zerrte an ihren pechschwarzen Haaren. Sie blickte finster, als wollte sie den Wind einschüchtern.
»Diana, wer ist der Tote?«
»Es handelt sich angeblich um Ludwig Huber, den ältesten Sohn des verstorbenen Königs Ludwig IV. und Bruder von Franz, dem amtierenden König von Bayern.«
»Das ist ja ungeheuerlich. Wie kam es denn, dass er sich überhaupt in Deutschland aufhielt? War das bekannt?«
»Er scheint mit gefälschten Ausweispapieren unterwegs gewesen zu sein. Schon lange hielten sich Gerüchte, er verbringe sein Leben überwiegend in Ländern, die Bayern zu seinen Feinden zählt. Vor fünf Jahren wurde er im Disneyland in Paris gesehen. Dass er sich ausgerechnet in Frankfurt aufhielt, ist also nicht überraschend.«
»Woran ist der Prinz denn gestorben?«
»Er wurde allem Anschein nach vergiftet. Auf den Überwachungskameras konnte man sehen, wie zwei Frauen ihm Tücher auf Mund und Nase drückten. Die beiden Frauen wurden festgenommen, es handelt sich um zwei 25 und 27 Jahre alte Österreicherinnen. Sie haben ausgesagt, ein Mann habe sie angeworben und ihnen erklärt, es handele sich um einen Streich mit der versteckten Kamera.«
»Sie sind also unschuldig?«
»Das wird untersucht. Ludwig wurde mit VX vergiftet. VX ist ein Nervengift. Es dringt über Haut, Augen und Atemwege in den Körper ein und verursacht zuerst Husten und Übelkeit. Dann lähmt es die Atemmuskulatur und führt innerhalb weniger Minuten zu starken Krämpfen und Schmerzen und schließlich zum Tod. Auf den Überwachungsvideos kann man sehen, wie sich eine der Frauen nach dem Überfall die Hände gründlich reinigte. Die andere Frau trug Atropin bei sich, ein Gegengift gegen VX. Man kann daher davon ausgehen, dass sie sehr wohl

wussten, was sie taten.«
»Was weiß man über die Hintermänner?«
»Auf den Videos sieht man, dass ein Mann ihnen das Gift übergeben hat. Seine Identität ist nicht geklärt, man spekuliert, dass er mit dem Bayerischen Geheimdienst in Kontakt stehen könnte.«
»Vielen Dank, Diana.« Das Bild der Frau verschwand, der Nachrichtensprecher blickte sehr ernst in die Kamera. »Wir bleiben für Sie dran.«

Jérôme und Onkel Hans wetteiferten darum, wer das weißere Gesicht bekommen konnte. Onkel Hans war schlau, ihm dämmerte bestimmt, dass es kein Zufall war, dass ich von seinem Plan rechtzeitig Wind bekommen hatte.
Ich schickte Gerd eine kurze Botschaft. »Herzlichen Glückwunsch. Gut gemacht. Hast einen Wunsch frei.«
Das war typisch Gerd, dass er auf rohe Gewalt verzichtet hatte. Und das mit den Österreicherinnen, Hut ab, darauf musste man erstmal kommen. Trotzdem war mir klar, was ich da von ihm verlangt hatte. Mord blieb Mord, leicht war ihm das sicherlich nicht gefallen. Diese Loyalität rechnete ich ihm hoch an, besonders jetzt, da Jérôme mich verraten hatte.

»Und wenn schon«, brauste Onkel Hans auf. »Dann wird Wiggerl nicht der neue König. Dann mache ich das eben selbst. Ich hätte das schon machen sollen, als dein Vater starb. Ihr Hubers seid einfach zu schwach, um Bayern in schwierigen Zeiten zu führen.«
Jérôme starrte seinen Vater erstaunt an.
Warum hatte er damit eigentlich nicht gerechnet? Mich überraschte das nicht. Wie lange war er schon der heimliche König gewesen. Wahrscheinlich ratterte es in ihm schon, wie er die Huber-Dynastie aus der Geschichte Bayerns tilgen würde. So wie das mein Großvater mit den Wittelsbachern getan hatte.
»Onkel Hans. Mach dich nicht lächerlich. Denk doch mal nach.«
»Was denn, traust du es mir nicht zu?«
Er war wirklich zu aufgeregt. So hatte ich ihn noch nie erlebt.
»Warum habe ich wohl meinen eigenen Bruder beseitigen lassen?«
Sie starrten mich mit großen Augen an. War das denn so schwer zu verstehen?
»Haltet ihr mich wirklich für so dumm, dass ich eure alberne Falle nicht durchschauen würde? Onkel Hans, du bist schuld am Tod von Maria, du hast versucht, mich umbringen zu lassen. Glaubst du, das wüsste ich nicht? Glaubst du, damit kämst du durch? Ich habe dich überwachen lassen. Nicht nur von der Gestasi, auch von meinen eigenen Leuten. Und ich habe euer kleines Date mit Herrn Iljanowitsch mitgehört.
Onkel Hans warf Jérôme einen vernichtenden Blick zu.

»Unsinn, das Restaurant war sauber«, verteidigte der sich.
»Direkt aus der geheimen Etage«, sagte ich genüsslich.
»Das kann nicht sein, das hätten mir meine Männer sofort gemeldet.«
»Ich bin der König, das sind meine Männer. Und Kevin hat sich sehr über die kleine Beförderung gefreut, die ich ihm versprochen habe.«
Jérôme biss sich auf seine Unterlippe, bis sie ganz weiß wurde und vermied es, seinen Vater anzusehen. Vielleicht sollte ich dieses Spiel spielen, bis sie sich gegenseitig umbrachten? Nein, das wäre zu schade gewesen. Ich hatte andere, größere Pläne mit den beiden.
»Du hast gar nichts«, sagte mein Onkel. »Niemand weiß davon. Niemand ist hier. Ich werde dich hier und jetzt aus der Welt schaffen, du undankbares, verräterisches Nichts.«
Der alte Mann versuchte tatsächlich, sich auf mich zu werfen. Und das hätte womöglich kein gutes Ende genommen, ich war einfach nicht in Form, trotz meines neuen Hobbys, zu Joggingstrecken zu spazieren. Sein Schwung riss mich zu Boden, er lag auf mir, drückte seine Hände um meinen Hals. Das fühlte sich gar nicht gut an. Aber hatte er denn nie einen Thriller gesehen? Ich hätte mir ein Mikrofon auf meine Brust kleben lassen, aber das war ja nicht mal nötig. Die Jungs meiner Leibgarde hatten mich angerufen, ich hatte das Gespräch bestehen lassen, sie hörten die ganze Zeit mit. Eigentlich hätten sie auf das Codewort Truthahn warten sollen, aber nach dem Scheppern, das Onkel Hans Sprung auf mich ausgelöst hatte, waren sie in ihren schwarzen Sicherheitsanzügen, mit ihren Sturmgewehren und Integralhelmen in die Wohnung gestürzt. Ich sah, wie sie Jérôme, der die ganze Zeit wie ein Häuflein Elend herumgestanden hatte, zu Boden warfen. Mehrere Mann machten sich an Onkel Hans zu schaffen, der sich wie ein bockiges Kind an mich krallte. Aber sein Widerstand half ihm gar nichts. Auch er wurde fein säuberlich verschnürt. Und endlich halfen sie mir auf. Ich klopfte den Schmutz von meinen Sachen, zog sie zurecht und schaute mich um, ob es nicht etwas Vernünftiges zu trinken gab. Zu meiner Freude entdeckte ich eine Flasche mit schottischem Whiskey. Geschmack hatte mein Onkel ja. Ich setzte mich, goss mir ein Glas ein, nahm einen Schluck. Ich fand, den hatte ich mir wirklich verdient, und schaute mir an, wie sie aus dem Nebenraum die leicht bekleideten Frauen abführten. Zwei Mann machten ausführlich Filmaufnahmen der Aktion. Jérôme und mein Onkel lagen wie zwei ägyptische Mumien auf dem Boden. Ich fühlte nichts, keine Spur von Mitleid. Nur nackten Hass. Und Erleichterung, dass ich sie endlich hatte. Dass er mich hatte umbringen wollen, hätte vielleicht schon gereicht, um ihn hinrichten zu lassen. Aber mir hatte es an Zeugen, an Beweisen gemangelt.
Aber das hier war der offensichtlichste Hochverrat, den man sich

nur vorstellen konnte. Niemand würde es wagen, sich auf seine Seite zu stellen. Einen größeren Gefallen hätte er mir gar nicht tun können. Das Zeitalter der Obermeiers war zu Ende. Erst jetzt würde meine Regentschaft wirklich beginnen. Nichts und niemand würde mich mehr aufhalten.

2.19 Hinrichtung

Mel saß neben mir in der Loge des Stadions in Giesing. Sie hatte sich fein gemacht, in schwarz. Auf der anderen Seite saß Gerd im Anzug. Und ich trug das Festgewand des Königs, zum ersten Mal seit meiner Krönung.
Eine Woche lang hatten Jérôme und Onkel Hans in einer kleinen Zelle in Pullach gesessen. Jeder in seiner eigenen natürlich, sozusagen Privatzimmer. Die GeStaSi hatte ihr Innerstes nach außen gekehrt. Viel war dabei nicht herausgekommen. Onkel Hans war ein harter Hund, er ertrug den Schmerz. Jérôme winselte wie ein getretener Hund, hatte aber nichts zu erzählen. Egal, ich wusste, was ich wissen wollte und heute war ihr großer Tag, sie würden ein letztes Mal im Mittelpunkt stehen.
»Ich finde es immer noch schade, dass wir nicht live im Fernsehen übertragen«, sagte ich gedankenverloren.
Das Stadion war voll, gelegentlich kamen König-Franz-Sprechchöre auf. Königswetter. Ein wunderbarer Sonntagnachmittag. Ich schaute auf die Uhr, gleich war es drei, gleich ging es los. Ich trank das Bier aus und schnippte nach einem neuen. Hinrichtung war einfach besser als Fußball, emotionaler, endgültiger.
»Eine Hinrichtung kann auch falsch verstanden werden«, entgegnete Mel. «Unser Volk liebt dich, aber das Ausland könnte mit diesen abstrakten Menschenrechten daherkommen und das als Vorwand für eine Invasion nutzen.«
Ich nickte gelangweilt. »Deine Inszenierung ist jedenfalls Weltklasse, die hätte mehr Zuschauer verdient.«
Fanfaren ertönten aus den Lautsprechern. Der Stadionsprecher begrüßte das begeistert johlende Publikum zur Hinrichtung der Verräter und Staatsfeinde. Nach ein paar weiteren Trommelwirbeln und Fanfarenstößen, die für eine gewisse Ruhe sorgten, begann der Film. Mel hatte einen Oskar verdient. Schade, dass die Amerikaner sich bei den Genres so anstellten. Bester Vorfilm einer Erschießung, diese Kategorie fehlte.
Der Film zeigte Szenen von der Verhaftung in dem Penthouse im Lehel, man sah Jérôme, Onkel Hans, nackte Frauen, Kokain, Alkohol, die Symbole des Verrats. Die Stimme des beliebtesten Nachrichtensprechers des Landes erklärte, wie man die beiden schlimmsten Vaterlandsverräter, die sich seit Jahren auf Kosten des bayerischen Volkes bereichert hatten, die an Hunger und Unfreiheit Schuld hatten, die unseren geliebten König meucheln wollten, endlich in flagranti geschnappt hatte. Wie er diese Sätze sagte, wie das Volk jedesmal in Jubel ausbrach! Er war die Stimme der Wahrheit, des guten Gewissens. Ihm glaubten sie alles. Ich bereute die immensen Ausgaben für das Freibier keine Sekunde lang. Es war eine rauschende Party und wie immer

würde das Feuerwerk der Höhepunkt sein. Eine Viertelstunde ging der Film, danach skandierte die Menge immer wieder ›Tötet sie‹. So sollte es sein. Das hatten die beiden verdient.
Unter weiteren Fanfarenstößen wurden sie in den Innenraum geführt. Die Kameras hielten direkt drauf. Ihre Gesichter erschienen überlebensgroß auf den beiden Anzeigetafeln. Onkel Hans in seiner schlichten grauen Häftlingsmontur, sein Gesicht stolz und verschlossen. Jérômes Blick war wirr, Verzweiflung und Angst spiegelten sich in seinen Zügen. Erbärmlich. Was für ein Schwächling. Unter dem Hohn Zehntausender wurden sie auf die Bühne in der Mitte des Stadions geführt. Wir hatten lange diskutiert, wie wir sie am besten erschießen konnten, ohne die Zuschauer im Rund zu gefährden. Am Ende waren wir auf den guten alten Galgen gekommen. Zwei Mann führte die beiden zu ihren Positionen, legten ihnen die Schlingen um den Kopf. Die Kamera zoomte auf Jérôme, offenbar weinte er. Wie peinlich. Sie fuhr an ihm herunter, seine Hose zeigte eine dunkle Verfärbung durch Flüssigkeit. Es war abstoßend. Die Schlingen wurden angezogen, der Henker ging ein paar Schritte zurück.
Ich erhob mich, ging zur Tür der Loge, trat ins Freie, der Jubel der Masse war unbeschreiblich. Ich trat an das Mikrofon. Fasste noch einmal kurz zusammen, was die beiden da unten uns, dem bayerischen Volk und seinem König, angetan hatten. Und dann stellte ich meinem Volk Vater Ambrosius vor. Diese Tat wollte ich segnen lassen, ich wollte sie unserem Herrgott widmen.
Ambrosius, der harte Hund, der immer so klar war, mir den Weg wies, hatte sich schon am Morgen unwohl gefühlt. Aber natürlich wollte er sich die Hinrichtung nicht entgehen lassen.
»Geht es Euch gut, Vater?«, fragte ich so leise, dass die Kameras es nicht übertrugen. Er sah blass aus, nickte aber langsam.
Er trat an das Mikrofon und sprach über die Sünde, die der Teufel in die Welt gesetzt hatte, um uns zu prüfen, und wie großartig wir Bayern diese Prüfung bestanden hatten und diese Sünde nun ausmerzten, mit dem Segen des Herrn, in dem wir die Zeichen der Versuchung hinweg fegten und sie dem Feuer übergaben. Ein bisschen nahm er die Pointe vorweg, wie schade. Ein Zittern durchlief seinen alten Körper, es war die Aufregung. Er war es nicht gewohnt, vor so vielen Menschen zu sprechen. Aber er machte das famos. Die Kamera fuhr durch die Reihen der Zuschauer. Alkohol und Religion hatten ihr Werk getan, die stieren Blicke der Menschen zeigten mir, sie waren bereit. Ja, und ich war auch bereit. Endlich würde der Mörder von Maria sterben. Und mein Cousin, der Verräter. Die, die mich hatten umbringen wollen. Die mich hatten entmachten wollen. Meine nächsten Verwandten, meine größten Feinde.
Doch als ich auf die Anzeigetafel sah, die jetzt wieder die Gesichter der beiden Verurteilten zeigten, da sah ich nur meinen Cousin und meinen Onkel, zwei Menschen, nicht die Verbrecher.

Jetzt nicht weich werden, mich nicht einlullen lassen, in diesem Moment musste ich König sein, in diesem Moment entschied es sich, ob ich die Prüfung bestehen würde.
Ich hob den rechten Arm, das war das Zeichen.
Die Henker betätigten den Mechanismus, die Klappen öffneten sich, die beiden fielen, das Seil straffte sich. Die Kameras gingen voll drauf. Ich sah und bildete mir ein auch zu hören, wie Onkel Hans Genick brach. Das von Jérôme nicht. Er baumelte am Galgen, versuchte zu schreien, es kam aber nur ein leises, kaum zu hörendes Stöhnen. Seine Augen waren weit aufgerissen. Ich hob wieder die Hand, zwei Gruppen von Soldaten mit Flammenwerfern kamen herein marschiert. Unter dem Johlen der Menge schlugen die Flammen aus den Geräten und verbrannten die Leichen. Verbrannten Jérôme, der erst jetzt starb.
Ein Stöhnen neben mir, ich drehte mich zu Ambrosius, er drückte seine rechte Hand auf die linke Brust, als wollte er die Nationalhymne singen. Aber das war es nicht.
»Was ist? Geht es Euch nicht gut?«
»Das Herz«, stöhnte er und glitt zu Boden.
Mein Glaube, mein Gewissen. Ich beugte mich zu ihm herunter, fühlte seinen Puls, doch sein starrer Blick ließ mich schaudern, kein Puls, keine Atmung. Er war tot. Die Hinrichtung war für diesen alten Mann, für diesen Mann des Wortes, zu viel gewesen.
»Wenn das mal kein Zeichen war«, sagte Gerd tonlos.
Ich stand auf. »Papperlapapp. Er war einfach schon zu alt. Besorg mir einen neuen Pfaffen.«
»Mach ich.«
»Gerd?«
»Ja, mein König?«
»Du hast das Video vom Kronrat?«
»Natürlich, ist schon auf dem Weg zur Auswertung.«
Ich hatte den gesamten Kronrat auf die Ehrentribüne gesetzt. Und sie filmen lassen. Während der Hinrichtung. Ich würde mir das später ansehen. Und jeder, der Mitleid zeigte, jeder, der Tränen für die beiden Verräter vergoss, würde ihnen folgen. Ich hatte so lange auf diesen Moment gewartet, die Zeit war gekommen aufzuräumen. Das hier war erst der Anfang. Ich würde ihre Seilschaften zerschlagen und sie auslöschen. Ich würde Bayern von diesem Gesindel, diesem Gift, diesem Unkraut befreien.

Nachdem der Bierausschank beendet worden war, leerte sich das Stadion langsam. Ein Putzkommando schaffte die Überreste der Verräter fort. Es würde kein Grab geben, nichts, das an sie erinnerte. Das kam auf die Deponie.
Ich saß noch auf einem der Schalensitze, allein. Mel und Gerd hatte ich fortgeschickt. Nur ein paar Bodyguards waren

geblieben, sie saßen in gebührendem Abstand. Ich brauchte jetzt Ruhe, Zeit für mich. Heute war mein wahrer Krönungstag. Erst jetzt war ich der Herrscher von Bayern. Ich fühlte mich stark, aber auch unendlich einsam. Ich spürte die Last der Verantwortung. Ich war das Schicksal meines Volkes. Noch nie zuvor in meinem Leben fühlte ich mich Gott so nah und so ähnlich. Ein Bild kam mir in den Sinn, Yanni, der Junge in Berlin. Er war mir fremd geworden, ich erkannte mich in ihm nicht wieder. Ab heute würde ich mich nur noch Franz nennen lassen. Ich war neu geboren. Ich, König Franz I. von Bayern.

2.20 Der harte Hund

Ich trug die Uniform des Oberkommandierenden der Bayerischen Streitkräfte. Die schlichte Variante, ohne all die bunten Ehrenzeichen, die mein Onkel so geliebt hatte. Nach seinem vorzeitigen Ableben hatte ich niemandem genug vertraut, um ihm diesen Posten zu geben. Nicht mal Gerd. Niemandem. Ich wollte es auf jeden Fall vermeiden, noch einmal einen so starken Feind in den eigenen Reihen zu haben wie Onkel Hans.
Gerd und ich, wir saßen in einem einfachen Raum in der Bayernkaserne. Wir verbrachten viel Zeit hier, nutzten ihn als provisorisches Standgericht. Denn endlich änderte sich Bayern. Ich saß auf einem Stuhl, der deutlich älter war als ich, vor mir lag ein Haufen Papier, Gerd saß auf der anderen Seite des breiten Schreibtischs, ebenfalls in Unterlagen vertieft. Die Morgensonne tauchte unser schmuckloses Büro in ein helles Licht, wir achteten nicht darauf.
»Schon wieder ein Lehrer«, stöhnte Gerd.
»Richter sind auch nicht besser. Aber das ist ein gutes Zeichen, wir sind weit gekommen.«
»Du meinst, weil keine Kronräte und Staatssekretäre mehr übrig sind?«
Ich nickte. Diese ganzen fetten Säcke, die alte Garde, in wenigen Wochen hatten wir sie entfernt, ausgedrückt wie eitrige Pickel. Jedes Mal, wenn wir einen von seinem Posten entfernt hatten, war es ein befreiendes Gefühl gewesen.
»Aber es werden und werden nicht weniger«, seufzte Gerd.
»Ich weiß.« Das war Teil des Problems. Ein paar Dutzend Kronräte. Ungefähr hundert Staatssekretäre. Doch dann ging es erst richtig los. Um im Bild zu bleiben, mein Bayern hatte starke Akne und unzählige Mitesser. Die Partei war voll von unfähigen Kadern der alten Sorte. Aber schlimmer waren die, die Ämter bekleideten und der alten Ordnung nachtrauerten. Lehrer, die unsere Jugend verdarben. Professoren, die gegen den König hetzten. Journalisten, die die neue Wahrheit verdrehten. Wir kamen mit der Arbeit kaum nach. Aber einmal begonnen, gab es kein Zurück mehr, keine Pause, kein Zögern. Heiliger Zorn hatte mich ergriffen, ich wusste, was ich meinem Land schuldete.
»Aber auch wenn es scheint, als würden wir nie fertig, irgendwann haben wir sie alle. Und denk dran, wir können sie gut brauchen.«
»Stimmt. Alleine gestern haben wir wieder fünfhundert neue Arbeiter für die Feldarbeit gewonnen. Auch wenn die noch viel lernen müssen. Jeden Tag kommen Beschwerden von den Bauern«, klagte Gerd.

»Die sollen nicht so ungeduldig sein. Auf der Baustelle der Pyramide herrscht jetzt jedenfalls kein Arbeitermangel mehr, auch wenn sie nicht besonders produktiv sind, aber dafür gibts von ihnen ja auch jede Menge.«
»Und wir hätten noch mehr, wenn nicht so viele fette Säcke wären. Aber da freuen sich die Alten- und Pflegeheime. Die können immer Pfleger gebrauchen.«
Ich spürte den Grimm in mir. Das war nun wirklich nicht Bayerns größtes Problem. Aber wenn wir sie in die Bergwerke schickten, wurden sie selbst zum Pflegefall. Doch es gab noch schlimmere und wegen denen saßen wir hier. Die, die nicht nur unfähig waren, die ihren Job nicht machten, die nicht fähig waren, mit der Zeit zu gehen. Es gab auch noch die, die sich aktiv gegen ihren König stellten, die öffentlich den Tod der Verräter bedauerten. Die gegen meine Reformen aufbegehrten. Für die hatte ich nur eine Antwort. Sie mussten ausradiert werden. Ein schneller Tod war eigentlich eine zu milde Strafe, aber wir hatten alle Hände voll zu tun, je schneller wir sie los wurden, umso schneller veränderte sich Bayern, umso glücklicher würde ich mein Volk machen. Dieser Gedanke gab mir Kraft für die schwere Arbeit. Denn die Todesurteile, die schaute ich mir alle persönlich an und bestätigte sie. Wir waren ja kein Unrechtsstaat.
»Wie weit bist du?«, fragte ich Gerd. Er sortierte die Listen vor, sichtete sie schon einmal, schob mir dann die auffälligen rüber, die ich mir genauer ansah, bevor ich die Todesurteile unterschrieb. Es waren so viele. Aber es musste sein.
»Hier ist die nächste Liste. Alles klare Fälle. Kannst du so abhaken.« Er schob mir einen kleinen Stapel Papier zu.
Ich stöhnte.
»Aber das sind hoffentlich alle für heute?«
»Einen hab ich noch. Weiß gar nicht, warum der nicht auf der Liste steht. Ist so ein kleiner Kader aus Landshut. Der Gestasi-Agent besteht auf Hinrichtung.«
»Was hat er ausgefressen? Etwa ein Bild des Königs beleidigt?«
Solche Vergehen wurden zu recht mit aller Härte verfolgt. So vieles veränderte sich, nur ich, der König, hielt Bayern im Moment zusammen. Ich durfte keine Respektlosigkeiten dulden. Mel hatte ein ausgeklügeltes Konzept erarbeitet, in dessen Zentrum ein starker König stand. Sie schwafelte immer von Markenkern. Ich wusste nicht genau, wie sie das meinte, aber wir alle waren uns einig, dass wir Stärke zeigen mussten. Das Volk durfte nicht eine Sekunde lang daran zweifeln, dass wir auf dem richtigen Weg und die Verräter zum Sterben verdammt waren.
»Manuel Schröder«, las Gerd vor. »Er soll den König beleidigt haben.«
Tatsächlich. So einer.
»Was hat er gemacht?«

»Witze, Spottlieder.«
»Beweise?«
»Eine Lehrerin hat ihn dabei erwischt. Er hat einen solchen Witz seinem Sohn erzählt, als er ihn von der Schule abholte. Sie stand zufällig in der Nähe.«
»Allerhand.«
»Sie war gerade erst in den Schuldienst zurückgekehrt, dein Onkel hatte sie suspendiert.«
»Also eine Königstreue. An ihrer Aussage ist demnach nicht zu zweifeln. Warum das Gewese?«
»Er leugnet alles. Die Frau sei eine Lügnerin. Etc. pp.«
»Wie langweilig. Haken dran. Der kommt auf die Liste.« Ich schüttelte angeekelt den Kopf.
Meine Tage waren lang, meine Nächte kurz. Ich beklagte mich nicht, ich opferte mich gerne für mein Volk auf. Nahm die harte Arbeit an, denn das war meine Bestimmung. Aber dass ich mich mit solchen Leuten herumschlagen musste. Ich hätte ihn gern eigenhändig erschossen. Witze über den König. Und dann auch noch meine treuesten Anhänger der Lüge zu bezichtigen! Es war nicht leicht, der Hammer Gottes zu sein. Doch das eigentliche Problem war ein ganz anderes. Bayern brauchte neue Eliten. Die vielen neuen Arbeiter fehlten nun an den Schulen, den Gerichten und in der Verwaltung. Ich grübelte schon seit Tagen über dieses Problem. Klar, es gab ein paar Königstreue, die nun aufrücken konnten. Aber war es nicht an der Zeit, dass eine neue Generation an die Macht kam? So wie ja auch ich eine neue Generation war?
»Wir brauchen frisches Blut, Gerd«, dachte ich laut.
»Gibt es dafür nicht die ›Jungen Murmeltiere‹? Das ist doch der Nachwuchs der Königspartei.«
»Ach ja«, ich machte eine wegwerfende Handbewegung. »Dieses Mädchen. Vor dem mich Jérôme immer gewarnt hat.«
»Jérôme ist tot.«
Wie blind war ich gewesen? Aber natürlich, das war die Antwort. Jérôme, der Verräter, war tot. Er hatte mich vor ihr gewarnt, aber jetzt, da ich wusste, dass er mich verraten hatte, war da seine Warnung nicht so etwas wie ein Ritterschlag? Sie war mir doch gleich damals, bei meiner ersten Rede im Parlament aufgefallen. Ich hatte mich ihr sofort verbunden gefühlt. Mein Instinkt ließ mich nie im Stich, ich hätte früher auf ihn hören sollen. Die JuMu, das war die richtige Antwort.
»Gerd, du bist ein Genie. Lad sie sofort für heute Abend zum Essen ein.«

Wir trafen uns im ›The Steak‹. Ich hatte nicht lange nachgedacht, vielleicht wollte ich diesem unglückseligen Ort eine Chance geben, sich zu rehabilitieren. Ich verband ihn mit Jérômes schrecklichem Verrat, trotzdem gab es dort das beste Fleisch von ganz München.

Sie kam auf die Minute pünktlich.
Ich winkte, lächelnd kam sie auf mich zu, selbstbewusst, sie war jünger als ich. Ich hatte sie schon ein paar Mal gesehen, aber ich sah sie an dem Tag mit anderen Augen. Sie trug Hose und T-Shirt, eitel war sie nicht. Ihre schwarzen Haare fielen glatt bis auf Kinnhöhe, ihre Nickelbrille erinnerte an John Lennon. Und sie war hübsch. Wenn sie ein bisschen mehr Wert auf ihr Äußeres gelegt hätte, wäre sie sogar eine ausgesprochene Schönheit.
Ich stand auf, gab ihr förmlich die Hand. Sie lächelte noch immer, nicht kokett, eher zurückhaltend, sie hatte eine sympathische Ausstrahlung.
»Guten Abend, Herr König.«
»Nennen Sie mich doch Franz.«
»Billie.«
Wir setzten uns. Ein Kellner brachte uns die Karte.
»Sie waren schon mal hier?«
»Einmal, ist schon lange her. Ich bin meist bei den Murmeltieren unterwegs. Ich liebe den Kontakt zur Basis.«
Ich musterte sie. Ihr Blick ruhte auf der Karte. Wenn sie anfangs nervös gewesen war, hatte sie das jetzt abgelegt. Wer war diese Frau? Ich hatte mich nicht intensiv mit ihr beschäftigt. Wegen Jérôme. Wie loyal war sie? Was waren ihre Ziele?
»Möchten Sie Wein?«, fragte ich.
»Für mich bitte ein Bier«
Ich bestellte und wir mussten nicht lange warten. Als die Getränke kamen, bestellten wir beide Entrecote und Pommes Frites, sie wählte dazu Ketchup und Mayo. Wenn das nicht bodenständig war.
»Ich will nicht lange drumherum reden. Sie wissen, dass ich Bayern neu gestalte, dass wir gerade eine Revolution von innen erleben. Und ich brauche die junge Generation. Ich will, dass sie Verantwortung übernimmt.«
Sie kaute gründlich, nahm einen Schluck Bier und schaute mir ruhig in die Augen.
»Ich bewundere Sie dafür. Wie lange haben wir dafür gebetet, dass es endlich besser wird in Bayern. Und nun ist es endlich so weit. Niemand trauert den Hubers eine Träne nach. Aber ich will offen und ehrlich sein. Nicht alle jungen Murmeltiere sind loyal. Auch unter uns gibt es schwarze Schafe.«
»Die gibt es überall.«
»Und ich kann helfen, die weißen zu finden«, sagte sie.
Ich stellte sie mir mit längeren Haaren vor, vielleicht gelockt? Oder mit einem Pferdeschwanz? Was immer man mit ihren Haaren machte, sie würde noch besser aussehen. Ich schmunzelte.
»Was ist daran so lustig?«
»Gar nichts. Ich freue mich über Ihr Angebot.«
In diesen dunklen Tagen war diese Frau ein Lichtblick, ich hätte viel früher mit ihre reden sollen, noch etwas, das ich in meiner

Verblendung in Sachen Jérôme mir selbst zuzuschreiben hatte.
Wir aßen das köstliche Steak, tranken, schwiegen und ich fühlte mich wohl, endlich einmal nicht gehetzt. Wenn ich ehrlich war, hatte ich seit Marias Tod keinen so schönen Abend mehr gehabt.
»Wissen Sie, das mit den Hinrichtungen, mit den Deportationen, das ist sonst nicht meine Art. Ich bin kein ausgemachter Fan von Machiavelli, aber …«
»Sagen Sie nichts. Ich glaube auch nicht an seine Weisheiten. Aber manchmal heiligt der Zweck eben doch die Mittel. Auch wenn es schmerzt.«
Sie sprach mir aus der Seele, wir stießen an, ich mit meinem großen Rotweinglas, sie mit ihrer Maß. Erstaunlich, so eine zierliche Frau und so viel Bier. Eine echte Bayerin eben.

Jeden Tag kamen E-Mails und Briefe, manchmal kamen die Bittsteller auch persönlich zur Residenz und flehten um Gnade für einen Verurteilten. Ich hatte das nicht bedacht, viele von denen hatten Familie. Ob alle, die wir in die Steinbrüche und auf die Felder schickten, auch schuldig waren? Wohl nicht. Ob sie litten? Wahrscheinlich. Konnte ich es ändern? Durfte ich weich sein? Nein. Ich musste meinen Weg gehen.
Ein paar Tage nach dem Abendessen mit Billie kam diese kleine, blonde Frau. Ich wusste nicht, wie sie es in meinen Kalender geschafft hatte, sie musste jemandes Herz erweicht haben. Sie hatte ein niedliches Gesicht, machte einen sympathischen Eindruck, und da sie schon mal da war und ich eine Pause gut gebrauchen konnte, ließ ich sie reden und ließ mir einen Whiskey bringen.
»Möchten Sie auch etwas trinken?«
Sie schüttelte den Kopf und schaute ernst.
Aber ich ahnte, wie lustig diese kleinen Augen aussehen konnten, wenn sie nicht gerade in so einer Mission unterwegs war.
»Mein Name ist Schröder«, sagte sie.
»Angenehm.«
»Ich bin hier wegen meines Mannes. Manuel Schröder.«
Der Name kam mir bekannt vor. Ach ja, es war erst ein paar Tage her gewesen, der aus Landshut. Den ich verurteilt hatte. Zu was nochmal? Ich schluckte. Wusste sie das eigentlich? Nicht immer blieb Zeit, die Angehörigen zu informieren. Nicht immer ging es schnell.
»Manuel ist ein glühender Verehrer des Königs. Er hat sich immer für Ihre Sache eingesetzt. Er wurde von dieser Schnepfe denunziert, aus Rache, weil er sie abgewiesen hat. Sie sollten ihr nicht glauben. Sie wurde damals von der Schule verwiesen, nicht weil sie gegen ihren Onkel war, sondern weil sie Schulmittel veruntreut hat, um sich auf dem Schwarzmarkt mit Kosmetika einzudecken. Sie ist dumm, eitel und intrigant. Sie hatte Affären mit allen wichtigen Männern des Dorfes, außer mit

Manuel, das hat an ihrer Ehre gezehrt. Und deswegen hat sie ihm eins auswischen wollen. Ihr ist wahrscheinlich nicht mal klar, was sie da gemacht hat.«
Sie hatte mir die Worte wie eine Salve aus einer Maschinenpistole an den Kopf geworfen. Ich sah sie betroffen an. Hatten wir so sehr daneben gelegen? Wo gehobelt wird, fallen Späne, ging mir durch den Kopf. Das konnte ich ihr natürlich nicht sagen, aber so war es. Wir hatten nicht die Zeit und auch nicht die notwendige Anzahl loyaler Mitstreiter, um jeden Fall so genau zu untersuchen. Auch das konnte ich ihr nicht sagen.
Ich trank einen Schluck Whiskey und wich ihrem Blick aus. Sie war jetzt ganz ruhig, wartete auf meine Antwort.
»Einen Moment, Frau Schröder.« Ich rief Gerd an, bat ihn zu mir. Er war in seiner Wohnung in der Residenz, kam nach wenigen Minuten. Ich winkte ihn zu mir, flüsterte ihm ins Ohr: »Das ist die Frau von Manuel Schröder. Ist er im Steinbruch? Bei der Pyramide?«
Er sah mich betreten an. »Du erinnerst dich nicht?«, flüsterte er.
»Doch. Nur nicht an Details.«
»Er ist tot. Luftabwehrgeschütz, Gruppenhinrichtung, du hast es selbst entschieden, neulich, in der Bayernkaserne. Es war so ein Grenzfall, wir sprachen noch darüber, dass es eigentlich kein so großes Verbrechen war, aber Abschreckung in diesen Tagen so wichtig ist.«
Ich schaute der Frau in ihr schönes Gesicht und stellte mir vor, wie sie die Fassung verlieren würde, wenn ich es ihr sagt, wie sie weinen, schreien, ausrasten würde. Ich schluckte. Aber ich musste es ihr sagen. Zumindest das war ich ihr schuldig.

Nichts von dem, was ich erwartet hatte, geschah, sie saß wie versteinert. Tränen liefen ihr über das Gesicht, aber ansonsten verzog sie keine Miene. Was für eine tapfere Frau, doch Schmerz blieb Schmerz. Und dann sackte sie einfach in sich zusammen, rutschte vom Stuhl.
Gerd sprang geistesgegenwärtig zu ihr hin, stützte sie, bevor sie mit dem Kopf unsanft auf den Boden schlug.
»Entschuldige mich«, ich ging schnell durch die Residenz, in den Garten, sog die Luft gierig ein, das ließ mich nicht kalt. Was für Opfer ich bringen musste! Was der Herr von mir erwartete! Wie gerne ich jetzt Ambrosius bei mir gehabt hätte. Aber heute Abend schon würde ich seinen Nachfolger kennenlernen, der endlich ausgewählt und angekommen war. Keine Ahnung, warum das so lange gedauert hatte. Ich gierte nach Stärkung, nach jemandem, der mir gut zuredete, der mir eine Stütze war.

2.21 Der Beichtvater

Am Abend kam endlich der Anruf, dass er in der Stadt sei. Der Kardinal schlug vor, ich solle Pater Innozenz, so hieß er, in der Frauenkirche treffen. Ich fragte, warum er nicht einfach in die Residenz käme. Er zöge den heiligen Ort vor, dort seien wir dem Herrn näher, erklärte Seine Eminenz.
Ich war nicht mehr dort gewesen, seit ich die Überreste von Maria besucht hatte. Mir schauderte bei dem Gedanken. An sich hatte ich nicht vorgehabt, dorthin zurückzukehren, bis wir ihren Körper zur ewigen Ruhe in die Pyramide gebracht haben würden. Aber ich musste die Kapelle, in der sie aufgebahrt lag, ja nicht aufsuchen und ein kleiner Abendspaziergang würde mir gut tun. Ich informierte Gerd und wenig später machte ich mich auf den Weg, unauffällig begleitet von zwei Personenschützern.
Ich musste nicht lange raten, wer er war, die Kirche war fast menschenleer. Nur ein Mann kniete vor dem Altar. Ich bat meine beiden Bodyguards, am Eingang der Kirche zu warten, ging nach vorne zum Altar, stellte mich neben ihn, faltete die Hände und betete. Er musste meine Schritte gehört haben, doch zunächst reagierte er nicht. Erst nach einigen Minuten bekreuzigte er sich und stand auf. Auch ich beendete mein Gebet, was mir nicht schwer fiel, ich hatte sowieso nicht so recht gewusst, was ich Gott sagen sollte, das hatte bisher Pater Ambrosius für mich erledigt.
»Pater Innozenz«, sagte er und streckte mir die Hand entgegen. »Sie sind der König?«
Er war überraschend jung. Ich sah das sofort an seiner zarten Haut, den jungen Augen, obwohl er einen Vollbart trug. Obwohl er so jung war, hatte er auch etwas Besessenes. Auch das las ich aus seinem Blick. Ich reichte ihm meine Hand.
»So ist es. Willkommen in München. Ich freue mich, dass Sie hier sind. Ich habe meinen seelischen Beistand sehr vermisst.«
»Das glaube ich«, sagte er und ich war mir nicht sicher, wie er das meinte. Seine Stimme klang weich, aber entschieden. »Wollen wir gemeinsam beten, bevor ich Ihnen die Beichte abnehme?«
»Die Beichte?«
»Darum geht es Ihnen doch? Erleichterung?«
Bei Vater Ambrosius hatte ich nie gebeichtet. Der von Gott gesandte König sündigte nicht. Aber vielleicht war das eine gute

Idee. Es gab da schon so ein paar Dinge, für die ich gerne ganz offiziell von allen Sünden freigesprochen werden wollte.
Wir knieten beide nieder. Ich freute mich, endlich würde mir wieder jemand den Rücken stärken, mir sagen, wie sehr ich das Richtige tat. Alles in mir entspannte sich.
»Vater, halte deine schützende Hand über uns. Gib uns die Weisheit zu erkennen, was richtig und was falsch ist. Erfülle unser Herz mit Liebe, auf dass wir die Kraft finden, unseren Feinden zu vergeben. Amen.«
Er stand auf.
Ich musste mich erst fassen. Was war das denn? Unseren Feinden vergeben? Liebe? Ich schickte meine Feinde in Steinbrüche oder ließ sie erschießen. Was erzählte der da?
»Kommen Sie, da vorne ist ein Beichtstuhl.«
Ich wünschte mir Ambrosius zurück. Aber ich hatte zu lange auf meinen neuen Pater gewartet, ich wollte ihm eine Chance geben. Besser er als gar kein Priester, dachte ich. Ein König braucht einen Gott, sonst ist er kein König. Ich folgte ihm, unsicher, was nun kommen würde. Er verschwand auf seiner Seite des Beichtstuhls, ich auf meiner. Wir sprachen die rituellen Worte. Ich konnte mich gar nicht erinnern, wann ich das letzte Mal beichten war. Seit ich zurück in München war, jedenfalls nicht. Und in Berlin? Es fiel mir nicht ein.
»Vater, ich habe gesündigt«, fing ich an. Ich erzählte ihm, wie wir Rettich hingerichtet hatten. Ich berichtete von Eberhards Tod. Ich sprach über Jérôme und Onkel Hans, erwähnte die Säuberungen der letzten Tage und Wochen. Ich spürte, wie es gut tat, mir all diese Dinge von der Seele zu reden. Ich war im Auftrag des Herrn unterwegs, ich wusste, es war notwendig, aber trotzdem kostete es Kraft, das Böse zu besiegen. Ich schilderte das alles bis ins Detail, in der Hoffnung auf Lob und Anerkennung.
»Vater. Ich gehe einen schweren Weg. Doch der Wandel in Bayern geschieht nur sehr langsam.«
Noch immer sagte er nichts. Sollte er jetzt nicht irgendwie reagieren? Mir zumindest ein Vaterunser oder einen Rosenkranz auftragen? Wo blieb seine Fürsprache?
»Vater, was soll ich tun?«
Das Schweigen erschien mir zunehmend eisig. Ich wurde unsicher. Was bedeutete das?
»Vater? Geht es Euch gut? Braucht Ihr Hilfe?«
»Mein Sohn. Das ist nicht der Weg des Herrn. Der Herr ist nicht der Tod, er ist das Leben. Und die Liebe. Die Vergebung. Nicht die Strafe. Tue Buße, kehre um. Verlasse den Irrweg. Du hast schwere Schuld auf dich geladen. Kehre um.«
Was faselte der da? Hatten die mir einen Priester aus Deutschland geschickt?
»Ich habe das für Gott getan«, sagte ich eine Spur zu laut für eine Beichte.

»Missbrauche nicht seinen Namen, du Teufel. Satan, weiche. Du bist besessen«, kam es von der anderen Seite.
»Vater, vergessen Sie nicht, mit wem Sie sprechen«, schrie ich. Ich verließ den Beichtstuhl, Innozenz kam ebenfalls heraus.
»Wie könnte ich das vergessen?« Jetzt schrie auch er. »Sie tragen die Verantwortung für unser Land. Aber der Teufel hat sich Ihrer bemächtigt. Sie morden und sündigen und brüsten sich damit auch noch. Merken Sie nicht, dass der Satan in Sie gefahren ist? Merken Sie nicht, dass Sie ein Monster geworden sind? Kehren Sie um.«
Seine Augen waren aufgerissen, sein Gesicht wirkte so voller Furcht, als wäre ich wirklich der Teufel. Was bildete der sich ein?
»Ich bin der König. Reißen Sie sich zusammen. Das ist impertinent.«
»Gott ist bei mir. Kehre um.«
Es fehlt nur noch, dass Schaum aus seinem Mund trat, so ereiferte er sich und beleidigte mich, seinen König. Ich war außer mir, was bildete der sich ein?
Er zog ein Kreuz aus seinem Gürtel und hielt es mir vor, als wollte er tatsächlich einen Satan bannen. Genug. Ich zog die Waffe, die ich immer bei mir trug und streckte ihn mit einem gezielten Schuss ins Herz nieder. Überrascht starrte er mich an, als er zu Tode getroffen zu Boden sank. Schnell bildete sich eine Blutlache. Die beiden Bodyguards kamen zu mir gelaufen.
»Was ist passiert? Hat er Sie angegriffen?«
»Nein. Alles ist in Ordnung«, sagte ich tonlos. Doch nichts war in Ordnung. Ich hatte in einer Kirche einen Priester erschossen. Wahrscheinlich hatte er recht. Wahrscheinlich war ich der Satan. Was war nur aus mir geworden? So viele Menschen hatte ich auf dem Gewissen. Und ich hatte wirklich geglaubt, ich täte das für ihn? In seinem Namen? Das Blut erreichte meine Füße. Ich bewegte mich nicht. Sah seinen stieren Blick. Fühlte die Leere in mir, die Schuld.
Und auf einmal wünschte ich mir nur noch zu sterben. Flehte Gott an, mich zu strafen. Mich hinfortzunehmen von der Erde. Doch nichts geschah. Das Blut gerann. Mir fröstelte, doch ich stand wie gelähmt, verlassen. Gott wollte mich nicht einmal töten. Ich war allein, ganz allein mit mir, dem Monster.

Teil III

3.1 Das Flugblatt

Ich spielte wieder Video-Games. Nicht, dass es mir Spaß machte. Mir machte gar nichts mehr Spaß. Ganz im Gegenteil, die Schüsse, die Einschläge, sie erinnerten mich an meine Verbrechen. Es war, als würde ich mich selber auspeitschen, mir Schmerz zuzufügen, um Buße zu tun. Aber ich wusste, ich konnte nicht wiedergutmachen, was ich getan hatte. Und ich war zu schwach dazu.
»Vorsicht, sie kommen von hinten«, sagte Gerd.
Er tat so, als wäre alles wie früher, als wäre mir das wichtig. War es aber nicht. Es war mir egal, ob ich schoss oder erschossen wurde, mir ging es nur um das Geräusch, den Knall, der meine Erinnerungen weckte.
Ich weiß, eine seltsame Art der Buße.
Ich leerte ein weiteres Glas.
»Soll ich noch eine Flasche bringen lassen?«, fragte Gerd fürsorglich.
Ich rechnete es ihm hoch an, dass er mich nicht darauf hinwies, wie früh am Tag es war. Dass er auch nichts gesagt hatte, als ich meinen Arzt gefeuert hatte. Ich hatte seitdem fünf Kilo zugenommen, Tendenz steigend. Ich ekelte mich vor mir. Nicht nur vor meiner Brutalität, auch vor meinem schwabbeligen Bauch, meiner ewigen Fahne, meiner Undiszipliniertheit, meinem Versagen. Was für einen König mutete ich meinem Bayern zu?
»Ich leg mich mal eine Runde aufs Ohr«, sagte ich, als ich die Erinnerungen nicht mehr ertrug. Hätte ich meinen Leibarzt nicht vor die Tür gesetzt, hätte ich mir jetzt ein Schlafmittel geben lassen können. Schlafen konnte ich nämlich auch nicht. Nach einer Flasche Whiskey wurde es allerdings besser.

Jemand zog an meinem Arm.
»Scheiße, kann man denn nicht mal ein kleines Nickerchen machen?«, brüllte ich und fuhr auf, so gut das mit meinem Bauch und meinen untrainierten Muskeln ging.
»Yanni, das glaubst du mir nicht«, grinste Gerd so jungenhaft, dass ich für eine Sekunde daran dachte, dass ich ja auch noch jung war. Auch wenn ich mich überhaupt nicht mehr so fühlte.
»Nenn mich nicht so. Schwachsinn. Ich glaube dir jeden Scheiß.«
»Hier, lies das.« Er reichte mir einen DIN A 4 großen Bogen

Papier.
»Keinen Bock«, sagte ich und wollte mich wieder in mein Bett eingraben, als mein flüchtiger Blick an dem Wort »Kristien« hängen blieb. Kristien. Wie meine Schwester. Ich begann zu lesen, achtete nicht auf Gerd, der auf dem Stuhl neben meinem Bett hockte. Aber ich kam über die erste Zeile nicht hinaus. Kein Wunder, sie war gleich zweimal vorhanden, überlappte sich mit der anderen ersten Zeile und beide tanzten auf seltsame Weise miteinander.
»So ein Miststück. Das hält nicht still.« Ich hielt Gerd das Blatt hin. »Gib mir lieber ne neue Flasche Single Malt.« Alles Einbildung. Seit ich König war, hatte ich meine Schwester nicht mehr gesehen, nichts von ihr gehört. Ich hatte dafür nur eine Erklärung. Sie musste tot sein. Als potentielle Thronfolgerin wahrscheinlich von Onkel Hans entsorgt.
Gerd nahm das Blatt, setzte sich zurück auf seinen Stuhl und begann zu lesen.
»Ich sagte, ich will Single Malt, du Saukopf.«
»Freunde des Vaterlandes, Freunde der Roten, Freunde der Freiheit«, las er.
Ich nahm eine der leeren Flaschen, die neben meinem Bett standen und warf sie nach ihm. Er musste ihr nicht mal ausweichen, ich verfehlte ihn wahrscheinlich deutlich, wahrscheinlich, weil ich ihn so genau nicht erkennen konnte, auch ihn gab es zweimal, auch er tänzelte leicht, im Sitzen. Es war alles im Eimer.
»Die Zeit ist gekommen, Bayern zu verändern. Wir sind noch wenige, doch jeden Tag werden wir mehr. Uns gehört die Zukunft. Und unsere Zukunft beginnt heute. Für den offenen Kampf sind wir zu schwach, doch jeder von uns kann dazu beitragen, dass Bayern unser Bayern wird. Indem wir einfach nicht mehr mitmachen. Indem wir uns nicht mehr an ihre Regeln halten. Indem wir nicht mehr zur Arbeit gehen.«
Er las und las.
Offenbar ein Flugblatt der Terroristen. Ich hatte schon nicht mehr an ihre Existenz geglaubt. Nachdem ich die ganze alte Garde vom Erdboden gefegt hatte, war ich der festen Überzeugung gewesen, dass ich den angeblichen Widerstand gleich mit ausgelöscht hatte. Dass das nur eine Erfindung von Onkel Hans gewesen war. Ein Feigenblatt, mit dem er seine feigen Taten entschuldigen konnte. Aber hier war es, ein Lebenszeichen des Widerstands. Gab es ihn wirklich? Eigentlich eine interessante Frage, wenn die Floskeln nicht so abgedroschen geklungen hätten. Vielleicht waren es nur ein paar Schüler, die Langeweile hatten. Oder Hausfrauen. Warum war Gerd so aus dem Häuschen? Dachte er, so ein lahmes Blatt würde mich motivieren, weiterzuleben? Ein neuer Feind würde mein Feuer wieder entfachen? Hatte er immer noch nicht verstanden, wie schlecht es mir ging, und dass nichts und

niemand das reparieren konnte?
Ich warf eine weitere leere Flasche nach ihm. »Hör endlich auf, diesen Mist vorzulesen«, nuschelte ich, so laut ich konnte.
Er lachte meckernd und las einfach weiter. Natürlich hatte ich ihn wieder verfehlt. Deutlich.
»Und jetzt kommts«, sagte Gerd.
Ich versuchte mir die Ohren zuzuhalten und mich in mein Kissen einzugraben. Der Erfolg war bescheiden.
»Wir stehen zusammen für die Freiheit, das sagte schon unsere Führerin Kristien Huber auf der Tagung der Führer des Widerstands im April diesen Jahres.«
Mein Oberkörper klappte nach oben, ganz automatisch, wie ein Unterschenkel, wenn man mit dem Hämmerchen unterhalb des Knies zuschlägt.
»Kristien«, sagte ich. »Im April diesen Jahres. Sie lebt.«
»Genau, ein Lebenszeichen deiner Schwester. Dachte ich mir doch, dass dich das interessiert«, sagte Gerd selbstzufrieden.
»Ein Lebenszeichen meiner Schwester«, wiederholte ich leise und ungläubig. »Woher hast du den Wisch?« Vielleicht wollte mich nur jemand täuschen. Aus der Reserve locken.
»Das ist der Hammer. Das errätst du nie.«
»Stimmt. Weil ich Ratespiele nicht mag. Sag es mir, bevor ich dich auch noch erschießen lasse.«
Das war alles nicht mehr lustig, in dem Moment, als ich es sagte, bereute ich es.
Selbst Gerd konnte darüber nicht lachen, trotz meiner Sehschwäche war mir nicht entgangen, dass beim Wort »Erschießen« sein Mund kurz gezuckt hatte.
»Wir haben es in der Zentrale der JUMU gefunden.«
»Billie«, sagte ich. Ich dachte an unseren Abend im The Steak. Fast hätte ich wegen ihr neuen Lebensmut gefasst. Fast. Die Fehler, die Irrtümer, schließlich hatte ich einen Priester erschossen. Ich hatte mich von Gott abgewandt, er hatte mich verlassen. Innozenz hatte recht, ich war zu einem Teufel geworden. Billie stand für ein neues, ein junges, ein optimistisches Bayern. Und nun verriet sie mich? Waren die jungen Murmeltiere eine Brutstätte des Widerstands? Hatte Jérôme doch recht gehabt?
Ich konnte förmlich spüren, wie mein Alkoholpegel sank, wie mein Blick wieder scharf wurde, ich wieder denken konnte. Man kann alles, wenn man muss.
»Gerd, schaff Billie hierher. Sofort. Ich geh jetzt duschen und danach nehmen wir sie auseinander. Ich habe das, was ich getan habe, nicht getan, um jetzt Bayern in die Hände des Widerstands zu geben.«
»Alles klar, Yanni.«
»Und nenn mich nicht Yanni, du Arschloch.«
»Und das ist der einzige Grund?«, fragte er und ich fand, er grinste listig.

»Natürlich nicht. Wenn meine Schwester lebt, will ich sie finden. Und zwar so schnell wie möglich.«
Der Sauhund, er hatte genau gewusst, wie er mich kriegen konnte. Ob er den Wisch gefälscht hatte, um mich aus meiner Lethargie zu reißen? Das würden wir ja gleich sehen. Schlimmstenfalls hatte ich nach den Wochen im Saufkoma umsonst geduscht.

3.2 Billie

Obwohl es erst kurz nach Mittag war, brannte in allen Räumen der Residenz Licht. Der Sommer hatte sich eine Auszeit genommen, draußen war es kühl und der Himmel wolkenverhangen. Es sah nach Regen aus.
Ich hatte mich geduscht, rasiert, umgezogen und fühlte mich fast wie ein Mensch. Um Punkt zwei klopfte es energisch an der Tür des kleinen Audienzzimmers. Den schweren Schlägen nach, die nach Bud-Spencer-Fäusten klangen, waren es Soldaten.
»Herein«, sagte ich mit einer Stimme, die wahrscheinlich noch am Stachus zu hören war. Einschüchterung musste sein.
Gerd grinste.
Ich warf ihm einen ernsten Blick zu.
Zwei Mann brachten Billie herein. Sie führten sie jeweils an einem Arm, ihre Hände waren hinter dem Rücken zusammengebunden, womit, konnte ich nicht sehen. Sie stand gerade, selbstbewusst. Die Soldaten salutierten, ich nickte ihnen zu, sie postierten sich neben der Tür.
»Billie. So schnell sieht man sich wieder.«
Ich saß hinter einem Schreibtisch. Gerd saß an der Wand, Billie stand neben einem kleinen Besucherstuhl. Sie sagte nichts.
»Setzen Sie sich doch.«
Sie setzte sich nicht.
»Warum wurde ich festgenommen? Was wirft man mir vor?«
»Ich hatte Sehnsucht nach Ihnen.« Sie würde es früh genug erfahren. Ich genoss es, sie im Unklaren zu lassen. Vielleicht machte sie das leichtsinnig, vielleicht verplapperte sie sich? Doch nervös wirkte sie ganz und gar nicht. Wieder trug sie eine schlichte Hose, dazu eine Bluse, die obersten zwei Knöpfe offen, ihr Haar war etwas zerzaust, die Wangen von der Kälte noch rot, die Brille war nur noch ganz außen am Rand beschlagen.
»Ich wäre auch ohne die Hilfe von denen da gekommen.«
»Aber vielleicht nicht so schnell.«
Sie räusperte sich.
»Darf ich Ihnen etwas zu trinken anbieten? Tee?«
»Sieht nicht nach einem Rendezvous aus.«
»Sie würden mir trotzdem eine Freude machen, wenn Sie sich setzen würden. Wer weiß, wie lange wir hier brauchen.«
»Brauchen wofür?« Sie setzte sich endlich hin, jetzt schaute ich auf sie herab, sie stellte die Beine zusammen, ganz kleines Mädchen.
»Gerd, zeig es ihr.«
Er legte das Flugblatt vor ihr auf den Tisch.
»Erklären Sie mir das.«
Sie beugte sich vor, las es, ließ sich dabei aufreizend viel Zeit.

»Ein Flugblatt des Widerstands. Ich hätte es Ihnen auch gegeben, wenn Sie einfach gefragt hätten.«
»Das ist eine ernste Sache. Was haben Sie mit dem Widerstand zu tun?«
»Majestät, das glauben Sie doch nicht ernsthaft?« Sie versuchte, sich eine Haarsträhne aus dem Gesicht zu pusten. »Wir spielen im gleichen Team.«
»Warum haben wir das bei Ihnen gefunden?«
»Wir von der JUMU unterschätzen den Widerstand nicht. Er ist wie ein Krebsgeschwür, das wächst und unser Bayern schwächt. Und jetzt, in der Zeit des Wandels, in der wir so viele neue Kader haben, fällt es der GeStaSi schwer, die Terroristen zu fassen.«
Das stimmte natürlich, praktisch keine Behörde arbeitete mehr vernünftig, weil überall große Teile des Personals ausgetauscht worden waren. Es fehlte an Menschen, es fehlte an Erfahrung.
»Und die JUMU ist die bessere GeStaSi?«
»Wir haben schon vor über einem Jahr Königstreue in den Widerstand eingeschleust. Wir haben Maulwürfe. Jetzt endlich liefern sie Ergebnisse. Endlich haben wir Zugang zum inneren Zirkel. Dass wir ein Flugblatt in die Hände bekommen, ist nicht selbstverständlich, das ist ein großer Schritt auf dem Weg, den Widerstand endgültig zu brechen.«
Sie gefiel mir, wie sie da so saß, gerader Rücken, offenes Gesicht. Sie hatte keine Angst, ihrem König die Stirn zu bieten. Sie sprach aus Überzeugung, mit dem Mut derer, die sich im Recht fühlen.
»Die JUMU hat also nichts mit den Terroristen zu tun?«
»Wir sind das genaue Gegenteil des Widerstands«, sagte sie voller Stolz.
Ich seufzte. »Gut. Nehmen wir das mal an. Dann erklären Sie mir doch mal, was das eigentlich ist, der Widerstand. Und wie der funktioniert.« Ich erzählte ihr, wie wenig ich bisher davon zu sehen bekommen hatte, dass das wenige wahrscheinlich von den alten Kadern inszeniert worden war, wie das Attentat auf mich oder das skurrile Set-up bei der Festnahme von Jérôme und Onkel Hans und dass ich an der Existenz des Widerstands, der ›Roten‹, zuletzt ehrlich gezweifelt hatte.
»Täuschen Sie sich nicht, mein König, es gibt sie. Die, die ein anderes Bayern wollen, und bereit sind, dafür zu kämpfen.«
»Aber sie sind nahezu unsichtbar.«
»Weil sie dezentral organisiert sind. Sie bilden Zellen, nie mehr als drei bis fünf Sympathisanten. Und die wissen nichts über die anderen. Sie kommunizieren über ein System elektronischer Briefkästen, die jeweils autonom sind. Wenn wir eine Zelle knacken, haben wir nichts in der Hand. Ihre Kommunikation ist durch biometrische Verfahren gesichert.«
»Sie funktionieren also im Grunde wie das Internet, wie ein Peer to Peer Network?«

Ich sah ihr an, dass sie mit dem Begriff nichts anfangen konnte.
»Wie haben Sie es geschafft, jemanden da reinzuschmuggeln?«
»Wir haben eine Zelle geknackt, aber nicht auffliegen lassen. Stattdessen haben wir es hinbekommen, dass sie ein neues Mitglied aufgenommen haben, eine von uns. Und die hat sich so geschickt angestellt, dass sie in den engeren Kreis eingeladen worden ist.«
»Was ist der engere Kreis?«
»Sie haben keine großartige Hierarchie. Es gibt die Zellen und die werden von einer kleinen Führungsclique gesteuert, das ist der engere Kreis.«
»Ja, aber warum Kreis? Kreis um wen?«
»Um ihre Führerin. Es gibt eine zentrale Figur, der sie folgen. Es ist ihre Strahlkraft, ihre Vision, die den Widerstand trotz aller Misserfolge am Leben hält.«
»Das heißt, wenn wir diese Führerin erledigen, dann erledigen wir damit auch den Widerstand?«
»Das ist unser Plan.«
»Und Sie haben eine Informantin, die in ihren engsten Kreis vorgedrungen ist?«
»Ja und nein.«
»Bitte, ist sie oder ist sie nicht?«
»Sie hat Kontakt zum inneren Kreis, konnte uns zum Beispiel dieses Flugblatt beschaffen, aber sie ist der Führerin noch nicht begegnet.«
Es kribbelte in mir, schon die ganze Zeit, ich musste es wissen, ich brauchte Sicherheit.
»Wissen Sie denn, wer sie ist, diese Führerin des Widerstands?«
»Aber ja, jeder von den Roten weiß es. Sie wissen es nicht?«
Ich schüttelte genervt den Kopf, versuchte aber, es mir nicht anmerken zu lassen.
»Das ist Kristien Huber, Ihre Schwester. Nach dem Tod Ihres Bruders die Nummer eins auf der Thronfolgeliste, sollte Ihnen etwas zustoßen.«

»Kristien«, sagte ich tonlos. Sie lebte also wirklich. Ein Gefühl der Freude durchflutete mich, obwohl ich eben erfahren hatte, dass sie mein größter Feind war, der Kopf des Widerstands, der den König beseitigen und die Macht in Bayern übernehmen wollte. Kristien. Meine Schwester. »Gibt es Vermutungen, wo sie ist? Niemand kann in Bayern einfach so verschwinden.«
»Sie ist vor ein paar Jahren untergetaucht. Wir vermuten, dass sie sich in den Wäldern verbirgt.«
»In den Wäldern?«, sagte ich ironisch. »Wie Robin Hood?«
»Oder in den Bergen. Irgendwo, wo keine Menschen sind.«
»Was wissen wir noch?«, fragte ich und merkte, dass ich ›wir‹ sagte. Ich glaubte ihr, dass wir ein Team waren. Und dieser Gedanke stimmte mich froh.
»Sie ist ein Mythos, eben weil sie schon so lange niemand mehr

gesehen hat. Sie ist die Seele und das Gewissen der Bewegung.«
»Einer Bewegung, die meinen Vater, also auch ihren Vater getötet hat? Die mich töten wollte?«
»Sie vertritt einen gewaltfreien Ansatz. Immer wieder heißt es, Gandhi sei ihr großes Vorbild. Sie ist gegen Attentate und Gewalt.«
»Das würde erklären, warum man so wenig vom Widerstand sieht.«
»Und dass das, was wir in dieser Hinsicht gesehen haben, eben nicht vom Widerstand kam.«
Ich nickte. Zu dem Schluss war ich auch gekommen.
»Aber was will sie? Dass sich eines Tages die Bayern friedlich auf den Stachus setzen, bis ich meine Krone niederlege? Will sie Königin werden?«
»Vermutlich. Es wäre doch naheliegend? Jedenfalls will sie ein anderes Bayern.«
»Wird sie von den Deutschen gesteuert? Den Amerikanern?«
»Wir wissen es nicht. Kann schon sein. Oder auch nicht. Wir sind einfach noch nicht nah genug dran.«
»Es gibt nur einen Weg, das herauszufinden«, dachte ich laut.
Jetzt nickte sie.
»Billie, ich will meine Schwester finden. Und Sie und die JUMU müssen mir dabei helfen.«
Ich sah sie so finster an, wie ich konnte, doch sie ließ sich keine Angst einjagen.
»Nichts lieber als das. Es wird allerdings deutlich einfacher gehen, wenn Sie denen da befehlen, mir die Handschellen abzunehmen.«
Stimmt, sie war noch immer gefesselt. Ich nickte Gerd zu. Er befreite sie. Sie nahm die Hände nach vorne, rieb sich die geröteten Handgelenke.
»Ich vertraue Ihnen. Lassen Sie mich das nicht bereuen. Ich habe Blut an den Händen. Es kommt auf ein Menschenleben mehr oder weniger nicht an.«
»Ich werde zu unserer Informantin Kontakt aufnehmen. Und ich melde mich bei Ihnen, sobald ich eine Idee habe, wie wir sie finden.«
»Ich erwarte Sie morgen Mittag zum Lunch«, sagte ich und machte den beiden Soldaten ein Zeichen, sie hinauszubegleiten.

»Du vertraust ihr?«, sagte Gerd, als wir allein waren.
Ich zuckte mit den Schultern. »Ich glaube jedenfalls nicht, dass sie mit den Terroristen unter einer Decke steckt. Ich habe heute mehr über die Roten erfahren, als mir die GeStaSi in all den Monaten bisher berichten konnte.«
»Falls es wahr ist«, warnte Gerd.
»Falls es wahr ist. Aber es ist eine Chance.«
»Eine Chance worauf? Einen schwachen Feind zu besiegen? Der

dir nicht gefährlich werden kann? Yanni, mal ganz ehrlich, dein größtes Problem bist im Moment du selbst.«
»Verdammt, Gerd, nenn mich nicht so.«
Ich trank einen Schluck Kaffee. Beim Gedanken an Alkohol empfand ich plötzlich Ekel. Alles hatte sich verändert. So schnell.
»Du hast ja recht. Ich habe den Glauben an mich verloren. Bayern hat nur eine Chance, wenn es eine andere Gesellschaft geben wird. Eine bessere. Eine ohne Blut und Überwachung und Zwang und das alles.«
»Du bist der König.«
»Ein König, der für das Schlimmste steht, was ein König seinem Volk antun kann. Mord. Ohne Recht und Gesetz.«
»Es war nötig. Ohne das, was du getan hast, ohne die alte Garde zu ersetzen, war ein Wandel nicht möglich.«
»Ja, das ist so. Aber jetzt ist die Zeit reif für den nächsten Schritt. Und für den bin ich nicht mehr der richtige.«
»Deswegen willst du Kristien finden?«
»Genau. Alles was Billie über sie sagt, passt. Sie wäre eine Königin, die von vorne anfangen könnte. Der das Volk vertrauen könnte. Wenn sie ihren Idealen treu geblieben ist und sich nicht irgendwelchen fremden Mächten verkauft hat, dann ist sie die bessere Königin. Die viel bessere Königin. Sie ist eine Heilige. Immer schon gewesen.«
»Na ja«, er schmunzelte, »nicht in allen deinen Geschichten aus eurer Kindheit kam sie so richtig heilig rüber. Die Sache mit dem Honig auf dem Fahrersitz, als ihr ums Verrecken keinen Ausflug machen wolltet?«
Ich winkte ab. »Gerd. Das war ein Dumme-Mädchen-Streich. Sie hat einen ganzen Tag lang an dem Sitz rumgeschrubbt, obwohl Vater selbst am meisten darüber gelacht hat und einen neuen Sitz kaufen wollte. Oder sogar ein neues Auto.«
Wir grinsten beide. Der Gedanke an Kristien gab mir jene Ruhe und Ausgeglichenheit, die mir seit Wochen gefehlt hatte.
»Sie war schon immer eine Idealistin. Frieden, Umweltschutz, Freiheit, das ist ihr immer wichtig gewesen. Wir haben sie damit aufgezogen, unsere Späße darüber gemacht. Sie hat das nie berührt, sie war fest in ihren Anschauungen. Wenn jemand es schafft, Bayern zu retten, dann ist das Kristien. Und jetzt, da ich weiß, dass sie lebt, werde ich sie finden.«

3.3 Die Suche

Gerd hatte mir einfache Klamotten besorgt, solche, wie sie die meisten Bayern trugen: Eine Stoffhose und ein rot-kariertes Hemd. Außerdem einen Rucksack für den nötigsten Reisebedarf. Den hatte ich sogar eigenhändig gepackt. Dreimal hatte ich eine Whiskyflasche eingepackt, dreimal hatte ich sie wieder herausgenommen, beim letzten Mal hatte ich deren Inhalt in der Erde einer Topfpflanze entsorgt. Ich hatte diesen Ficus Benjamini noch nie leiden können.
Gerd hatte mir auch die Fensterglas-Hornbrille mitgebracht. Ich betrachtete mich im Spiegel, gelte meine Haare nach hinten und fand mich dick, spießig und unsympathisch, war mir aber immerhin sicher, dass in dieser Karikatur kein Bayer seinen König erkennen würde.

Das Mittagessen mit Billie war sehr angenehm gewesen. Wir hatten Tiefkühlpizza gegessen, die gute aus Deutschland, sie eine mit Mozzarella, ich je eine mit Salami und Schinken. Dazu einen Moelleux. Sie hatte heimisches Bier bevorzugt. Wir tauschten uns darüber aus, wie sich die jungen Kronräte schlugen. Billie kannte sie alle, denn wir hatten sie aus dem Kreis der JUMU rekrutiert. Es holperte, sie kämpften mit Anpassungsschwierigkeiten, sie waren so jung, nicht alle zollten ihnen den angemessenen Respekt. Es fehlte den meisten an Erfahrung, nicht aber an Ehrgeiz. Und schlau waren sie sowieso. Wir waren uns einig, dass wir schon bald Fortschritte sehen würden. Ich hatte die Regierungsgeschäfte etwas schleifen und mich am Morgen einigermaßen auf den neuesten Stand bringen lassen. Die Sperrstunde galt noch immer, der Hunger war nicht besiegt, an den Autobahnen wurde nicht ernsthaft gebaut, aber klar, man musste der neuen Generation Zeit geben, nicht umsonst maß man Politiker, die neu in ihrem Amt waren, an dem, was sie nach 100 Tagen geleistet hatten, nicht nach ihren Ergebnissen nach 10 oder 20 Tagen. Und endlich kamen wir auf den Grund unseres Treffens zu sprechen.
»Ich habe einen Plan. Unser Maulwurf sagt, er kann uns in Mittenwald in den inneren Kreis einschmuggeln. Ich habe die notwendigen Informationen. Aber natürlich weiß niemand, wer wir beide wirklich sind, er hat Sympathisanten des Widerstand angekündigt, die an wichtigen Schaltstellen der Macht sitzen und der Sache einen großen Dienst erweisen können.«
Ich hörte geduldig zu. Aber diese Geschichte war ja hanebüchen. »Sowas glauben die?«

»Sie verstehen, dass man in so einer exponierten Position seine Identität nicht preisgeben kann. Das Risiko, dass es einen Verräter gibt, dass man entdeckt wird, ist zu hoch. Genauso funktioniert auch der Widerstand.«
»Gut. Wie also kommen wir unerkannt nach Mittenwald?«
»Mit der Bahn, verkleidet als einfache Bayern.«

Ich stand an Gleis 3 des Hauptbahnhofs. Eigentlich hatten wir uns im ersten Wagen verabredet, doch ich war viel zu aufgeregt, um auf der Holzbank zu sitzen und zu warten. Und ich war aufgewühlt, nachdem ich eine halbe Stunde in der Schlange vor dem Fahrkartenschalter gewartet hatte und aus diversen Gesprächsfetzen mitbekommen hatte, wie sehr mein Ansehen, das Ansehen des Königs, gelitten hatte. Die Aufbruchstimmung war verflogen. Jeder kannte eine Geschichte, in der man einen Unbescholtenen zu Unrecht hingerichtet hatte. Nichts war besser geworden, seit ich König war. Durch die vielen jungen Leute an den Hebeln der Macht klappten selbst einfache Dinge nicht mehr. Zum Beispiel der Verkauf von Fahrkarten. Was für ein Unsinn. Ich hatte keine Fahrkartenverkäufer hinrichten lassen. Doch als ich endlich an der Reihe war, traf es mich wie ein Schlag. Ich kannte den alten Mann, der da mit unnatürlicher Ruhe durch ein antikes Computerprogramm navigierte. Der hatte früher bei der GeStaSi gearbeitet, einer von denen, die ich damals im Bayerischen Hof überwältigen musste, um Jérôme und Onkel Hans abzuhören. Manchmal war der Schaden noch viel größer, wenn ich jemanden nicht hatte exekutieren lassen. Immerhin war der Mann derart tumb, dass er mich nicht erkannt.

Ich sah sie schon von weitem. Sie hatte ihre Haare zu einem Zopf gebunden, auf die Brille verzichtet, wahrscheinlich zugunsten von Kontaktlinsen, und trug ein Dirndl. Wow, sie sah richtig gut aus. Das lag allerdings auch an dem strahlenden Lächeln, das sie aufsetzte, als sie mich sah. Erwähnte ich, dass ich Menschen unglaublich sympathisch finde, die mich sympathisch finden? Wir begrüßten uns mit Küsschen links und Küsschen rechts, zur Tarnung wollten wir uns als ein Paar ausgeben, das sich bereits gut kennt, aber noch nicht ganz zusammen ist. Eine etwas halbgare Angelegenheit, es war ein Kompromiss.

Die Dampflok war bereits angeheizt, dicker Qualm kam aus dem Schornstein, die Zylinder dröhnten.
»Lass uns reingehen, es geht gleich los«, sagte sie, noch bevor der Schaffner auf seiner Trillerpfeife blies.
Der Waggon war leer, an einem normalen Wochentag um die Mittagszeit reisten nicht viele Bayern. Auch ein Zeichen, dass es der ohnehin schon darbenden Wirtschaft noch schlechter ging

als vor ein paar Monaten.
»Und in Mittenwald treffen wir also deinen Maulwurf?«
»Nein, das wäre viel zu gefährlich für sie. Wir treffen einen Kontaktmann des Widerstands. Du wirst schon sehen, das wird wie in einem Agentenfilm.«
Sie lächelte listig. Mein Gott, sah sie jetzt süß aus. Warum hatte sie sich nicht schon bei unserem ersten Treffen so zurecht gemacht? Aber damals lebte Maria noch, erinnerte ich mich trübsinnig.
»Was ist? Du schaust so traurig? Du freust dich nicht darauf, den Widerstand zu besiegen?«
»Doch, doch.«
Der Zug setzte sich in Bewegung. Der Lokomotivführer ließ das Horn zweimal erklingen, wir nahmen Fahrt auf und verließen den Bahnhof in Richtung Pasing.
»Hör mir zu. Ich muss dir etwas Wichtiges erzählen.« Ich hatte mich entschieden, sie ins Vertrauen zu ziehen. Ich glaubte ihr, dass sie loyal war, aber um hundert Prozent sicher zu sein, würde ich sie auf die Probe stellen. Was, wenn es schief ging? Ich hatte mir diese Frage letzte Nacht ein Dutzend Mal gestellt. Aber ich musste es versuchen, denn sonst war die Gefahr zu groß, dass sie später alles verraten würde. Wir waren tatsächlich ein Team. Wir konnten nur gemeinsam gewinnen.
»Mir geht es nicht darum, den Widerstand auszulöschen.«
Sie schien wirklich überrascht.
»Warum nicht? Sie sind Verbrecher.«
»Du kennst Kristien nicht. Sie ist das genaue Gegenteil von einem Verbrecher.«
»Das mag sein, aber der Widerstand will dich stürzen.«
Das vertrauliche Du gehörte zur Tarnung, auch wenn niemand in dem Waggon saß. Aber wenn man eine Rolle spielt, muss man konsequent sein, sonst ist man nicht glaubwürdig.
»Ich bin König geworden, um Bayern zu ändern«, begann ich.
»Du hast Bayern verändert«, unterbrach sie mich.
»Ja, schon. Aber der Aufbruch, mehr Freiheit, weniger Hunger, all das ist mir misslungen. Ich bin auf halbem Weg steckengeblieben. Und ich habe mich und mein Volk verloren. Hast du mal zugehört, was sie über mich erzählen? Blutkönig nennen sie mich. König Heiße-Luft, wegen der Versprechen, die ich nie wahr gemacht habe. Sie hassen mich, Billie. Mein Volk hasst mich und ich selbst hasse mich auch.«
Sie sah mich an. Sagte nichts. Ich konnte in ihrem Pokerface nicht lesen. Empfand sie Mitleid? Verachtung? Überraschung? Enttäuschung?
»Du bist mein König. Der Weg in das neue Bayern ist nicht einfach. Wegen dir haben wir den schwierigsten Teil dieses Weges bereits hinter uns. Gib jetzt nicht auf. Es gibt so viele Bayern, die treu hinter dir stehen.«
Ihre Worte machten mir Mut. Doch mir war klar, dass sie sie

deswegen gesagt hatte. Niemand wusste, wie steinig der Weg werden würde, der vor mir lag. Und ich hatte keine Ahnung, wie viele Bayern wirklich noch hinter mir standen. Schlimmstenfalls nur Gerd und Billie.
»Ich brauche Kristien. Sie ist die Richtige, um mein Werk zu vollenden. Sie ist der Schlüssel. Darum will ich sie finden. Mir geht es nicht um den Widerstand. Der ist klein und unwichtig. Mir geht es nur um sie.«
»Weißt du, ich bin in einem kleinen Dorf in Oberbayern aufgewachsen, in Rottach am Tegernsee, am Ende der Welt, wo sich Fuchs und Hase gute Nacht sagen. Ein Kaff am Rande Bayerns, in dem niemand freiwillig wohnen will. Obwohl es da sehr schön ist.«
»Tatsächlich? Hab ich noch nie von gehört.«
»Ich nehm dich mal mit, wird dir gefallen. Jedenfalls, meine Eltern waren Bauern. Wir haben in einfachsten Verhältnissen gelebt, sie haben Tag und Nacht gearbeitet, meine drei Brüder auch, nur ich konnte länger als vier Jahre zur Schule gehen. Und dafür musste ich mein Elternhaus verlassen, denn die nächste weiterführende Schule war in Miesbach. Und dann kam die JUMU, ich wurde Mitglied, das war mein Ticket aus der Provinz, aus der Armut.«
»Das tut mir leid.«
»Muss es nicht. Du kannst nichts dafür. Franz, ich kenne das Leben der Bayern, ich weiß, wie sie leiden. Ich will das ändern. Ich werde das ändern.« Sie schluckte nervös. »Also ich meine, ich will helfen, das zu verändern. Ich werde dir helfen, so gut ich kann. Du bist der einzige, der Bayern retten kann. Ich weiß, was die Obermeiers diesem Land angetan haben. Und ich respektiere und bewundere dich für das, was du bisher geleistet hast.«
Es tat so gut, das zu hören, auch wenn ich wusste, dass Mord und Unrecht keine Bewunderung verdienten.

Die Fahrt verging wie im Flug. Wir sprachen über Fußball, alberten herum, ich erzählte von Berlin, davon, wie ich König geworden war, von meinem Plan, BAW einen SUV bauen zu lassen. Und musste ihr erstmal erklären, was ein SUV war. Wir hatten Spaß, ich lachte so viel wie seit Monaten nicht mehr. Fast hatte ich ein schlechtes Gewissen, als ich an Maria denken musste. Doch ich wusste, sie würde mich verstehen. Sie würde sich für mich freuen.

Wir erreichten Mittenwald. Die Türen öffneten sich, der Schaffner verkündete, dass wir die Endstation erreicht hatten und wir nun den Zug verlassen mussten. Wir schulterten unsere Rucksäcke, traten auf den Bahnsteig. Mit uns stiegen vielleicht ein Dutzend weitere Fahrgäste aus. Fast ebenso viele Männer in dunkelgrüner Lodenkleidung standen anscheinend desinteressiert auf dem Bahnsteig herum. Männer der GeStaSi.

Jeder Bayer konnte sie zehn Meter gegen den Wind riechen. Billie ging entschlossen in Richtung Ausgang, ich folgte ihr. Die Bahnhofshalle war fast leer. Nur ein alter Mann mit weißem Bart und Baskenmütze saß neben der Eingangstür. Vor ihm stand ein Becher mit Kleingeld. Er hielt ein Schild auf dem stand: »Ich bin blind und habe Hunger.«

Billie ging zu ihm.

»Wir sollten hier so schnell wie möglich verschwinden. Hier ist alles voller GeStaSi«, raunte ich.

»Ich weiß«, sagte sie, nahm drei Münzen aus ihrer Tasche und warf sie eine nach der anderen in den Becher. Es waren bayrische Eine-Mark-Münzen. Sie waren aus Aluminium und erzeugten einen sehr speziellen Klang.

»Danke«, sagte der Weißhaarige und drehte für einen Moment sein Schild um. ›Karwendelhaus‹ las ich.

Billie zog mich weiter.

»Was war das?«

»Der Kontaktmann.« Sie grinste. »Coole Tarnung, oder?«

»Aber liegt das Karwendelhaus nicht in Österreich?«

»Kann sein.«

»Aber ist die Grenze nicht gesperrt?«

»Wenn da jemand durchkommt, dann doch der König«, sagte sie spöttisch.

»Welcher König?«, sagte ich. Ich ließ mich von ihrer guten Laune anstecken. »Aber mal ganz im Ernst, wie kommen wir dahin?«

»Zu Fuß natürlich«, sagte sie. »Komm, wir kaufen uns Proviant.«

»Billie?«

Sie blieb stehen und drehte sich zu mir um. »Ja?«

»Fällt dir nichts an mir auf?«

»Du trägst keine Wanderschuhe, das sind eher Sportschuhe, oder?«

»Ich bin fett. Massiv übergewichtig. Unsportlich. Wandern ist nichts für mich.«

»Kein Problem, wir gehen langsam.«

3.4 Die Agenten

›Wir gehen langsam.‹ Was zur Hölle hatte sie damit gemeint? Der Schweiß lief mir den Rücken herunter. Meine Füße schmerzten bei jedem Schritt. Egal, wie nah es sein würde, und dieses Haus war nicht nah, es war auf einem Berg, es war zu weit für mich. Wir würden niemals dort ankommen. Also ich nicht. Jedenfalls nicht lebendig.
»Können wir nicht etwas langsamer gehen?«, fragte ich matt.
Billie ging gute zehn Meter vor mir, egal, wie sehr ich mich auch anstrengte. Für mich war sie so etwas wie die Karotte am Stock, die man dem Esel vor die Nase bindet, damit er schneller läuft.
»Wenn wir noch langsamer gehen, können wir auch gleich stehenbleiben. Dann kommen wir nie an.«
»Ich schaffe es nicht. Wenn wir weiter so rasen, komme ich auch nie an. Kennst du dich mit Herzinfarkten aus?«
»Wer so viel reden kann, kann auch wandern«, sagte sie ungerührt. Sie drehte sich nicht mal nach mir um. So konnte sie auch nicht sehen, wie rot mein Kopf war, gefühlt tief rot, kurz vorm Kollaps.
Und dann hörte ich einen Motor. Wir gingen neben der Landstraße, außerhalb von Mittenwald, so sah ich ihn schon von weitem. Es war ein alter BAW, dunkelrot, fuhr nicht besonders schnell.
»Unsere Chance«, rief ich ihr zu und hielt den Daumen raus.
Jetzt drehte sie sich zu mir um, sie hatte wohl auch das Motorengeräusch gehört.
»Ja, spinnst du? Wir sind undercover unterwegs. Wir sollten ins hohe Gras springen.«
Undercover. Ach ja. Vielleicht hatte sie recht. Aber jetzt war es sowieso zu spät, der BAW war schon ganz nah und verringerte seine Geschwindigkeit. Aber wenn uns in der Bahn niemand erkannt hatte, warum sollte das bei der autofahrenden Landbevölkerung anders sein? Vielleicht nahm er uns ja wenigstens bis zum Fuß der Berge mit, ich war für jeden Meter dankbar, den ich nicht laufen musste.
Aus der Nähe wirkte der Wagen überraschend neu. Es war gar nicht so einfach, an so einen ran zu kommen. Außer man war ein Kader der Partei. Oder bei der GeStaSi, fiel es mir siedend heiß ein. Wie blöd war die Idee mit dem Daumenraus eigentlich gewesen?
Der Wagen hielt neben Billie. Drei Männer stiegen aus. Sie trugen dunkelgrüne Lodenjacken und verspiegelte Sonnenbrillen. Wusste gar nicht, dass man die in Bayern kaufen konnte. Und sie sahen wirklich kräftig aus. GeStaSi-Agenten wie aus dem Bilderbuch. Mir wurde schlecht, dieses Mal nicht vor Erschöpfung sondern aus Ärger über meine eigene Dummheit.

»Können wir Sie ein Stück mitnehmen?«, sagte einer von ihnen, er trug einen Vollbart und kurze dunkelbraune Haare.
Ich dachte daran, wegzurennen. Ich würde ihnen niemals entkommen. Ich wechselte einen kurzen Blick mit Billie. Sie schaute verwegen, sie hatte bestimmt die gleiche Idee. Und wenn wir es beide versuchten, waren sie vielleicht so überrascht, dass zumindest Billie eine Chance hatte. Ich war noch nicht ganz beim Wagen angekommen, machte kehrte und lief los. Leider machten weder meine Füße noch meine Lunge mit, mein Lauftempo war von meiner Wandergeschwindigkeit nicht zu unterscheiden. Ich sah aus den Augenwinkeln, dass Billie in Richtung Wiese rannte. Einer der Männer, er war blond und langhaarig, spurtete hinter ihr her. Der Bärtige packten meinen Arm.
»Aber, aber, das ist doch die falsche Richtung. Da kommen Sie doch gerade her.«
»Lassen Sie meinen Arm los, ich bin der König.«
Wenn nichts anderes half, musste ich eben meine Tarnung auffliegen lassen. Ich war immerhin der Chef dieses Haufens. Damit war unser schöner Plan, uns bei den Terroristen einzuschleichen, zwar gescheitert, aber immerhin würden wir den unangenehmen Verhörmethoden der GeStaSi entgehen.
»Du bist was? Unser König ist aber keine fette Qualle.« Der Bärtige grinste mich frech an. »Und er trägt keine Brille. Und warum bitte sollte der König an einer Landstraße herumwandern? Und wo sind seine Bodyguards?«
»Hab ich nicht auch ein Recht auf ein bisschen Urlaub? Auch ein König ist nicht rund um die Uhr im Dienst.«
»Klar, stimmt. Hätte ich auch selbst drauf kommen können.« Er klopfte mir beruhigend auf die Schulter. Das war ja gerade nochmal gut gegangen. Ich atmete erleichtert auf.
»Hey, Jungs«, schrie er seinen Kumpanen zu. »Da haben wir aber einen Bock geschossen. Der Fettklops hier, das ist der König.« Sie lachten höhnisch. Ich spürte, wie mir das Blut in den Kopf stieg.
Billie schüttelte nahezu unmerklich den Kopf und verdrehte die Augen.
»Verzeihung Durchlaucht, dass wir Sie nicht gleich erkannt haben. Darf ich Sie trotzdem bitten, es sich in unserem Wagen gemütlich zu machen?«
»Junge, das gibt so richtig Ärger. Ich hab schon Leute wegen kleinerer Vergehen erschießen lassen.«
»Hört nicht auf ihn, das ist die Hitze. Er hat sich beim Wandern komplett überanstrengt«, sagte Billie. »War echt ne blöde Idee, bei dem Gewicht.«
Ich warf ihr einen bösen Blick zu, die drei Jungs lachten wieder.
»Okay, genug Spaß gehabt«, sagte der mit dem Bart, der anscheinend ihr Anführer war.
Der Blonde griff nach Billies Arm. Sie versuchte, sich zu

widersetzen, aber er war gut einen Kopf größer als sie und von kräftiger Statur. Der dritte zog ein Stück Stoff aus der Tasche, träufelte etwas hinein und drückte das Tuch dann Billie vor Mund und Nase. Wie ein schlaffer Sack sank sie in sich zusammen. Ich erinnerte mich daran, wie Gerd meinen Bruder Wiggerl beseitigt hatte und schrie entsetzt auf. Ich wusste in dem Moment nicht, was mich schwerer traf. Billies Tod oder die Angst, selbst gleich sterben zu müssen. Schon kam der Mann mit dem Stoff auch zu mir, träufelte nach und hielt den Fetzen dann mir ins Gesicht. Ich versuchte den Atem anzuhalten, mich freizustrampeln. In Todesangst wächst man über sich hinaus. Mir gelang es, meinen rechten Arm zu befreien. Ich rammte meinen Ellenbogen in den Magen des Bärtigen. Ein erstickter Schrei deutete darauf hin, dass ich gut getroffen hatte, er ließ auch meinen anderen Arm los und krümmte sich zusammen. Ich lief um mein Leben und sog die frische Luft in tiefen Zügen ein. Aber meine Füße taten immer noch weh, meine Lunge brannte schon nach wenigen Schritten und es dauerte nicht lange, da hatten sie mich eingefangen. Der dritte drückte mir den Stoff wieder ins Gesicht. Ich konnte nichts dagegen tun. Noch einmal versuchte ich, die Luft anzuhalten, aber es gelang mir nicht lange, mir wurde schwarz vor Augen.

Langsam wachte ich auf und mir wurde klar, dass ich nicht in meinem Bett in der Residenz lag. Dass ich sass, dass meine Hände hinter meinem Rücken gefesselt waren, dass ich nichts sehen konnte, weil etwas aus Stoff um meinen Kopf gebunden war. Und ich erinnerte mich an die drei Männer und den BAW und dankte dem Herrn, dass ich noch lebte. Und wahrscheinlich lebte auch Billie. Ich dankte ihm gleich nochmal.

»Der hier ist auch endlich wach, dann kanns losgehen.« Die Stimme des Bärtigen.

Ich fühlte, wie mich jemand am Arm anfasste, an mir zog. Ich stand auf, so gut das ging, wenn man sich mit den Händen nicht abstützen konnte. Er zog mich nach vorne, vorsichtig setzte ich einen Fuß vor den anderen, ängstlich, irgendwo gegen zu laufen. Und dann begannen sie zu singen. Waren es die Männer aus dem Auto? Zumindest war der Bärtige dabei. Es war ein Lied über diesen seltsamen Fußballverein. Irgendetwas mit ›Stern des Südens‹. Was hatte dieser Verein nur mit dem Sternbild, das man nur auf der Südhalbkugel der Erde sehen konnte, zu tun? Dieser Kult um den untergegangenen Fußballclub war hanebüchener Unsinn. Wenn meine Schwester wirklich die Führerin des Widerstand war, musste ich sie vor allem bitten, sich ein neues Logo zuzulegen. Das war einfach lächerlich.

Moment mal. Sie sangen Lieder über den Widerstand? Das war nicht gerade das, was ich von der GeStaSi erwartete. Und warum lebten wir noch? Und warum musste ich gehen und wurde nicht nach Pullach gefahren? Ich atmete schwer, wir

gingen viel zu schnell. Kein Wunder, dass mein Gehirn auf Überlebensmodus geschaltet hatte und besonders langsam arbeitete. Außerdem verdurstete ich, schon wieder lief mir der Schweiß aus allen Poren am Körper herunter.
»Wasser«, röchelte ich heiser. Erst jetzt wurde mir bewusst, dass ich nicht geknebelt war. Hatten sie keine Angst, dass ich schreien könnte? Wo waren wir? War es hier so einsam? Oder schalldicht?
Jemand drückte mir eine Flaschenöffnung an die Lippen. Das Wasser kam überraschend, ich verschluckte mich, hustete, er riss die Flasche wieder weg. Ich hatte kaum einen Schluck nehmen können, aber immerhin war mein Mund nicht mehr ganz so trocken.
»Mehr«, sagte ich. Ich schwitzte wie ein Schwein. Und mir tat alles weh.
»Wir sind gleich da«, sagte der Bärtige.
»Billie?«, sagte ich.
Ich bekam keine Antwort, nicht von ihr und nicht von den Männern. War sie vielleicht doch tot? Hatten sie nur mich, den König, am Leben gelassen? Oder hatten sie uns getrennt? Ich fühlte mich zu schwach, um weiter zu reden. Ich konzentrierte mich ganz darauf, einen Fuß nach dem anderen auf den Boden zu setzen. Es war die Hölle, ich war diesen Strapazen körperlich einfach nicht gewachsen. Jeden Moment würde mein armes Herz kapitulieren und ich würde tot umfallen. Das hatten sie dann davon.
»Geschafft«, sagte der Bärtige. Eine Tür quietschte. Man führte mich in einen Raum, denn plötzlich spürte ich keinen Wind mehr und es wurde dunkler, roch anders, irgendwie klamm. Dann noch eine Tür. Hier war es angenehm warm. Jemand schob mich vor sich her, ich spürte etwas an meinen Beinen in Höhe der Kniekehle.
»Setz dich«
Ich gehorchte. Es war der Himmel, endlich zu sitzen. Der Mann riss mir die Binde vom Kopf, die Helligkeit blendete mich, doch nur einen kurzen Moment.
Ich saß in einem Raum wie in einer Berghütte, doch die Wände waren aus Stein, nein, aus Fels, keine Fenster. Es gab nur zwei Türen. Ich saß an einem massiven Holztisch, auf einer Bank. Einer Eckbank. An den Wänden hingen Fahnen, rot und weiß, darauf ein Kreis mit blau-weißen Rauten, die Farben Bayerns. Neben mir saß Billie, am Leben. Doch ich beachtete sie nicht, meine Aufmerksamkeit wurde von der anderen Frau gefangen, die uns gegenüber saß. Eine große Frau von herber Schönheit. Blond. Mit diesem ironischen Lächeln, das ich schon immer an ihr geliebt hatte. Kristien.

3.5 Die Schwester

»Ich habe dich vermisst«, sagte ich und meine Stimme klang fürchterlich.
»Trink erstmal was. Du siehst grauenhaft aus.«
Vor mir stand ein Glas Wasser. Ich trank es in einem Zug aus. Billie trank ebenfalls, allerdings in kleinen Schlucken. Sie sah uns gespannt zu, sagte nichts.
»Kein Wunder, nach so einer Gewaltwanderung«, sagte ich.
»Das meine ich nicht. Du bist fett geworden. Und seit wann trägst du eine Brille? Spielst du immer noch so viele Computer-Games?«
»Ach die, das war nur Tarnung.« Ich trug sie längst nicht mehr, sie hatten sie wahrscheinlich abgenommen, als sie mir die Augenbinde angelegt hatten.
»Aber der dicke Bauch nicht, oder?«
Ich hatte ganz vergessen, wie zynisch sie sein konnte.
»König sein ist kein Zuckerschlecken.«
»Hat dich das sehr überrascht? Wann hast du es gemerkt?«
»Ich hatte nie vor, König zu werden.«
»Du hast doch nicht ernsthaft geglaubt, Onkel Hans würde Wiggerl auf den Thron setzen?«
»Vielleicht war ich ein wenig naiv«, gab ich zu. Verdammt, ich hatte überhaupt nichts gewusst, als mich die Nachricht vom Tod von Paps erreichte. Was war ich für ein Holzkopf gewesen. »Gerade deswegen hätte ich deine Hilfe gut gebrauchen können. Ich hatte gehofft, du würdest zu meiner Krönung kommen.«
»Die Anführerin des Widerstands auf der Krönung des Königs? Das wäre mal eine Überraschung gewesen.«
»Niemand weiß, dass du das bist. Jedenfalls nicht in der GeStaSi.«
»Onkel Hans wusste es. Der Herr hab ihn selig.« Sie sah mich seltsam an. »Ich hätte nicht gedacht, dass es so schnell geht.«
»Was meinst du?«
»Dass dich das König-sein so schnell verändern würde. Du bist ein guter Junge, Yanni. Und doch hast du schon jetzt mehr Menschen auf dem Gewissen als Onkel Hans in seinem ganzen Leben. Irgendwann verändert die Macht die meisten Menschen. Bei dir ging es überraschend schnell. Und überraschend extrem.«
Ich schluckte. Sie hatte das alles von ihrem Unterschlupf aus verfolgt.
»Warum hast du nicht eingegriffen? Vielleicht wäre alles anders gekommen, wenn du mir geholfen hättest?«
Sie schüttelte den Kopf. »Überschätz mich nicht. Ich jedenfalls tue das nicht.«
»Kristien, ich habe dich gesucht. Ich bin gekommen, um dir den

Thron anzubieten. Ich bin als König gescheitert. Du kannst unser Land retten.«
Sie lachte.
Ich erzählte und erzählte. Wie es mir ergangen war als König, was ich getan hatte, warum ich es getan hatte. Was alles anders werden musste und warum ich glaubte, dass sie all das tun konnte, was ich nicht tun konnte. Als ich alles erzählt hatte, lachte sie nicht mehr, sah mich nur ernst an.
»Das tut mir furchtbar leid, kleiner Bruder. Aber du irrst dich. Ich bin nicht besser als du. Niemand ist das. Wir sind alle nur Menschen und für einen Menschen ist diese Aufgabe zu groß. Die Macht, die der Thron uns gibt, verändert uns. Sie würde auch mich verändern. Auch wenn wir Gutes wollen, werden wir Fehler machen, werden wir Verbrechen begehen. Ich will keine Diktatorin werden. Es würde mich genauso zerstören, wie es dich zerstört hat. Wir können Bayern nur retten, wenn wir die Diktatur beenden.
»Du willst das Königtum abschaffen?«
»Das will ich.«
»Du willst Bayern an Deutschland verraten?«
»Du denkst zu klein und in den falschen Kategorien. Darum geht es nicht. Es geht darum, wie wir den Menschen genug zu essen geben können. Wie wir ihnen die Freiheit schenken können, zu sagen, was sie denken und zu tun, was sie tun wollen. Und wie wir dem Land genug Stabilität geben, dass sich nicht einzelne auf Kosten aller bereichern und das nächste Unrechtssystem errichten.«
»Komm mit mir nach München. Verändere Bayern, so wie du es geplant hast.«
»Du verstehst nicht. Ich habe das nicht geplant. Auch ich kann Bayern nicht verändern. Das müssen die Bayern selber tun. Es muss vom Volk ausgehen, von allen Bayern, nur dann hat es Bestand. Die Veränderung muss von unten nach oben erfolgen. Gib deinem Volk den Freiraum, den es braucht, investiere in Bildung, lasse den Wandel zu.«
»Du kommst nicht mit mir?«
»Nein, ich bleibe in der Natur. Ich bin sowieso kein Stadtmensch.«
Wir sagten beide nichts.
»Du weißt jedenfalls, dass Vater tot ist?«, brach ich das Schweigen.
Sie nickte.
»Weißt du auch, wer es war?«
»Du warst damals noch so klein, du weißt so vieles nicht.«
»Was meinst du?«
»Uns wurde immer erzählt, Mutter starb bei einem Autounfall, weil ein betrunkener Mitarbeiter der amerikanischen Botschaft sie fast gerammt hätte. Weil sie beim Versuch, ihm auszuweichen, gegen eine Betonmauer gefahren ist.«

»Warum fängst du mit Mutter an?«
»Weil es anders war. Mutter liebte es, Königin zu sein. Aber nach einigen Jahren, in denen sie den Prunk genossen hatte, drei Kinder zur Welt gebracht hatte, wurde sie neugierig, wollte mehr wissen. Und entdeckte, dass das Volk in Armut lebte. In bitterer Armut. Sie stammte aus gutem Hause, hatte das nie gesehen, nie für möglich gehalten. Nach und nach erkannte sie das ganze Ausmaß des Elends und der Unterdrückung und damit kam sie nicht zurecht. Sie war es, die an dem Abend zu viel getrunken hat. Ich habe die GeStaSi-Akte gelesen.«
»Es gibt keine GeStaSi-Akte zu ihrem Unfall.«
»Nicht mehr, ich habe sie verschwinden lassen, ich wollte ihr Andenken nicht beschmutzen. Sie ist mit voller Absicht gegen die Wand gefahren. Es war Selbstmord. Sie konnte mit der Schuld, die gar nicht ihre war, nicht leben.«
Ich schluckte. Auf die Idee wäre ich nie gekommen. Ich konnte mich kaum an meine Mutter erinnern, aber die Bilder, die ich von ihr hatten, waren wie Sonnenschein, ein strahlendes Lächeln, Wärme, Liebe. Das passte alles nicht zusammen.
»Nach ihrem Tod war unser Vater nicht mehr derselbe. Er hat sich nicht mehr um die Staatsgeschäfte gekümmert, hat alles Onkel Hans übergeben. Und dann hat er sich ganz zurückgezogen. Er neigte immer schon zur Melancholie, nach Mutters Tod wurde er depressiv. Die letzten Jahre hat er in einem Sanatorium am Starnberger See verbracht. Er ging schon seit vielen Jahren nicht mehr an die Öffentlichkeit.«
»Aber ich hab ihn doch im Fernsehen gesehen?«
»Aber nie persönlich oder?«
»Nein, das nicht.«
»Das war ein Doppelgänger. Das war nicht er. Du willst wissen, wer ihn ermordet hat? Er war es selbst. Irgendwann hat er es nicht mehr ausgehalten und ist in den See gegangen. Schon Monate, bevor sein Doppelgänger sterben musste.«
»Das Attentat, das war sein Doppelgänger?«
»Die Sache drohte aufzufliegen. Onkel Hans war ganz egal, wer den König spielte. Aber es durfte natürlich niemand wissen, dass der König, dem das Volk zujubelte, nur ein Schauspieler war. Als Gerüchte aufkamen, handelte er. Er inszenierte das Attentat, opferte das Double. Und machte dich zum König. Den kleinen Jungen aus Berlin, der nur Sport und Videospiele im Kopf hatte. Das schien ihm eine sichere Sache.«
»Er hat dafür bezahlt.«
»Das hat er. Aber das ändert leider nichts, außer, dass es dich zum Mörder gemacht hat.«
Ich war zu ihr gekommen, um eine neue Zeit zu beginnen, aber alles was ich fand, waren unbequeme Wahrheiten. Aber immerhin, jetzt kannte ich die Wahrheit.
»Es ist gut, mit dir zu sprechen. Auch wenn du mir nicht helfen willst, ich hätte dich gern früher getroffen.«

»Es ist schwierig. Und meiner einzigen Verbindung nach München bist du ja aus dem Weg gegangen.« Sie blickte zu Billie, die bisher nichts gesagt hatte, zugehört hatte, den Geschwistern ihre Zeit gegönnt hatte.
»Billie ist eure Kontaktperson? Billie, du selbst bist der Maulwurf?«
Sie nickte. »Es ist kompliziert. Aber ja, ich war es, die sich bei denen eingeschlichen hat. Dann habe ich den Kontakt zum inneren Zirkel hergestellt und schließlich Kristien getroffen. Und sie hat mich überzeugt. Ich glaube an ihren Plan. Und ich war mir sicher, wenn ich dich zu ihr führe, würdest du erkennen, dass es der einzig mögliche ist. Ich hätte dich viel früher zu ihr gebracht, wenn du mir vertraut hättest. Aber du bist mir aus dem Weg gegangen.«
Die beiden Frauen erzählten sich, was sich seit ihrer letzten Begegnung ereignet hatte und sie hatten sich viel zu erzählen. Das gab mir Zeit nachzudenken. Ich hörte ihnen kaum zu, dachte an meine Mutter, meinen Vater. An das, was Kristien gesagt hatte.
»Ich habe dir etwas mitgebracht«, sagte Billie.
Erst jetzt fiel mir auf, dass uns die Männer, die ja offenbar Mitarbeiter des Widerstands waren, unsere Sachen nicht abgenommen hatten. Mein Rucksack lag neben mir auf der Bank, auch der von Billie. Sie öffnete ihn.
»Schau mal.« Sie reichte Kristien ein goldenes Kruzifix. Ich erkannte es, es hatte meinem Vater gehört und in seinem Arbeitszimmer gehangen.
Kristien strahlte. Sie nahm es entgegen, drückte es mit beiden Händen.
»Danke, Billie.« Sie schaute mich an. »Ich hatte sie gebeten, es mir zu bringen. Vater war ein gläubiger Mensch. Er merkte, dass die Dinge in die falsche Richtung liefen. Er saß stundenlang in seinem Arbeitszimmer, starrte auf das Kreuz und erbat sich Hilfe von Gott. Das war schon so, als Mutter noch lebte.«
»Aber Gott hat ihn nicht gehört.«
»Gott wirkt Wunder durch uns. Für mich ist dieses Kruzifix ein Zeichen seines Glaubens. Und so, als gläubiger Mensch, ist er mir am liebsten in Erinnerung geblieben. Deswegen wollte ich das Kreuz bei mir haben.«
»Das wusste ich nicht«, sagte ich und spürte eine Träne. Ich blinzelte sie fort.
»Weißt du was? Nimm du das Kreuz. Und baue darauf das neue Bayern.«
Sie hielt es mir hin.
»Kristien. Du hast mir erzählt, wie wichtig es dir ist, dass es das einzige ist, was dich mit deinem Vater verbindet«, sagte Billie. »Ich werde Franz zur Seite stehen. Wir schaffen das. Behalte du ruhig das Kreuz.«
»Nenn ihn nicht Franz. Unsere Mutter liebte Frankreich.

Deswegen hat sie ihn Yannick genannt.« Sie schaute mir in die Augen. »Ist es in Ordnung, wenn ich das Kreuz behalte?«
Ich nickte. Sie nahm das Kreuz in beide Hände. »Danke, Billie. Es bedeutet mir in der Tat sehr viel. Und ich wünsche dir alles Glück der Welt, kleiner Bruder. Und dass du das Richtige tun wirst.«

3.6 Der Abstieg

Es wurde ein langer Abend, Kristien und ich hatten uns viel zu erzählen. Auch Billie erzählte, von ihrer Kindheit am Tegernsee, ihren ersten Gehversuchen bei den JUMU, ihrer Aufnahmeprüfung, als sie den Pfiff eines Murmeltiers nachahmen sollte und fast einen Steinbock angelockt hätte. Es kam mir vor, als hätte ich sie schon immer gekannt, als wäre sie Teil der Familie.
»Ihr könnt hier übernachten, der Rückweg wäre viel zu gefährlich, aber morgen müsst ihr leider gehen. Wir sind nicht auf Besucher eingerichtet und wir leben in ständiger Gefahr, entdeckt zu werden.«
»Ich könnte das nicht, eingeschlossen im Fels, ist das nicht wie im Gefängnis?«, fragte ich.
Sie lachte ein wenig zu hoch, wir hatten ein bisschen getrunken.
»Ich bin nie mehr als ein, zwei Tage am selben Ort, immer unterwegs, in den Bergen, in den Wäldern, an den Seen. Bayern ist so schön. Du solltest ein paar Kilo abnehmen und wandern gehen. Es würde dir guttun. Im Wald findest du dich selbst. Er heilt alle Wunden, vor allem die der Seele.«
Ich überlegte, ob ich mal im Cabrio zum Autowandern fahren sollte, aber bei der Qualität der Bayerischen Straßen müsste man dafür wohl ein SUV-Cabrio erfinden. Und das, wo doch BAW schon mit dem normalen SUV nicht zurechtkam.

Am nächsten Morgen wurde ich vom Läuten einer Kuhglocke geweckt. Meine Kammer war schmal und fensterlos, ebenfalls in den Fels geschlagen, neben dem Bett gab es nichts, nur noch die Tür, von der der Lärm hallte. Ich hatte leichte Kopfschmerzen, obwohl ich so wenig Wein getrunken hatte. Aber nach der anstrengenden Wanderung hatte ich wohl zu wenig Wasser getrunken. Ich setzte unsicher meinen linken Fuß auf den kalten Steinboden, als ich das Geschrei hörte.
»Aufstehen, wir brechen auf, alle Mann aus den Betten!« Klar, die drei, die uns hierher gebracht hatten, schliefen bestimmt auch hier. Und vielleicht noch weitere Mitglieder des Widerstands aus dem geheimnisvollen inneren Kreis. Außer Kristien hatten wir hier niemanden zu Gesicht bekommen. Das sollte auch so bleiben, denn noch bevor ich den Raum verlassen konnte, kam der Bärtige herein.
»Guten Morgen, Yanni.«
Er kannte also inzwischen immerhin meinen Namen. Ob ihm Kristien auch gesagt hatte, wer ich war? Es spielte keine Rolle, also ritt ich nicht darauf herum, sondern grüßte, der gefühlten Uhrzeit entsprechend, einsilbig zurück.
»Wir brechen gleich auf, die Morgendämmerung ist die beste

Zeit zum Wandern.«
»Kein Frühstück?«, sagte ich laut, was mir als erstes durch den Kopf ging.
»Das könnt ihr in Mittenwald einnehmen. Mir wäre es jetzt eh zu früh zum Essen.«
Da lag er nicht ganz falsch, bei jeder Bewegung dröhnte meine Möhre, ich zog mich schnell an, denn kühl war es in dem Zimmer obendrein.
»Tut mir leid, das muss sein«, sagte er und legte mir eine Augenbinde an.
Ich wollte protestieren, ließ es aber. Sie mussten wirklich jedes Risiko ausschalten. Auch ich durfte nicht wissen, wo dieser Unterschlupf war.
Er gab mir die Hand und führte mich langsam aus der Höhle in die frische und unangenehm kalte herbstliche Bergluft. Ich erkannte Billies Stimme, die mit einem der anderen Männer sprach. Kristien schien nicht hier zu sein. Das war nicht überraschend, wir hatten uns gestern Nacht bereits verabschiedet.
»Es tut mir furchtbar leid«, sagte der Bärtige. »Dieser Ort ist mit dem Auto nicht zu erreichen, wir müssen ein Stück weit wandern.«
Ich stöhnte reflexartig, damit hatte ich nicht gerechnet. Billie machte mir Mut. Die Männer, die uns führten, hielten sich zurück, wahrscheinlich hatten wir sowieso schon zu viel von ihnen gesehen, sie waren jedenfalls im Widerstand, vielleicht sogar Teil des inneren Kreises. Also redeten nur Billie und ich. Und sie schaffte es, Schweiß, Müdigkeit und mangelnde Kondition wegzureden. Und wenn ich nicht mehr sprechen konnte, animierte sie mich, zu singen. Ich hätte es nicht für möglich gehalten, aber obwohl mir die Füße weh taten, als hätte man sie in einen Schraubstock eingespannt, machte diese Wanderung sogar Spaß, dank Billie.

»Wir verlassen euch jetzt«, sagte der Bärtige endlich. Sobald wir hupen, könnt ihr die Augenbinden abnehmen. Der Parkplatz liegt an der Landstraße nach Mittenwald. Es ist nicht mehr weit.«
»Danke«, sagte ich und meinte das auch so. Wahrscheinlich hatten die drei für uns ihr Leben riskiert.
»Keine Sache. Und noch ein Tipp: Ich würde nicht per Anhalter fahren. Viel zu gefährlich. Kann gut sein, dass ihr von der GeStaSi mitgenommen werdet.«
Ich lachte. Es dauerte nicht lang, da hörten wir die Hupe. Ich streifte das Band ab, schaute mich um, keine Spur des roten Wagens zu sehen. Billie stand neben mir. Ihre Haare zerzaust und verschwitzt. Sie sah hinreißend aus.
»Geschafft«, sagte ich und bot ihr die Hand zum High Five.
Sie lächelte und schlug ein. »Fast. Wir sind noch nicht in Mittenwald.«

Ich hatte nicht geahnt, wie weit ›es ist nicht mehr weit‹ sein konnte. Nur dank Billie hielt ich durch. Sie war eine Motivationskünstlerin. Am Bahnhof kaufte ich zwei Literflaschen Zitronenbrause und Brot. Wasser gab es nicht. Die Brause war, wie praktisch alle bayerischen Produkte, die frei erwerbbar waren, von minderer Qualität. Sie schmeckte nach einem künstlichen Aroma, das dem Geschmack von Zitrone sehr frei nachempfunden war und höchstwahrscheinlich bei häufigem Genuss eine Reihe tödlicher Krankheiten verursachte. Aber gerade war mir das alles egal. Auch Billie trank davon. In dem Moment schmeckte es mir besser als jeder Veuve Clicquot.

Wir warteten zwei Stunden auf den Zug. Es war die reinste Erholung, mit Billie in der Sonne zu sitzen. Reden. Ich sprach über all die Dinge, die ich eigentlich hatte ändern wollen. Über das Bayern, das ich mir vorstellte. Es war wie damals, vor unbeschreiblich langer Zeit, in einem anderen Leben, als ich mit Maria über das neue Bayern gesprochen hatte, als wir unsere Vision geteilt hatten, als wir in eine Zukunft aufbrachen, die noch immer nicht begonnen hatte, die es mit ihr nie geben würde. Billie war eine aufmerksame Zuhörerin, die an den richtigen Stellen nickte und schlaue Zwischenfragen stellte.

Endlich kam der Zug. Wieder fanden wir ein Abteil nur für uns. Gemächlich zockelte die Lok los, draußen begann es zu regnen.
»Welch eine Ironie, für ein bisschen Regen wäre ich während der Wanderung gestorben«, sagte ich.
»Der Weg wäre glitschig geworden, vielleicht wärst du tatsächlich ausgerutscht«, sie führte eine Pantomime auf, die wohl einen einen tragischen Unfall darstellen sollte und machte das Geräusch einer platzenden Melone. Oder so. Wir lachten.
Billie berichtete von der Aufbruchstimmung in der JUMU, von der Begeisterung, dass nun frische Leute an die Macht kamen. Dass alles besser werden würde. Wir sprachen auch über Kristiens Ideen.
»Was hältst du davon?«, fragte ich sie.
»Sie hat recht. Es geht nur mit den Menschen, nicht über sie hinweg. Aber nur der König kann den Weg bereiten. Man darf sie nicht sich selbst überlassen. Du hast Kristien gehört. Bildung. Freiräume. Das ist das, was du tun kannst.«
Ich nickte ergriffen. Billie war noch etwas jünger als ich, aber mir kam sie so viel weiser vor. Sie war die Königin, die Bayern brauchte, jetzt, da klar war, dass Kristien es nicht sein wollte. Die Erkenntnis traf mich wie ein Blitz, dieser Moment war heilig. Ich konnte nicht anders, ich musste es in dem Augenblick sagen:
»Billie, willst du meine Frau werden?«
Sie starrte mich mit großen Augen an. Ihre Mundwinkel zuckten, aber sie sagte nichts. Sie war so intelligent, ich sah ihr förmlich

an, wie sie sich über die Auswirkungen dieser kurzen Frage Gedanken machte, wie sie schließlich verstand, was das für sie für Konsequenzen haben würde.
»Du meinst?«, setzte sie schließlich an.
»Ich meine, dass ich dich gerne an meiner Seite hätte. Als meine Königin.« Das war nicht die ganze Wahrheit, aber es war zu früh, ihr alles zu sagen.
Sie blickte mir direkt in die Augen. Mir wurde warm ums Herz.
»Ja, Yanni. Ich sage ja. Ich will. Für dich und für Bayern.«
Vielleicht hätte ich die kommende Braut jetzt küssen können, aber ich mutete ihr nur eine kurze Umarmung zu. Alles weitere würden wir sehen, wenn wir geduscht hatten. Wie konnte sie mich lieben? Ich machte mir nichts vor, sie hatte ja gesagt, aus Pflichtgefühl, für Bayern, vielleicht aus Loyalität zu mir. Nicht die schlechtesten Gründe. Aber vielleicht auch nicht die stärksten. Ich wollte nichts riskieren. Zu viel hing davon ab, dass sie bei ihrem Ja-Wort blieb.

3.7 Der Plan

Ich saß mit Gerd im Raum mit der Mega-Leinwand und wir zockten Shooter. Das hatten wir ewig nicht mehr gemacht. Es machte mir noch immer keinen Spaß, jeder Schuss traf mich ins Herz, jeder Schrei eines Gefallenen ging mir durch Mark und Bein. Aber ich hatte Lust, Zeit mit Gerd zu verbringen. Ich fühlte mich befreit, seit ich wusste, was ich tun wollte, seit ich endlich einen Plan hatte.

Meine Füße lagen auf einem Schemel, sie waren eingecremt und bandagiert. Der Arzt meinte, schon in wenigen Tagen würden die aufgeplatzten Blutblasen beim Gehen nicht mehr ganz so höllisch wehtun. Ich war mir sicher, er hatte mich angelogen. Der Schmerz war unerträglich, ich würde sicherlich nie wieder gehen können. Egal, musste ein König auch nicht unbedingt. Das ersparte mir zumindest weitere unsinnige Jogging-Versuche.

»Hab dich. Du bist langsam geworden, Yanni.«

Ich wollte protestieren. Aber es war egal. Billie nannte mich auch Yanni. Irgendetwas von Yanni war immer noch in mir. Außerdem war es nur ein Name.

»Du hast einfach ein paar Tage mehr Übung. Wenn ich will, hole ich das an einem Nachmittag auf.«

Er lachte herablassend. Es war schön, zumindest so zu tun, als wäre das Leben unbeschwert, als wäre nichts so wichtig, wie der Score in einem Videospiel und als gäbe es die Not da draußen nicht, die Realität, die so sehr aus dem Ruder gelaufen war. So, als trüge ich keine Schuld an dem. Billie hatte mir neuen Mut gegeben. Es war wegen ihr, dass ich hier neben Gerd sitzen konnte. Dass mein Leben nicht mehr voller Dunkelheit war.

»Was hältst du von Billie?«, fragte ich ihn unvermittelt.

»Die JUMU-Schnitte?«

»Die Anführerin der jungen Murmeltiere. Genau die.«

»Mit der du die letzten Tage auf geheimer Mission warst?«

Ich hatte nicht mal Gerd eingeweiht. Er trug es mit Fassung, ließ aber keine Gelegenheit aus, zu versuchen doch rauszukriegen, wo ich gewesen war und was ich gemacht hatte.

»Genau die. Komm schon, was sagst du zu ihr?«

»Hübsches Ding, legt zu wenig Wert auf ihr Äußeres. Könnte richtig gut aussehen. Hast du sie flach gelegt?«

»Gerd. Falsche Frage. Und immer noch keine Antwort auf meine Frage.«

»Ich kenne sie ja nicht. Macht auf mich einen aufgeweckten Eindruck. Warum?«

»Sie ist wundervoll. Ich wünschte, ich hätte sie viel früher näher kennengelernt. Sie ist voller Energie. Sie ist klug. Und im Gegensatz zu mir empathisch.«

»Die hat dir ja ganz schön den Kopf verdreht«, sagte Gerd. »Das freut mich. Wurde auch höchste Zeit, dass du über Maria hinwegkommst. Wenn du mich fragst, diese ganze depressive Phase. Dir hat ne Frau gefehlt. Schnapp dir diese Billie und du wirst sehen, dir geht es wieder besser.«
»Ich glaube du reduzierst sie zu sehr.«
Er schaute mich irritiert an.
»Was willst du von ihr? Mehr als das?«
»Alles, was ich von ihr kriegen kann.«
Er verdrehte die Augen. »Bei dir muss es aber auch immer gleich besonders groß sein. Dieser Hang zum Pathos und zur Gigantomanie, das ist sone Königssache, oder?«
»Hol mal'n Bier. Vielleicht verstehst du mich besser, wenn du was getrunken hast.«
Die nächste Runde gewann ich. Die Automatismen kamen zurück. Ich mähte die Sniper nieder, ohne dass ich denken musste. Ich hatte ganz vergessen, wie mich so eine kleine Ballerei entspannte.
»Wenn du ne Neue am Start hast, kannst du die Sache mit der Pyramide ja eigentlich abblasen?«
Ich ließ den Controller fallen und starrte ihn an. »Wie meinst du das?«
»Na ja, Maria war nie Königin, ihr habt nicht geheiratet. Wenn du bald ne Neue hast, ich meine, willst du für jede deiner Freundinnen ne Pyramide bauen?«
»Billie ist nicht tot.«
»Natürlich nicht, aber mal realistisch, sie wird nicht ewig leben. Und wie viel Pyramiden von der Sorte verkraftet München? Eine, zwei, ein halbes Dutzend? München, die Pyramidenstadt? Und der Nordfriedhof ist doch auch schön.«
»Gerd, du verstehst mich nicht. Ich brauche die Pyramide mehr denn je. Und je früher sie fertig ist, um so besser.« Er war abgelenkt gewesen, ich nicht. Ich ließ mich in den Flow gleiten. Zack, zack, zack.
»Das war's, du bist tot.«

»Sie haben es aber ganz schön dringend gemacht. Solche Schmerzen?«
Ich lag im Zahnarztstuhl, das Licht blendete mich ein wenig. Ich war aufgeregt, ich hatte Angst vor Zahnärzten, immer schon gehabt.
»Tatsächlich nicht. Meine Zähne sind in Ordnung.«
Doktor Borchert kräuselte die Lippen.. »Warum ist es dann so dringend? Oder besser, was genau ist so dringend?«
»Sie erinnern sich daran, wie wir uns kennengelernt haben?«
Er nickte.
»Jetzt ist es soweit, ich hätte gerne die neue Krone.«
Er nickte wieder. Und verzichtete auf irgendeinen ›ich habe es Ihnen ja gleich gesagt‹ Kommentar, was ich ihm hoch

anrechnete.
»Gut. Dann wollen wir mal schauen.« Seine kleinwüchsige Assistentin legte ihm ein desinfiziertes Besteck zurecht. Er nahm ein Instrument und überprüfte den Zahnstatus. »Sie haben recht, Ihren Zähnen geht es gut, wir nehmen also die alte Krone, die ich bereits vorgemerkt hatte.«
Ich konnte nicht sprechen, mit dem Pikser in meinem Mund, und deutete ein Kopfnicken an, bei dem sich das Gerät einen Millimeter in mein Zahnfleisch bohrte, woraufhin ich erschrocken zurückzuckte.
»Schon gut. Sagen Sie nichts, halten Sie einfach den Mund offen, den Rest mache ich.«
Ich fühlte, wie sich Schweiß auf meiner Stirn bildete, obwohl es in dem Raum nicht besonders warm war. Ich hasste den Geruch von Zahnarzt, den Anblick des Stuhls, ganz besonders aber den Anblick der Instrumente. Meine Kiefermuskeln verspannten sich, ich fühlte Kopfschmerz nahen, legte ein Bein über das andere, meine Hände bildeten Fäuste und ich wusste, ich sollte mich besser entspannen, so wurde es nur noch schlimmer. Aber das ging nicht. Ich versuchte mich abzulenken, indem ich meinen Plan im Geiste noch einmal durchging.
»Wir machen das so. Ich nehme die alte Krone ab. Die neue enthält einen Hohlraum für die Giftpille. Und einen Knopf. Sie pressen mit der Zunge darauf. Das schiebt sowohl den Kunststoff in der Kaufläche zur Seite als auch die Giftpille nach oben. Und dann müssen Sie nur noch kräftig zubeißen.«
Klang kompliziert. Und doch ganz einfach. Schon bald würde ich Billie heiraten. Es würde ein rauschendes Fest, viel größer als die Krönung. Alle würden sie da sein. Vor allem die Kameras der großen ausländischen Stationen. Sie würden live übertragen. Darauf würde ich achten. Das war entscheidend. Ich würde Billie vor den Altar führen, ihr mein Ja-Wort geben. Und sie würde mir ihr Ja-Wort geben. Dann wären wir Mann und Frau, sie wäre die Königin. Und dann würde ich den Mechanismus betätigen und auf die Giftpille beißen.
»Das Gift ist Kaliumcyanid, besser bekannt als Zyankali. Es unterbindet die Zellatmung. Sie werden innerlich ersticken. Innerhalb weniger Minuten.«
»Ist das ein sehr schmerzhafter Tod?«
»Kommt drauf an. Sie werden nach Luft schnappen, denn Sie leiden dann ja unter Atemnot. Weitere mögliche Symptome sind Kopfschmerzen, Schwindel, Erbrechen, Krämpfe, Ohnmacht. Aber lange dauert das nicht. Und Ihre Haut wird sich rosa verfärben, denn Ihr Blut wird sehr sauerstoffreich sein. Aber davon merken Sie nichts.«
Ich würde also vor dem Altar zusammensacken, mich verfärben, schlimmstenfalls meiner Braut auf die Füße kotzen und sterben. Nicht schön. Aber alle Welt würde sehen, wer die neue Königin

war. Meine legitime Nachfolgerin. Und nur darum ging es. Billie zur Königin machen. Nur so konnte sie Bayern in die Freiheit führen. Ich fühlte mich jetzt stark genug, das Surren des Bohrers zu ertragen, der die alte Krone von dem Zahnstumpf löste.

»Eieiei, das wurde aber auch Zeit, da hat sich Karies gebildet. Da müssen wir auch am Zahn noch mal bohren.«

Ich wünschte, ich würde gleich jetzt sterben.

3.8 Die Hochzeit

»Eine Woche ist viel zu wenig«, sagte Mel zum gefühlt 495. Mal.
Ich grinste.
»Für jede andere vielleicht, aber nicht für dich.« Manchmal brauchte auch eine so toughe Frau wie Mel Streicheleinheiten. Sie ließ sich das nicht anmerken, aber ich wusste, wie sehr sie sich über Lob freute.
»Lass es uns noch mal durchgehen. Wir haben die Frauenkirche.«
»Und wir haben jeden einzelnen Teilnehmer von Hand ausgewählt. Der neue Kronrat. Die Botschafter, die Presse vor allem.«
»Ihre Familie?«
»Ja klar. Und die Besucher aus dem Ausland.«
»Wir haben Besucher aus dem Ausland?« Es wurde immer besser. Mel hatte YouTuber und Insta-Influencer mit Home-Stories von Billie versorgt. Das hatte unglaubliche Wogen geschlagen. Sie hatte das nur ausprobiert, weil klassische Presseerklärungen in der Eile zu spät gekommen wären, aber es wirkte viel besser. Normalerweise boykottierte uns die Welt und jetzt hatten wir sogar Besucher.
»Wer kommt?«
»Na ja, irgendson Fußballspieler, Müllerinho.«
Mein Müllerhino. Er hatte sich ganz wunderbar entwickelt bei der falschen Borussia. Das war er mir aber auch schuldig, dass er zu meiner Hochzeit kam. Ich hatte ihn schließlich entdeckt.
»Dann eine Sängerin aus Deutschland. Helene irgendwas.«
Die kannte ich nicht. Aber das musste nichts heißen. Seit Marias Tod verfolgte ich die Musikszene nicht mehr sehr intensiv. Um nicht zu sagen, dass ich gar keine Musik mehr hörte. Aber wenn doch, brach ich sofort in Tränen aus. Meine Rührseligkeit war mir peinlich.
»Keine Staatsoberhäupter?«
»Doch, einer, so ein Typ aus Nordkorea. Ist aber kompliziert, er will mit der Bahn kommen, ist nicht ganz klar, ob er rechtzeitig hier sein wird.«
»Fernsehen?«
»Alle wichtigen Stationen schicken Teams. Und diese Influencerbande werden wir wohl nicht mehr los. Wir hatten ja ungefähr fünfzig eingeladen, die kommen alle.«
»So viele?«
»Es ist üblich ihnen Flug und Spesen zu zahlen. Und dann kommen die eben auch.« Sie zuckte mit den Achseln.
»Public Viewing?«
»Big Time, im ganzen Land. Dafür ist der koreanische Hersteller der Screens exklusiver Sponsor der Trauung. Aber anders hätten

wir die Bildschirme nicht bekommen und schon gar nicht so schnell.«
»Passt schon. Und nach der Hochzeit können wir sie für Public Viewing der Sechzger-Spiele in der Champions League verwenden.«
»Auch das, Majestät.« Sie konnte ihre Verachtung für Fußball nicht immer verbergen.
»Das klingt alles ganz fabelhaft. Fehlt noch irgendwas? Gibt es noch irgendwas zu besprechen?«
»Das Hochzeitsmahl. Ich würde gerne endlich das Menü mit dir durchgehen.«
Danach stand mir der Sinn so ganz und gar nicht, denn das würde ja, wenn überhaupt, ohne mich stattfinden. Und das konnte ich ihr ja kaum auf die Nase binden.
»Weißt du was? Mach das am besten mit Billie. Die möchte doch bestimmt auch an ihrer Hochzeit mitplanen.«
Ich hatte Billie in der letzten Woche kaum gesehen. Es gab so viel zu tun. Und ich hatte auch zu viel Angst, mich zu verplappern oder auf irgendeine andere Weise durchschimmern zu lassen, wie mein Plan aussah. Sie durfte davon nichts wissen, kein Schatten durfte auf ihre unbefleckte Seele fallen. Sie war so unschuldig, so rein. Und das musste so bleiben.
»OK. Aber da mach dir keine Sorgen. Sie plant fleißig mit. Allein das Brautkleid, eine Sensation. Allerdings auch sensationell teuer, fliegen wir extra aus Paris ein. Sie hat auch bereits Schmuck aus dem Familienschatz ausgewählt.«
»Hat sie?« Darüber hatten wir gar nicht gesprochen.
»Und auch sehr konkrete Ideen für die Hochzeitsreise.«
Auch davon wusste ich nichts. Na ja, konnte mir im Prinzip ja auch egal sein, sie musste sowieso ohne mich fahren. Aber mir dämmerte, wenn ich meinen Zahn nicht hätte, würde das eine spannende Ehe, in der nicht unbedingt ich die Hosen anhätte. Sie war so ganz anders als Maria. Aber das war gut so. Bayern brauchte eine Königin, die so viel Energie hatte, so voll von Ideen war, über einen so starken Willen verfügte.

Wieder hatten wir Königswetter, wie am Tag meiner Krönung. Nur dass alles viel größer, viel prächtiger, viel pompöser war. Billie und ich wurden mit zwei golden lackierten Kutschen von der Residenz zur Frauenkirche gefahren. Es gehörte zum Zeremoniell, dass wir uns erst vor dem Altar treffen sollten. Die Straßen waren voll von Menschen, die Fahnen und Transparente schwenkten. Dieses Mal gab es keine Störenfriede vom Widerstand. Ich dachte mir, dass das das Hochzeitsgeschenk von Kristien war und wünschte mir, sie könnte dabei sein. Die Gesichter der Menschen wirkten fröhlich. Kein Wunder, Mel hatte erzählt, mit welchen Vergünstigungen sie das erkauft hatte. Sonderurlaub, Bier, Vorrang bei Urlaubsplätzen. Aber wir wollten den ausländischen Kamerateams ja etwas bieten. Und das taten

wir.
Die Kutsche hielt. Aus meiner engeren Familie lebten nur noch Kristien und Tante Lisel. Also hatte ich sie gebeten, mich auf dem roten Teppich zum Altar zu begleiten. Sie war sogar nüchtern und es tröstete mich, dass ich sie in meinen letzten Minuten dabei hatte.
Am Altar wartete der Kardinal von München auf mich. Er war ein kleiner, untersetzter Ja-Sager, wir konnten keinen Ärger mit der Kirche gebrauchen, er war noch von Onkel Hans eingesetzt worden und nie unangenehm aufgefallen. Jetzt strahlte er, zum ersten Mal stand er im Rampenlicht und das genoss er.
Und dann kam sie. Mel hatte nicht übertrieben. Keine Disney-Prinzessin hätte ihr das Wasser reichen können. Das Kleid - ein Traum. Ihre Frisur - nicht von dieser Welt. Ihr strahlendes Lächeln - als würde heute ihr größter Traum in Erfüllung gehen. Würde er ja auch. Welches Mädchen träumte nicht davon, eine Prinzessin zu sein, oder, noch besser, eine Königin? Für einen Moment wurde ich schwach. Sollte ich nicht doch noch wenigstens die Flitterwochen mitnehmen? Sie konnte ja auch in ein paar Wochen damit anfangen, das neue Bayern zu erschaffen. Aber die Versuchung währte nur einen Moment. Das war ja das Problem. Wenn ich am Leben bliebe, konnte ich ihr jederzeit ins Handwerk pfuschen. Konnte jederzeit dort weitermachen, wo ich gerade erst aufgehört hatte. Beim Morden. Beim Unrecht säen. Ich konnte nicht garantieren, dass ich mich nicht verleiten ließ. Die einzige Sicherheit war mein eigener Tod. Den würde ich ihr zur Hochzeit schenken.
Ich schaute auf all die Menschen, die in der Kirche standen und Billie applaudierten. Sie ging langsam über den roten Teppich, kostete jeden Schritt aus. Ich sah Mel, wie immer stilvoll in Schwarz in der ersten Reihe. Ich sah Gerd und ein paar Kumpel von der Leibwache. Die Familie von Billie, sie sahen wirklich aus wie einfache Bauern, auch die teuren Maßanzüge konnten das nicht kaschieren. Wie die guckten, denen hätte ich keine Kuh abkaufen wollen. Und die Botschafter. Brecht aus Amerika war immer noch unter ihnen und schaute genauso missmutig wie schon bei meiner Krönung. Mal schauen, ob ihn der weitere Verlauf der Zeremonie aufheitern würde.
Endlich erreichte Billie den Altar. Ich nahm sie bei den Händen, sie lächelte mich mit ihren großen braunen Augen an. Was für ein unglaublich glücklicher Moment. Ich sah die Zukunft meines Landes. Und sie war schön, friedlich, prosperierend. Während meine Zukunft nur noch ein paar Minuten dauern würde. OK, ich ging einen Kompromiss ein. Ich würde nicht direkt nach dem Ja-Wort auf die Kapsel beißen, sondern erst am Ende des Gottesdienstes. Würde diesen wunderbaren Moment bis zum Ende auskosten. Auch um ihn Billie nicht zu sehr zu verderben. Auf die paar Minuten kam es schließlich nicht an.
Der Kardinal begann die Worte zu sprechen. Feierlich, getragen.

Dafür, dass er so klein war, hatte er er eine gewaltige Stimme. Wir gaben uns das Ja-Wort. Wir küssten uns, zum ersten Mal. Ich will nicht sagen, dass es eine Enttäuschung war, aber es war nun mal keine Liebesheirat. Dieser Illusion hatte ich mich nie hingegeben, wenn auch einiges an diesem unglaublichen Fest diese Tatsache in den Hintergrund gerückt hatte. Trotzdem, es war wunderbar, hier zu stehen, mit dieser Frau, und die Welt schaute uns zu. Selbst der dicke Koreaner war rechtzeitig gekommen.

In dem Moment spürte ich einen Schmerz in der Brust. Erst einen unmerklichen Moment später hörte ich den Knall des Schusses, dann sah ich das Blut, viel Blut. Fühlte Übelkeit, glitt zu Boden. Schreie, Chaos, alles geriet aus den Fugen.
Billie kniete sich neben mir nieder, soweit ihr Kleid das erlaubte. Ich sah, wie sich der teure Stoff von meinem Blut rot färbte. Ich wollte ihr sagen, dass sie es wegziehen sollte, das Sprechen fiel mir schwer.
»Pscht. Sag jetzt nichts.« Sie hielt meine Hand, bettete meinen Kopf in ihrem Schoß, schenkte den Kameras einen Blick voller Trauer und Entsetzen, Tränen in den Augen, ehe sie sich mit einem angedeuteten Lächeln wieder mir zuwandte. Und dann, mir wurde bereits schwarz vor Augen, flüsterte sie mir zu: »Dummer König. Das ist das Ende deiner Dynastie und der Beginn meiner.«
Ich nahm alle Kraft zusammen und sagte die letzten Worte meines Lebens: »Die letzte Hoffnung Bayerns ruht nun auf meiner Schwester.«
Ich spürte, wie meine unsterbliche Seele meinen Körper verließ.
»Ich fürchte, du wirst sie bald wiedersehen. Das Kruzifix enthält einen Peilsender.«
Und das war das Letzte, was ich von dieser Welt hörte.

Epilog

»Und hier bricht die Übertragung ab«, sagte Kevin.
Saul strich sich langsam über seinen kurzgeschnittenen Vollbart. Kevin hatte das schon oft bei seinem Chef gesehen. Es deutete darauf hin, dass er sich Gedanken machte und meistens kamen Ideen dabei heraus, die Kevin nicht immer im gleichen Maße genial fand wie sein Vorgesetzter.
»Es hat fantastisch funktioniert, dafür, dass wir die Technology des Gedankenschreibers zum ersten Mal eingesetzt haben.«
Kevin nickte. Da kam noch etwas.
»Sarah hat ihre Sache fantastisch gemacht.«
Sarah war seine Kollegin, die sich unter dem Decknamen Delphine an Yanni noch in Berlin herangeschmissen hatte, kaum dass sie erfahren hatten, dass er der Thronfolger werden würde. Bei einem Kuss hatte sie ihm den unsichtbar kleinen Transmitter in den Mund gesetzt, wo er sich eigenständig in die Blutbahn gebohrt hatte und dort zirkulierte, bis sich das Blut in Franz Körper nicht mehr bewegte. Und von dort seine Gedanken anzapfte.
Gerade noch rechtzeitig, denn bereits am nächsten Tag war Franz nach Bayern gefahren.
»Eine Frage, Chef. Wir wussten die ganze Zeit, dass sie nur bluffen. Warum sind wir nicht einfach einmarschiert?«
»Wir wussten es zu 90%. Aber eben nicht mit 100% Gewissheit. Wir kannten seine Gedanken, nicht aber die seines Onkels. Und der hatte zu der Zeit die Armee in der Hand. Und es war der erste Einsatz der Technologie. Wir konnten uns nicht ganz sicher sein, ob er uns nicht doch auf die Spur gekommen war, ob er uns irgendwie manipulieren wollte.«
»Aber jetzt sind wir uns sicher.«
»Ja« Er strich sich wieder durch seinen Bart und schaute Kevin seltsam an. »Jetzt sind wir uns sicher. Und beim nächsten Mal werden wir angemessen reagieren.«
»Beim nächsten Mal?« Er hatte geahnt, dass da noch etwas kam. Irgendwie schwante ihm nichts Gutes.
»Ja. Die Technik hat sich bewährt. Ich werde die CIA-Zulassung für den Standardeinsatz noch heute beantragen. Und dann können Sie nach Bayern reisen und sich um die neue Königin kümmern.«
Kevin schluckte und fühlte, wie ihm das Blut aus dem Gesicht wich.
»Und überlegen Sie sich doch schon mal einen schönen Bayrischen Decknamen. Mit Kevin kommen Sie da nicht weit.«
Saul lächelte.

ENDE

Printed in Poland
by Amazon Fulfillment
Poland Sp. z o.o., Wrocław

58061482R00139